U0034492

毒蘋果札記 2

施善繼 著

目錄

附錄

還好詩人有祖國

陳福裕

　　詩人囑我為《毒蘋果札記 2》的出版寫序，這事著實有點為難到我。

　　我的青少年時期恰逢鄉土文學與民歌運動方興，也離不開現代詩論戰的遺緒。戰場雖已清理，空氣中的煙硝尚未散去。那時候，有兩個人的名字，在年輕詩友間的辯詰中反覆被提起，一個是從現代派轉向現實主義的施善繼；一個是用泥土寫詩歌詠勞動的吳晟。在當時，相較於吳晟筆下厚重直樸的農村，施善繼在城市中安身立命以及對未來美好的想像，多了一分說不上來的親近。沒想到，就是這份親近，造就了 20 年後的莫逆。

　　父親是土地改革後，第一批被擠壓到城市的農村知識青年。作為一個破產的富農子弟，台灣高度商品化的農業經濟是一筆「大生意」（據說被高利貸掃地出門前，家裡還有十來甲田地，農忙時有數十位農雇工），在父親的口中，農村是商業資本與高利貸資本馳騁的殺戮戰場，沒有田園牧歌，也談不上溫情脈脈，有的只是滿手發愁的「糖米差價債卷」和回不去了的，拼拼湊湊的傷痛。

　　那一天，伊蹲坐在春收的蔗田，看著工人掘倒甘蔗，去蔗葉、蔗尾，裝上台車運往糖廠。或許是晌午的太陽讓人發昏，或許是對自己的人生還有些許的想像，伊從田埂上站了起來，揣著當天要發給雇工的工錢，買了張到台北的火車票，向時任聯合報總經理的遠房親戚討了個在嘉義分駐所的差事，開始了伊在中南部城市間流離失業，載浮載沉的一生。

　　這樣的出身，決定了我對所謂的「鄉土」感情稀薄。窮人家的孩子，日子不能老是往後看，如何在都市的底層打滾翻身，在森嚴的黨國體制中尋求個性解放，才是當下迫不及待的真實。

這樣的思想狀態，一直到八〇年代北上就學，「夏潮」和「陳映真」闖入自己狹小的視野，才有了質上的變化。那些年，台灣的加工出口已蔚然成林，正大張旗鼓地朝進口替代的重化工業邁進，拋得掉聱牙晦澀的現代詩，拋不掉現代性的魅惑，處於依附性發展的上升階段，雖不脫勞動異化所帶來的渾身不自在，但貨幣工資換來的物質豐盛，就連剝削都帶著些許現代性的亢奮。農村是回不去也不願回去的陌生，用整個暑假撕筍干、撿茶梗和點紅柿的勞動來換取新學期「自修」以及中秋節在同儕間裝點門面的沖天炮的童年記憶，當然領略不了現代派詩人的優雅閒情，而青少年生活內容的貧瘠卻也承載不了現實主義的對社會改造的殷切，於是，帶著一種寂寞和倔強，匆匆的結束了我與詩與文學的短暫邂逅，此後不再寫詩，也絕口不談文學。

看著書齋裡滿架子活蹦亂跳的政治經濟學，除了「魯迅」與「陳映真」，詩與文學只能在最靜僻的角落裡蒙塵。答應為詩人寫序，雖說是衝著交情，也是還他為《犇報》寫了十年《毒蘋果札記》的人情，但其實是一種附麗的虛榮。

《毒蘋果札記》先前是在楊渡主版的〈大眾時代〉網站刊出，2009 年 4 月《兩岸犇報》創刊，詩人在我的邀請下另闢戰場。《犇報》的創刊是個偶然，原先是與夏潮的青年朋友們閒談，從他們的口中感受到校園青年在「去中國化」教育政策下的認同混淆，被大家起哄開辦一份面向知識青年，報導當代中國的發展面貌以及介紹台灣反帝愛國主義思想傳統和事蹟的八開 16 版的報紙型月刊。原本以為是青年朋友們的小打小鬧，還擔心會不會在寫作的熱情消褪後稿源無以為繼，沒想到一眨眼就過了 10 年，還擴展成發行 15000 份的雙週刊。

邀請施善繼來為《犇報》撰稿，很大的成分不是對文學的熱情，而是對八〇年代高信疆主版的《人間副刊》的眷戀，總覺得，沒有文藝版的報紙就是缺陷。當然，打從心底還有一個樸

素的願望，總希望通過這個小小的文學園地，能夠喚起新老朋友寫作的熱情。解嚴後的台灣，朋友們兀自忙著在社會運動的諸多領域開疆闢土，鮮有人還能耐著住性子爬格子，文謅謅的講道理。少了文學，所有的人物只能是事件中過場的翦影，沒有七情六慾，沒有現實和理想的矛盾，沒有感官形象和理念思維統一的厚度。《毒蘋果札記》算是央求來的「拋磚引玉」，是那幾年每週兩次，厚著臉皮到詩人家裡喝咖啡、蹭飯吃換來的仗義。只可惜，在這個圖像思考凌駕於文字閱讀的網路年代，一首寂寞的歌曲，唱了十年，還是寂寞，到現在還是沒能為《犇報》培養出新一代的寫手。

其實，《犇報》的困境，也是詩人的困境。在這個詩歌與理想偕亡的資本主義黃昏，抽煙斗、聽黑膠唱片、用鉛筆寫作、手工烘焙咖啡、到傳統市場買雞鴨魚肉……，詩人對工匠精神的堅持，「自己動手，豐衣足食」的生命情調，與其說是對小商品生產者田園牧歌式的情感回歸，毋寧說是對資本主義大工業生產深沉的喟嘆，是一種拿它無可奈何的抵抗。啟蒙主義時代的人文主義精神，為法國大革命與美國獨立戰爭做好了思想準備，卻終結於資本主義機器大工業的興起。資本主義生產雖然擺脫了人的發展的自然局限性，但又造成了人的發展的社會局限性。在這個以商品堆疊起來的世界裡，人與人的相對獨立性由物與物的全面依賴來補充，勞動不再是以人的自我實現為目的，人不再是歷史的主體，貨幣成為唯一的上帝。詩人在日常生活的消費中，盡可能通過自主勞動減少對商品世界的依賴，其實就是對勞動異化的批判與反抗。雖然這樣的反抗註定是要失敗，但卻保持著一個戰鬥者不合時宜的、但卻優雅的姿態。

《毒蘋果》從如廁到養生、從咖啡到煙斗、從音樂到文學、從雞鴨魚肉到小吃珍饈、從人物月旦到時事點評，古往今來，大凡舉目所見、雙耳所聞、觸手可及，日常生活裡的點點滴滴都是

他好發議論的題材，細細碎碎，卻又恰恰構成了一個日常生活的整體，批判性地再現了詩人對他所身處時代的藝術的、實踐精神的掌握。對於詩人來說，藝術既不是對外在事物的客觀映像，也不是絕對精神的感性顯現，而是一種自由人干預世界的手段，一種按照自己的心靈需要來改造自然、改造社會，從而完成自我改造的實踐過程。因此，表現在《毒蘋果札記》中詩人對現實生活的扦格不入，對現行體制的喋喋不休，實際上是詩人對改造現實、改造社會、改造自身存在狀態的急切要求。

　　這無疑是一種危險的傾象。特別是在這個舊的世界秩序日趨衰亡，新的世界圖像尚未明朗，一個世紀來人類社會追求「人的全面發展」的各種進步設想相繼挫敗，前現代的魑魅魍魎掙脫了現代性的牢籠，以形形色色的民粹主義再度粉墨登場的今天，詩人一肚子的「不合時宜」，如果沒有一個樂觀的歷史主義作為信仰，沒有一個建構人類共同體的未來想像，擺脫個人狹小的經驗局限，將自己融入一個廣袤的精神領域，就很容易陷於道德虛無，從知識份子的憤世忌俗走向犬儒主義的玩世不恭。

　　還好，詩人有個祖國。一個不管過去、現在和未來都與台灣命運休戚相關的祖國；一個在所有的理想主義實驗潰敗後，仍然曲曲折折探索著人類世界前進道路的祖國。這個祖國有著五千年歷史文化的積澱，有著百多年來飽受帝國主義踩踏的苦難，有著半個多世紀以來，獨立自主，自力更生，追求實現社會主義現代化的鬥志昂揚。這個祖國，在詩人的筆下，時而幽微，時而鷹揚，是古老的中國，也是少年的中國。歷史給予它最深沈的苦難，也賦予它最艱鉅的使命：它既要反抗帝國主義，又要超越資本主義；既要以人的發展作為歷史的尺度，又要照顧到人與自然的和諧；既要批判性的繼承傳統，保存民族特性，又要深刻認識、把握現代化的一般規律，為人類世界未來的發展提供一個社會主義現代性判準，一個多樣性統一的世界史格局。

　　還好詩人有了祖國，才有了方向、有了尺度、有了對世界的
期許和要求，才能夠在這個詩與理想偕亡的資本主義黃昏，耐得
下性子來迂迴前進，心安理得地繼續抽煙斗、喝咖啡、說三道四
寫《毒蘋果》，而不會無措手足。

生活瑣碎盡入詩，荒謬即為著筆處

張立本

一

　　詩人施善繼，我平時稱施大哥，以下就直稱詩人。也許因為某種同路感，或同情感，又或圈子裡前人提攜後輩的慣性使然，我踰越稱他們為兄，甚至直呼姓名，他們也都見怪不怪。只不過，尤指「夏潮系」的他們自己的青年期，也漫漫橫越 1950 至 1980 年代。

　　那時我正在度「西行」後的第一個寒假，是返台前一日，微信叮咚：「善繼：三月底，毒蘋果 2，人間出版。請你寫序，時間很趕，有空嗎？」曾淑霞大姊主事傳來。「幾時要？」我說。沒拒絕就是答應，算是默契。我也沒來得及考慮「序」的社會意義，直覺收到任務交辦，得安排安排。幾十秒那麼長的時間吧？我畏怯了：本人於文學不學無術，代一位 1960 年代就已出名的前輩詩人寫序，像話嗎？而況，詩人說「輕鬆寫」，又提示「至少有點壯觀」，該怎麼做？

　　多的沒空想，詩人必是琢磨好了才通知，只能硬著頭皮年節加班。但還是禁不住自語：「這是我的第一件差事。」第一次寫「序」，「我得做好它。這是很重要的……」，可也別像那「總是註定了永不能識破那一面玻璃的透明的欺罔的」「大頭蜻蜓」。

二

　　本書收有我讀《毒蘋果札記》①的感想《毒猴記》②。對比

「毒蘋果樹」與纍纍的「毒蘋果」們，我說我就是一摘果子的。
這怕不僅是事實，也是能為計較者接受的說法。果樹結果，我掠
取成果。

　　根據詩人，「毒蘋果樹」是戒嚴時期某專事陳映真思想監控
者對陳映真的描述。寫《毒猴記》時有種直覺，詩人自命「毒蘋
果」，當然地標誌了對其「陳大哥」陳映真的感念，而《札記》
的〈序章〉始於 1979 年 10 月陳映真「二進宮」，也鋪墊了傳承
之意。這說法不好。前書的編排當然有影響，但主因應是，那時
我處在尋找陳映真身影線索的情緒當頭，化約了詩人為接續陳映
真思想、創作方法的「左（統）派詩人」。理解的疏忽導致閱讀
感偏差，便也沒能從詩人自身考慮文學價值與意義。

　　不過，再翻過來想，說施善繼傳承陳映真，或許也無誤吧！
陳映真戮力接續與傳承，自帝國主義侵華以來，緩進、屢遭挫折
卻屢敗愈進，耗百年終於要大光明，卻因內戰及二戰後新帝國主
義介入與冷戰創造的雙重因素，再次於台灣地區「1950 年代白
色恐怖」期間遭逢整肅、監禁、殺戮，而幾乎折斷了的進步思想
與實踐。將陳映真視為噤抑的思想與實踐，苦力昂揚於內戰－冷
戰所生之「兩岸分斷」的集中表現，也能同理安置詩人的歷史位
置。1981 年，陳映真寫下〈試論施善繼的詩〉③安置 1970 年代
「現代詩論戰」後的詩人，知識的前導便是基於舊、新帝國主義
侵略史及其變形的分析，理解戰後台灣地區文藝思潮變遷：

　　　從一九七五到七六年，施善繼寫的詩，逐步奠定他今日作品
之獨特風格的大部分：街名、商品、門牌、車牌、家庭、兒女、
工作都不憚其細瑣地寫入詩中，詩句細細密密地延發成篇，瀰漫
著典型的市民階級善良、平庸、細緻、穩定的感情。（陳映真
1981：33）

　　1975 年陳映真才出獄，詩人剛要奠定了的風格，自然和陳映真沒有直接關係。如同 1960 年代的陳映真，因著敏感而不滿當時流行的文藝流派，詩人於 1970 年代中期的變化，無論形式與內容，也攸關如何敏知時代－社會動態，提供了我們藉機回溯自己所處境況的線索。可恥的是，這麼簡單的道理，竟然要在認識詩人七、八年的此刻，晚在前幾個月，為備課說明 70 年代島內文藝思潮，翻出詩人的〈小耘周歲〉、〈涉水〉、〈燒給李杞璜船長〉等重讀，才想明白。同一堂課，我還給學生們對比了某余氏 1971 年的〈鄉愁〉與 1973 年的〈斷奶〉以正視聽，且同時播放〈美麗島〉與〈少年中國〉，還原時代的皺褶。

　　三

　　反省一番，我就得以不同讀法看待《毒蘋果》第二冊，特別是當中碰觸詩人與陳映真或其他友人「關係」的篇章。如〈主義的帽子〉，如果放下探秘的心，不難讀到詩人嘲弄：「寫家們家家藏著的秘笈，深不可測，隨時揮向爽口養眼挑達八卦的市場，先斬之而後奏了。」陳映真、吳耀忠們對「遠行」之絕口不提，「無私的提供自己綿延不絕的背部，成就諸寫家的自言自語，使之成為寫家的生活資料」，當然不是詩人在讚譽陳映真們；我讀到此處忽也悚然，我是否也無意間成為了這種寫家？我們常自以為科學地採證佚事分析個人，但道德的界線在哪？如果專門研究陳映真、台灣歷史與文藝問題，一定懂得詩人話中話。包括至今無人論明的公案：

　　寫家彷彿責怪陳映真對現代主義的有所批評，但奇誦的是，寫家推崇陳映真早期的小說，將之高懸在當代台灣文學中最優秀現代主義作品的位置

詩人說「這個矛盾蹊蹺關聯的並行不悖」，我很同意。即使自覺親近陳映真的研究者也常提出與反論者相同的分析。2016年11月22日陳映真過世，私誼潰堤：〈悲慟之日〉、〈告別的前夜〉、〈別映真〉、〈瘟疫的泡沫〉、〈悼詩三首之三──等我，寄映真〉、〈陳映真的跫音〉、〈暢想曲〉、〈熱烈的戰鬥〉……暗夜裡鬼怪愈喧囂，詩人的筆便要動。例如〈瘟疫的泡沫〉延續2006年陳映真病倒後詩人發出不平之鳴，反攻市面上「對一個無法答辯的病身施展為所欲為的霸凌」：

> 在他影子後方，霸凌者開始「鞭屍」，鞭屍的嘴型千奇百怪，鞭起鞭落揚起的汙穢之塵厚積，杜撰的假說試圖遮蔽陳映真，丞欲將之完全驅逐出境。

雖是出於個人情誼，帶著情緒，許多篇章差一步便有論文的品質。如詩人列舉六宗鞭凌，批評「從逝者的磷光各取所需」「遞進他們的社會價值穩固社會地位」之現象，足為重要的歷史素材。也因為出於詩人與陳映真的「關係」，使得文字的質地既私，於超越私事時又謹守代庖的線。不同於晚近流行起來的以親歷回憶為表現形式，實際上裁切「記憶」為今日意志所用的現象，詩人沒有把獨特的記憶抬高為可蓋棺論定的證詞。讀者大可繼續說，正是因為詩人與陳映真的關係才這麼談，也確實有寫家自辯說陳映真是「自我驅逐」。證據在眼前怎能迴避呢？像是〈驅逐出境〉重建的歷史現場，余光中不只「狼來了」陳映真，也施壓《現代文學》使唐文標的〈中國古代戲劇史初稿〉當時只能刊載上篇④。詩人說，你們都記錯了吧？挑戰了宣稱客觀的學術研究。

人的回憶常常雜蕪，遇事才有靈光乍現，詩人也利用蕪蔓聯想，卻是不同方式。如〈配給〉，主體是家庭的早年處境，詩

人回憶幼時騎腳踏車跨過台北橋去領配給，鐵橋久立，後又成為了唐文標來回於詩人家裡必經的鐵橋。詩人並沒有把自己的記憶當成歷史的支柱，沒以經驗替換歷史，只是使讀者觸動，鐵橋安在？故人安在？當大部分讀者是以某余氏作為一切世事判斷基準，詩人所說的故事還真盡是些不值一提的怪譚，他的文學情意可能也會被看成強說愁。

四

認識詩人再多一點，會發現他寫的就是睜眼望見的整個社會生活，而詩人的日常作息亦處處是詩。陳映真當時的提法相當準確：

> 即事寫詩，是施善繼作品的一個特點。先是對著自己，後是對著整個社會生活張開了眼睛的施善繼，他的一顆原本對於生活充滿了倦怠和冷感的心，一變而為對他人的苦樂有了強烈同情和呼應的，易感、易淚的心。（陳映真 1981：52）

我曾在飯桌上見到，詩人讀詩專心至極讀進了寫者蹲監的鐵牢，潸然淚下。這是因為詩好、詩人好，才能實感於幻蹤文字的苦難。詩人巴望著周圍一切新的舊的，耿耿於懷反覆唸叨、唸叨、唸叨，詩文如人。讀這本集子就像坐在詩人飯廳的小桌前，而讀這本集子，也讓我知道更多。認識詩人的七、八年，第一次去詩人家的記憶，是二層肉。啊！〈春蒜〉說的該是二層肉白沾醬汁所用的蒜？可是，他有好幾篇說雞，〈雞事〉、〈苦瓜雞膽湯〉、〈煨白菜〉、〈悵與愁〉……怎沒在詩人飯桌上見過雞肉？啊！詩人不喜不現宰的雞。詩人曾教過豬肉不同部位的閩南專有名詞，他是愛豬？愛雞？不管什麼，關鍵是肝膽肉位必須

計較。因為認真生活，也多寫生活。〈雞事〉也好，〈有機〉也好，詩人寫他為什麼喜歡吃什麼、喜歡怎麼烹，然後隨筆偷渡，批評習以為常：「有機、無機、隨機、隨意。有機或無機的選擇，最終由荷包裡的厚薄決定，而有機與無機奮力不斷在兩端吶喊搖旗」。為文反映生活，也穿透生活，又像是〈煨白菜〉，笑看世界的層次也很豐富：

　　包心白煨雞肉，冬天上桌的美蔬，每況愈下，因為雞肉的取得大大不如人意，活雞規定不准現宰，鮮味消失無蹤，防疫勝於一切，舌尖不許那麼刁，嘴巴不再那麼挑，公共衛生才重要，撈什子的文明萬歲，萬萬歲。

　　單就吃，詩人挑釁了文明化、健康、身體想像等，如今風行的概念。所以，詩人也不是為了懷舊才堅持自炸豬油，他不信現代社會生命治理的說詞。慚愧的是，幾回在施家，若不是飯做好了，就是當大姊忙這忙那，我只跟著詩人或坐抽菸、喝茶、咖啡、開酒，或站在詩人後頭等著接下爬高高挖出的書。但詩人應該會做菜。寫〈槽頭〉，寫〈煨白菜〉，寫〈蓮子〉，寫〈菜心〉……細緻記載食物的製作方式與程序。詩人的〈第一刀〉就非常挑動唾腺：「三層肉沾客家桔醬色美爽口，不碰豬皮不近肥肉者快快向隅，如何是好」。除了愛吃、供給好吃者食譜與借鑒，詩人食記的根本韻味在於，以味蕾記憶著幼時以至長成，與父親和母親和其他家人的親愛，且還能廣泛延伸。〈媽媽〉不只教你做麵茶，還問讀者是否「那時節氣候尚未如今日之任性，食物腐壞的速度不若今日之快」？也是在〈煨白菜〉，詩人記憶二舅舅、二舅媽，和他們的家庭手工糖菓坊；詩人既能以〈螺肉的價差〉、〈春蒜〉反思不等價貿易與全球化，我猜〈煨白菜〉沒說的是，二舅的糖菓坊單憑「手工製作」就可質問今日文創、手

作，的新奇性。

無所不吃，吃無不知，讓人眼亮的包括〈黃土蘿蔔〉。滷肉飯尋常佐配的薄薄黃片片兒，很多人剩在碗裡不吃，詩人也說「把醃黃蘿蔔當日式食品早已是一樁慣性思維」，可是誰人知：

> 周作人《雨天的書》中有一篇〈喝茶〉，說日本人吃茶泡飯時配食醃菜及「澤菴」兩樣，福建的黃土蘿蔔經澤菴法師攜反日本，即用「澤菴」命名中國福建的黃土蘿蔔
>
> 九十年前福建黃土蘿蔔怎麼回事。當年日本法師從中國帶回日本，成了茶泡飯的兩道主要配菜之一，並以法師的法號取了菜名，由此推斷當年的日本法師會有某些哈中吧，而我們今日倒過來哈日

文學與歷史雜揉，是詩人創作的特徵，巧妙且純粹。詩人給讀者上完課，自也不忘愛現一番「本土」「常識」：

> 省產白蘿蔔：它的外貌壯壯實實碩碩好看，絕非縮縮長長的怪模鬼樣。要比含水量嗎，伴一片晶黃的烏魚子，包準黑睛瞬間翻白。清燉排骨哪須考量，白蘿蔔大塊切，愈大愈甜為什麼，掀開鍋蓋鮮香沖天。削成條狀的蘿蔔皮暴殄天物方才丟棄，多削一些糖醋之，爽口清脆耐嚼，台酒出品了一罐純米酒 22 度半斤 30 元，它倆多麼樂意配對，陪在這個小小的冬天。

說不完的〈古早味〉，以及，能以閩南話寫出專有名稱與特殊料理手法，還能走遍遍敘說食材的實地景貌，極為鄉土。這可麻煩了。好像只是絮絮叨叨著的詩人，以他對島嶼之所知，信手拈來即是與「本土論」或「台灣結」對陣。我們親愛的評論家們，怎麼面對出身鹿港、筆下盡是土壤、在地味道的詩人施善

繼？詩人說：

　　成長於雙親使用鹿港腔閩南語對話的家庭，時至今日仍保有這項語言能力，在生活的領域裡幾乎說不上了，對個人而言卻溫存這項儲藏的未曾喪失，珍惜於心欣慰無聲

　　又說：

　　30 年前去了泉州，我的鹿港話與閩南語在原鄉的巷弄鄉里瞬間連結併攏。鹿港話自從先民移台以來，在鹿港一地，傳習了閩南方言鄉音歷數百年。鹿港話牽引鹿港人尋訪閩南種種，讓我開口重啟鹿港話，與原鄉私語言故，原鄉陌生的趨近，在內地改革開放初期，簡樸親摯迎面撲來

　　其實也知道反論者會怎麼做，因為早已發生。〈獎的漣漪〉就說了，1979 年的〈小耕入學〉曾上榜中國時報高信疆先生主持的「敘事詩」，當時評審說：把愛國之心明顯地推至中國大陸的邊境……是它在一種更恢闊國家意識上予人的激勵，僅十八年後，《彰化縣文學發展史》不得不收入鹿港詩人施善繼的詩的時候，編者點評的圈圈在書中圈紅：莽撞地插入要孩子感時憂國的國族至上論。二者的國，都不是施的國。80 年代最後一年，電台邀詩人寫詞，說立馬廣播，詩人「心裡掂了又掂，總往無地裡揣」「最終保持噤聲默默，趨避了虛晃的陷阱一摞」。詩人清楚得很，能免就免得「在獨特的台灣史現實的語境裡，被話語的掌權者按照自行嚴格規定的意識形態說三道四」。

　　詩人對著整個社會生活張開了眼睛，所見盡是分斷底。社會是分斷的，我們生活在分斷，人是分斷的。荒謬已成為習常，醒者必須肩負層層剝開的責任，如果還要文學。

五

那麼，這本集子裡的隨筆、札記……應放在什麼分類？這問題不重要。雜文，顯然是。我們無須又急著溯源雜文是什麼？流派、學術淵源？我當然無意暗示詩人的雜文有魯迅味，沒這麼嚴重吧？但是，倘若放在陳映真所說的「交織著侵略和革命的世紀的中國，在她從歷史的近代向著歷史的現代過渡時所引起的劇烈胎動」⑤裡，這本集子的意義就自明。如陳映真所說：

　　文學像一切人類精神生活一樣，受到一個特定發展時期的社會所影響。兩者有密切的關聯，因為一個時代有一個時代的『時代精神』（陳映真 1977）⑥

詩人的作品確實是特定氣氛底反映；它的文學意義，就在於其對應著特定歷史、社會構造、讀者，而具有特定社會功能。相較一般人的詩人印象，下筆前我也自問了一個問題：詩人什麼時候不寫詩了？可以說他不寫詩了嗎？自答：這集子裡的難道就不是「詩」？陳映真曾引述詩人的回憶：

　　這位朋友還不斷地告訴我：「沒有詩，人照樣活得好好的，」要求我放棄寫詩。「寫些別的嘛！」他說，可是除了詩，我偏是什麼也不會寫。（陳映真 1981：26）

這位朋友是唐文標。這以後，詩人短暫停筆，即我們熟悉的轉向白話敘事的過程。敘事白話，相對古文當然也「現代」，卻不是 1960 年代以至引發 1970 年代「現代詩論戰」的那某一種特立於島內的「現代主義」詩。也就是，詩人記述寫家們如何荒唐批判陳映真對現代主義的批判，不純為了平反陳映真；寫家們還

喧囂說陳映真只有意識形態（意念先行）；以詩人施善繼的創作歷程作為「案例」，歷史化分析島內文藝思潮、創作人的演變，不只恰恰證明陳映真們、施善繼們的文學「現實化」是因著時代的必然，更證明了，相比陳映真努力甩開青年期所受之影響而完成形式與內容之辨證統一、相比於施善繼與許許多多 1970 年代詩人奮力現實，事後批判這路文藝的寫家們，毋寧具有反動性。

詩人青年時或許不明白，他曾親愛的某一種獨特於島內的「現代詩」調子與自己的關係是什麼？後來，詩人如別的許多人，各個社會領域的人，淋過頂過 1970 年代整整十年的風雨，爾後決絕，知道了白日以外還有紅太陽。

時間又過四十，今天的詩人應當也明白，還能以什麼樣的文藝，面對他與世界的關係。近十年餘詩人所作散文體，因此常有一般人恐怕不好下嚥的「硬」菜。如〈牆〉，詩人走在你我都常走的街上，內戰－冷戰的城市痕跡盡收眼底。〈黑馬〉、〈網黑〉諷刺美國領導人不該是歐巴；〈我們化作水〉、〈寄語〉是為朝鮮半島和談而作，自然不只是關注我們的亞洲弟兄，更是從我們自己的處境，同理朝鮮半島的分斷狀況；〈線索〉以菲律賓、關島來批評新帝國主義美國；還有，為數不少的必須的，批判日本軍國主義的系列如〈共榮圈〉、〈充氣娃娃〉……。

談詩人的轉變、他的寫作內容，並非想判斷寫好寫壞；陳映真評過「走出對於生活的冷漠的現代主義之後的施善繼……甦醒了他對於問題的關懷之心。（陳映真 1981：37）」。我們可以說 2000 年後的寫作是更努力把自己放回世界裡去，詩人深深意識自己的、我們的處境，不斷地切向社會之所以長成如此面貌的本質。運用甚好的，或許如〈端午〉。尋常的節日俗禮與食物，讓詩人想起了聞一多的〈人民的詩人——屈原〉，和在台大校門附近購得「禁書」——詩人所收第一本聞一多著作〈神話與詩〉——的往事。詩人回憶，當時翻印商已經刪去了郭序、朱

序、事略、年譜，待 1989 年在香港買到開明書店四卷本《聞一多全集》才知道〈神話與詩〉只是第一卷，而 1994 年讀到湖北人民出版社版的《聞一多全集》又才知開明版也是濃縮。不論什麼版，啊！台灣的我們什麼時候才能完完整整接觸知識？又如〈鐘〉，主角是一黑一白兩具圓鐘，詩人慣以物件紀念事件，兩具鐘便攜帶著記憶，此極私人的小事，一正一反轉的鐘，又巧妙聯繫了玻利維亞外交部長「逆轉時鐘」的宣示。

島嶼之心深情美國、日本，如詩人說，1950 年代以來「基因突變者極少」，這可能使得有些人讀著不適。戰爭遺留尚未清除，只能把反帝、反殖民的行動當作己任，從兩岸到第三世界，到世界與帝國主義，質問著總是收聽 BBC、ABC……而不知所謂的閱讀人。這正是詩人的價值與當代意義之所在，詩人與其創作與社會鬥爭有千絲萬縷的關係，把日常生活根基在社會與歷史、政治，不因此減損情感的真摯，和美學之品與質。

六

讀者將一再讀到，詩人出行所見，總能連上舊、新帝國主義百年侵略史，這只是提醒我們注意公眾生活裡的跡證罷了。而讀者也將一再讀到詩人自己的私生活，除了吃，還有咖啡、茶、菸草，以及電影、音樂……。

知道詩人的，自然知道他自己烘豆，所以有〈冰咖啡〉、〈虹吸式〉……等談咖啡的篇章。不能說這不是一種私癖，「放心好了，本地喝咖啡的意識、行為，整個咖啡動態的經緯牢牢固固的苦味，苦來苦去，非苦不咖啡」，可除了以個人喜好嘲笑大眾消費社會，如〈苦海有邊〉也說：

自己炒好的豆子，如何煮如何泡，自己想方設法，不必盡

仿誰誰誰的規範。非洲大地上的家庭主婦，炒豆煮泡歷來自有手
法，她們使用祖上的傳方，並非資本主義流溢於消費市場的模式
與花樣

　　只差一點點，詩人恐怕就要說起拉美的歷史了。咖啡、茶，
甚至菸葉，都能說出一部第三世界受壓迫史。當中最為論敵們難
以招架的，應屬音樂系列；詩人寫音樂的方式，使得私人興趣也
能因為顧及語脈而有公共與客觀。〈第一排〉反諷人們濫用配
樂，在詩人看來，房地產商的廣告配曲不顧典，不知道曲家窮困
得住不上「第一排景觀房」，死者情何以堪？太熟音樂的歷史，
無法忍下不揭開瞎了左眼的台灣見不到的。如〈播音員〉、〈音
樂的政治課〉、〈消費的圈套〉等，都是解構遮蔽的歷史。詩人
也談他常聽某音樂電台的塊狀節目：

　　主持人介紹蕭斯塔科維奇時，總說他「一生在蘇聯的監控
下作曲、身不由己加入共產黨、言不由衷的弦外之音」……寥寥
數言將蕭氏定調定性定案定型，把蕭氏簡簡單單任性打發。百口
莫辯的蕭氏，被貼上反共標籤永遠不得翻身。兩個小時扣掉大約
十分鐘的廣告，剩下一小時 50 分，把蕭斯塔科維奇簡約制式反
共臉譜化。……不知伊將如何介紹蕭氏的第七《列寧格勒》、第
十一《1905》、第十二《1917》，三首交響曲。也許伊並不在乎
反不反納粹法西斯，也並不在乎轟轟烈烈的十月革命

　　詩人批評政治日常化，某一種意識形態已經通過生活操控了
美感，從而是倫理觀，以扭曲方式「愛樂」。〈消費的圈套〉無
所不在：

　　繪聲繪影，利用當年穆洛娃尋求政治庇護的故事，編制了一

段短劇廣告沿用反共抗俄的舊資料推銷賣票，為許許多多腦袋尚未開竅的聽眾，糊里糊塗莫名其妙聽信消費的圈套

　　而除了作為另一種愛樂者的角度，詩人還原曲目、曲家的歷史時，也成就了某種以音樂為針線，縫補噤默了的思想與文藝的特殊文學方法。然而能否微微反轉島上根深蒂固的歪曲和謊言？〈巴西奪冠〉時，人眾能感受巴西意味著什麼而拉美音樂有什麼意思？詩人深深的無奈還在於，處在分斷，各種具備社會主義體質的音樂與戲劇尚且因屬「外國」而得以視聽，可是自由台灣仍不能自由閱聽、思考、師法，如〈樣板京劇〉、〈現代芭蕾舞劇〉等「中國」「社會主義」樂、曲、劇。

　　七

　　施善繼敘夾意／義，因為我太不內行，很難清楚義／意夾敘地說明。總體而言，不管稱此這本集子為雜文、札記、隨筆、雜記，應該還是要從當年「那位朋友」說起。青年詩人因循「橫的移植」，爾後反思、停頓，再出發，然後又因為時代的政治氣氛流變，自然而然化成新的書寫。是的，詩人已經甚少寫詩體詩，本書卻恰恰是表現了文學在台灣的發展的「詩的」作品。
　　詩人所寫，就是這個時代，這個社會的詩。不得不說，有時也覺得，詩人果真如我前面所感，意識了他的寫作位置嗎？詩人確定了自己嗎？似如私人日記公諸於世般的創作多了，難免呢喃不好懂，偶爾令我想起陳映真的建議：「缺少對於問題更深入的、理性的認識……不可置疑地減輕了他感情上同情的力量。（陳映真 1981：55）」。與此同時，某些細節的理性處理，又分明不是 1981 年陳映真說的那樣，又該怎麼說？我反覆揣摩，讀多了，漸漸感受詩人時而頹廢，即使閃逝卻不能說不曾有過，

對事態非常無奈幾近放棄了的消極感。這是詩人正在遭遇另一次
變化嗎？詩人的變化有跡可循，不能忘了，詩人經歷的我們都正
在經歷的環境裡，介面也流變了。《毒蘋果》至今兩冊，有些文
字是初面世，而面世的文字中，有時恰到好處，有時感覺未完，
有些段落銜接得未必順，有時過短有時則噴發，恐怕都與介面的
客觀限制拖不了干係。

　　對於入世的作家而言，客觀條件如果不能解決，多說的就是
天真了。這也未嘗不是契機，替我們的未來創作更多提高了藝術
性的寓言，畢竟《毒蘋果札記》從字面就是說好了要接續戰鬥的
意思。不知道這些年來的文壇怎麼看詩人，我仍忍不住引用陳映
真的鼓勵：

　　　其實，真正改變的，不是施善繼，而是整個時代與它的思
　　潮。只不過時代挑選了對於改變有敏銳反應的施善繼罷了。從歷
　　史看來，在現代派中，「變」的如果不是施善繼，也一定有別
　　人。有人變不來，停筆不寫了；有人以新的作風躍起於詩壇，也
　　必有人像施善繼，從老路向新路發展。但是，也還有一種人，一
　　時變不了，既不願後退，也不能前行，卻喜歡站在前進的路邊，
　　對路上的人品頭論足，說某人「善變」，說某人「變脫了線」。
　　這其實在文學史上，也是古已有之的。（陳映真 1981：61）

　　善繼就是有善，善繼如果變，本就是「善變」，沒什麼問
題的吧？相比時代與時代中人心詭辯／變，其實不曾變的該是詩
人，他的真摯、誠懇、直白與絮絮叨叨。我們必須體認，詩人施
善繼，他的創作，連同他寫作的內容與形式轉化，就是世界範圍
的中國史的台灣的產物，就是我們的。因故任何時候，如果詩人
顯現強烈個人特徵，那也是因為太過關心台灣、兩岸、世界，關
心我們。台灣、兩岸、世界、你、我，不是我們都該關心的？那

就試試來讀《毒蘋果》。況 2019 年的此際，世局好了嗎？太平洋那頭的狂人還在全球封鎖與挑釁，台灣海峽那頭也在變與穩的辯證中，無不牽動島內心情，我們該慶幸還有一個人如此寫著、寫著。謹以此代作序。

八

補記一：因病拖遲了交稿日期，詩人在初七夜裡打電話問好，讓我覺得真是非常不好意思，但實在沒辦法，對詩人、編輯、出版社，感到十分抱歉！

補記二：那日也是曾大姊傳微信，問我可否「淘」兩罐「咸亨酒店」出品腐乳。讀〈咸亨酒店〉方知，施善繼「作為魯迅先生的一名忠實讀者」又「過目不忘」，在浦東機場見到曾現身〈孔乙己〉的「咸亨酒店」出品的腐乳就買了，而事後應是感覺很好很好，念念不忘。可惜，因豬瘟之故無法攜回。

定稿：2019 年 2 月 20 日台北城中

①施善繼（2014）。《毒蘋果札記》。台北：遠景出版社。

②張立本（2014）。〈毒猴記〉。載《兩岸奔報》（64 期），2014 年 2 月 5-18 日號。

③陳映真（1981）。〈試論施善繼的詩〉。收於《現代文學》（復刊 13 期），1981 年 2 月。

④唐文標（1984）。《中國古代戲劇史初稿》。台北：聯經出版。（見該書頁 278）

⑤陳映真（1975）〈試論陳映真〉。收於《將軍族》。台北：遠景。

⑥陳映真（1977）。〈文學來自社會反映社會〉。收於《仙人掌》第五號。

2013-2014

2013 春節
《瑞光》

誰
聽清楚
龍的腳步聲
混在鞭炮的劈裡啪啦響
一溜煙
瞧不見壬辰年了
龍的影躲瞬間
無踪消失可不怎麼老遠
辭舊歲辭舊歲
辭了舊歲歲歲平安

看
多明白
閃閃爍爍吐霧著瑞光
寫在蛇芯的都是些什麼
兩岸互設了美美的辦事處
廈門的水從海底接過來
滋潤全金門島的咽喉
ECFA 本非謎語
給家家戶戶遞送
福氣賀春人人添喜

哦
還有啊
要加倍親近

我們近親的中國因素
在新新每一天的呼吸
在新新日日夜夜的勞動
在群鳥鳴囀的五嶽
在濁水溪的潛流
在中央山脈的縱谷
自然放歌輕鬆旋舞

2014.3.5
春蒜

　　豐美汁潤、鮮醒新誘的飽滿春蒜，總得要等到清明在雨絲叢中穿梭交錯，逝去的先祖之靈，方才尋著臨行前生者叮囑慎終追遠的裊裊餘音踏步回返，又一年了，它們三三兩兩，單自獨行，也成群結隊，風隨瓣瓣辣香依傍半濕不乾的節令，款款絡繹於陌生如織的飄渺歸途。

　　春蒜春蒜隨著一年一度的清明節氣，分批從產地收成裝袋運抵街市準備著販賣，這是春蒜最為滋脆，最為蠱惑的時刻。舊年默默沉寂的老蒜，歷過夏秋兩季，近冬以後逐日見其乾癟枯瘦，而且經不住光陰的催促先先後後冒出了綠芽，情勢便一發不可收拾，冬之將盡，春卻遲遲，遲遲彷彿指日，指日眉宇可待。

　　新蒜與舊蒜的蒜蒜接力，不能全符思蒜者的心意，菜攤上電子秤前，擺放的那些藍色塑料網袋裡的物體又是什麼東西，裝蒜？真蒜，如假包換，假蒜，老闆說騙你免錢，光天化日之下，蠅頭小利的現金買賣，誰敢裝蒜，絕對真蒜，要不然先拿回去吃看看，明天再來還賬，一袋半斤 50 元。在無蒜佐食的日子裡，一斤索價一百的蒜瓣算不上貴的，餐桌上那兩顆剝好外殼的裸淨

皮蛋，正等待細小的蒜肉丁沾上烏滑冷靜的松花。

　　缺蒜時期的替代蒜，真蒜，攤主告知底細，阿根廷的蒜不發綠芽，搭乘集裝箱迢迢遠道，從世界地圖的右下角朝左上方，斜斜越過浩瀚無邊的太平洋，兼程為此地思蒜的人來解饞。

　　可蒜饞易解？本地的喜食蒜眾，估計並非偏狹的地域本位主義者，翹首台灣春蒜嬌嫩欲滴、爽亮可口，在陰霾惱人困乏的雨之網羅，為預先提前上墳的人提神、祛憂。

　　2014.3.8
　　"現代"神話

　　上郵局窗口交寄一份郵件，目的地東京。自從郵局改制公司，進入市場競爭，舊式架構已經無法把持局面的一支獨秀，大體而言服務品質差強人意，雞蛋裡儘想挑，畢竟也還有幾根不甚順當的骨頭。

　　內襯氣泡的封套每枚 70 元，這筆 70 元交寄時自動轉充郵資，是一項小小的嘉惠大眾的美意招攬。

　　「請問寄往東京水陸的，需要補貼多少？」
　　「等一下，我查看看。」辦事員推推臉上的眼鏡。「東京那邊不接水陸郵件，只收航空。」
　　「為什麼？」
　　「不清楚耶！」
　　「航空加 164 元，掛號再加 65 元。」簡短而利落。

　　遞給 164 元，不想掛號，少花 65 元，不信它會寄丟。
　　那個自詡先進的某國，萌發奇想戮力脫亞入歐，地緣上日日

夜夜置身東亞地表未聞位移牽動，分分秒秒它都立定稱為扶桑，它十九世紀後半至今深重的罪孽記錄，是它曾經冷血的擴張過它精神慾望的版圖，帶給"非我族類"無止無盡莫須有的痛苦。

拒接台灣寄發的水陸郵件，僅限空路一途，郵政公司的櫃檯茫然面對顧客的發問，為什麼，不清楚耶，櫃檯上的不銹鋼窗欄冰冰冷冷的豎立隔離防衛著，不消幾分鐘辦事員稱職把事情辦妥了，辦事員往上推他滑落的眼鏡架時，那張微微訕訕的臉繪滿台灣特有的皺紋，窗口的作業似乎不曾增添他半絲愁容。

拒收水陸，只接航空，減少郵務處理的龐雜繁瑣，這一招要得，會是自詡"現代"先進姿態的明燦外炫？至於航空郵資的相對昂貴，加多郵寄者的預算，你與它同居在一個地球村，乖乖的協力合作，它只管設身在"現代"的美境，外人儘管溶入，無端的配合它理所當然的"現代"神話。

2014.3.12
草莓奇觀

除了野地裡兀自生長著的，被呵護備至細緻培植的草莓娃、娃草莓，對伊們嬌生的肌膚使勁吹氣，怕不至於會滲出汁來，若用手指捏看看，誰家慣養的試試。

草莓娃很長一段時期以來，許許多多都服起替代役，上班地點離家近，夜夜春宵，領到的月俸偶爾還可以呼朋引伴大快朵頤，約情侶。伊們早已不用枕戈待旦了，金門太武山腰題書這四字的勒石，安在？什麼部長回答無厘頭詢問，海峽駁火，一個說撐一個月，另一個說兩星期，莫衷一是，潛台詞只緣織夢夢痕斑斑夢山濯濯。

草莓娃最最熟悉的，莫過於張眼星星間的韓劇，低頭手掌中

的韓機以及松山五分埔既潮且萌的韓衣。伊們壓根無知何為 "韓戰"，伊們從來沒為無知這檔事假惺惺，無知應屬荏弱的純真，草莓娃的諸多長輩即使知，知了也等於白知。

　　草莓娃近日在福建省連江縣的馬祖某處，刮除中山室的牆面油漆準備重新粉刷時，赫然發現底層殘留美國國土的全幅壁畫埋藏其間，草莓娃於是回報，經老草莓研判，係 53 年前美軍顧問團遺存潛伏，即美國的西方公司成立據點策動更老的草莓，在對岸沿海搞游擊戰，中山室外另立有美軍游擊步兵的陣亡碑，草莓娃形容眼瞼底下此一景象視為奇觀。

　　草莓奇觀。53 年前合當 1961，韓戰 1950 年 6 月 25 日爆發，27 日第七艦隊急速侵入海峽中線，自那一日起美利堅強行佔據島嶼作為它前院籬笆內的一處哨禁，島嶼全天候誠惶誠恐堅守從不怠惰。草莓已經傳了祖孫三代，再往下傳視野裡依然無際無涯草莓奇觀。

2014.3.18
牆

　　從校區內的椰林大道走出校門，等綠燈亮，左轉不到一百米，抵羅斯福路 T 型另一個紅綠燈交會口，這裡車多沒有規劃行人穿越線，安全起見行人需走地下道，再從地下道爬出對岸商店毗連的騎樓。

　　選立在一個點停腳，身子站向剛才地下道的入口處回望，視線往上拉升，在一堵九層高樓的側牆上定睛，你看到了，我也看到了，不約而同仰望到了。牆左邊，差不多已經成了上古史的古董商標 "麥帥"，它註冊的老模老樣，硬挺將軍大盤帽、墨鏡、嘴唇緊咬一支玉米穗軸煙斗；牆右邊三個大大的英文字 "We

Well Promise"，看到的人心領神會，喝一口手拿的水，潤潤喉，往前走。下方一排理應是與畫面相關的聯絡電話。巨牆經受日曬雨淋風刮，黑白兩色的構圖逐漸淺淡，但仍然看得清楚。

　　九層樓近三十米，制高點絕妙，一刹嘆為觀止。這個紅綠燈口車水馬龍日夜如梭，這幅廣而告知的巨靈大發利市了多久？搭公車在待轉區等轉新生南，坐靠左窗不期然抬頭，那麼準瞥上驚鴻，車子適時左轉。

　　此一巨幅看板當非針對特定對象，否則該改立在新生南那頭，它每天勤奮親切的向無數過江之鯽揮手，麥帥嘴上的煙斗並沒有煙冒，他以軍人的一絲不苟靜態而冷峻的承諾，只要通過這一堵高達三十米巨靈的牽引，精英的稱號不僅僅在耳際廝磨，精英之姿指日可待，記住高牆上的電話號碼，接通了，汝將適履永世平坦之域。

　　過江之鯽徒步、跨摩托、開私家，更多更多擠擠捷運急急公交，匆匆忙忙風馳電掣趕著上崗上線。掌方向盤、握車把集中精神不斜視；低頸悶頭從沒歪錯。巨靈高高在上，任它放肆的揮手吧，讓幸運看到的也許輝煌也許騰達。

2014.4.7
黑黢黢，真好

　　趙剛在過完清明的兩天後，光陰重又恢復本貌的渾沌烏瘴之際，透露了一份趙誌標記的靄靄時評，我從他朗朗的凝思裏，不殫其煩的條分縷析間，擷取到一組不遠不近遙感適中，久未逢遇的佳語。

　　「在思想薄弱的黃昏，所有的牛看起來都是黑的。」趙剛詩幻交織的氤氳著，娓娓好句卻難脫輕苦淺澀的味餘。

　　我於是聯想：23000000 頭牛是黑的，2300000 頭牛是黑的，230000 頭牛是黑的，23000 頭牛是黑的，2300 頭牛是黑的，230 頭牛是黑的，23 頭牛是黑的。到底幾頭牛是黑的？黑黑漆成一團？不，被涵蓋在上述數字群體內，之外的便不盡是黑的，其餘要煥發出各自閃爍的精彩。

　　三十年前的 1984，陳映真在當年三月號的《夏潮論壇》上，發表了《追究「台灣一千八百萬人」論》，三十年過時了嗎？絕不，18000000 三十年後增加 5000000 成為 23000000，如此而已，所有的一切原封不動，隨著時間的推移甚至變本加厲。陳映真在他的文內下了九個小標，錄於此，請看官們無妨找來細讀參照：〈中等以上階層的政治要求〉、〈小市民階層的政治願望〉、〈社會下層和工人的政治願望〉、〈"一千八百萬"論的三個市場〉、〈其實只有六百八十萬〉、〈從人口學上再分析〉、〈又"革新"又"保守"的中上階級〉、〈"一千八百萬"論是誰搞出來的幌子？〉、〈要求黨外擴大社會基礎！〉。

　　我猶然儲存著一抹關於牛言牛語的記憶。1998 年初，一個凜冽的上午，北京長安街上的一個會議場子裏，一場台灣文學會議進行著，輪到同行的學者發言了，學者起身開口啟齒語驚四座，「若是牛，牽呼北京嘛是牛。」海峽右案，來自台灣直樸毫無虛飾的告白。

　　此一急速短截的電閃，道盡耳熟能詳，母親在我弱冠之年臨屆前期，生活中習常的順口溜，寓訓寓誠稀鬆平淡，「若是牛，牽呼北京嘛是牛」，台灣牛牽到北京照舊絕對是牛殆無疑義，在母親的常識裏，該不知曉北京距台灣多遠，但俚語的形成，出現自有淵源，台灣牛牽至何方落腳永遠不會改變體貌。母親常掛在嘴上的另一句「慢牛厚屎尿〈bbân-ggú-gâo-sǎi-liô〉」，這一句五個字組成的普通話，用閩南方言拼音唸出聲，傳了神又體了味。母親俚語裏的台灣牛，什麼顏色？為昔日農戶辛勤耕作稻

田，翻犁園圃的水牛，為呂赫若的小說《牛車》牽引費勁尚不足供養楊添丁一家溫飽的役牛。母親的順口之溜隨著生活的節奏陰晴圓缺，機鋒處處。水牛與役牛相偕走過台灣歷史的黃昏，它們一直保持著歷史賦予的本色。

我走覽內地幾些省份的高原，在空氣稀薄的崇山峻嶺間，遇見了放牧於草地上，性喜嚴寒氣候的犛牛，它們身上披著黑黢黢的長毛，遠離紅塵的時尚閒適在人煙罕至的清境，它們在高原的草地上迎日出，送日落，黃昏過後，它們被牽回家，安置在藏族人居屋的下層，於謐靜無邊的黑暗中悠恬睡去。

白色的犛牛極其稀少，係基因突變的？主人當成異種珍寶，佩戴上人工飾物，讓它在景區陪過往的遊客合照，它從早直至黃昏，默默的忍受著人類的聒噪，這白色無端降臨的莫名其妙，令它不能與黑黢黢的同類共享草甸上廣袤的消遙。

黑黢黢，真好。

2014.4.21
痴妄

一日去了樹林，趕早自家的煮磨真來不及，路邊一店正剛拉鬆鐵捲門，腰需彎彎方能進出，掌櫃的答應我幫他全開，嘩啦啦今天提前營業。師傅還騎在摩托車上急奔，掌櫃的允諾我站上吧台粉墨自扮。掀蓋分別聞了幾款豆，終於完成喧賓奪主的操作，飲罄付費，掌櫃的沒有多收一分。

曾經發惛何妨也開一爿湊趣，在予想的構思裏，天下那一式的煮具呼齊有來有歷，讓喝客臨門親自料理，使用店主我的供豆，店規不准煮客假他人之手，因為店裏的煮具並不添置自動或半自動之類，我的店双不，不掛耳不膠囊。

　　選豆、研磨、淋濾、烹煮、奶泡、拉花。自玩自耍。

　　這一爿，址要擇在何方，車水馬龍？人間仙境？最穩當莫過不愁合夥、集資、收銀、電子發票、繳稅，痴忘連篇，濁浪濤天拍岸叫絕永永遠遠的腦海無邊。

2014.5.4
修改自傳

　　陣風把懸掛在路燈立桿上的一塊布招吹得挺挺。

　　白布上頭印刷體四個醒目的紅字，「修改自傳」。不同的風向，幫忙吹給過路，色匆匆趕赴四面八方的人眾，讓他們看到，以思邈邈。

　　修改體型變化不合身的衣服，修改買到老舊房子的室內格局，修改調整原初的承諾，修改相約見面的種種，修改修改……修改自傳、構獲可能謀取一筆疊比之 22K 更加豐厚的幾 K ？

　　過陰曆年趁假期，祖母方才陪著上寺廟安了太歲，祖母疼孫子祖父也疼，爸爸媽媽自顧無暇，修改自傳大吉大利，修改自傳事小親自去辦，按著那塊挺挺的布招索驥尋道。

　　記得與修改自傳的人商定，靈驗了回頭謝好。

2014.5.9
談如廁

　　除卻老齡、嬰幼以及泌尿系統發生異狀，任誰都有憋的時刻，尤有甚者憋不住憋得走頭無路諒必也所在都有，每個人憑本事應急，天下於是太平。

就寢前一小時不再喝水，避免起床中斷途夢。出門搭公共運輸，短程或長程動身前務需斟酌，以防自陷愁城。台北公車聯營，早已不盡短程，中心與邊緣套牢，中心的芳醇邊緣的甘美將它圍繞。若搭捷運，最遠不過淡水新店間，能稱遠嗎？小憋稱忍，小不忍則亂大謀，日後果真冒出什麼 BOT，開往國際機場時再說。捷運站雖關有方便之所，設在站內的方便了乘客，設在站外的才算天下為公，但設在站外的可數寥寥。

台北不是一座有適當配置公廁的城市，台北人知之甚詳，倥傯人來人往，倒頗安然，行色匆匆各有各的動線據點，容積量千萬自己控好，免提前掛號醫療。公共空間附設的方便之所，過路人暫且一用，它們幫忙解決了一些零星急需，實非嚴格意義上的公廁，公廁如若設了，它隨之面臨嚴峻的管理問題，昂首自詡沾沾的公民，個個均已達至使用公廁的常識水平，答案不幸否定，此即公廁不見蹤影的充分理由。

昂首自詡沾沾的公民，只顧高談闊論，無暇反躬下身，尚待提升素質的低弱。

近些時嚼檳榔的嚼友彷彿少了，少見多怪作祟？以前常勸嚼檳榔發作，塞一粒咬牙切齒，檳榔汁的每一口全嚥下肚，連一滴滴都不往外吐，好好珍惜滿山遍野的經濟作物。同時轉過頭勸抽紙煙偉岸的煙槍們，抽完了把瀟灑的煙屁股，低調的置入自己攜帶的容器匯集，因為街衢快被沒有具名的煙蒂淹沒而奄奄一息。

2014.5.11
鶯歌的 "陶珍"

搓成條狀的文山包種用扁平壺，揉成球形的凍頂烏龍用大肚壺，不同的水溫讓茶葉在各異的空間裡展舒。又若泡起信陽毛

尖、嶗山綠、祁門紅等等，各用各的方式，器皿、步驟一一辦細，使茶湯盡善盡美順流壺嘴，傾注於杯中，內壁質白襯透多姿的水彩湯顏。

不喜亦步亦趨，縱情率性而為。當今之時，誰還把「三民主義隨在人」老掉牙掛在裂嘴。諸種儀典上，全體肅立免唱「撒麵煮湯，穩當好呷」。所以墨守成規夫子自重，小聲半點，少招人嘲。所以茶愛怎麼喝，隨興所至泡，好喝獨享，不好倒掉，自作自受，與世無擾。普洱混烏龍，幾比幾，鐵觀音對碧螺春，思忖慢撚。

我使用的窯變扁平紫砂壺，商標名稱「陶珍」，鶯歌製造，窯變發明專利第 63394 號。每一只窯變壺的壺底，都以楷書將這些個字眼燒印其上，鶯歌出品的茶壺各擅勝場，我僅知「陶珍」的窯變壺申獲專利許可，怕只一家？

扁平壺蓋內沿不慎敲了小小角，0.05x0.3x0.9 公分脫落微凹，外觀完好無缺內傷自藏，瑕疵私隱，非得為它專程跑一趟鶯歌。戶外時聞碰磁，室內難防陶碰。

店內深鎖，電鈴不應，沒有約定？撥了一通電話給在地朋友，啊，來遲了，窯變紫砂壺的爐子熄火許久，開業養育的三個兒子成家，抱了孫子，不想繼續在半手工業辛勤的景況中勞碌炙烤，見好就收。

別了，「陶珍」。鶯歌的窯變紫砂壺。

2014.5.20
第一排

受薪者階級處於一片買不起住房的哀鴻遍野聲中，電台播音的賣屋廣告，繼續搖唇鼓舌沒完沒了，它們當然不疑口乾喉燥，

一盤製作的錄音可以一播再播，哪管天荒地老。以廣告營生的電台，地上的與地下的混成難兄難弟，實在也分不清地上與地下的區別，廣告的物類，食衣住行悉數全包，除非完全拒聽，否則你耳根的清淨難逃。

專播音樂的電台加了進來，它要聽眾休息一下，音樂移出賣房的廣告轟開，海德公園第一排，香榭麗舍第一排，八里水岸第一排。藉屍還魂第一排，總督府前第一排，狗皮膏藥第一排好像都是保留戶，不賣。

廣告介入前，剛剛播放《阿瑪迪斯》片尾的終曲，小莫的d小調鋼琴協奏曲第2樂章，小莫的遺體，被葬在一個沒有墓碑的貧民墓穴，綑綁著屍身的帆布袋，從歐式簡易的棺木箱口順滑落下，抬棺人順手鏟了兩鏟石灰粉撒進墓穴，白色粉末在雨中翻飛。音樂節目的主持人沒有告訴聽眾，小莫生前到處奔波的住房，哪一處買的，哪一處租的。小莫並不豐碩的收入，不名人士約寫的《安魂曲》預支了稿費。他出生在薩爾茨堡父親的家中，父親1787年逝後若沒有遺交，莫札特應數無殼的蝸牛。

真正的第一排非馬勒莫屬，馬氏在奧地利阿特湖畔史坦因巴赫的工作小屋，於1893至1896年的夏季，在此創作完成他的第2交響曲《復活》和第3交響曲《仲夏清晨之夢》。

湖濱第一排的馬勒，唯一的馬勒。

2014.5.28
有機

老市場提回家的一把豇豆與一捆地瓜葉，在餐桌上整理拎往水槽洗濯，一尾迷你綠葉蟲與一隻迷你小蝸牛，臨飄而降。有機無機如今各行其道，有機的物類有專售的店號，老市場不經意

間掉下的迷你小可愛，偶然有機？也許它們習慣了農場主人的噴劑，它們適時脫身，免遭沸水煮熟的厄運。

一對壯年夫妻運載販賣的菜蔬，強調不從「萬大」不從「濱江」批來，自己的園圃採收，買客嘰嘰喳喳有機有機，我心底裏的暗黑深處半估半疑，比較確信的是他們大甲的檳榔芋，片芋清蒸或塊頭熬晶冰糖，不怕消化不易的人士，先吃純味的片芋，再吃冰糖甜芋，連著幾碗忘乎所以。

數年前的南郊小居，曾經也種過鄰居彭媽媽贈送的彭氏家芋，芋葉婆娑，芋果碩碩。水蜜桃、紅肉李，纍纍掛枝頭，端午的時刻，早鳥必來報早，鳥兒並不規矩，一枚只啄幾口，換一枚又啄幾口，再換一枚。屋後一小畦珍珠菜，想吃便去採摘，採採摘摘它們越是長得發呆。

南郊小居幾乎全數有機，懸吊在葉叢間的青竹絲有機，雉雞小群體矯健的分列式有機，靈光突現的綠色台北樹蛙有機，把我的屠格涅夫全集第 10、11 兩卷咬壞的白蟻有機，某冬 12 月 23 日與映真、麗娜觀看《戰爭沉思錄／阿爾及利亞之戰》後我接他倆上南郊小居那一夜有機。

有機、無機、隨機、隨意。有機或無機的選擇，最終由荷包裏的厚薄決定，而有機與無機奮力不斷在兩端吶喊搖旗。

2014.6.4
養生

自從養生之念突起，流風雅韻眼耳福至，鄰里閒話、專題演講、交通要沖，各式餐飲櫥窗內外的樣品模型、護貝圖文，想葷者葷選素者素，現食取離件件養生，隨時隨地的養，隨處隨機的生。

　　養生養生，大家一齊養，大家一齊生，別樣的可以懶點散，此茬似乎不宜。男生量量肚腹，公分寫了多少？女生比比蠻腰，自己看清楚皮尺上的數字。屏息靜氣，默默記著，養生盡得符合衛生單位的健康公告。

　　日人今村昌平1983年，根據深澤七郎原作，編導攝製的電影《楢山節考》，近日重看深深激嘆，它實在是一部世界電影史的絕釀，上乘的「養生」佳例，今村編導這部影片在我看來，類歸反式烏托邦的經典。

　　故事發生於深雪覆蓋峰巒疊嶂湮遠的古代，農作物歉收致山村貧窮，村民處在極端貧困的窘境下，自然沿襲出一樁「棄老」的習俗傳統，老人活到69歲的冬天，便要被兒子背赴楢山臨終，老人在谷中絕境等待餓昏斷氣，留下一份粗糧維繫相對年輕的家中活口。

　　七世紀在日本小荒村上演的人間悲喜活劇，與我們現存的社會真實活劇，國情迥異劇情雷同，盜竊、偷歡、貪婪一模一樣，電影裡的場景反而顯得樸拙。21世紀到底意味著什麼？現代化又說明了什麼？難道僅係思古幽情的單線發作。

　　荒村鮮少肉食，雪霽天晴狩獵中槍的兔子，竟被盤旋於空爭食的蒼鷹俯衝搶走。老人臨行前，教導它的未來媳婦，在清澈溪流中捕捉潛藏石頭底縫的魚兒。

　　「早點上山，山神會誇獎我呢。」老婆婆堆滿笑臉對著兒子，娓娓流洩生死惓惓的離愁。

　　69歲的老婆婆牙齒已經不全，但也才掉了幾顆剩下28，某一日她還背著家人，在石臼上緣勇猛磕碰，硬生生碰斷牢靠的門牙，以便自行減少食量。

　　兒子背著媽媽前往楢山，媽媽安安祥祥坐上椅架，兒子平平靜靜別離在即，楢山遙遠崎嶇，此刻背母親上楢山，趕路尚須回村。下一趟坎坷，即自己69歲時會被單程背上楢山。

　　不得不的分手，母子相互靜辭禮讓隨身的一個飯盒。電影結束前，今村導演安排細細軟軟的雪花從天而降，降雪降溫自是老人安然閉目的歸宿。兒子自不遠處轉返，對著母親又欣又喜的說：「媽媽，下雪了。」

　　養生若作修養生氣解，《楢山節考》是一則好例。電影裡的荒村，樸實無華貧困辛勤，村俗約定 69 歲背上楢山，69 歲前病故的，埋在村旁。兒子背著母親漸漸抵達目的終點，沿途白骨錯置連綿目不暇接，天體如是自然。同一時刻，鏡頭攝入遭捆綁於繩索網內的老人，哀嚎要推他下崖，情淒情切。

　　人人養生各尋秘笈。吾島此地並無 69 這組數字引惹而生的諸般問題，69 翻轉過來依然 69，阿拉伯數字真妙，96 翻轉過來依然 96。醫藥科技突飛猛進，教堂、聚會所、富麗廟宇、私設的宮壇，舉目可及，它們林立靜靜盼你，準備隨時等你臨蒞，為你的心靈無微不至的洗滌。好好養生養好生，好好養心養好心。

2014.6.11
巴西奪冠

　　去夏窗台上的鳶尾開得離離落落，雞蛋花根本靜默養起生來。今年春末，鳶尾搶先展姿，連開三批超過六十餘朵，我一眼看出她們的韻緻，且放一曲巴西民族主義代表，20 世紀拉美首席作曲家維拉─洛勃斯，親自指揮柏林廣播交響樂團，1954 年在柏林的單軌錄音《Chôros No.6》，以資慶賀。

　　世界杯離我們遙遠，宛如另一個星系的球體，用多少光年都難以算計，世界歸世界，杯歸杯，我們有自己的世界，我們有自己的杯。

　　台灣之子其中的一坨，前些年把床上的夢囈幻成白日的話語，準備組織一個兒童隊伍派去巴西訓練足球，管吃管住，管到長大成人，管到支支吾吾，管到語焉不詳，語為之塞。畢竟沒有組成那個吣菜講講的隊伍，否則我也不讓孫子們去報名參加。

　　務實認真聆聽維拉—洛勃斯的音樂吧，不用簽証即可進入巴西的國境，澎湃洶湧的嘉年華，勁騷森巴，印地安原始不絕的憂鬱，以及闊葉常綠層層疊疊的雨林。除了唱片錄音，音樂廳孤陋寡聞，孤陋了巴西，寡聞了赫赫的維拉—洛勃斯，我只好為自己的耳朵惋惜。

　　比之肖斯塔科維奇的幸運，維拉—洛勃斯還在等待機遇，等待果陀，等待發現它的貴人，當代的舞台，現代化的硬體設備，要不要安排發現拉丁美洲。

　　予祝明天開球的世界杯，巴西奪冠！

2014.6.24
鐘

　　牽手愛鐘，於是一家人都愛，愛屋及鐘。伊一直對盯見的各式掛鐘座鐘，興致盎然，且選且擇樂之不疲。把鐘迎進門後，個個壽命長短不一，故障送修修好續緣，修不好徒呼徒呼呼，讓它們停擺，永遠靜置於時間急促匆匆的催逼之外，退隱到白衣蒼狗的幕後。

　　1989 年 6 月初，天安門起了風波，風波前一天夜里，國字號電台音樂節目的女主持，無厘頭上不著飛鳥下不著路樹，來了一通電話，邀我寫詞，說他們馬上要進行譜曲，立刻對大陸廣播。我心里掂了又掂，總往無地裏揣，我最終保持噤聲默默，趨避了虛惶的陷阱一擺。

　　風波逐漸平息，適時巧遇兩具圓鐘，一黑一白，名之為「風波之鐘」，懸掛至今堪稱耐用，除了換換電池，安然 25 年無恙。

　　黑色鐘不但時針分針倒轉逆行，秒針而且反跳一絲不苟，鐘面上 12 個阿拉伯數字全部反置並非正寫毫不含糊。白色鐘，日夜 24 小時只走一圈，0 點從正下方起步，走完左半邊抵達正上方的 12 點，往右續走下去 13 點 14 點走完右半邊重返 23 點 0 點，子在川上曰：「逝者如斯夫！不舍晝夜。」

　　波利維亞外交部長大衛・喬克萬卡宣布了一項倒轉時鐘的決定，他們首先把鑲嵌在國會大廈額頭上的那面時鐘倒轉行進。這項舉動，旨在宣誓南半球人民身分的回歸重返。

　　喬克萬卡先生接著表示，南半球的時鐘與北半球的時鐘反方向轉動合情合理，因為南北半球氣候相反，太陽運轉的時候影子的運動方向也相反。偏偏居住在北半球，偏偏我家在四分之一個世紀前即已使用倒轉逆行的時鐘了。喬克萬卡先生的立論成立無可辯駁。副總統阿爾瓦羅・加羅亞稱政府正在考慮將公共機構的時鐘也全部進行調整。國會主席馬賽洛・埃利奧說此次「革新」，是在總統埃沃・莫拉萊斯領導下「人民反殖民化意志的表達」。我家居住在北半球，我們居住在這裡的人民，不斷遭受美霸日霸的牽掣壓制與凌遲，但人人臉上都無一絲痛苦的表情，飄飄欲仙樂活，我多麼羨慕拉丁美洲「人民反殖民化意志的表達」，我恐怕得要破釜沉舟開始動念計劃，先從夢的碼頭，再一步步牽往拉丁美洲的玻利維亞。

　　聽聽、看看人家的總統、副總統、國會主席、外交部長，都有哪些舉止，又說了哪些會令人動容的話語，他們不也是西式民主票選當政的嗎？那麼遙遠的舉止與那麼遙遠的話語，聽見了宛如近鄰，看見了即在眼前。

　　「人民反殖民化意志的表達」鏗鏘有力猶之黃鐘大呂，我斷

然不信，此地位居高端的淑女與紳士，聽看完這一句無動於衷，立馬閃去衛生間，做什麼？身心不適，避避風頭，等暈眩消失重新回座。黃鐘毀棄，瓦釜雷鳴。安了，恢復平靜風波，坐位依然高端的坐位，舞台還是高端的舞台，道士不用來收驚，三分鐘後回魂，無魂之魂。

推薦一款激光唱盤給高端們的耳朵，《編鐘樂舞》，中國唱片總公司 1987 年錄製發行，全曲 55 分 52 秒不足一小時，不會消耗太多高端的精力，高端們下方的次高端們也無妨聽聽，次高端下方的中端們也建議聽聽。莫札特誠然好，可聽多了食莫不化，食莫無味終須預防。

2014.7.2
《阿富的貞操》

這一份多慮，既無法驅滯，更不能消暑，我只要好好把穩並且持住自己的貞操，誰誰誰的貞操，誰誰誰都有一套，誰誰誰有兩套以上的，不吭氣站著冷眼側觀就好，也用不著比手畫腳。

《阿富的貞操》，芥川龍之介寫於 1922 年 8 月的短篇小說。故事啟動的時間起於 1868 年的 5 月 14 日午後，結束於 23 年後的 1891 年 3 月 26 日。1868 係明治維新開端的年份，田口卯吉、澀澤榮一、葉新次、岡倉覺三、下條正雄等等乘坐馬車，匯入人流。

小說由三角組成，一角睜圓一對琥珀色眼睛的大花貓，一角淋得落湯雞的叫花子老新，一角穿上布單掛的女佣阿富。

為了替主人尋回花貓，阿富與老新進行了爭奪。阿富雖把腰帶間插著的剃刀倒握到手，可老新也將懷里的手槍掏了出來。剃刀何足與手槍對峙？更況剃刀捏於一孅孅女子。老新裝腔作勢把

槍口對準花貓，扳機眼仿佛瞬間扣動，阿富伏帖於老新，屈服了一幕芥川淡定的驚悚。

芥川以 35 歲之齡自行棄世，令人黯然。

阿富的貞操，不會僅僅是小說中女佣肉體的貞操，也應是芥川托付在小說情節中，不言而明的芥川自己無形的貞操。手槍威嚇的貞操，以貞操交換可能面臨槍殺的花貓，芥川維繫了讀過小說諸受眾的貞操。

芥川留下這麼一份精神遺產，未曉他的後人今日如何品鑒《阿富的貞操》，以及如何審視眼下處世的貞操。

2014.7.9
V 大夫

兩顆眼球的白內障吸出術，間隔一個月，由 V 大夫操作，連同閃光、老花、近視四項麻煩一起解決。

先行處理好一眼時，另一眼開始進入等待的時序，大夫吩咐不應再戴用舊鏡，吩咐不等同建議應當受話執行。然而舊鏡兩片萌生了矛盾，術後恢復視力一邊的舊鏡片如果去除漏空，術前一邊的舊鏡片保留繼續使用，這樣讓兩眼的視力正常生活，但 V 大夫打趣，兩個框框一邊嵌有鏡片另一邊漏空，「你是那個境界走失的怪物老翁？」她眨著眼說。

不戴就不戴落得輕鬆，從初中二年級犯上近視至今，超過大半輩戴眼鏡過日，幸虧床寐暫時摘下，夢里經歷的情景反而錯落有致清清楚楚，不用戴眼鏡卻未曾迷途。

兩眼視差自行適應。白天去天龍國上崗，晚間竄回地虎窩的朋友建議天龍運動中心，室內比較安全保險，她們完全不曾體驗過我在南區郊山的越野跑。天龍國的住民儘管受寵，可一旦跨進

水泥森林，空想的天龍必然成了實態的地虎，被圈住圍堵於一定區域裏的地虎，可憐地虎的舒筋活骨聊勝於無。我执拗的用恢復視力的單眼走進 4 號公園，走著走著單眼跑了起來。

結識 V 大夫有年，伊在自己的診所上班，外省第 2 代，我從未詢及伊關於認同或歸屬的話題，這兩則不成問題的話題，在伊的同儕之間仿佛聽聞潛伏著某種曖昧不清的迷魂。六月下旬，伊與家人訪遊西安，帶孩子暑假裏看兵馬俑，伊提及蠶絲被，蠻以為此貨杭州才有，何只何只，兵馬俑展館附近的商號《秦錦堂》也有，蓋在我身上的夏被就在那兒獲購。

依著病患的比例，伊練就了一腔診察室內的閩南方言，滿足工作上的需要，講得溜不溜明顯浮現在步出診察室，毫無狐疑的一張張側臉。

伊話語聲調脆亮，引我想起俄蘇白銀世紀女詩人茨維塔耶娃的兩句詩：「凌空抓住的飛球／嘴裏御著的銀鈴」，我答應把那首 18 行的詩，完整謄一份給伊。

2014.7.14
冰咖啡

一般的時候家裏不製作冰咖啡，炎炎夏日也不，一來冰鎮後的咖啡給完冰涼感後，它的咖啡感瞬間消失無蹤，喝過冰咖啡簡單的要漱口，嚴謹的便得立刻刷牙。

不管調配型或純黑的冰咖啡，我都尚可拿手。冰咖啡杯中添放的冰塊，均用原汁結成，不會怠慢。想玩，在家裏應該認真的玩，沒有馬馬虎虎的道理，馬虎不如不玩。

不製作冰咖啡的根由，源於我的咖啡豆不深焙，淺焙的咖啡豆製作冰咖啡都不盡味，焙深焙淺雖屬主觀好惡，卻也不宜離旨

太遠，它有一定的容許空間。我依我的焙豆習慣，採買生豆，每次烘焙完成的熟豆總重量減少 14% 的居多，很少逾越 16%。

冰咖啡係多種多樣的冰品之一，特別在夏季，有涼快一下慾望的焦渴人士，冷熱咖啡二選一的當口，我建議選熱咖啡。冰咖啡上得快，從冰箱取出酙入玻璃杯，打點裝飾端到尊前，如果店家的手腳迅速敏捷，落坐賓客的喘息也許尚未甫定，冰咖啡的外觀先行從視覺，煽涼了一雙灼熱騷動的眼睛，握起滲著水珠的長腳杯就唇，咕嚕咕嚕兩口或三口，冰咖啡適合中量的小小灌飲，啜吸不符季節的快意，長腳杯裏的汁液緩慢升溫，趁冰體卻除前飲馨，冰咖啡很難留存美的回味，玻璃杯底僅餘薄薄一片水跡。

熱咖啡點好才開始操作，咖啡豆若正點，熱咖啡上桌記得萬萬不應「趁熱」，待個 5、6、7 分鐘，可以入口不燙唇傷齒，熱咖啡會給出它應有的魅惑，夏天喝熱咖啡才上選，熱咖啡恢復常溫之後，還真好喝順口，那便是它發揮了淋漓盡致的本份。

2014.7.25
騎樓處處

我住居那個市，賢明的市長不久前下了一紙公文，貼在人人得見的顯眼之處，現代衙門的命令兼布告，公文書上關防紅紅威信彰彰，受過義務教育的小老百姓都看懂了，限時把並排在騎樓黑壓壓的摩托車遷移，至僅僅一步之遙的露天紅磚道，讓原來走在紅磚道的路人改行騎樓，摩托車經得起日曬也耐得住雨淋，路人愕然莫名於市長紳士的垂青。

騎樓騎樓自古市街之蔭之影，商業興盛後附麗之弊叢生，商品鬼魅從輸送帶直奔倉庫，通路分門別類載抵門市，店內貨架薹滿自然流溢店外，騎樓店腳便是一批批先行超量運達暫時（也即

永遠）的擺放之所。

自詡髮茨上方頂著熠熠生輝的後殖民光環，看看如何在成排停放的摩托車陣，與迭疊日復一日不虞匱乏的小商品堆，雙重的擠壓間穿梭。

過不了路請另行取道。炒翻天每樣一百元稱不上大宴，小酌乾杯聲聲連連，此一段騎樓賓至如歸。對不起賓客已超多，已無桌可訂，勞駕親臨現場耐心排隊等候，今夜抱歉掃興，先生明兒無論如何一定不忘趕早提前入座。

腳踏車迎面，摩托車迎面，殘障人電動車迎面，在幾些地面與路面高度相仿的騎樓，是不能不閃躲的瞬間，萬一不幸被撞上，論理說不清勾勾纏，教育普及不足以闡明是非，身上的某處骨頭給折了，更衰者急診，騎樓底下當然沒有是非。

猶之，光天化日之下並無明確的黑白，大街上的號誌、標線，既經設了把文明架起來昭然若揭，綠燈熄後三秒剎不住搶它黃燈，竟而更有闖紅燈者，若還需要思慮，乾脆將每一盞紅燈全部取消！

2014.8.10
好兄弟

"有拜有保庇"，彷彿是有拜者蘊藏在心底裡深處的一句無形的密語，該拜神的時候敬拜諸尊神靈，該拜鬼的時候祭奠列位鬼魂。農曆七月俗稱鬼月，要普渡看不見摸不著沒有名字沒有姓氏；流動在大氣中亡故的好弟好兄。

爸媽在世時，我家屬拜拜之家，從小拿香跟拜直到長大成人結婚生子。初一、十五拜，祖父母的忌日拜，曾祖父母的忌日拜，主要的民俗節日都拜，從無遺漏日復一日年復一年。

　　正月初九拜天公最為龐派，葷菜素菜一應俱全，鹿港習俗擺定上下兩桌，上桌用金紙墊高桌腳以示尊崇，壽麵立柱爸爸自己盤捏，大紅的壽字他自己剪紙裝飾。晚飯後人人淨身等待時辰，爸爸教我跪地叩拜，媽媽最虔誠，她跪地叩頭一百二十下。

　　七夕的時候，除了媽媽從廚房端上來的油飯、肉酒，她還為織女娘娘備好洗臉水、香皂、毛巾，妝奩上擺著粉餅、胭脂、梳子等物，並且差我去買一包翠綠可口的檳榔，愉悅的把織女娘娘送上鵲橋。

　　媽媽遞給我一把燃香，要我一支一支，插進置放於碗盤生鮮或煮熟的食物裡頭，這是一年當中最為特殊的拜儀，小時候傻傻，大人怎麼吩咐便聽話照辦，不曾疑惑為什麼，祭奠好兄弟得要這麼做，當然更沒有提問好兄弟到底是誰？好兄弟原來是孤魂野鬼的別稱。拜好了，我向媽媽要賞那一大束我等了半天的龍眼果。

2014.8.12
詩思三則

　　一・周良沛編序的《中國新詩庫》十卷本，分兩批前五卷1993年12月與後五卷2000年1月完整出版。其後，《中國現代新詩序集》，兩巨冊於2006年9月隆重面世。超過百萬字的《序集》，亦即周良沛為編入詩選所寫序言的合集。收進《詩庫》的詩人共103位，《序集》卻少了兩位，周先生08.2.29給我答覆：

　　　「《中國現代新詩序集》的出版有個小插曲：《詩庫》原收了一百零三位詩人，一校，二校，皆正常，付印前，卻少了兩

位，一問，是總編抽了。此書雖然一出很快銷完了，但印數少，是賠本的，出版困難重重。為了免得節外生枝，我就簽了字開印。刪去的二位是：韋叢蕪、于賡虞。一是總編可能熟讀魯迅，討厭老夫子罵過的人，馮至也勸過我刪去韋叢蕪，二是討厭于賡虞的頹廢。其實他忘了，《詩庫》所收的詩，並非新詩創作水準的代表，而是說明新詩發展之中某種藝術現象的代表。」

　　于賡虞、韋叢蕪兩位詩人，分別被選編輯入《詩庫》三、四卷中，《序集》缺了他們，不過是暫時性的權宜之計，有興趣的讀者依然可以循線追索到手，時間並不算遠，資料也頗近。《序集》增補了一文《施蟄存與新詩及“〈現代〉派”》，施蟄存的詩，原未經編進《詩庫》。周良沛在《序集的〈校後〉》提及此，他留給自己的缺憾，是他終於尚未寫成《抗戰時期〈七月〉派的胡風》（文題由我代擬）。周爺正在昆明進行白內障手術，祈望他癒後，加油！

　　二‧我有一冊唐祈的詩集《詩第一冊》，列入“森林詩叢”，1948 年 5 月上海星群出版社刊行。全書 64 頁，扉頁印了七個字“獻給母親唐德芬”，共收詩 38 首分成三輯，三輯前各引里爾克的詩作為題詞，“後記”唐祈附記的時間 1947 年 12 月。摘取兩首放置於此：

《在森林中》

我漫步：
在森林中，
聽，歲月裡
悠悠的風。

我聽到：
遠處的山上的鐘，
像永久的歌聲
上升到天空。

誰的一個聲音，
又在森林中，
誰的一個聲音，
又在森林中。

遠處的風；
山上的鐘；
我將向哪裡走，
在森林中。

-1936

《旅行》

你，沙漠中的
聖者，請停留一下；
分給我孤獨的片刻，

我要去航行阿剌伯，
遠方的風會不會停歇；
沙礫死亡一般靜默。

沉思裡，我觀看
星宿；生命在巴比侖天空，

突然顯得短促。

-1937

三·"九葉"女詩人陳敬容 1948 年從英譯本轉譯里爾克的
《戀歌》，一直是我青睞的譯文，錄之供愛詩者參照：

《戀歌》　　　　里爾克　詩／陳敬容　譯

我將怎樣守護我的靈魂，使它
不被你的靈魂所接觸？我將怎樣
把它帶向別的事物，遠遠離開你？
呵，我願快樂地把它完全隱藏，
使它失落在沒有喧嘩的黑暗──
在陌生而寂靜的處所，當你深沈的靈魂
顫慄和歌唱，而它不會震顫。
但一切觸動我們的都使我們成雙，
就像橫過小提琴的弓
從兩根相遇的弦上只拉出一種聲響。
我倆是被張於何種樂器？
我倆是被握在什麼偉大演奏者的手裡？
呵，最最甜蜜的歌曲。

2014.8.23
高重黎的新作

　　畫展剩下一個星期，藝術家 G 從桃園來電話，約好一道去
捷運西湖站附近的一間藝廊，觀賞他參展的近作《秋刀魚的滋

味》，此一樁近作係他幻燈簡報電影系列 006，延續了他五年來藝術風格的創作，前 5 部的相關文本材料，收在《看時間看》（2010.9／大未來耿畫廊出版），合併參照脈絡分明，一目若不瞭然多看幾目便可以通透。

暗示玄關落地窗下長條的裸身沙發坐喝不走動，隨機起意的祝典儀式輕鬆無語賓主盡歡，落地窗外的熱氣蒸騰，勁勢的盛夏依然未聞強弩之末。

《秋刀魚的滋味》，援引自日本導演小津的《秋刀魚の味》，用 80 張幻燈片加上他 15 分鐘的卡帶配音，完成製作。小津 1938 年身為軍國主義的一員，被派往南京參與侵華的行列，日本戰敗投降前唧命去了南洋，在此次他的新作中均有精銳扼要的明點。

在 80 張幻燈片中，有幾張他自書的毛筆字，雖無法觀覽藝術品的全豹，但可窺一斑，錄之於此：

※內心的正義 PK 成影法的正義（電影中的正義）。
※照相機這玩意對發洩、滿足我們的侵略、占有慾很有助益。
※我出生於這些照片拍攝日期之後的一個戰前殖民地；這是一個才經歷頓挫的戰後民族解放、左翼運動、戰爭期間的矛盾、宿怨等內部鬥爭以及經濟失衡依賴所謂美援、而受其所控的社會。
※當仍有未征服之地理；我們開槍。當不存在未知可掠奪的空間；我們就拍照。
※沒有影像機器的群體就如同失去領土的共同體將是無法想像的存在。
※工廠、電影中的自動性是現代的本質。日本曾寄望現代性而重生；也因而死過一回，小津軍曹死於六十生日當天；生、忌日期同一天的巧合我們彷彿看到生、死，日本、現代の蒙太奇。

2014.9.7
名嘴的“嘴”

名嘴者，也盡皆名嘴家中列位慈母懷胎十月，寵愛有加呵護備至撫養成人，翅膀子硬了兩張嘴皮子油滑了，背著茹苦含辛的媽媽，坐在江湖的一角，等待某某電視製作人的通告。他媽媽的兒子，如今常上電視演播室簧鼓，兒子他媽媽老態淳良，不再嚴管伊從前兒子的行蹤。既已潛入下流，他媽媽的兒子一去不返，怕連兒子自己都把不定何時回岸。

名嘴即諸多行世名牌其中一系，類型繁多，掉書袋的、吃中華豆腐的、相約喝英式紅茶的、食用地溝油噤不住讕言誑語的、美金多到超出想像負荷的、還剩一哩路便可抵達終點的、應有盡有曲曲歡暢笙歌不輟。

名嘴的“嘴”照理說，它不會長在別處，生為人，備為七孔之一，它應位於人中即鼻唇溝的下方（趁便奉示名嘴們，“人中”係中醫針灸的穴位、主治癲癇、昏迷、中風、中暑、昏厥等），是人或動物的口，吃東西、發聲音的器官，病從口入禍從口出，名嘴的“嘴”概不能例外。從沒聽說哪一尊名嘴的“嘴”，他媽媽把它生在後腦勺，生在阿基里斯之踵，以致礙難正常運作，礙難與一般人共同生活。

然而彷彿總躲不開閉不掉，名嘴的“嘴”噴灑散佈的語霧，孽障重重非僅一堵，穿牆而透氣體的語霧，渾天漫遊，矇蔽忽悠了此間的視聽，視且讓它永遠亂視，聽且任其永遠非聽，既然上帝狠心袖手旁觀，上帝秘而不言的秘方，確定教名嘴的“嘴”佯狂至死。

2014.9.7
槽頭（zótáo）

　　"槽頭" 普通話讀音 cáotóu，指給牲畜餵飼料的地方。當用閩南方言唸作 zótáo 時，肉攤上的商家立即領會，你要採購他刀刃上的豬頭皮。槽，盛水或飼料的器具，長方形，四邊隆起，中間下凹的部分。

　　偌大一個豬頭皮，現在標價一百五十元，處理得乾乾淨淨肢解成五份，煙燻或紅燒，你要吃幾天？吃幾天隨閣下的興致，一個完整的豬頭皮，包準嚼得心花怒放 32 顆恆牙，牙牙酥麻。

　　更準確的說，zótáo 應是豬頸肉，這個部位，從下巴以下全被擺小攤的老板抄走，淋在白飯上油亮 duāi duāi，端到你的眼前還在漂滑，很多人稱它滷肉飯，無疑它是滷肉飯族群裏的一種。

　　我特喜歡豬嘴巴，尤其是兩個鼻孔上唇那一區塊，它們每天運動最多最勤的地方。它們棲居在圈子裏擁擠，它們的體型，它們的習性，只移動幾個步伐，小尾巴偶爾才揮幾下意思意思，蚊子蒼蠅也不見得理，還會以為在打招呼，給它們太大的空間，萬一運動過量養之不肥，飼主不想折本。

　　與 "槽頭"（zótáo）緊密相關的部位，豬舌頭。它每天攪動把飼料撩進嘴口，不斷咀嚼，不斷下嚥，不斷增肥碩大，看在飼主的眼底其樂無窮。一個豬舌頭不含舌邊的兩塊舌邊肉，去年賣價 40 元，今年漲五成，翻了半番，估計秋后天涼消費者的食慾恢復正常，它的售價還會再翻。而且，鉤子上並不見掛著豬舌頭，事先預訂才有。

2014.9.11
裴多菲大橋

　　蘇聯解體那一年，雖然某些懸念始終虛掛在陌生而遙遠的他方，但還是牽著伊，分割整備了一部分並未滯沓的心緒，去輕走了幾天歐洲。

　　從達文西機場進羅馬，沿途閃逝的松樹，在腦際響動的旋律線上植為實體，哦，雷斯庇基的交響詩《羅馬的松樹》原來是這麼寫的，新古典主義作曲家創作的音樂接我們入城。後來幾天，《羅馬的噴泉》與《羅馬的節日》兩組交響詩，整全的完成了視聽的驗證，新古典主義復頌變奏了古典主義賦予歷史內在的使命，絢爛而且輝煌。

　　在匈牙利邊境驗關，上來了一位乳臭未乾的小青年，笑瞇瞇的靦腆頂著一盤綠色的大沿帽，我們向著他微笑他迎著我們微笑。對這個曾經是社會主義的國度，我充滿親切的好感。更痛快的事，在關卡附近的邊境小舖，買到兩盒俗擱大碗古巴遠銷的雪茄。沒有過橋去佩斯，只能在布達眺望，行政機關沿多瑙河而建，在裏頭辦公，心境依水，上善若水。連接雙子星城七座大橋的第一座“裴多菲大橋”，“裴多菲”詩人的名字，裴多菲1847 年 1 月 1 日寫於佩斯的《自由與愛情》，上世紀 20 年代，通過中國革命詩人殷夫（白莽）的翻譯，復經魯迅引入雜文，人人皆可琅琅上口。“生命誠寶貴，愛情價更高，若為自由故，二者皆可拋！”。

　　殷夫（1909.6.22 端午～ 1931.2.7），左聯五烈士之一。讀一首他寫於 1928 年 10 月 31 日的詩《給——》：

《給──》

冷風刮過你的面頰，
我只低頭凝思；
你嗚咽著向我訴說，
但天喲，這是最後一次。

死的心弦不能做青春的奏鳴，
凝定的血液難叫它熱烈的沸騰，
我今天，好友，告別你，
秋日的寒風要吹滅了深空孤星。

我沒有眼淚來倍加你的傷心，
我沒有熱情來慰問你的孤零，
沒有握手和接吻，
我不敢，不忍亦不能。

請別為我啜泣，
我委之於深壑無惜，
把你眼光注視光明前途，
勇敢！不用嘆息！

2014.9.17
《泥土》

　　讀著路翎（1923-1994）的一篇散文《從重慶到南京》，寫他 1946 年 5 月 14 日自重慶至 5 月 26 日抵南京，前后兩地 13 天

的行程紀事，刊載於同年 7 月《希望》第 2 集第 3 期上。

　　在 5 月 19 日紀事的最末一節，他寫「沿路來時見到不少的窯洞，想著詩人的詩句：『如果不是山的顏色比夜濃，我將以為我是航海歸來，而遇見了燈塔。』」

　　詩人是誰？路翎僅只「想著」，三句溶入路翎思維裏的詩，短短三句，卻儲存在路翎的心中，盤桓於他的腦海，況且還經過他妥貼的跳接與安排，順理整合而成路翎私擁幽秘的清晰追懷。

　　魯藜（1914-1999）的組詩《延河散歌》，寫於 1938 年 8 月 25 日，總共 8 首，發表在重慶 1939 年 12 月的《七月》第 4 集第 4 期上。

　　縮寫在路翎筆底的三句詩，取自《延河散歌》的第 3 首《山》，全詩如下：

《山》　　　魯藜　詩

在夜裡
山開花了，燦爛地
如果不是山底顏色比夜濃
我們不會相信那是窯洞的燈火
卻以為是天上的星星

如果不是那
大理石般的延河一條線
我們會覺得是剛剛航海歸來
看到海岸，夜的城鎮底光芒
我是一個從人生的黑海裏來的
來到這裏，看見了燈塔

　　走在大革命時代洪流隊列裏一位詩人寫的一首詩，11 行，被閱讀過後珍藏在另一位同行者記憶深處的錦囊，抒情原型的韻緻未曾磨損，更且煥發了激情的亮光。

　　魯藜的四行詩《泥土》，此地的愛詩人不妨熟讀：

《泥土》　　　　　魯藜　詩

老是把自己當作珍珠
就時時有被埋沒的痛苦

把自己當作泥土吧
讓眾人把你踩成一條道路

2014.9.18
zin but hing

　　從衛星城區的南端，千挑萬選繞彎去了西北方，另一個行政單位一條陌生的街上開業，不會沒有經過周詳的市場調查，投資與報酬緊密關連，私人開設的醫療診所畢竟也屬於廣義的商業活動，儘管它原始蘊含懸壺濟世的初衷。

　　讓熟識的大夫診察病情，存有某種醫病之間親切的微妙，一趟去回，車程不少於兩個小時，加上東張西望加上滴滴點點，耗掉小半天算正常也挺樂意。

　　走出熟人開設的診所，七搖八晃漫步方圓幾百米左拐右轉的大路小街，果然不見「撞科」的同類醫院，百米內櫥窗明亮的眼鏡行倒頗有幾家，這些應運而生的門面，傍山吃山依水食水自然自在，需得配備各式眼鏡的眼睛，按哪家眼鏡行自動門的電子開

關，純屬偶然。一家眼科診所連動著好多家的眼鏡行。

　　徒步的東張西望，駐足鄰市街景非尋奇觀，衛星城市組成的各區，居民的總體生態大同小異，衛星各區各自安身立命生機勃勃，跟著活著跟著呼吸著跟著穿梭忙碌著。且看看鄰市的幾處街景。

　　吃選舉果腹的候選達人，布了一塊顯招「一生懸命」，張上一面大屋牆，這四字若以中文的字意解，可能是「一輩子提著命在路上徑自的行走」，東洋詞語遠道來猜謎湊趣，漢日辭典可找到正解，請教日文通也是好辦法。用東洋詞語布招拜票，混在漢語的海洋中輕攪慢挑，陰陰的「東洋因素」隱隱發作又媚又嬌，這下子找到了路人傾訴對象的噴口。「一生懸命」我日據下一位長輩回憶錄的書名，家族內部傳聞並不對外發行。

　　「新鮮下肚／才是硬道理」，書寫在海產店的看板眉頭。新有多新，鮮有多鮮，座上客的荷包最能分辨。離島蘭嶼達悟族人，餐桌上碗盤裏盛著的很多是浮潛或深游抓上岸的，真新正鮮。凡是嚐過海釣回返的捕獲，舌尖上綻放的味蕾，新鮮無聲新鮮無語，寫在看板上的新鮮，誰想去試試，那也要行色匆匆碰巧掃視看板的眉頭。

　　「白金漢」國際美語小學挺然而立，街沿的一處整棟五層樓公寓，開辦專賣第 2 母語亦即美語（為何不賣另個第 2 母語日語不詳）。投胎來此間的學齡兒童 zin but hing，要學習第 1 母語 dai wan we，新移民的第 2 代，難道不用學習同為第 1 母語的越南文、印尼文、菲律賓文以及柬埔寨文？公知的精英們，故意假裝不知道，新移民是未來一百年台灣競爭力的基礎。公知的精英們沒餓過吧，也故意假裝若無其事，30 多年來都是誰在供輸，誰給大家的胃囊填的飽飽，還發放特別豐厚的工資酬勞，公知四處佈道，精英誅求無已。ziah hoo bui bui（吃乎肥肥），gik hoo tui tui（假乎頹頹）。

2014.9.29
軟糖

代理人與代言人，差異何在？一字之別。

代理人ㄐ世襲交給兒子，兩字之別；ㄐ的兒子往下交，給ㄌ，三字之別；ㄌ往下交，給ㄔ，三字之別；ㄔ往下交，給現任的ㄇ，三字之別；ㄇ往下交，幾字之別？姓與名兩三字之別，代理人的性質無虞改變。

代言人代商品形象的牌名而言，活人裝扮雌娃難免扭捏作態眼神放電，雄蟀英挺俊俏瀟灑無邊，他倆使勁就要你上他倆的圈圈，衣食住行全包，既然掛萬絕少漏一。所有的貨物通過代言購入，不滿意悉數可退，找誰退？找鬼。

代言人的政治軟糖，自我懂事父親遺了幾些，耐嚼我嚼，為兒子留存了一小桶，交手那日，兒子牽著孫子來取，孫子今秋剛上幼兒園中班，被他瞄見，吵著說他也要嚼軟糖，四歲的孩子鬧個不停。

2014.10.1
革命尚未成功

《江寧條約》簽訂後的第 85 年即 1927，身在南方的魯迅先生，被邀至香港青年會講演了兩次，一次在二月十八日晚，講題為《無聲的中國》；一次在二月十九日，講題為《老調子已經唱完》。這兩篇講稿後來分別收在《三閑集》和《集外集拾遺》中。

其後，魯迅在是年的七月與九月分別寫了《略談香港》與《再談香港》二文，這兩篇都收入《而已集》。

「在香港時遇見一位某君，是受了高等教育的人。他自述曾因受屈，向英官申辯，英官無話可說了，但他還是輸。那最末是得到嚴厲的訓斥，道：＂總之是你錯的；因為我說你錯！＂」──《略談香港》

「香港雖只一島，卻活畫著中國許多地方現在和將來的小照；中央幾位洋主子，手下是若干頌德的＂高等華人＂和一伙作倀的奴氣同胞。此外即全是吃苦的＂土人＂能耐的死在洋場上，耐不住的逃入深山中，苗瑤是我們的前輩。」──《再談香港》

忙碌的香港人，自那時迄今匆匆又過了 87 年，忙碌而無暇重溫典籍，沒關係，我抄錄兩節，讓君子們進而查閱詳讀，以之對照今昔。若再加讀兩篇講稿，肯定更加大有裨益。

忙碌的香港人君子多，我們此地的君子數目絕不少遍地，舉目皆一系。魯迅在 1927 年 3 月寫有一篇《中山大學開學致語》，這一篇可以在《集外集拾遺補編》找到，茲也抄錄數節，勞煩君子們在攪和腦汁汗流浹背之餘，不辭煩躁，集中靈智專志奮力，讀，讀到心坎裏。

「中山先生一生致力于國民革命的結果，留下來的極大的紀念，是：中華民國。

但是，＂革命尚未成功＂。

……

否則，革命的后方便成為懶人享福的地方。

中山大學也還是無意義。

不過使國內多添了許多好看的頭銜。」

2014.10.20
"獎"的漣漪

　　"文學獎與文學生態"這個詞組裡，"文學獎"與"文學生態"的兩個概念，乍看之下彷彿殊分，實際上它們牽制溫存，始終保持在若即若離的自然狀態，人們似乎感覺不出它們如膠似漆如影隨形，"文學獎"滋生自"文學生態"，而"文學生態"支配著"文學獎"，舉目而望莫皆如是。

　　兩岸四地各自設有種類不一的文學獎項，意欲借助有形的物質力量，激發、砥礪源源不斷的文學創作，獲取文學之眼裁剪的果實，釀成社會意識形態的某些結晶。文學獎的機制形形色色，多種內在外在的因素混雜，因此"文學獎"與"文學生態"存在於彼此纏絞相互交錯隨機滲透息息相關密不可分的境域，兩者間環扣着須臾難離之情。"文學生態"的時空涵容龐大寬泛，生活經驗的實際與想像制約着作者，而"文學獎"要求作品提供創作者的閱歷，以之編入社會的脈絡肌理，使之成為共同輻輳的織體。

　　港、澳、內地三邊敘獎的情形，前二地比較陌生，內地也僅略有所聞，藏族作家阿來的獲獎長篇小說《塵埃落定》便是從網路上讀到，王安憶的獲獎長篇小說《長恨歌》，台灣出版了繁體字版，今年的上半年，台北的"人間出版社"出版了《魯迅文學獎作品選（五卷）》。算是比較具體但小規模的識見了內地敘獎的小小景況。

　　下舉二例，係個人參加徵文的記錄，以這兩次個人的實際案例，略述文學獎與個人曾經的過從，這些陳年往事雖已時過境遷，但隨身而在的遺跡，尚未到完全廢棄的餘地。而所謂的"文學生態"絕非孤立的某種狀態，它是構成社會網絡的組成部分，文學獎與文學生態緊密聯結浮游深潛。個案的重述，也許可以作

為微觀歷史一點小小的補充。

　　兩岸分斷後，台灣的新詩發展隨着南移政權的政經形勢，風風雨雨走過三十年。台灣被他者與自己齊心合力武裝成了"反共堡壘"，五四以降至四零年代的文學根源自此斷裂，承傳失據。

　　1979 年，當時的"中國時報"，在編輯人高信疆先生的籌劃下，舉辦了"敘事詩"的徵文，高先生在台灣是一位非常有文化理想創意的思考行動者，"敘事詩"不言而喻，要求以敘事的形式鋪陳出詩的篇章，高先生的這一份創想，了解台灣當代新詩發展史的人，都能會意高先生想藉這個活動，多多少少扭轉台灣新詩那一個時期，嚴重脫離現實逃避現實的邪氣歪風。

　　彼時個人也正處於寫作的隘口徑自尋索。增強詩的敘事性，並不意味詩質與詩素蘊含的減弱，正好相反，敘事詩要求敘事與詩的齊觀等量，必須符合時報文學獎的宗旨，"反應社會現實"。

　　牽著我家學齡兒童的小男生，上國民小學的全景，終於寫成了一首 233 行的詩，題為《小耕入學》，這首詩是 1977 年另一首 109 行寫我家小女嬰《小耘周歲》的姐妹之作，後面這一首在 1980 年代曾經編入國民中學的國文教科書。

　　《小耕入學》上了榜單，公刊在"中國時報"的副刊"人間"版上。決審的意見中有一位認為這首詩"可作小學讀本"，另一位則謂"……小耕入學這篇，把愛國之心明顯地推至中國大陸的邊境：蒙古、西藏、帕米爾……這是它在一種更恢闊國家意識上予人的激勵。"

　　眾所周知而且有目共睹，台灣地區自上世紀八十年代伊始，揭開本土化運動，瀰漫氤氳覆蓋全島，迄今悠悠三十五載。

　　《小耕入學》發表十八年後的 1997 年 5 月《彰化縣文學發展史》出版，我的籍貫隸屬彰化，自然納入該書的一個小小組成部分。該書的編撰者在書中稱，《小耕入學》一詩"可以說是莽

撞地插入要孩子感時憂國的國族至上論"，"中段的詩句中有著悲涼卻是踏空的美感"，以及其他檢驗清算性的評語。

一首參加徵文的詩作，可能因為與"獎"攀上了關係，在獨特的台灣歷史現實的語境裡，被話語的掌權者按照自行嚴格規定的意識形態說三道四，編著者讓他們的文字印進書裡，成為史料，他們領完稿費走人若無其事。這難道不是活生生的與"文學獎"相關的"文學生態"？更何況這種"文學生態"黏著在"政治生態"如膠似漆。附帶一提，那一首 109 行的《小耘周歲》，數年後編譯館把它從教科書拆下，那一首詩與"文學獎"無關，聽聞彷彿是與"政治正確"有關。"政治正確"在特定時空明確的現實裡，善為利用什麼事都無往不利。

我的第二個案例發生在 2004 年的 9 月間。我準備在重讀台灣小說家陳映真先生的一系列小說之後，逐次寫下讀後感之類的札記，形式隨機，同時記誌我們之間悠長的友情。這種方法的寫作純屬私誼的領域，從來也沒有思及發表與否，設若稿子投寄出去，等待的結果可能以退件告終，寫作這種行為到底為人還是為己，因人設事存乎一心，職業寫手與業餘寫手各行其道。

陳映真 1993 年寫過一篇"後街"，扼要概述了他的創作歷程。他在最末第 8 段的第 1 節這樣寫"從二十幾歲開始寫作以迄於今，他的思想和創作，從來都處在被禁止、被歧視和鎮壓的地位。……在這新的情勢中，和他二十幾歲的時代一樣，他的思維和創作，在一定意義上，一直是被支配的意識形態霸權專政的對象。"等語。

因此寫與陳映真有關的各式文章自行投稿，被接受的可能性非常非常的微小，基本上他們總認定你們同夥，退稿作業對編輯而言便當理所當然。台灣雖於 1987 年年中，解除了長達 40 年的軍事戒嚴，但餘緒仍在氛圍猶存。也不過是一篇兩千字，陳映真小說的讀後札記，起筆當頭不曾想過寫竣之後如何處理，稿子

寫成了便一直擱置案頭。

札記《我的陽台》簡約抒寫陳映真小說《我的弟弟康雄》讀後對小說家的敬慕，它不是單一的讀書報告，兼且揉入鄰居親近，手足兄弟，鄉故之誼與烏托邦憧憬，以及對他的健康的牽繫。兩千字的文稿僥倖上了徵文的榜單，在媒體公佈的決審紀要中，有兩位委員表示"不諱言文中圍繞陳映真小說有加分作用"，看來，評審委員的評審狀態也頗為蹊蹺而玄妙有趣，評審永遠也不會知曉我為何"圍繞陳映真"，僅僅為了給我的文章加分？當然他們永遠用不著知曉究竟。

"文學獎"與"文學生態"的犬牙交錯利弊共生大致如此，它們相互依存，彼此支撐無虞潰散，物質、意識形態、人際關係，密密麻麻層層疊疊，織就了上層建築的一大片茂密森林。

2014.11.6
魔幻省

吾人寄聚的此一方土地，從前在某個時期，曾經矓矓曨曨的宣揚自美什麼主義，什麼主義含含糊糊含糊不清，什麼主義的魔幻省，魔幻省後來被有心人誤導讀成模範省，模範通俗的理解即先進的榜樣，模範省若訴諸先驗論者，他們會不假思索脫口，"烏托邦"，烏托的邦，烏托邦不一定是理想國，不是理想的國，因為此地非國，理想之妄。

模範省是在 1950 中期海峽此岸，驅除魔幻省的巨大駭人的政治撲殺工程之後慢慢完備型塑而成，模範省是加害者彈冠相慶模範的省，魔幻省則是被害者無語問天魔幻的省。

埃斯庫羅斯寫過一部已經散佚的悲劇《尼俄柏》，劇中有兩句詩，蘇格拉底在《理想國》的對話裏把它背了出來：

神要想把一家人滅絕，
先在那人家種下禍根。

（朱光潛譯）

　　前不久剛剛魂歸離恨天的哥倫比亞作家加西亞‧馬爾克斯，1967 年發表的《百年孤獨》，給他帶來世界性的聲譽。這個故事敘述一個家族七代人的興衰嬗遞，七代人經歷的一百年，作家自承即描繪了一整部拉丁美洲的歷史。

　　拉美式的孤獨北從北美洲南端的墨西哥起點，掠過加勒比海，縱向穿越邦巴斯草原，抵達阿根廷外海的合恩角，孤獨何止百年，孤獨已漫漶了五百多年，只要開口講西班牙語或開口講葡萄牙語，拉美人便準備開始孤獨。聶魯達在他的史詩《漫歌》的開首《亞美利加洲的愛（1400）》第一節：

在禮服和假髮來到這裡之前，
只有大河，滔滔滾滾的大河；
只有山嶺，其突兀的起伏之中，
飛鷹或積雪彷彿一動不動：
只有濕氣和密林，尚未有名字的
雷鳴，以及星空下的邦巴斯草原。

（王央樂譯）

　　反身追索魔幻省的孤獨。當代左翼前輩林書陽先生，關押在火燒島 34 年 7 個月，與他一齊繫獄的加總超過三百年，同案另三人早經槍決於馬場町，光一個 "麻豆案" 就算不準多少孤獨。整個 1950 年代遭構陷於縲紲，幾個千年幾個萬年，千千萬萬年的孤獨，魔幻省應有檔案，模範省也知之甚詳。

2014.11.11
雞事

　　「現代性」的全球狂亂，終於把傳聞肆虐的「雞瘟」驚恐，從境外有的放矢踏門侵戶。躲不過預期心理裡的僥倖蔓延，面臨歇攤的宰雞老手，即將告別雞言雞語的年月，逐漸斂去了他一臉雞皮疙瘩的愁容。原本少笑，一旦放下割喉的雞刀，不與雞群為伍，人禽各尋超渡，善哉阿彌陀佛。

　　不準在買賣雙方眼下現宰現賣，這攤雞事，明顯延續沒完沒了野蠻與文明的對峙，野蠻豎起白旗，文明滋滋勝喜。雞老板別有心思獨備一串，他私底街坊鄰居市井小民庸俗經濟學的詞藻，侃了半天對錯模糊糾結難解，勝負已然暗暗分曉。

　　他攤後那具黑色電話鈴響，自然是打來簽注押碼或核對剛剛搖出的新號，一個轉身，他走向那具又響了起來的電話黑色天機。

　　不准現宰活雞，美食堪稱？美食這個詞，事實上已疲乏成了舌尖難嚼的硬臘，把美食這個虛詞歸給樂此不疑的追逐者吧，虛擬的美食，美食不再再見美食。

　　取野蠻而代之以文明的方式，一夕間雞老板把各種來歷不同的雞咯咯從鐵籠清空空，割喉的匕首閒置，去毛的機具自插座拔離，備了一台儲物的冰箱。每日清晨排隊等候，從專設的宰雞場，購一批宰畢清好內臟運到攤舖上。野蠻時期，鐵籠中六、七、八種身份各異的雞兄雞妹等待客人挑選，進入文明時期，只剩宰好的光溜溜的一種，處在文明過渡的雞老板沒有十足把握賣我的，是野蠻時期六、七、八種裡的那一種。文明，誰信，信者恆信，不信者拉倒自行解決煩惱。

　　至於那個靠牆掀蓋的儲物冰箱，沒賣完的剩餘擺進去，明朝取出退冰再賣。文明人從此吃冰雞配飲冰酒，野蠻人再吃不到活

雞現宰，白斬沾醬油。

2014.11.19
夢

　　步入一家新開的銀行，小型的迷你空間，近午時分，客潮退去，剩餘幾張撲克男臉與撲克女臉互不相識冷冷冰冰，櫃檯裡的服務員，個個都化了妝，但都彷彿戴著星期三的面具，今天星期三，一星期上崗五天，她們理應有五種甚至更多的面具，日日對鏡更換，順著四季也依著陰晴圓缺，她們的話語聽起來，莫不夾纏著鈔票的柔媚與銅板的利爽。

　　金錢使大家百般無奈的攏聚，卻也教人瞬息提防，保持永不逾越的樊籬。可每天早晨從枕頭上的惡夢醒驚，睜開眼下床穿好衣裳，缺了金錢，誰可以回答要走往那裡，那一個誰無路走投，解開紐扣重又躺回餘溫未退的床窩，兩粒眼球直直吊上天花板。夢境裡的路，條條單向，無地迴旋過往絕決。昨夜之夢關閉，今朝之魘務需重啟。懂得調養生息的都叮嚀，眠醒當即起身不應賴床，半開的眼皮又落蓋，小心充足的體能開始流失。白日之夢忌在臥房編織，何處最宜，三萬六千平方公里上的每一寸土地，怎樣編織隨意歡喜。

　　夢的規格、場景、色調，任君規劃設計，弗洛伊德認為夢是願望的滿足，白日裡滋生的異形怪狀眼花撩亂包山包海吃銅吃鐵的願望，去夢裡，夢的鑰匙萬能，分幕分景獲得滿足，一夢百夢夢中有夢。人的一生可能有三分之一的光陰，在夢中的奇巧絢爛穿行，夢進夢出全部免費盡數招待。

　　東晉詩人陶潛的《桃花源記》，寫給後人在白天日照下唸的，千萬不要誤讀，它絕不單是一篇如畫似夢的美文，至於它是

否陶潛夜夢次日，記下來的畫夢錄，不曾見及此地精神分析學界的研究報告出爐。陶潛愛酒，令人欣羨，卻也招至當代的某些閒言，估計他飲下的總量沒有李白多，他在《擬挽歌辭》第一首的最末兩句「但恨在世時，飲酒不得足」；在「飲酒」篇序「余閒居寡歡，兼比夜已長，偶有名酒，無夕不飲。」；在《止酒》篇裡「平生不止酒，止酒情無喜」；等等，都洞見田園詩人的酒思綿長。酒思實則牽連著憂思，如「酒能祛百慮」（《九日閒居》），「酒云能消憂」（《形影神》），「中觴縱遙情，忘彼千載憂」（《遊斜川》）。然而，他也給了我們壯麗的恢宏，如《讀山海經》篇中的「精衛銜微木，將以填滄海。刑天舞干戚，猛志固常在。」

既然擺不開夢的糾纏，又綺麗又旖旎的夢獨自廝磨消受，夜夜怪聲怪調磨牙的夢，快點去看牙科醫師，免得該磨的時候磨，不該磨的時候也磨，磨出載不動的許多愁。

2014.11.21
手機

小學四年級的孩子從金雞湖畔，玲瓏灣的住處，通過手機的視窗，傳來動態的稚臉與斷續的音訊，準備與他回台北出差的爸爸撒撒嬌。小周末夜晚，孩子的父親還在外頭忙，他奶奶把手機順勢遞給我，孩子與我舊識。我的尊容瞬間閃入手機視窗的右上角，約佔畫面的 30 分之 1，我開始與 30 分之 29 手機裡的小鄉親隔空對話。

吃過晚飯了？金雞湖上的燈火算算總共幾盞？黑漆漆小鳥巢看不清楚吧？音訊與手機視窗裡拖沓的影像並不合吻，遙遠的距離，我使勁從腦中迸發話題，讓彼此感覺不陌生。要不要唱歌？

誰聽誰唱，搞不透小學四年級在學校老師都教了那些，對方遲遲沒有答話。合唱一首進行曲，我對著手機起了音，啊了一聲，那是國歌呀，手機裡回了一句。他奶奶附在我耳邊說，孩子爸爸在家不給唱，哦，家裡不給，家外給，扭頭我疑，奶奶自顧不暇，不會沒有聽見我的問題，伊也許裝作不理。對著手機哼哼唧唧，不足一分鐘曲子的結尾，我故意放慢拉長，吔─手機的音訊有了共鳴，節奏儘管走樣，最終那個一拍的「進」字，彼此在手機的兩端有一搭沒一搭，隨聲附和斷斷……續續……

小學四年級的孩子借助手機尋父未遇，奶奶略為孫子鬆了口氣，這位旅外的嚴父遵行一套自擬的家教私域。在手機上聽取下課的學習報告，在手機上輔導訂正作業的錯別，同時在手機上指令懲罰，父子之間時空隔離的親密，遠山與重洋近在咫尺。

兒子的嚴厲奶奶看在眼底，而孫子的臉蛋卻只跳現在面板扁平的手機。

2014.11.29
○○

那個被認定為有德無才的總督先生，任期即將屆滿，我也頗感他有德，眼見為憑，眼不見恕不瞎猜。無才部分得要說幾句，從這個面向看無才，從那個面向看有才，兩個面向南轅北轍，無才有才雖係一體的兩面，其重疊聚焦常常往往，無才加有才愉愉然自高點自甘降低至卑處，奴才的酸涼。這明明白白的擺著，從不習讀魯迅，間接的損失、缺陷，直接的禍害、悲楚。

搞了一任半，M總督還不膩他的「三不」，三不是不曬陽光、不呼吸空氣、不喝水？不吃飯、不睡覺、睡覺時不作夢？不認賊作父、不自慰成癖、不斯德哥爾摩症候？共計九不了，遠遠

尚沾不上 M 總督設定「三不」框架的邊邊。

用馬、恩在《德意志意識形態》裡的一小節：「統治階級的思想在每一個時代都是占統治地位的思想。這就是說，一個階級是社會上占統治地位的物質力量，同時也是社會上占統治地位的精神力量。」來驗證 M 總督的當權律令，貼切吻合能不驚嘆。馬、恩的宏篇巨著，簡直就是一大套連綿不絕的照妖鏡，照妖功能歷久不衰，精確無誤鋒芒萬丈分秒煥光。

M，政治學的特優模範生，從而戴上錦繡總督的帽子，我不相信他沒有讀過反面教材的馬、恩著作。比較難以想像的倒是，映現在馬、恩照妖鏡裡的 M 會是什麼樣？

下面是「總督」的 5 條釋義：

1. 明初在用兵時臨時派往地方督察軍務的高級官員；成化五年（1469 年）始專設兩廣總督，后各地續有增設，遂成定制。
2. 清代統轄一省或二、三省的軍事和民政的地方最高長官。
3. 明、清兩代專管河道或漕運事務的官員。
4. 近代以來英法等國駐在殖民地的最高統治官員。
5. 英王派駐自治領的代表或英王任命英聯邦成員國的最高行政長官。

而 M 牢實的坐上二戰後日寇敗走的辦公桌，我兩度被輕言慫恿進入投票所○○，○○的雙眼迷惑，我還是清醒的走出投票所，走出二戰後延命的後殖民霸道勒索，聽命於某宗主國一再逼我投票、投票，投完票後不饜足一再將我戲弄。

2014.9.29
他者的邊塞

　　一共三次，都在清晨的四點半，樓梯間的水泥地面，蜷局側臥呼呼嚕嚕他醉，我醒。樓梯間的孤燈亮著，終於還得小心翼翼慢慢抬起腿肚，雙手扶牆，讓鞋底騰空跨高凌越，畢竟晨跑是我的事，熟睡則是他的事。最最圓滿的結局，不外乎結束晨跑，酒味飄逝沒了影蹤，振作起身精神抖擻他難道奔往上班的途中。

　　三次不支睡地的臥點不一，應與酒力的撐持關係。惺忪迷亂的瞳孔，瞄不準自家的鑰匙孔已屬尋常，僅在距家一步、五步、十步之遙的門前望門停住，下肢鬆塌上身癱軟，整個世界天旋地轉。

　　唐朝開元年間王翰的那首《涼州詞》傳唱千古，征人戰士在邊塞的豪飲狂歌、壯闊激懷，彼樣的盛景獨宜留存在歷史浩瀚的畫卷。「臥醉沙場君莫笑」，彼樣的沙場對照此樣的沙場，在眾所周知「第一島鏈」的鍛接之下，此樣的沙場屢遭裹脅，異化的沙場，烙印著 19 世紀穿行 20 世紀移入給了 21 世紀，他者的殘陽篩落的點點餘光。

　　此樣的沙場，蜷曲在樓梯間的過道，趴伏在便利店的門口，可能被誤撿的某幾具溫熱的假屍，以及熾烈狂歡燃燒使得面目全非的戲劇性毆鬥。風捲殘雲，此樣的沙場。

　　此地儼然狀若他者的邊塞，此樣的邊塞，邊塞上的沙場，「醉臥沙場君莫笑」，王翰地底下如有感知，請王君千萬莫笑。此樣的沙場，助興的酒液，本島菸酒公司自製的產品，除了葡萄酒、蘭姆酒實在略遜一籌，其餘各式各樣，靜靜地擺放在貨架子上，有勞嗜者隨心趣選樣選相。漠然對自家貨色心灰意冷不瞄一眼，耐著性子走幾步，舶來品就在不遠的前頭向你招手。

2014.12.20
數字

出了澳門機場，換搭中巴接駁車，黃昏太陽正在沉落，洋面
荏柔鋪展它無邊的黑絨，準備將之擁抱入懷。趁著殘霞分秒閃逝
的微光，匆匆瞥了幾眼車窗外陌生的海景，隨即便什麼也看不清
楚了。

繞道借過，事實上不就走在澳門的路上橋上，澳門的路、澳
門的橋不都鋪設架設在中國的國土之上，沒有簽證入境，沒有落
地，急駛車子的輪胎把我與澳門隔開，恰巧要前往珠海而選擇了
這一途徑。澳門回歸成為中國的一個特別行政區，彷彿很近，很
近到底多近，一國兩制，比起被葡萄牙殖民者侵占割離了母體的
三百多年顯然很近。望穿秋水啊，我這一雙後殖民地人民，不知
道還要沒完沒了莫須有繼續被混種殖民多久而日漸老化的眼睛。

澳門回歸那一年，做為紀念的方式，我添置了一款丹麥製
S牌的年度斗「1999」，循例香港回歸之年，我曾購存稍前的
「1997」，留下紀元的兩組數字，讓流動的時間凝定，使這兩
組四碼的組合數字不再騷動。紀元數字鏤刻於小小的銀片，小小
銀片鑲嵌在煙斗管木質表面的上方或側邊，銀會氧化發污，不打
緊，用擦銀布耐心的擦耐心的拭，它會煥發徐徐的幽光，並且隱
忍著褪色的悲傷。

數字在單個人與會聚的群體間飄移，數字隱晦著種種難宣種
種明詮。數字牽引災難，數字銘記恥辱，數字點染勝利之情的喜
泣，數字默對被制伏者的失語。

澳門北鄰珠海，往返通關拱北，看澳門人熙來攘往行色雖匆
匆但腳勁卻快捷充實。澳門也許不識我，然而「1999」這組數
字永遠在我心中。

讀白居易的詩《問劉十九》：

綠蟻新醅酒，紅泥小火爐。
晚來天欲雪，能飲一杯無。

　　這首詩是詩人起興邀友敘飲聚暖。劉先生無疑白居易的至友，劉先生的大名白居易隱而不表，數字「十九」應係劉先生在劉家的排行，被貶謫為江州司馬的白居易拿來當詩的標題，使「劉十九」在五言絕句裏留芳。白居易自釀的新新米酒，液面上輕輕細游著米渣，點點綠點，蟻點綠綠，米酒綠酒，酌米酒能不浮想透綠透綠的竹葉青。
　　朱正在《魯迅回憶錄正誤（增訂本）》（人民文學出版社／2006.10）裏的《錯怪了介孚公》一篇，引了介孚公在杭州獄中提出對于孩子應該怎樣閱讀唐宋詩的意見（上揭書第 25 頁）：

　　初學先誦白居易詩，取其明白易曉，味淡而永。再誦陸遊詩，志高詞壯，且多越事。再誦蘇詩，筆力雄健，辭足達意。再誦李白詩，思致清逸。如杜之艱深，韓之奇崛，不能學亦不必學也。示樟壽諸孫。

　　西洋文學與數字相關的例子比比皆是目不暇接。
　　維克多・雨果在《九三年》開篇的第一句便是「1793 年 5 月的最後幾天，……」。
　　波德萊爾寫有《1846 年的沙龍》與《1859 年的沙龍》。前書卷首《給資產者》（郭宏安譯）：

　　你們在數量上和智力上都是多數，因此，你們就是力量，這是理所當然的。
　　一些人是學者，另一些人是財富的所有者；美好的日子將會到來，那時學者成為財富的所有者，財富的所有者成為學者。你

們的統治就將是全面的，無人提出異議。

　　還有喬治・奧威爾的《一九八四》。還有契可夫的《第六病室》，以及馬克思的《霧月十八日》。

2014.12.30
阿河

一・哭阿河

什麼話已於事無濟
重落兩次而奇蹟不期
痛得淚流滿面
無人幫牠輕輕拭去

新市長徹夜拆
風光堵路的忠孝西
下一招劍及履及
天龍國屋頂間的大溪地

沒有聽見誦經依依
沒有看到招魂淒淒
遺體穿著塑料屍衣

阿河命喪冬季
轉瞬轉世投胎
遠離一齣虛無的鬧劇

二‧阿河死了

阿河死了，阿河不哭泣
阿河沒死，阿河不哭泣
我們沒死，我們不哭泣
我們死了，我們不哭泣

阿河那麼疼，阿河在哭泣
阿河忍不住，阿河在哭泣
我們忍不住，我們在哭泣
我們這麼疼，我們在哭泣

2014.12.31
電梯

　　與躺在病榻上的 L 教授握手，輕微的顫抖溫熱，仍然正常的脈搏跳動從他的掌心傳導給我，教授睜著兩眼望著我，喉嚨略有波動，但語音無力發聲，兩眼睜睜，成了最後的無言留連。

　　真實的告別，並不在人為裝點的式場。因此，我向來認為安魂曲總在安活人的魂，何況聽的時候安，不聽的時候不安，活人的魂躁動靈閃目迷五色神馳亂蕩，「五色令人目盲，五音令人耳聾；五味令人口爽；馳騁畋獵，令人心發狂」，老子第 12 章云云如是。更何況安魂曲的錄音，也可以進行比版。法蘭西的佛瑞，指定在喪禮上，演奏自己譜寫的安魂曲，此曲完成於 1887，三十七年後的 1924 他才去逝，他活著聽了自己的安魂曲 37 年，出殯那天，佛瑞缺席沒有參加，遠近親疏的戚友聽著熟悉的曲子響起，遺像裏佛瑞的影子也還是那麼熟悉。

　　L 教授罹患帕金森氏症 20 來年，正要實施腦部深層刺激術 DBS 晶片，導線及電池的更新，不換電池路便走不下去，近幾年教授走的路請了幫傭與妻子協同。電池的價格昂貴自付，家屬調度不成問題，要害在病人實際存活的狀態，病人若只憑呼吸維持一絲一息，幫傭與妻子日夜陪伴疲於奔勞，一例重病兩人絆牢，親情與人道累翻挺不住腳。

　　L 教授靜默，我也忘了說些什麼，生老病死簡易脫口，臨到關頭方覺泰山壓頂不似如意寬鬆，即使朋友等一會，我轉身離去，帶走他掌心的識熟，他正常的脈搏還在我的感知裏跳動。

　　走進教學醫院的電梯間，等待電梯下樓。

| 2015 |

2015.1.7
過勞

　　在都會區討生活的上班族，超額的重負導致過勞百病叢發，不幸有人提早離席鞠躬盡瘁消聲匿跡，早生何畏早死，棺材果然不單空待老朽，它盡人皆宜無論貴賤，它最慈藹，它以它冷靜的黑暗寬容俗世的熙攘，它以它無言的肅穆沉埋或人行旅的生之困乏。

　　尖峰時段追趕上交通線的腳步匆匆，誰會過勞無人知曉，會過勞的也許天亮時方才閉目就寢，昨夜達旦通宵，昨夜勤工昨夜聚友，昨夜未竟老闆交付的運籌帷幄。工資高獎金多過勞，工資低獎金少過勞，兩兩難說，動腦筋的賣體力的也不見得那一方準會過勞。積勞成疾古已有之，今人略增小椿過勞折殤而已。

　　過勞會否僅是一種說法，一頂半新不舊的帽子。重賞之下必有勇夫，非始於今，金錢能請俁鬼推磨，源係傳說。腰纏萬貫的巨賈，自然不用吹灰之力撒金重賞招兵買馬，應徵前去的勇夫、俁鬼、兵、馬等等，未及遠慮過勞，若衛身而往的形體寄居著家族史的隱患，夙疾窺伺捕獲彼一瞬鑕手鋼的突現，嗚呼哀哉。

　　阿根廷退役的球星馬拉杜納，對著媒體鏡頭扮他的魅臉已無人樣，但詼諧有味韻傳千里。當年他為他的國家隊撥入對方球門的那一顆，裁判與錄像無疑勝球，賽後他自己說「喔，上帝幫我進了那一秒。」。足球員縱橫足球場九十分鐘，若加時賽便需120分鐘，馬拉度納並沒有因此過勞，看他活得好好，尚且暢所欲為。

　　人們明明存活於亂世，感覺派竟集體掩耳盜鈴胡言小確幸，現代公寓確幸裏的囚籠多小，容積殊異標準不一，電梯在下降電梯在上升，電梯限重鋼纜規範樓層與乘員的確幸。先秦時代的《呂氏春秋》早已記載了掩耳盜鈴的事態；《資治通鑑·隋恭帝

義宇元年》與明·王世貞《科試考》均相繼述明掩耳盜鈴的實況。活在三國歷史裏的諸葛亮，《前出師表》寫：「……臣本布衣，躬耕南陽，苟全性命於亂世，不求聞達於諸侯。……」，活了 53 歲，諸葛亮過勞了，算也不算，他確鑿的用文字貼切形容了「亂世」。而吾人的此一方世外桃源，一些些也夠不上亂。地溝油滿溢混合舶來油，在不沾鍋裏爆香；雞飛鵝跳；釁宮中的反智沿途賣萌上路；編大筆大筆的國防預算軍購幹著冷峻的近親憎惡，幹著酥酥鬆鬆的小確幸。

2015.1.21
「附設」云云

信義路 3 段上一所高級中學的全稱，要半字不漏唸得完整，需先吸足飽飽肺活的量，才能一氣呵成流暢，若是咬了螺絲那就重來，一般的時候沒有人想會自討別扭，徑直叫它「附中」，簡捷明白兩字帶過。

常德街 1 號那裏，也有一處人聲鼎沸終年難歇的場所，它的全稱不短，大家都把它招頭剩下四個字「T 大醫院」，去往那裏的人們雖非個個愁眉苦臉，卻男女老少憂思忡忡，陽光綻放的明亮率不動惑眾眼角的一紋笑容。貝多芬 c 小調交響曲第二樂章，「稍快的行板」很適合在它的大堂播放，嫌管絃樂版在川流不息侰傯吵雜蒸騰瞎耗的醫院大堂，聽不清楚各聲部的細節，李斯特改編的鋼琴版演奏，絕好。

一所學校與一所醫院，分別提供師範生實習春風化雨；醫學生實習痌瘝在抱，它們同具「附設」或「附屬」的性質，從來未曾聽聞師範生們，醫學生們向誰叫板。

「附設」云云，出自一隻剛剛戴上知事烏紗帽，飛上首善之

都冬枝新鳥的啼聲初唱，鳥鳴與人語的混搭頗為佳妙。鳥鳴啾啾一串，雖係鳥腔鳥調，聚居在現代的叢林裏，鳥、人融洽相處，人耳已可偶而領會鳥的某些吱吱喳喳。初唱的啼聲那一句，經過語音辨識翻譯成文字，其大意彷彿「市政廳豈是企業附設的機構」，斯言哉狀！？勞勞碌碌的庸人看官聽官如何看判聽判。這是何方神聖的言語，此間咄咄逼人濟濟多士的學者，學富五車滿腹經綸的公知，有願挺身為眾痴釋疑，釋義而不取分文的簡明題解或詳盡的論議。

「附設」云云，「附設」，宛如壞詞羞愧見人，真意扭捏故作姿態。本土無奈自 1895 年春間，經手李鴻章在春帆樓上與東洋噬人武士簽訂馬關條約（老帝國主義的國際勒索文書），彼時起漫漫遙遙迄於今，吾地皆處在「附設」的空間，吾人皆呼吸著「附設」的空氣。梁啟超《辛亥二月二十四日，偕荷菴及女兒令嫻乘「笠戶丸」游台灣，二十八日，抵雞籠山舟中雜興》（十之一）詩曰：「明知此是傷心地，亦到維舟首重回。／十七年中多少事，春帆樓下晚濤哀。二十五日，舟泊馬關。」（參見《台灣詩選注》）。

上世紀五、六十年代，為盤據霸佔這塊非伊莫屬，「附設」的冷戰兩體制對立戰略橋頭堡，伊唆使代理人執行白色壓制以及虐殺。1979 年伊的國會並且通過「與台灣關係法」（新殖民主義的國際綁票文書），加強固化「附設」的台灣。

歷史異議的先驅前仆後繼，被殲滅絕盡的英魂群體，逐漸飄離此域「附設」的鬼氣，英靈已昇華返抵民族的原鄉，與列祖列宗並位在民族祭祀的祠堂。

2015.1.23
謎

加勒比海洋面上諸島群國中的古巴共和國面積十一萬餘平方公里，大台灣三倍再多一點點。古巴於 1959 年革命勝利，美國的雇傭軍 1961 年入侵古巴未逞，馬臉掛不住惱羞成怒，與古巴斷交。1962 年總統 K 簽署法令，對古巴經、金封鎖、貿易禁運。K 主持的此一事態，與 1950 年杜魯門命令第七艦隊侵入海峽大言不慚聲稱保衛台灣，無奈棄一個大的之前先搶抱一個小的，20 世紀資本主義超級巨霸強盜，此地的順民們有一茬沒一茬，打心眼底兒都喜愛讓伊抱抱，甚至永遠緊抱，而老不願給放下來自已學習摸索，還叼著一枚免洗的不衛生奶嘴。

K 是當地高端的時尚玩家，貴為第一號人物，在簽署法令之前，交待部屬想方設法購入古巴的「烏普曼」雪茄 1200 支。

「烏普曼」雪茄，1844 年始產至今，是古巴行銷於世的老牌兼名牌，另外還有「高希霸」或「蒙特克里斯托」，雪茄迷聞之個個如醉如痴。K 從正規管道購入數量又大，可想物超所值，日後若訴諸水貨，既使不費待價而沽，那畢竟已是一道離題之問，閒人無庸為鳥事擔憂。

古巴自力更生了半個世紀，並沒有窒息，那裡的社會構成人人稱道有口皆碑，雖離天堂尚遠，但也找不到誰可尋問人間天堂在何處？那裡的農業、醫療、教育都極好的為人民服務。

1962 年的禁令即將解除，對古巴而言降禍還是賜福。

K 隔一年被刺成謎，1200 支「烏普曼」成了 1200 個謎，K 自己享受抽了幾支，謎。

2015.1.26
帕格尼尼的寡婦

　　抽煙斗使用何種燃具最佳，當然是火柴，火柴棒樸素無華而且謙謙古典，火柴的火舌溫柔可靠斯文一如君子的承諾，只要使用得宜隨心所欲，限劃一支火柴棒，限燃一支柴火，抽盡煙絲一斗，方得尊為高士。

　　火柴類屬室內樂範疇，室內偌小，室內樂的數量浩如煙海，我在我的室內填好煙絲，準備停當時，會請出十九世紀小提琴的鬼聖帕格尼尼，讓別人演奏他譜寫的作品 2 號，小提琴與吉他的雙重奏，在他寫好曲譜那個 1818 年的遠方，為我輕撥慢撚細訴弓弦把樂音傳來。

　　細小的木條蘸上磷或硫的化合物，在涂有紅磷的盒外側面摩擦，安全火柴起火了，火光從原始向著近世轉化，安全火柴舊時稱洋火（番仔火），某些地區喚它自來火。

　　出門在戶外咋辦，請打火機辦，打火機形形色色，名牌眼花繚亂名牌不一定好用，電子構造按點輕快省力卻不耐操容易故障，戶外風大，防風型的打火機火焰既急且促，躺在斗裏的煙絲不堪肆虐，斗口緣圈的細皮嫩肉同樣經不住魯莽粗暴。

　　愛用國貨，我使用一款內地的產品無牌，重約 45 克，從 45度角嘴口噴火，舊樣的填火石灌氣體瓦斯，火石磨盡了換新，氣體燃淨了再灌，便宜堅固平易近人深獲我心。

　　小提琴鬼聖帕格尼尼，留下一把 1742 年製的名琴，後人尊為「帕氏寡婦」，帕氏晚輩當代意籍小提琴家阿卡多 1969 年用它錄下《巴魯卡巴主題 60 個變奏》。名琴名不虛傳，雖係 78轉的單軌錄音，琴音繞樑不絕，寡婦不寡，越老越甜越光華。

2015.1.31
哼哈二將

　　隨車站立在後角踏階上，兩人的雙手緊握著拉桿當車子緩速移動，車子緩停，他倆鬆手即刻幫忙接住廚餘與非廚餘的回收。垃圾不落地，星三星日兩天休息，沿街而響的 "給愛麗絲" 悄靜無跡。

　　兩位清潔隊員一老一少一矮一高一左一右終年經風日曬雨淋，彷彿不曾看見他們請假缺席。老的背已微微駝，少的不停嚼著檳榔，像在祛除垃圾不斷冒出的臭氣。

　　他們簡直就是當代城市社區垃圾的護法之神，沒有他們，想想看怎麼活？活在消費無形的妖魔，驅使夜以繼日戮力流泄，有形的垃圾之海中。狀若哼哈二將，卻不似《封神演義》裡描繪的，一個鼻子哼出白氣，一個口中哈出黃氣，他倆有權勢收垃圾，而無力恃強凌弱。

　　公家設計販售的粉紅色垃圾專用袋，用於停徵原來隨水費附徵的垃圾費，實施垃圾費隨袋徵收，僅此而已花樣變換更新風雨如晦。公家的舵手們，個個也都是眾生中的芸芸，伊們並不例外吃喝拉撒，伊們至多吃穿比較精緻，住行比較舒爽，伊們不見得腦瓜子比較聰慧，又拜吊詭民主之恩賜，坐上堪輿師金口玉言囑咐的好風好水，垃圾怎麼控量如何減少，遠遠不在忖量思考的範圍，遠遠的垃圾離伊們遠遠的，干卿底事，誰嘮叨誰愛嘮叨你站得遠遠的。

　　家裡一尊一尺見方的唐三彩仿陶馬，底座不十分穩，從鶯歌搬回，擺放的位置換了幾處，腹腔空空的馬敲他背部，它有不很真實的回音洞洞。初唐一千四百年前的歷史回音，只堪望向天涯。唐三彩仿陶馬，移來移去，碰出幾處瑕疵，終於把馬尾碰斷了。抱著無尾的仿陶馬，正要拋進垃圾車，老清潔隊員笑說，這

玩意，要不要送到凱達格蘭大道與重慶南路丁字路口，交會的那一樓。老清潔隊員的言笑，閃爍著急智的靈光。

2015.2.2
朗日淡海

　　立春的前兩天，與孫子桐桐相約郊遊，天賜大晴。冬末春初，舊的年尾尚要划過半個月，甲午除夕才與乙未的新正接頭，大晴其實亂晴一通，冬春之交氣候的脾性不穩，幸運約到朗日，幸運被包含在僥倖的內核。

　　我們在車站周邊規劃的遊憩園區，就著微風食用祖母攜帶的簡單幾樣，省去了外食要外食什麼的煩愁。躺臥在河口對岸的八里小山上，一動不動的觀音對著這邊瞭望，今天它正巧看到了我們，昨天它看不到我們，明天它也看不到我們。

　　順著河濱往出海的方向漫走，步入吵雜髒亂失去秩序的商攤路段，喧鬧是客眾務必參與務必渾然忘我的天經地義，應有盡有：章魚燒、烤羊肉串……當然可以拒買拒吃，更為周全戴耳塞，免得商攤疲勞轟炸，記住這一段只踏這一次以後千萬繞道。開往八里的渡輪停泊碼頭，對岸遠離此岸喧鬧？

　　選擇一節堵死的人潮小巷，換進中正路，這一條淡水的老路，車行的路面與兩側的人行步道整飾過，看不清楚面目的遊人熙熙攘攘的摩肩接踵，它的景況宛若改造後的鶯歌陶瓷老街、三峽民權街以及深坑的大榕樹，只為等待盲目擁擠的人潮，人潮的洶湧踩踏而來，留下曾經的喧鬧，人潮逐漸退去，消失的鞋痕殘餘日益憔悴的街容與路容，門牌號碼與商店看板不動情冷冷冰冰。

　　與分解成小團夥的路人迎面擦身，淡水郵局離紅毛城頗近，

沿途的上海口音無疑係來此一遊的內地客人。除了朗日下淡水的
海風與淡水的白雲，淡水還有另外值得的紀念，讓內地的客人不
辭勞苦迢迢帶回上海？

2015.2.15
也許健康

　　送一支斗去維修，錦州街的小老板寫了三聯單，把第三聯的
黃單留給我收存，內容欄上書"斗嘴裂開（送德國）"，問何時
來取，沒有回答，只以談話的方式表示，向煙斗公司訂貨時會一
齊送修。

　　也是同一支斗，曾經送修一回，那次足足耗了三整年才修
好。台北紐倫堡來回很遠嗎？地球村村民的我，禁不住懷起悶
疑，疑德國人的辦事效率，疑德方對一支送修煙斗的愛理不理，
疑用空運或水陸，整整三年台灣的店訂貨寥寥。好了，了不起再
等另一個三年，三年後孫子們都從幼兒園畢業，各自去上他們的
小學。

　　前次送修還好寬心，店家未取分文，不是小老板忘了也不是
驚喜他的售後服務，天底下永遠不會發生此等好事。這家煙斗生
產商在歐陸數資深老廠，十九世紀中葉就開門上市，牌子雖老卻
也有設計不盡理想的暗藏，估計送修的這一式煙斗怕不僅區區我
一小用戶。

　　我使用的這一牌德國斗，斗嘴管內可填 9mm 的活性碳濾
芯，如若不填濾芯抽即原味，其他國家產製的斗，一般不這樣設
計。德國斗充滿善意，為吸斗者的健康著想，未必。煙斗靜靜放
置在玻璃櫥窗，它是一項商品，交易過後物擁其主，貨幣反向流
動，流進煙斗廠密不透風的賬房，斗客與斗迷的健康，自己負

責，銀貨兩訖，瀟瀟灑灑相忘於櫥窗。

健康斗容易找，斗管接斗嘴的總長，木質部分佔三分之二的，就是物色的對象，試看看也許健康。

2015.2.19
"附設"云云（之二）

"現代的國家政權不過是管理整個資產階級的共同事務的委員會罷了。"（參見《共產黨宣言》）。

市政廳隸屬現代國家政權的組成部分，誰有疑義，敬謹抄錄馬、恩的珠璣，請剛剛戴上知事烏紗帽，飛上首善之都冬枝的新鳥，看過來，念百遍背千遍刻上心頭，牢記於肺腑，如此從政則保證順暢舒坦。

人聲鳥語絕非正常，人腦異於鳥腦，狗嘴為何一直長不出象牙同理，鳥喙一旦套上人嘴，鳥輩的聒噪蓄意扭曲了人類的縝密思考。

今年歲次又逢乙未，本島被兩個異族"附設"了兩個甲子，前一個甲子 1895 至 1955，後一個甲子 1955 至此時此刻的 2015，共計 120 年，120 這筆數字算不上精確有些含糊，實際應扣除中國戰區台灣省受降儀式在台北市公會堂（今中山堂）舉行的那一日，1945.10.25，至 1950.6.27 第七艦隊侵入台灣海峽之間，四年又八個月的跨度。這樣便很清楚了，日丸鬼"附設"本島 50 年，星條鬼操控傀儡 K 黨"附設"本島 4 年 8 個月，形影不離星條鬼無情鎖喉"附設"本島迄今，星條鬼幾時手軟鬆了無力"附設"本島，無人知曉。

知事新鳥躍上的冬枝，它尚未發覺那即是大槐樹的分枒。大槐樹下有某個唐朝人正在做郡太守的美夢，美夢中大槐樹儼然成

了一個國，太守夢見了國全身都發起抖，發抖止不住，把樹葉悉數震落，遺下光禿禿的殘景，留住唯一的知事新鳥等候春風的吹拂。

2015.2.26
苦海有邊

"苦海有邊，無酸不愛"這是從佛家原來的套語把它變調，明白人一眼便可感應，我拿來做為喝咖啡的守則，遵行不悖，青春永駐。

世界讓它鬧騰個不休，反正有取之不盡用之不竭的亂因亂素。至於有事沒事問咖啡怎麼喝，答：隨興。怎麼說，說到天荒地老，怎麼說，說到口乾舌燥，咖啡依舊不改它的本色，永遠立意原黑，源本的黑純淨，當不幸的掠奪開啟，原黑被迫質變過渡量變，重重壓制與層層剝削的結果，原黑失色。

長年只喝自己親手炒的咖啡，酸味置於最高的亮點各類果酸，香自己炒的豆子新鮮包香，不怎麼愛苦因此不存在苦海無邊的自困，自家炒便可以免苦少苦。

種種瀏覽過的參考書拋諸腦後，盡信書不如無書，平面文字的呆板敘述，不可能帶領進入立體的實境。決心在到底要不要"炒"，想不想"炒"，動手動"炒"，想、要；想、要，決心定了，逐漸落實並不複雜的事事項項。自己炒，自己玩，自己娛，自己樂。一盤豆從生炒到熟，每一顆都沾著指頭的氣息，無人可資代替。

自己炒好的豆子，如何煮如何泡，自己想方設法，不必盡仿誰誰誰的規範。非洲大地上的家庭主婦，炒豆煮泡歷來自有手法，她們使用祖上的傳方，並非資本主義流溢於消費市場的模式

與花樣。

　　咖啡怎麼喝，隨興之所至喝，自己炒來喝，要不，我實在很想建議不如不喝。

2015.3.10
盲

　　李楊的電影作品劇情片《盲山》，2007 年 5 月 20 日首映，2008 年元月中旬媳婦從蘇州帶回來了一碟。

　　雖然說是劇情片，觀後我私認為是紀錄化了的劇情片，與他之前拍的《盲井》一脈相承，影片裏爆開的社會問題劈面而來，教觀者難於置身事外，無從迴避閃躲，即使影片中的山村、礦井視距遠隔，與觀者無關？錯，誰看了電影，誰終於會溶入影中，悲愁與共。

　　相當長的一段時期以來，這樣的電影少見，或幾乎不見，不知曉像李楊這樣的導演，要去哪兒尋？

　　李導幾年前受邀來台，他曾預告接著要拍流落在外討生的青少年兒童，列為 "盲" 字系列的第三部曲。當時他說流落的數目不少於兩百萬，又過了這些年，數目可能往上累加，難免令人憂心忡忡。

　　碟片的外裝盒上印了幾些花絮文字，其中兩行：「影片將在陝西秦嶺的一個村莊拍攝，全部起用當地村民和非職業演員。因出演《盲井》，"傻根" 王寶強改變了自己的命運。李楊表示，他希望新片能再捧紅新人。」，「能再捧紅新人」，可見李導散發著助人為樂的美意。

　　改編劉慶邦小說《神木》拍製的《盲井》，電影的結尾與原著迥異。小說結尾劉慶邦寫「窯主只給元鳳鳴一點回家的經費，

就打發元鳳鳴回家去了。」電影結束，李導讓飾演元鳳鳴的王寶強在合同上簽字，把並非親二叔的死亡賠償金三萬元領了。最後一瞥，王寶強仰頭，焚屍爐的煙囪冒著白煙。

2015.3.19
受試者

依照預約單上的時間抵達候診廳，大夫今天下午的診速較快，診察室門口伊的約序已經過了，伊得推門而入告訴護士請她安排補號。

不好意思讓你的身體起了反應，大夫讀完電腦臉半側。身體不配合只好中斷，伊訕訕。伊正服用"臨床試驗／研究受試者"的配方第一組，應服用兩星期，伊才吃了兩天半。大夫眼盯屏幕，指按滑鼠。每隔一年或兩年做上消化道內視鏡與碳十三呼氣追蹤；想不想換受試者的另一組呢。大夫提了方法，語氣平緩，等待著伊自己做決定。

吞胃鏡並沒有什麼困難，比大腸鏡要輕鬆多了。碳十三呼氣，也不過深吸一口氣，吐進塑料袋。胃鏡從口腔喉頭順食道而下，探底胃囊，涼涼的細管冷冷的扒攪，雖沒有痛感，卻想像胃鏡如果用牛肉麵製造或用揚州炒飯製造，熱騰騰香噗噗。

回到正好足足三個月前的那一夜，貪嘴，晚餐後就寢間，喝下超過一千 cc 老薑、紅棗、紅糖的熬汁，天冷超爽。隔日凌晨胃兩波漲痛，痛的程度彷彿胃臨界爆破，但忍下來了，可以掛急診的。

選擇改投受試者的另一組根除治療之藥，粉色圓形每次一顆每日兩次；白色膜衣錠每次一顆每日四次；橘色膠囊每次二顆每日四次；白色圓形每次兩顆每日三次。服藥前後半小時須禁食。

服藥過程中，不准喝酒、喝牛奶、吃抗酸劑。十天後回診。

看看手錶下班尖峰，受試者拿着四包藥，走往捷運車站。

2015.3.21
線索

初嚐的第一粒摃丸，是父親 1950 年代末期，帶我去舊時台北圓環吃的，那以後陸陸續續間間隔隔又吃了這麼多年，連把當新竹女婿的一長串歲月都攏算進去，從第二粒起，便失卻第一粒的鮮美可口，而只是咀嚼著一款用豬肉製作的食物了。

圓環依舊圓圓的環，坐落在地標上的建物，保持仿舊圈成圓圓的環，汰舊換新老商遷出新商遷入。交會於南京西、重慶北的車輛來往呈不正的十字狀拐越，圓環圓它的環，十字十它的字，毫無相干絕不互補，當代與近現代果真水乳交融並且勉力各行其道，好像一隻巨大的鉗子，箝着一坨巨蛋。

圓環重新抽脂改容之後，從沒有興念跨一步踏入，倒非耽於懷舊。老實說在大熱的夏天，在鐵皮屋下揮汗吃滷肉飯，啜淺底陶碗的魚翅焿，再加一份滾燙的排骨酥湯，功德圓滿。彼時，彷彿並沒有聽誰強調，那裏賣給過路庶民的是辦桌菜的小份分食，好吃易飽童叟無欺而已。

物換星移，不斷的在變，變得很曖昧，變得感覺不出美醜好壞，變得攬不住風化的過往，自自然然任其失落。吃罷鹹的吃甜的，水菓接著冰點，如此吃下來，也算吃了一巡的桌菜。

父親與摃丸，摃丸與圓環，圓環與父親，父親與我，畫成多條不斷幻接的線索，一會兒菱形，一會兒梯形，一會兒平行四邊形。

2015.3.23
吃相

　　非洲某地的海岸，一群十幾隻烏合之眾的獅子，追撲一頭青少年落單獨行的灰象，兩隻獅子狠狠的嘴齒緊緊咬住象背與象尾，簡直黏着在象體身上，灰象沿著水邊慢跑也揮動牠稚弱曲捲的象鼻，而鏡頭外觀望的雙眼顯得無助，烏合之眾散開的獅羣最終沒有得逞，灰象移往較為深水處，甩掉那兩隻餓鬼，其他餓鬼咕嚕嚕無不嚥着他們酸澀的口水飢腸轆轆。

　　如此這般吃相，如此這般景象，天體間的自然，驚心動魄千鈞一髮。灰象命在旦夕，灰象脫困揚長而去，解除了遙遠天邊的惻隱。但遙遠天邊的懸念還在發酵，灰象活活的走了，那群落荒的獅子喝水可飽。

　　鏡頭拉回來，賞鑑賞鑑近距離的吃相吾島，好看也好難看也好總之吃相吾島，旁觀者言吃相難看，吃相裏的吃者天崩地裂自若泰然。已經開始吃了，不吃白不吃，繼續吃長此以往的吃，代代接力吃，比芭比盛宴上應接不暇的美食還要好吃為何不吃。細嚼慢嚥鯨吞蠶食，不慌不忙消化免傷，勁火爆炒文火慢燉。有樣看樣，沒樣自己想。新例無設，舊例無撤。

　　從前一黨專吃，吃得昏天暗地，如今兩黨輪食，後黨與前黨難分軒輊。前黨在地化，後黨強調它才是正宗的本土，前後兩黨同心協力招死滅頂的鄉土。

　　吃相後黨怎麼看，黨中有人發難稱吃相難看，後黨咨爾多士為民前鋒，夙夜匪懈吃相是從……

2015.3.25
安啦

缺水聲中，春雷打了，春雨下了，卻也要實施限水了，只有天龍國的居民不怕，應該限就限吧，共體時艱云云，何仿規範幾天洗一次澡即合乎衛生，或絞盡腦汁創意不洗澡也合乎衛生的法子，不為缺水所惱。身軀髒洗了便乾淨，可靈魂髒了怎麼辦？諸信眾，各念各的經，念完經阿門，念完經阿彌陀佛。

阿門餘音裊裊，阿彌陀佛餘音裊裊，福島核災區五個縣市的輻射食品福音適時送來，哈日的這當口聞之喜上眉梢還是失措驚慌，日丸從不摻假、日丸從不欺罔、日丸從不歧視，你愛台灣它比你更愛，你喜抱日丸它乃本尊日丸無動於衷。

大陸內地進口的日丸貨，都要索取對方出具的產地證明。此地號稱主權獨立，主權獨立便無需核災區產地證明的開立，殖民有功、殖民芬芳、殖民長壽、殖民萬歲。被殖民久了，真甜百般想不回家，回家路斷暫且寄人籬下，扮扮耐人尋味的小三，棄婦也不賴有滿碗滿碗的牛雜，如今已無明媒正娶的姨太太。

核災區的輻射食品鋪往那裏去，鋪往趨之若鶩人擠人擠破頭的地方去，哈日去，不哈日請讓開別擋，視線一旦擾亂，黑暗立即降下災難。小資、中產儘情的愉悅吧，安啦，貨上的標籤都牢牢的印着你的心上人東京，你甭管資產者或統治者的高端，那名習慣右翼的軍國餘孽，東京都知事他另有精密、妥貼、無微不致的安排。

2015.4.6
《西里西亞織工之歌》

　　恩格斯寫於 1844 年 11 月，刊載於同年 12 月 13 日《新道德世界》週報第 25 號上的《共產主義在德國的迅速發展》（參見《馬克思恩格斯全集》中文第一版第 2 卷第 588-592 頁）一文結尾，恩格斯自己說他把海涅的歌《西里西亞織工之歌》譯成散文，未悉何故，海涅原詩五節每節五行總共 25 行，恩格斯少譯了最後一節，亦未悉何故。

　　翻譯家錢春綺、詩人馮至，在上世紀五零年代後半葉，分別譯介海涅這首聲援西里西亞地方紡織工人飢餓暴動的詩，織工這次起義死十一人、傷二十四人，最後被普魯士軍隊殘酷鎮壓，該一事件係德國無產階級在原初形成時，逆勢單獨進行的慘烈鬥爭。

　　三種譯筆各異其趣，宛若一唱三嘆，依次錄之：

一・《西里西亞織工之歌》　　　　　　恩格斯改寫

在他們悲憤的眼裡不見一滴淚珠，
他們坐在織機旁，絕望的憤怒呈現在臉上。
　"我們已飽經折磨和凍餓；
　古老的德意志啊！我們正為你織著壽衣，
　把三個詛咒織在壽衣上。
　　　　　　我們織啊，織啊！

　"一是詛咒上帝，那耳聾眼瞎的上帝。
我們信賴他，像孩子信賴他們的父親，
我們對他滿懷着希望和信任，

可是他卻嘲笑我們，欺騙我們。
我們織啊，織啊！

"二是詛咒那富人的國王，
我們的苦楚絲毫不能打動他那鐵石心腸。
他搶走了我們的最後一文錢，
還要派兵來把我們當狗一樣槍殺。
我們織啊，織啊！

"還要詛咒那虛偽的祖國，
它給我們的只是痛苦和恥辱，
我們在它那裡飽經飢餓和困苦
古老的德意志啊！我們正為你織着壽衣。
我們織啊，織啊！

二·《西里西亞的紡織工人》　　　　　　馮至　譯

憂鬱的眼裡沒有眼淚，
他們坐在織機旁，咬牙切齒：
"德意志，我們在織你的屍布，
我們織進去三重的詛咒——
我們織，我們織！

"一重詛咒給那個上帝，
飢寒交迫時我們向他求祈；
我們希望和期待都是徒然，
他對我們只是愚弄和欺騙——
我們織，我們織！

"一重詛咒給闊人們的國王，
我們的苦難不能感動他的心腸，
他榨取我們最後的一個錢幣，
還把我們像狗一樣槍斃——
　　我們織，我們織！

"一重詛咒給虛假的祖國，
這裡只繁榮着恥辱和罪惡，
這裡花朵未開就遭到摧折，
腐屍和糞土養着蛆蟲生活——
　　我們織，我們織！

"梭子在飛，織機在响，
我們織布，日夜匆忙——
老德意志，我們在織你的屍布，
我們織進去三重的詛咒，
　　我們織，我們織！

三·《西里西亞織工》　　　　　錢春綺　譯

憂鬱的眼睛裡沒有淚花，
他們坐在織機旁咬牙：
德意志，我們織你的裹尸布，
我們織進三重咒詛——
　　我們織，我們織！

一重咒詛將上帝咒罵，
我們在飢寒交迫時求過他；

希望和期待都是徒然，
卻被他戲弄、揶揄、欺騙——
　　我們織，我們織！

一重咒詛給富人的國王，
他毫不關心我們的痛癢，
他刮去我們僅有的分幣，
把我們當作狗一樣槍斃——
　　我們織，我們織！

一重咒詛給虛偽的祖國，
這兒到處是無恥和墮落，
好花很早就被採摘一空，
霉爛的垃圾養飽了蛆蟲——
　　我們織，我們織！

梭子像在飛，織機咯吱响，
我們織不停，日夜多緊張——
老德意志啊，織你的裏屍布，
我們織進了三重的詛咒，
　　我們織，我們織！

　　德國版畫家凱綏・珂勒惠支 1893 年 2 月在柏林觀看了霍普特曼的戲劇《織工》，深受感動。引發她創作了第一部重要的組畫《織工的反抗》。她於 1897-1898 年間進行創作，完成腐蝕版畫六幅，六幅中之一至之三三幅為石版畫，之四至之六三幅為腐蝕版畫。這組版畫，魯迅在《〈凱綏・珂勒惠支版畫選集〉序目》（參見《且介亭雜文末編》）裏作了詳解。

蔣勳曾於《雄獅》革新號任總編時，在該誌 1978 年 3 月、4 月兩期，請人節譯 Carl Zigrosser 的原著，以 25 開本共 14 頁的圖文介紹珂勒惠支，這個舉措，在本省一地現當代狹義文化領域涵蓋的美術活動，應屬首見。魯迅先生 1931 年寫《凱綏·珂勒惠支木刻〈犧牲〉說明》（參見《集外集拾遺補編》），已將珂勒惠支推薦入境中國，本省一地遠遠滯後了幾近半個世紀。

我發表在 1978 年 3 月號《雄獅》上的《燒給李杞璜船長》，編輯採用珂勒惠支 1923 年創作的木刻《寡婦——之一》置於刊頭，凝重無言。

2015.4.17
祭甲午

甲午之祭，蠅營狗苟一百二十年，祭甲午的失魂落魄。

自 1895 那份恥辱的哭約定立，嚎啕之聲便不絕如縷，沒有聽不見哭聲的半點道理，裝聾作啞識實務為俊傑，裝瘋賣傻其奈我何，《官場現形記》一七回：「不錯，是我的本事敲來的，爾將其奈我何？」。

我祖父生於前清歿於日據，我父親生於日據逝於 K 朝之統治，我生於倭寇敗降那年的一個春天。我只見過祖父的遺像，然而父親在世時，曾明確示我，鹿港鎮是彰化縣轄的鹿港鎮，彰化縣是台灣省轄的彰化縣，台灣省是中國轄下位於中國東南門戶的台灣省，言猶在耳。《左傳·文公七年》：「今君雖終，言猶在耳」。

1895 成了淪陷的標記，標記上血跡斑斑淚痕潸潸，哭約定立後，哭得泣不成聲，哭至聲嘶力竭，挽不回淪陷既定局面，束手哀暗島之沈淪。沈淪了 120 年，幾時方可破涕為笑，問問李

白，他在《秋於敬亭送從侄耑遊廬山序》：「吾衰久矣，見爾慰心，申態道舊，破涕為笑。」。

裝聾的、作啞的、識時務的與輪番上陣的俊傑；裝瘋的、賣傻的、裝模的、作態的與拿腔做勢的虛神假鬼，120 年來，天天都在笑，從早笑到晚，從太陽升上東天笑到月亮落入西海。他們個個笑得開懷，福哉福哉。

甲午之祭，祭 120 年吾島的失魂落魄，吾島居民合該朗誦《楚辭》最後一章《大招》第一節，並同禱。

「青春受謝，白日昭只；春氣奮發，萬物遽只。冥凌浹行，魂無逃只；魂魄歸來，無遠遙只。」

2015.5.5
韓三明

韓三明何許人？看了賈樟柯 2006 年編導的《三峽好人》，當可知曉。設籍於山西無邊煤域的某地，在他去往四川奉節尋妻的渺茫間，參與庫區等待遷移的居民混成的拆屋臨時傭工小伙，閒暇片刻互換言談中的興頭，奉節人手捏 10 元人民幣翻至背面，紙鈔上印刷的影像重疊著近在眼前的夔峽實境，韓三明報之顏臉的木訥，他從褲子口袋摸出同式同值的通貨，讓奉節人端詳票張上遙遠的圖檔，黃河上叫囂奔瀉凝固於靜止狀態壺口瀑布的壯觀。

韓三明本人以真名實姓入鏡，走進賈樟柯的電影，更早前 2000 年的《站台》，已經有過一遭。在那個片子裡，煤村的失學者韓三明應徵下井幹活，一份「生死合同」要他沾染紅泥留下指紋完成協議：

「我認不得字，找尋人看看。」

「痛快點！都看清楚，不要下來麻煩。」

「哥，你給我看看，我不認得字。」

「第一，死生有命富貴在天，本人自願在高家莊煤礦採煤，如遇萬一，與煤礦無任何關係。」

「第二，本著革命的人道主義精神，如遇不測，煤礦補助每人 500 元，給其直系家屬。」

「第三，每人每天工資 10 元。」

　　韓三明在「生死合同」按好指印，轉身去換工作服。下一個鏡頭，賈導讓韓三明從山西穿著白色背心汗衫，右手掛著外套，左手捻一只提包，來到四川省奉節縣青石街 5 號，尋找妻子的不明去向，青石街 5 號奉節老城區早前淹於庫區水中，盎然的草叢茂長，綠意冒出頭浮在水面，拂面波動。

　　16 年前，荒遠煤村的剩男韓三明，用當時的三千元買進四川籍的麻家么妹這一樁配偶，么妹產下女嬰，做完月子，么妹旋經公安釋回。

　　韓三明與他斷訊的麻家么妹，在一處廢屋重聚，合吃了一小塊馳名遐邇「大白兔」牛奶糖，疏離的甜蜜陌生而短暫。韓三明若想贖回麻家么妹，務須備足一筆三萬元的贖金。

　　奉節拆屋的臨時傭工小伙，欲隨韓三明齊赴煤區掙活，煤區的工資韓三明說每天兩百元，又說早上下井，晚上不見得能平安折返地面。雖則拆屋工的工資一日四、五十元，僅及挖煤工的四分之一。

　　韓三明預計回山西挖煤籌款，隔年再赴奉節迎接麻家么妹。跳出電影裡的情節，於今光陰又過去了 9 年，電影理應讓它歸於電影吧，電影適合觀賞實不宜添加屏幕外溢的懸想。

　　韓三明的同鄉，飾演女角的趙濤比他幸運，她愛人離家

兩年，沒有消息的兩年間，她交了新的男友，「我喜歡上別人了。」她的此趟專程，要向失聯的丈夫提議離婚，並囑咐不忙時回家辦個手續。

婚姻的合離歡悲多種多樣，這部電影裡的兩樁案例，無疑側記充滿當代性質家庭構成的潛因與脈動，兩條經線互不交錯。而共織的緯線，諸如承載人流濤濤的江水，航船的汽笛宏亮低沉，轉軌市場經濟之後銹跡斑斑的破產工廠，拆屋工使盡全力每一記落錘的悶吼……它們各自細訴著時間與空間駁雜綿延不絕的蕩跌。

2015.5.10
媽媽

記憶中的麵茶，是媽媽下廚炒做，讓食宿在校的姊姊，一周回家一次，收假時攜返學校充當餐餘點心，湮遠的年代，大多數人家粗衣淡膳，供食供宿的師範學校亦難得有驚人之舉，選擇接受公費教育系統的照拂，畢業後就業無虞，一般而言家境還是決定投考師範學校的動因，但師範學校難考非人人如願。

麵茶如果歸於懷舊的食品一類，那麼想它吃它的，都列屬比較老式的人物囉？而特喜各型泡麵的饕客，全係新之又新使用火星文的人物囉？

媽媽用麵粉、豬油、紅蔥頭，炒麵茶。媽媽用豆芽菜、韭菜、一些三層肉，炒米粉擺上供桌，祭祀先祖的祭辰。吃媽媽包的粽子，要沾她備好的蒜瓣醬油。除夕附近，媽媽徹夜蒸熟的甜年糕，通常可以吃到來年的夏至。

在不知家用冰箱為何物的歲月，上餐食剩的菜餚放進木製的廚子裏等待下餐，那時節氣候尚未如今日之任性，食物腐壞的速

度不若今日之快，沒有冰箱卻何妨。冰箱果真能確保新鮮，那冰箱出現前的「新鮮」，又怎麼回事。食物的腐壞有一部分與近世人心的腐壞密切關連，人心腐壞導引食物腐壞，冰箱適時扮飾保鮮的角色，至於確保新鮮一則，家家戶戶看著辦，新鮮沒有絕對標準，自己認定新鮮別人勿庸瞪眼。

上國校的那一段學齡前，陪媽媽早市採買，她右手牽我的左手，我的右手提著菜籃，跨過淡水線平交道，去雙連市場。回途媽媽會賞給適合我的零嘴小食，替媽媽提菜籃，提著青春的媽媽也提著童年的我。

2015.5.20
《豹》

引詩據文原係常態，不值大驚小怪。引之據之用作說明自己的見解、觀點、主張，進而為自己的意底牢結愁唱也順理成章，天要下雨娘要嫁人自自然然，怎麼想如何幹但求順暢舒坦。比較令人困惑的倒是身處在一個價值迷茫的漩渦，投機、乘機與不可失機三機旋轉流動，最終不期然出現危機，而這一層披掛美麗外衣的危機，遮藏著變異後的友仇關係，友仇關係的變異能不寒噤戚戚。

讀里爾克名篇《豹》，把上述陰霾移開。詩人綠原的譯文，他在注釋中寫：「關於本篇有過多種解釋，或從現象學眼光認為，它對客觀事物做出十分真切地描繪，或從象徵主義眼光認為，它是詩人自己在被隔絕的囚禁中自我折磨的靈魂的比喻。其實，在世紀轉折期，自然生存環境的喪失或受威脅已成為一個重大的論題。」

豹（巴黎植物園）　　　　里爾克　詩／綠原　譯

他的視力因柵條晃去晃來
而困乏，什麼再也看不見。
世界在他似只一千根柵條
一千根柵條後面便沒有世界。

威武步伐之輕柔的移行
在轉著最小的圓圈，
有如一場力之舞圍繞著中心
其間僵立著一個宏偉的意願。

只是有時眼簾會無聲
掀起——。於是一個圖像映進來，
穿過肢體之緊張的寂靜——
到達心中即不復存在。

（1902 ～ 1903，或 1902.11.5 ～ 6，巴黎）

2015.5.31
《雪夜林畔》

　　上一任的總督選舉，一位女候選人用"最後一哩路"拜票，希望選民投她選上，她便能坐上總督府裡那一席真皮沙發的椅子。選舉結果天不從人願，最後一哩路，她不是走進總督府，她走在回家的路。

　　"哩"，係舊式表示英制長度單位的用字，早經淘汰改為"英里"。1 英里約等於 1.61 公里。最後一哩約等於最後的 1.61

公里。

　選舉的一切，看在眼裡聽在耳裡，看看看板，聽聽聒噪，快速閃人，不用太留意、太動情。那是吾人生活的一個組成部分，什麼日子選什麼，各級政府翻日曆辦事非常熟手。而這一套西方的政治遊戲，乃當代新殖民霸據本島，安排制定的遊戲規則，它架裝了一條若隱若現的傀儡線，得以操控它意欲影響的遊戲結局謀利為己。

　"哩"一直在我的記憶裡，是讀佛洛斯特的《雪夜林畔》留存的。

雪夜林畔　　　　　　　佛洛斯特　詩／夏菁　譯

我想我知道這是誰的森林。
他的家雖在那邊鄉村；
他看不到我駐足在此地
竚望他的森林白雪無垠。

我的小馬一定會覺得離奇
停留於曠無農舍之地
在這森林和冰湖的中間
一年內最昏暗的冬夕。

牠將牠的佩鈴朗朗一牽
問我有沒有弄錯了地點。
此外但聞微風的拂吹
和紛如鵝毛的雪片。

這森林真可愛，黝黑而深邃。

可是我還要去趕赴約會，
還要趕好幾哩路才安睡，
還要趕好幾哩路才安睡。

忙碌的選民匆匆又過了四年，他們恐怕忘了四年前"最後一哩路"那件選舉的情事。當年的落選者走完最後一哩路，走在回家的路，回到了家，現在伊又從家中走上街準備重選。熱中選舉，保持這項遊戲的隱頭癖好與亢奮，也真不容易。

今次重選投票日訂在明年初，暖身活動已經開始。與四年前一樣，她與助選員走了一趟北美，輿論觀察，她是去"面試"，我的觀察是：何止面試，加持、脅持、醍醐灌頂混而有之。

因此號稱獨立的政治實體，真確嗎？誰願意放心的相信，總督候選人選前，不辭迢迢去接受假仁假義的摸頭安撫與耳提面命。尚未投票，疑寶與雞皮疙瘩，已先在我的身體內外此起彼伏互別苗頭，我必須利用這個下半年六個月的時間，好好理順心理與生理的均衡，要不然我這張並不怎麼神聖的票，投票日咋辦？

2015.6.6
天朝

島上住民的腦筋被擰得天旋地轉，連罩在額頭上那頂所謂"天朝"御帽，老早 Made in U.S.A.，久了戴得都神魂顛倒，如痴如醉無日無夜渾然忘我。我究係何物？令人困擾萬狀的發問而答案簡直千頭萬緒難理，難理也得理，回家獨處時單自對著鏡像，捫心自理，不急徐徐慢慢理，鏡像裡裂解了的許多自己，也都分殊他去，而認不出鏡像前的你。

別怪鏡像裡那一面反映似真似假陌生遙遠的自己，臉面彷

佛尚未扭曲，卻長時間誤飲非我族類的心靈雞湯，誤食單極霸權調理的各色漢堡包，誤啃超量柿油黨（參見《阿Q正傳》）堆積如山的雞肋。於是，除了臉面完整如初，其餘別的部分全變了形，歪了樣，已非本體。更不用說，疊量累增新柿油主義源源不斷叩門而入含瘦肉精的種種肉體，種種也都可能成為炮灰不能精挑細選不能討價還價按五角大廈規定售給的軍工武器。

當年總督府起造時，奠基正面朝迎晨曦，經過經緯儀分秒精細的測量，日出的方向即天朝的方向，歷史之彼灣島暫且仰人鼻息於 Made in Nippon，皇民練成悠悠五十載，練成怎麼樣，怎麼樣，你看它就怎麼樣，認了。果不其然殖民媽媽教唱被殖民的兒孫學晨歌，殖民地的兒孫唱得最帶勁的，紛紛攀著依附在歌詞裡那一塊長生不老的岩石，岩石上永不脫水的青苔。那首歌名曰《君之代》，青苔們全都會唱，全都站在岩石最牢固的磐位上嘶吼裂肺的齊唱。

因此絕不能輕信歷史之彼所謂的無條件投降，無條件投降的一幕，僅僅適用於在星條旗的陰影底下詠唱《君之代》，音韻溫婉律動迂緩，那種不得不服服帖帖的默默與肅然的狡黠難謂由衷。至於列位勝利的吾之一方，安排在相關地方的受降儀式，既然留下檔案，妥為保存善自珍藏。

投降者投降後的行徑，頗能藉以視察並驗證投降者投降後的真偽臧否，或許法西斯細菌一旦生成，由個體傳染蔓延為群體，難在欲拒還迎，詭拒暗迎，自恃種族主義定勢的某些種族尤是。

吾島之真格的天朝，非白宮莫屬，全世界白宮僅彼一座別無分號，漫不經心老把仰望的特定對象搞錯，要不要罰他發言人連吃半個月的炸薯條，喝不可口的可樂，直到他下跪求饒，並且不得對青天白日嗤之以鼻，碎碎念。要之，他這個後發的黨扮演一簧，與早發的黨互扮雙簧，再與天朝白宮裡的要角，樂樂不疲的合唱不倫不類舉世皆知的三簧。

2015.6.10
養生糾察隊

現今的人嘴喜將養生掛在話題的邊上，表示不旁落潮流之後，與時俱進並且還沾滿耀眼光點的時尚。從心態上言，畢竟是好事，愛談養生，趣談養生，言之在先知的前沿，但把知最終付諸於行的有幾多，養生的知行契合達至佳境者有幾多，老實說恕難清楚，也許主管部門的什麼署清楚。

養生若僅止於，保養身體維護健康，寥寥幾字那也好辦，問題的要點不會這麼跼促狹隘，這也是位居要津的能人智士不單坐困愁城之所見，客觀世界時不我予，消費的尖浪滅頂而來。消費、消費、消費多麼理直氣壯，養生、養生、養生，很是旗鼓相當。消費與養生並行不悖，消費不忘養生，養生不忘消費。

悠遊在商品消費的慾海，荷包比較扁小者自行量力遊淺，收入甜預算美者徑往縱深遊去。當然一旦刷，整個世界任你刷，人人手中握着的卡，卡中乾坤驚奇，薄薄的磁卡比阿拉丁的神燈更好使喚，一刷卡柔媚嬌豔的風雨交加，此刻養生的概念遁逝無縱，養生的念頭躲在幽冥深處灰濛濛合不攏雙唇，輕輕的笑著。

並非不理養生，暫時擱著。

養生的頭緒萬端，如何養生，主管官署最好動動腦，編印一本周詳的《養生手冊》，派發到每一個里民手裡，分層分級成立"里民養生糾察隊"。這件事點、線、面牽涉廣，但事在人為，養生一句不應只剩空話，隨著氣管吸入呼出的養生一句、養生兩句、養生三句，空話幾句全部空話。

2015.6.15
碳十三呼氣

　　幽門螺旋桿菌受試者改投服用根除治療之藥第一線 C 組，順利完成。按 "試驗／研究方法及相關檢驗" 規定，收集了糞便檢體讓 T 大醫院進行細菌培養及抗藥分析，也抽了 10cc 的血準備檢測血糖、血脂肪、肝腎功能等等。接下來等待一個半月之後，進行碳十三——呼氣試驗，這一招即將揭曉是否殺菌成功，但在真實的世界裡任誰，包括兩股對陣勢力旗鼓相當，勝負難分的撒旦與上帝都無法給出滿分的答覆。何為自求多福，如是神秘。

　　六週之後終於也完成呼氣試驗，工作人員的 H 小姐在電話中語焉不詳，自行領會了報告結果不明確，H 小姐請求之追加一次呼氣。第二次的報告與第一次相仿。

　　一年後，我們再聯繫重新安排，她說。

2015.6.19
天亮

　　凌晨剛過 4 點，提步前往慢跑起點的途中，跨過一個沒有紅綠燈的巷口。一位常見的女盲胞，正在用她的金屬拐杖觸地探尋路徑，拐杖的末端幾次都點觸到停靠在人行道旁一部汽車的輪胎，她陷入短暫的困疑，辨認不出蘊藏在內裡平時那麼熟習的暢行無阻。縮住腳勁，往回走了幾步，靠近她開口。

"你想怎麼走？"
"我要找屈臣氏旁邊的那個巷道。"

　　我拉著她的手，請她轉身，依著她的步伐戰戰兢兢，走完兩個車道寬的快車道，到了她要進入的巷口。

　　她用她細長的金屬拐杖觸地，索取前進的路徑，她以小圓弧不斷左右掃動，障礙物反射或散射回來的聲音，她都要仔細聽清楚。

　　她走進烏黑的巷子，再一個小時天就亮了。

2015.6.26
主義的帽子

　　魯迅先生寫《沉滓的泛起》，最初發表于 1931 年 12 月 11 日上海《十字街頭》第一期，作者署名"它音"，其後收入 1932 年 10 月出版的單行本《二心集》，出版不久即被國民黨政府列為禁書。魯迅的上海經驗萬料不到，四十三年之後竟傳遞給了陳映真成為一脈相承的台灣經驗，那個 1975 年的 10 月《將軍族》出版，陳氏剛坐完七年"民主台灣聯盟"案犯的政治牢假釋出獄，小說集《將軍族》瞬遭國民黨政府列禁。

　　《將軍族》共收十一個短篇，前七篇發表於《筆匯》，從 1960 年 1 月迄 1961 年 5 月；後四篇發表於《現代文學》，從 1964 年 1 月迄是年的 10 月。為何這兩組時間群的小說創作合集會引致流亡政權的敏感神經於惶惶不安，而下達禁令，為什麼不是十一篇小說分別刊布的當時，逐期禁掉登載它們的那十一期文學雜誌，這一隻啟人疑竇的狐狸，從上海躲在魯迅背後起一直來到台灣繼續躲在陳映真的背後，靜悄悄它是一隻無聲無息無色無味的狐狸。彼時流亡政權（歷史的說它早脫却人的屬性）鬼形鬼狀，它再怎麼也找不著自身飄零失散的魂落草為寇的魄。十一篇小說彷彿十一把照妖鏡，照見了亂舞的群魔，十一個歇斯底里不

斷顫抖的側面，不斷的顫抖⋯⋯

"1968 年 5 月，他和他的朋友們讓一個被布建為文教記者的偵探所出賣，陸續被捕。⋯⋯"陳映真在《後街》一文裡的兩行千真萬確如實地記述著，那偵探後來涉入渺渺人群灰灰，說他的語焉不詳，寫他的也筆焉不詳。啊，偵探；啊，網羅；啊，那偵探與網羅牽絆著的如影隨形的幽靈，幽靈的裙帶，裙帶的猥瑣，猥瑣的癲痴，癲痴的呢呢與喃喃，呢呢喃喃，呢呢喃喃在說些什麼，說些裙帶上蛀蝕蟲豸口器風化之後，遺下的某些無法辨認的齒咬跡痕。

《沉滓的泛起》（參見《二心集》），首尾兩段如抄：

"日本佔據了東三省以後的在上海一帶的表示，報章上叫做"國難聲中"。在這"國難聲中"，恰如用棍子攪了一下停滯多年的池塘，各種古的沉滓，新的沉滓，就都翻著筋斗漂上來，在水面上轉一個身，來趁勢顯示自己的存在了。"

"因為要這樣，所以都得在這個時候，趁勢在表面來泛一下，明星也有，文藝家也有，警犬也有，藥也有⋯⋯也因為趁勢，泛起來就格外省力。但因為泛起來的是沉滓，沉滓又究竟不過是沉滓，所以因此一泛，他們的本相倒越加分明，而最後的運命，也還是仍舊沉下去。"

沉滓自 1931 年底從上海魯迅的筆下浮起，又沉下又浮起，又浮起又沉下，滄滄桑桑滔滔不絕的八十四年跨海過來，此刻 2015 盛夏的台北，又浮起又沉下，又沉下又浮起，浮起的沉滓，台北的沉滓，沉滓終於會沉下去，留住台北。

上海的文藝家約略相當眼下目前的寫家，筆曲不同韻緻則一。

南港的阿肥，我的二月哥（他早生我兩個月，恰好生於二月

份，我禮敬他的暱稱），笑對寫手，說他的坐牢並不冤枉，他有他海闊的胸懷，量寬橫無際涯，當然他輕快的不冤之論，頗適合與鬆餅式逗趣的自況相互咀嚼，我聽不出來他越俎代庖替代其他案友發言的餘戰。我熟悉的陳金吉，要跑一趟五股，到觀音山下去問。耀忠躺在三峽的龍泉墓園，怎麼問，選個日子上墳燒香對著冷冷的墓石冷冷的問，也許也可以約見他三弟媳素瓊女士，或侄兒冠德問問。至於陳映真，何妨問問麗娜嫂。

耀忠走了近三十個年頭，在世的最後階段，從"春之藝廊"回三峽老街，我他見面的頻率數不勝數，從來未聞他說過半句酒後囈語，吐露一絲酒後心聲。他的酒後囈語，他的酒後心聲，他的酒後與酒後的酒後，寫家聽之錄之，寫家稱得上具有特殊氣質的非一般人士。1985 年 10 月《人間雜誌》發行試刊號作為問卷，收到雜誌他要我轉告永善，書印得太豪華了，他的手指頭差一點被書頁的邊角割傷。

寫家們家家藏著秘笈，深不可測，隨時揮向爽口養眼挑達八卦的市場，先斬之而後奏了。原來清醒的閱眾，繼續鎮定保持清醒，好戲還在後頭，幕外添幕場內加場，保證不收門票。

十年以來，陳映真的背部成了諸多寫家的塗抹台，陳映真無私的提供自己綿延不絕的背部，成就諸寫家的自言自語，並使之成為寫家的生活資料，最上乘的佳例莫過於寫家清算陳映真令尊陳炎興先生在日據下的某項事跡，獲得學位，讓博士的謀職順順利利，日子不疑度小月，合當感謝陳映真料及今日青年可能的迫窘，暗暗的提攜使之悠悠的生計。

某種寫家忘情曾經自囿於情愛純潔的嚮往，然而失衡於生活真境中擾困的慾肉之悶苦，把自為的情狀幻化，投射給了陳映真，換位移借給了陳映真再據浪漫以說事。終歸得要各掃門前雪了，雖然亞熱帶無雪，掃什麼自己看著辦，那就休管別人的瓦上霜，北台灣的冬天有些善良的人家，舊式的屋瓦上偶會結些細細

的薄霜。

　　日丹諾夫的聲音，誰曾側耳聽見？寫家從一小節扣掉標點符號剩下的三十三個字詞，從陳映真那篇《現代主義底再開發》（參見《知識人的偏執》）摘出，從三十三個字詞聽見了日丹諾夫的聲音，魔幻。陳映真的聲音我聽見了，他的聲音裡交雜著批評、自省、惕勵與共勉，他的聲音與日丹諾夫的聲音並比，風馬牛不相及。1949 年之後的本岸，掌管文藝的單位組織裡都沒有日丹諾夫嗎？日丹諾夫其實很多，只是真名實姓不叫日丹諾夫。1977 年發生的鄉土文學論戰，整個日丹諾夫群體傾巢而出，寫家難道忘了日丹諾夫陣仗，瞄準封喉的對象，只待編造的輿論成熟，日丹諾夫們便要樂呵呵稱慶額手。

　　寫家極其慷慨大方頒給陳映真五頂主義的帽子，理想主義、浪漫主義、現代主義、虛無主義、政治主義，寫家如果加頒兩頂，一個禮拜七天，一天一頂不易褪色，也不易舊去永保常新。寫家願意接受訂貨更佳，我代替陳映真索求一頂馬克思主義，顏色要紅色的中國紅；另一頂安那琪主義，即出現在《我的弟弟康雄》裡，那位自殺的安那琪，顏色要黑色的，不事喧嘩安靜澄澈的純黑。

　　陳映真批判當代台灣的現代主義，不厭其煩苦口婆心耐力十足。他以《超級的男性》那一篇影評發端文論的寫作，時間約於《一綠色之候鳥》稍後，《獵人之死》之前。日後他的各式文論應運而生，風雨無阻從不缺席，無疑明顯擠壓了小說的創作，但小說少了文論卻多了，應可等同於失之東隅，收之桑榆。陳映真總體的文論，總是批判著廣泛而潰溢的現代主義的流毒；現代主義的來歷原委；現代主義常駐此處貪婪收奪後生產的奇情異景。前述經寫家化約、高度濃縮陳映真五千字反思現代主義的文章致僅僅剩下三十三個字詞，三十三個字詞若能表達批判者的原意，毫無削弱批判者論事的真誠，三十三就三十三吧，然而無妨找出

陳映真五千字的原文對照對照。

　　寫家彷彿責怪陳映真對現代主義的有所批評,但奇譎的是,寫家推崇陳映真早期的小說,將之高懸在當代台灣文學中最優秀現代主義作品的位置。寫家把《蘋果樹》之前的十一篇歸入現代主義作品,而自《文書》起從中窺見一種強烈的意識形態,其後的作品是又一回事,另當別論。持大致相仿觀點的某些行家也有類似看法,但比較寬鬆,即以陳映真坐牢前後劃分,總之他們推崇《麵攤》至《蘋果樹》的十一篇再加《文書》至《六月裡的玫瑰花》的十四篇共二十五篇,陳映真坐牢後《賀大哥》至《忠孝公園》的十一篇不在他們的算計之內,這些篇什在他們看來篇篇意識先行,篇篇面目醜陋猙獰,雖不忍卒睹為了研究只好勉強吞嚥。

　　現代主義是一門怎麼樣的專業學問。寫家既然不同意陳映真對現代主義的批評之聲,卻讚美陳映真早期的小說為最優秀的現代主義作品,這個矛盾蹊蹺關聯的並行不悖,寫家可願為閱眾解惑。

　　最愛調侃各色拼盤現代主義的吳耀忠,早早撒手塵寰離群索居隱在了墓地,如今他逝往的種種剩下一方大理石,專事八卦的流言家趁其不備偶爾撥濺幾滴渾水在他身後,渾水幾滴殘頓在大理石表面瞬間蒸發,歸於烏有。他不可能從墳頭伸出手,堵住流言家的鬼說,鬼說的茶餘飯後,鬼說的自生自滅,鬼說最終轉返鬼說原初流言家舌尖上的黑幕重重。

　　派發主義帽子的先生,不用多事,給畫家吳耀忠派發莫虛有的荊冠。吳耀忠的額上緊緊戴著一頂與他的頭圍尺寸相符,唯一一頂現實主義的橄欖。現實主義的藝術信念與實作,帶給他半生的災厄與困憊,現實主義與他同命遭難。

　　"達達不是什麼,達達就是達達。"這一組達達主義的宣言,是從前耀忠與我見面時的招呼語,耀忠過世順手拎走。

2015.8.1
綠洲

　　短暫走訪肅北的幾處綠洲之前，恰巧觀看了甘肅青年導演李睿珺的電影《告訴他們，我乘白鶴去了》。攜帶著電影素樸淨化的綿邈懸思，且走且想。

　　李導用了一個小時又三十九分鐘的鏡頭，為一位年逾七旬的退役農民關於身後跌宕的幽幽敘事，電影清淨無華，卻潛藏存活在當代肅北某處，即將完成生之旅程，歸返綠洲的自然懷抱，老人忐忑難安唯願依遁原有的殯喪理想，讓他稚嫩少年的孫兒費力挖掘土坑，使自己欣然提前無言謐沉在村外，一株長得並不怎麼美麗核桃樹枝葉的蔭底，肅北的風吹過自行故去老人微微凸起的地表。

　　不知何為盡孝孫兒的鏟土，伊當然也絕不明白，祖父坐入坑中再行回填泥土把祖父淹沒，只是遊戲的一種。孫兒滿足了祖父的願望，卻再吃不到祖父替代煙癮時，靜置於口袋裡隨時掏出滿足伊討要的冰糖滋味。

　　李導是高台人，高台離張掖七、八十公里，只得無奈無緣於電影裡那一方牽情漫挺的水草。翻閱舊資料知悉李導三年前攜片來此參展，有眼無珠偏偏漏了看。彼次影展，雖然去補觀了安哲羅普洛斯的《近代史三部曲》，但遺憾已經凝結，沒有什麼可以將之溶解，在影院觀影與在電腦屏幕前的視頻，畢竟天壤的兩邊。

　　有觀影者對於這部影片的孫兒遵囑掘土，讓祖父無憂安眠坑中，稱為活埋訴之荒誕，我並不支持這種說法。荒誕從真實變形無處不在，荒誕的真實與真實的荒誕源源不斷。我的兩個孫子均不足六歲，他們連握鏟的力量都難。都市的苟活者，他們何時幫我掘土，況我已簽署器官捐贈以及解剖，我非但沒有空地，更缺

少一株落葉喬木的核桃樹蔭。

2015.8.7
駝鈴

　　騎乘單上售票員剛剛寫好 173，指定我等待這隻編號的雙峰駱駝，七十歲的老人騎在幾歲的駱駝？煞有介事的在鳴沙山的景區繞繞觀光遊客約略一個小時上下的圈圈。五隻駱駝連成一隊，比較長的隊伍都是五的倍數，駱駝們真溫馴，緊緊跟著前一隻的尾端，後一隻的鼻樑絕不會冒失撞上。自從不用在絲路長途跋涉，近些年更是聽命飼主白天把它們牽來景區營生，日落後再牽回棚裡晚睡。

　　遊客如織，亂成一團。同一家飼主的駝隊，似乎也不是編在一組無關連串的序號，亂上添亂。每一隻駱駝都熟識飼主？不得而知。駱駝只管被牽動在一個小群體，駝首的領路人一聲吆喝，駱駝領會了，四膝跪折於地，讓到此一遊的女士們、先生們跨上駝背，周而復始，走鳴沙山的低坡繞圈子漫行。

　　兩千年前絲路上任重道遠的商旅駝鈴依然在滄桑的歷史長空迴響，如今的駝鈴只懸於駝頸在遊客的顧盼間搖晃。

2015.8.8
莫高窟

　　一點兒都絕非矯情，在看完兩齣合計四十分鐘的主題電影，又接續參觀了八個真實洞窟，講解員的專業與敬業齊備應該致上感謝與嘉獎，之後我還是想，選個黃道吉日，把莫高窟封存永不

開放，這個構思已略有所聞，何不儘早實施，意欲前去的遊客不要對我噓聲微詞，基於保護古蹟我並無自私之意。

可以再把主題電影拍得更加豐富更加多元，滿足求知者的渴要。西安的兵馬俑展館，不也是為了防止古文物的出土氧化破壞不再挖掘，已經曝光重返人間的古文物無言，雖然被埋於地下暗無天日，暗無天日對古文物而言不存在幸或不幸的問疑，古文物在湮遠的年代隨葬係當時的一種風俗，挖掘它最不可辯駁的意義當是考古研究鑑往知來，開放讓遊客分享美意十足，然而洞窟黑魆魆，步入洞窟光線驟暗瞳孔正快速調整，講解員的手電也快速照上標的，在明暗不斷轉換之間觀賞的效果其實很差。還有忍不住不守規矩的在拍照被婉言勸止，還有在窄小的棧道忍不住抽起紙菸。

一般的遊客只能在設定的距離遠觀，看那些國賓政要，兵馬俑幾乎可以聽見他們呼出的嘆息，來者不善喜歡慢跑的克林頓執意從西安入境中國，兵馬俑好整以暇挺直腰桿子正在等他可能會要些什麼小動作，克林頓那回來國事訪問，沒有安排慢跑，不誇張的說，我當可與他比肩而跑。克林頓後來去了上海，城隍廟前的某家餐廳貼出他的照片以廣招徠，他根本不懂中國菜，筷子他都拿不穩。

2015.8.9
嘉峪關

零八年也在夏季，從呼和浩特途經包頭抵達榆林，登上位於北郊的鎮北台。可能因為過路客旅的稀少，使得它不全然裝扮成一處萬頭攢動人潮洶湧非遊不可的地景，卻讓它護持著剛勁與渾厚，冷凝的蒼涼始終對變幻的風雲無動於衷，它毅然穩穩矗立，

一座城台的鎮守，直教零碎無所事事的時間從旁溜走。

對比嘉峪關，鎮北台的孤獨更加發散著令人畏敬的理直氣壯。一座城台的夙夜匪懈，固執盡職不負歷史的付託。

嘉峪關引我關注的兩處：其一，城牆的施工採責任分工制，沒有所謂的保固期，損耗與毀壞，悉由代代相傳負責修復，這一招古代顯然優於現代；其次，完工後，城牆的驗收，用飛矢射向牆面，箭簇若不幸穿入牆中，施工者便要開始發抖。

2015.8.11
銅奔馬

漢朝經略中國歷史四百二十六年，從公元前的 206 跨越至公元後的 220，兩千年前出土的文物古樸琳瑯滿目應接不暇，進入墓室虔敬觀覽，務必彎腰屈膝通過低矮的拱洞向厚重無邊的歷史敬禮鞠躬。我們的老祖宗在人間生活行走的遠古，今日西方的霸權及其嬖從，它們的人種與人文都尚待受精。

銅奔馬在不滅的時間中，飛躍了兩千年依然英姿颯爽，你若已覺疲乏，它在動態的空間中保持著速度的煥發。生當華夏民族的後裔何須躊躇，銅奔馬看見了你，銅奔馬將從你的瞳孔一瞬騰圖，映象的印記永存，青銅的輕靈，莊嚴而且豐盈。

讀一首東漢的樂府民歌，寫一位女子對愛人的熱烈表白，被譽為"短章中的神品"：

《上邪》

上邪！我欲與君相知，長命無絕衰。
山無陵，江水為竭，冬雷震震，夏雨雪，天地合，乃敢與君

絕！

再讀另一首，係《古詩十九首》其一，詩寫傳說的織女牛郎因天河遠隔不得相會，傳達了織女渴望愛情的痛苦。劉勰譽之為"古詩之冠冕"：

《迢迢牽牛星》

迢迢牽牛星，皎皎河漢女。纖纖擢素手，札札弄機杼。終日不成章，泣涕零如雨。河漢清且淺，相去復幾許？盈盈一水間，脈脈不得語。

2015.9.5
寧波年糕

在寧波機場候轉。商品的五顏六色尚不至於令人目眩神暈，旅程剛剛開始，托運的小行李箱已經飽滿，聲光的惑誘防著不讓它趁虛而入，運速啟動。前幾個小時，緩步穿過大園機場裡的閃閃爍爍，若無其事徑往登機室，什麼茬也不曾發生，一身輕快沒有負擔。菸絲都不是非要不可的口味，寥寥不同一二廠家五十克罐裝或便利包的品樣統統太乾燥了，酒呢又不准備送人，菸酒既然沒有懸想，腳程任其鬆放，書店漏了不會，不會的大園機場出境的書店，不可能寄放一冊讓我瞥一眼伸手摸觸的書影。

啊呀，安安靜靜擺置在貨架上悄然無聲，默默等待我兩顆眼珠子的尋瞄，終於視線停聚在了，它們潔白無瑕真空包裝的物體表面。在寧波機場停留，巧遇了寧波年糕，不買讓它錯失良機從我的眼角移走，買，不買它會永遠飄浮在腦海中，買回家請老伴

分次炒幾盤真格的水磨工藝正點的寧波年糕。往常伊從廚房端上桌的寧波年糕，總是南門市場買的，嗜食寧波年糕非解鄉愁，喜啖寧波年糕者不限寧波人，或許寧波人單對寧波年糕衷情殷殷，吃時懷鄉不吃思鄉，思懷食之台北的寧波年糕，屬入台灣的糯米，塌塌糊糊的稠稠粘粘的。

旅程剛剛開始，旅程還在後頭，不宜增加行李的重量，挑了一份超值的八百克六片正方形疊裝，這一小捆寧波年糕，必須委屈把它塞在箱裡的角落，結實的它耐壓，將隨我往蘭州，上飛機搭動車，伴我一站站宿敦煌宿武威，聞聞肅北。

寧波年糕清楚自己會被怎麼料理，老伴拿手頂準，現在等著關上爐火，邊盛入盤中邊呼寧波年糕上桌。

2015.9.6
非法遺民

北美的地產商人川普，賺噁嫌膩，躺在他堆積如山的鈔票頂峰，宣布參選下一任的總統，萬一選上他準備在他的國之南疆，建一堵長城以阻非法移民的偷渡。合法非法他說了算，任他判斷由他定奪，他明明就是昏昏混混。

聽見如斯話語的那些天，我走在肅北之行上了嘉峪關城樓，正是中國北部長城西端的起點。沒有長城概念的人說要建長城，與說笑說夢並無二致，但富豪嘴闊鬼話連篇腰纏萬貫信口開河，中國的長城萬里，通過外交手續當可出租借他一段，墨西哥不幸與他接壤的邊境，不會超過兩千公里，中國的長城萬里綽綽有餘。陸路妄想長城擋，臨墨西哥灣那一段海岸，恐怕也有一千兩百公里，怎麼辦？舊的非法移民據地合法化後竟然指認南邊的鄰人非法移民，豈有此理。

　　1492 年，的確美洲發現歐洲人，而非相反。馬克思在《共產黨宣言》裡的相關詞語，實宜修改。殖民主義勃興意氣風發征服虐殺掠奪殆盡的年代，南歐猛虎的雙牙西班牙與葡萄牙，噬吞下整個拉丁美洲，它們的胃納之大，將要使用幾百年昏天黑地的光陰，消化掉全部原住民的血肉，金、銀與所有的礦產，以及地表一望無際濤濤不絕的物產。印第安原有的語言、文化、精神面貌，在幾個世紀之間被迫滅絕、改造、萬劫不復。

　　曾幾何時，耗了一個多世紀的等待時機，西歐的另一頭猛虎英國，浩浩蕩蕩的"五月花號"在 1620 年登陸麻薩諸塞，倒算回去至今恰恰三百九十五年，與上述的胃納消化模式如出一轍。那批一百零二名新教徒即老牌的非法移民，非法移民誰奈他何，三百九十五年過去據地合法。不用嘀咕誰只要願意在光天化日之下，掏心掏肺呼他一聲爹地，或叫他一聲親叔，他會溺愛使你窩心，與他家豢養的吧兒狗同等待遇。

2015.9.7
咸亨酒店

　　魯迅先生 1918 年冬天寫的《孔乙己》，"咸亨酒店"首次登場，後來他在 1920 年的另外兩篇《明天》與《風波》裡，又讓這爿老字號重複出現，據周作人敘述："這是一個小酒店卻有雙間店面，坐南朝北，正對著魯迅故家新台門的大門。這是周家的幾個人所開設，請了一個伙計一個徒弟照管著，但是不到兩年就關門了。"（參見《魯迅小說裡的人物》）

　　小說裡的人物孔乙己，紅鼻子老拱，藍皮阿五，他們都喝過咸亨店裡溫熱的黃酒，他們真幸，他們當然不知道咸亨後來關了。但作為魯迅先生的一名忠實讀者，咸亨酒店四字過目不忘。

　　在浦東機場無心的瀏覽，先是停腳在一家郵票商店，看著看著櫥窗，想著想著兩個孫子，迪斯尼卡通郵票他們會喜歡，詢問之下小小的大嚇，一套四枚幾近七百，再定睛仔細瞧，哦哦用的黃金印刷，五、六歲的幼童那裡懂，這分明是大人的玩物。

　　緩步書舖往往皆有喜獲，零七年七月某日，在成都的雙流機場買到《我所親歷的胡風案》。此次赧然也有驚呼，一本葉聖陶點校與另一本張靖杰譯註，王陽明的《傳習錄》，後面一本剛剛出爐，書頁餘溫猶存。

　　咸亨酒店四字醒目，在貨架上玻璃罐排列之處晃悠，那是紹興市咸亨酒店食品有限公司出品的腐乳，火腿與醉香兩款，各購一份把它們扎緊提回家。

2015.9.8
《淒慘的無言的嘴》

　　既然都是選舉語彙，開口了為選舉，閉嘴了也為選舉，黑絕不會說黑，白絕不會說白，黑者自黑，白者自白，黑白說永保福祿長壽，黑白說常享教授講座。視覺系統健全能正確辨別顏色的真偽，守住清明千萬別心浮氣躁，耳根子一鬆滋事跟著拌蒜何須，專注步履向前

　　有病一說說得不錯，沒說有病安然篤定？那健保也不用辦了，大人小孩鰥寡孤獨統統致贈一塊免事牌。

　　病菌自 1895 侵入，五十年後倭寇敗興而歸，留滯形形色色的病毒果然果不其然代代傳染方興未艾，魔鬼變裝的天使裸露尾巴享受著相互的撕咬，“狗患失之，無所不至矣。”約定俗成的毒液化約為若無其事自自然然彷彿眾志成城的蜜汁。

　　“疾不可為也，在肓之上，膏之下，攻之不可，達之不及，

藥不至焉，不可為也。"《左傳‧成公十年》曰如是。文言文教材的減量，課綱微調的委員諸公知之甚詳。"何之覗候，則魂不守宅，血不華色"，忠魂遭奸匪悉數鎮壓由來已久，鬼魅靈異的人妖輕行妙曼，流行了一個世紀的認賊作父熱絡流行持續升溫，不想認賊作父的不妨考慮認父作賊，如果它提供了一條前景燦爛荊棘也無限溫柔的去路。此處不許栽植罌粟花，但罌粟花無邊美麗的幻象盛放，且看它們紅、紫、白織成一團。

《淒慘的無言的嘴》，那個發生在一間精神病院，陳映真1964年6月寫的短篇小說，二十七歲的陳映真。小說裡引了莎劇《朱利‧該撒》中安東尼說的話：

> ……我讓你們看看親愛的該撒的刀傷，
> 一個個都是淒慘、無言的嘴。
> 我讓這些嘴為我說話……

"……。我曾多麼激賞過。然而我於今才知道，將肉身上致死的傷口，淤血的傷口比做嘴，是何等殘酷何等陰慘的巨靈的手筆。"陳映真這樣寫。

結束那個短篇的收尾處，陳映真要患著精神病男主角的"我"朗讀歌德臨死前的兩句話：

> "打開窗子，讓陽光進來吧！"

湮湮漫漫小說公刊的五十年之後，好多好多的嘴，兩千三百萬個嘴，其中多數淒慘的無言的嘴。此刻由我來朗讀歌德臨死前的兩句話：

> "打開窗子，讓陽光進來吧！"

2015.9.9
歷史的瞬間

英國的《每日郵報》，刊登了它自認千挑萬選，從諸多全球著名通訊社與獨立攝影家的檔案，精選十六張經典照片，配以簡單的圖說，號稱這些照片各自記錄了改變世界歷史的瞬間。

不看則已看完疑惑更深疑雲重重。這家設在冥頑不靈悔改闕如，敲骨吸髓國度轄下的一家報社，它的立場與想法因循衰頹，充滿老大無可救藥，歐洲中心主義的朽腐。

十六張所謂經典照片之一，係路透社 1990.2.11，發布被囚禁二十七年，曼德拉先生手牽夫人溫妮一同步出監獄的鏡頭。我看不懂，它是在為曼德拉的縲紲終於獲得解放祝賀，還是曼德拉終於結束實實被關押了二十七年而竊喜。

臭名昭著的英國，從來就是熱衷執行殖民主義的大號股東，不要看他擬態紳士風度翩翩，丘吉爾可以把捷克出賣給希特勒，吉卜林也寫出《印度鐵路叢書》。殖民主義者的覆雨翻雲，手法細膩身段靈巧，漁利名譽不缺不少。

台灣左翼前輩，1926 年出生於日據下麻豆的林書揚先生，自 1950 年 5 月 31 日子夜，被新殖民主義的代理人秘密逮捕，判決無期徒刑，囚錮押禁了漫長的三十四年又七個月，在 1984 年 12 月 17 日假釋出獄。假釋出獄意即軍法處隨時得以再行逮捕。

三十四年又七個月比二十七年多關押了多久？

林書揚先生。當然不勞《每日郵報》的記者，前來按下攝影機的快門。他們的底片，還是去用在自以為是，記錄改變世界歷史的瞬間。

2015.9.15
迪里拜爾

　　《瑪依拉》一曲女高音獨唱，唱出哈薩克放牧民族高亢、挺拔的特點，也唱出旋法上貫串始終迴環音型的難點。毫無疑問，維吾爾花腔女高音歌唱家迪里拜爾，1993 年 4 月在赫爾辛基的一份錄音，是這首曲子最傳神韻的標誌。

　　天山腳下的維族姑娘接受科學發聲法的嚴格訓練，日後她完整參透領會了技術為藝術服務的真諦，使洋歌洋到家民族民到家達致平衡的雙美。上述提及的錄音，她也唱了《燕子》、《茉莉花》、《洪湖水浪打浪》、《繡荷包》、《月亮出來》，以及四首維族民歌。

　　花腔迪里拜爾絕佳的掌握著旋律線上精致的裝飾音，貝里尼、威爾第、唐尼采諦的詠嘆調她曲曲游刃，里查·史特勞斯《阿里阿德涅在納克索斯》裏的采比內塔，或小約翰·史特勞斯的《春之聲》，她都把他們一齊唱入了雲霄。

2015.9.22
充氣娃娃

　　日籍導演是枝裕和 09 年的電影作品《空氣人形》，意即所謂的充氣娃娃，不知本地販賣情趣商品的商人辦理進口了沒，它是一尊為撫慰相當數量，在都市謀生討活男性集體的隱私渴望，被模造仿真的硅橡膠女郎。渴望不單解決性慾一樁，也解決了某類家庭生活小夫妻間的細微末項，在大都會陰影底下冰冷水泥叢林裡穿梭，人際相處不易，男女關係何止肌膚，又如影片開端男角下班淋雨返巷，"我回來了"、"要是聽你的帶傘就好了"、

"哇！濕透了"等等……

硅橡膠女郎順勢應運而生，成了當代東洋都會生活虛擬的附著人口，但它卻不用列入複雜的戶籍管理，5980 日幣買它一個，便可與之同衾共枕推心置腹如膠似漆，生理的舒坦，彷彿釋放了一部份環伺於外，而加壓扭結於內，心理永難排解的葛藤糾纏。這個近世執意冷血，依仗窮兵黷武，肆虐亞洲搜刮甕獲的暴富，它的常民如今正在分擔暴富溢漏流洩的悠悠憂傷。

日丸之鬼從未承認它犯下的戰爭責任，軍國主義的梟首只顧忽悠，它們代代接力相傳準備重啟戰端，為完成被迫終戰鬼魂彌留的霸權遺想。是枝裕和生於戰後，軍國主義妖孽鑄造的戰爭責任顯然與他無關，他不過是戰爭責任禍延子孫的受害者之一，而他恰恰生在活在"我在曖昧的日本"（大江健三郎語）。

軍國主義的日丸之鬼，各個皆係好色之徒舉世聞名，燒殺擄掠的間隙，它也要隨機需索一逞縱色的獸慾，它的軍刀嗜血，它的褲襠嗜色，二戰亞洲處處生靈塗炭遍野哀鴻絕無倖免。

是枝裕和編導的這部影片，充氣娃娃沒有適時趕上讓彼時的日丸之鬼軍部研發，若然，硅橡膠女郎可編成軍團，為日丸之鬼全體官兵的褲襠解勞，必不致留下"慰安婦"的血淚斑斑，哭慟自東北亞穿越中國抵達東南亞。硅橡膠女郎的風姿與尺寸悉按日丸之鬼的饞饉巧妙設計，每名士兵配發一個，像他們喜愛的便當隨時可食。

在刺刀之尖的脅迫下，慰安婦的志願與否，竟然成了此地幾些高中學生的懸念，高中學生在課綱微調擾擾攘攘之餘，有誰回家問過她媽媽、他姊妹、他姑姑阿姨，他全家的女性，而她們又都做了什麼樣的回答。

是枝裕和充氣娃娃的出現為時晚矣。在侵略征服亞洲直沖腦門的日丸之鬼軍部，在凌辱摧毀他者為首要職志的妖魔中樞，日鬼長期自詡文明衣冠楚楚，然而它也自知偽飾的文明一旦剝除，

它會露出素顏的野蠻的本尊。

2015.10.1
《抗戰詩鈔》

《抗戰詩鈔》（周良沛／編選，廣州花城出版社 2015 年 8 月 1 版 1 刷），航郵掛號寄達內附周爺打字信函一紙：

　　"這不是我的作品，無法簽贈。今日詩壇詩星燦爛，經典不計其數，我也看不明白，更不會寫詩，但抗戰勝利七十周年，是我們全民共同的節日，有人很真誠地要我幫忙，編了這麼一本書，遺憾是難免的，因為了書厚了，訂價高了，賣不出去，開印前還刪去不少頁。出版走向市場，也只能如此。現在內地出版書，若不能取得發行部門的認同，書是無法開印、出版、發行的。但出版社也很認真地不到一百天就印出書來了，為此，我不僅可以藉此節日，也趁機向您這位大家求教、學習！"

　　《詩鈔》收入 94 位詩人的 134 首詩，同時選輯了創作於抗戰期間的 23 幅木刻版畫，木刻流動著激憤抗敵的線條，與處於各條戰線迸發而出的詩篇交織成多種多樣的剛柔並濟。周爺受託擔負此冊詩選的編務難脫輕鬆，也並非駕輕就熟，雖然上世紀末，他曾用盡十年的光陰選編《中國新詩庫》那一套大書。對詩的矢志忠誠，與對抗戰勝利的莊嚴銘記，82 歲的周爺毅然獨立完成非他莫屬的此一冊《抗戰詩鈔》。他除了選詩，為 94 位詩人執筆新寫小傳，詩人小傳與詩人寫下的詩篇，史、詩合融密不可分，這是周爺以史敘詩的風格，他在編選《詩庫》時已經形成。請讀一例以茲佐證：

陳輝（1920-1944）

　　原名陳勝輝，湖南常德人。1938 年到延安，開始詩創作。次年到晉察冀邊區，在對敵鬥爭尖銳之鄉做群眾工作，1944 年春在游擊戰爭中被敵人包圍，突圍時被兩個敵人攔腰抱住，他拉響手榴彈與敵同歸於盡，時年 24 歲。是繼"左聯"的殷夫、胡也頻後又一位烈士詩人。他的詩也是由周恩來帶到重慶，由於皖南事變，胡風避到香港，詩稿轉到《詩墾地》。鄒荻帆回憶道："……戰鬥生活的白描，卻寫出了集體的情思。《賣糕》以其精練的篇幅，把那種進入敵占區撒發宣傳品和傳遞情報，偉大而又在生死存亡的危險環境下工作，卻以高度革命責任感與樂觀主義去完成任務精神，令人感動。它是深入淺出的詩。我們讀了，高度讚揚，發在頭條。"

　　《吹簫的》

　　平原的黃昏，
　　有人吹起了簫。

　　吹的送別曲嗎？
　　不，吹贊平原之夜呀！
　　送別不好……

　　簫聲，
　　顫顫地，
　　落下來了，
　　落在樹蔭裡；
　　那個吹簫的，

跟大伙兒走了。

大伙兒，
背著土槍，
吹簫的
走在最前面。
在漆黑的道上，
吹簫的，
又吹起了口哨⋯⋯

《賣糕》

──上哪兒去呀？
──賣糕去呀。
──帶上吧，
到城裡再散它⋯⋯

賣糕的，
伸過油污的手，
接了過去
那一大卷
紅紅綠綠的小紙條。
（把它壓在糕下面）

──賣糕啊，賣糕！
他，
挑著熱烘烘的糕，
敲著鑼，在城裡消失了，

像一根火苗……

選自《詩墾地》第三集（1942.5）

2015.10.10
謊言紀事之一

　　吾人賴謊以度日，其來已久起自何時無從查考。謊言從日上三竿滑向夕陽西沉，再從華燈初上移至月明星稀，謊謊歲歲，謊謊年年。彌天大謊灑下充塞街巷，往何處去逃，不如在謊聲謊語的封閉裡透氣，也許不能突圍，但說幾句算幾句總是可以。

　　看完那個 20 分鐘的短片，何須嘆息，誰信同枕而眠的枕邊人只進行枕楊之事。影中男角即當年出賣"台灣民主聯盟"的獲利者，影片敘事模糊不甚清楚，僅僅略及此一角色係第三國際的線人，但語焉不詳。據陳映真的告白，"台灣民主聯盟"一案事發於 1968，陳映真自此身陷囹圄七年。"在那個四面環山，被高大的紅磚圍牆牢牢封禁的監獄，啊，他終於被殘酷的暴力所湮滅、卻依然不死的歷史，正面相值了。"（參見《後街—陳映真的創作歷程》）

　　第三國際也稱共產國際，1919 年 3 月，在列寧領導下成立於莫斯科。它已在 1943 年的 6 月解散。稍具一般史識，也都知悉 1935 年 1 月遵義會議之後，第三國際逐漸失去對中國黨的影響，中國駐共產國際代表團在它解散前的 1940 年 2 月，提早宣布結束使命。

　　枕邊人只進行枕楊之事，芳唇緊閉互不言語，單靠眉目暗中傳情。離開枕楊，20 分鐘的短片，想宣示什麼蛛絲，卻連馬跡也都沒有洩露。

　　短片也請原作者對鏡，絮訴伊活過的無辜以及莫須有的時代

扭曲。但到底有辜的是誰，那一個誰真正活在不被扭曲的時代。

2015.10.25
哪裏製造

這幾年中國製造崛起，原來好端端平靜無波的台灣製造突發神經緊張兮兮，人家並沒有排擠的意思。感覺良好出於自己，焦躁難忍也無疑出於自己，自己本尊萬惡的罪魁禍首萌發，自己孕生的心魔無效結紮又孕生沒完沒了，自己如果把不着自己脈搏的跳動，福福泰泰的皮相彷彿微微皺了，快讓知道氣孔在哪，有心人都願意自告奮勇去無酬幫忙吹盡一身的匹夫之力，誰皆無暇置身事外，幸災樂禍無緣獲贈芬芳的花朵。

老伴陪著去買跑鞋，因為要跑又沒能力赤著腳跑，大約十幾年以來鞋店賣的台灣製造少之又少，東南亞製造、中國製造，樣式中意、價格符合預算立即成交，那裏製造穿上照跑。品牌第一世界註冊的商標，成品第三世界製造的苦勞，利潤如何分配，公平徒托空言空言公平，搖醒馬克思無補於事，讓他沉靜安眠，偉人臥在地底，噓——

跑鞋的實際情況如此，我的腳丫子並沒有要求我非得穿上台灣製造的跑鞋，它們才願意載著我規律的出門去晨運。

台灣製造，大致是一句抵抗外部重壓，力持鎮住維穩族人心理平衡的內向口號，倨傲的神色牽繫著遞逝的風情，不只略勝一籌，大勝多籌一直是盤踞在台灣製造心理構造暗部葛藤的皺紋。

我家煮飯的大同電鍋台灣製造；咖啡烘焙機 QUEST M3 台灣製造；剛剛脫下來的慢跑鞋越南製造；攜帶上音樂廳的迷你望遠鏡俄羅斯製造；眼鏡的鏡片菲律賓製造；蒙古民謠唱片匈牙利錄音製造。

2015.10.26
播音員

1.

　　隔三岔五扭開社區音樂電台的頻道，它周末或周日的主持人會在塊狀的節目中，偶而供應幾盅"反共"的迷魂湯，此方散劑久經提煉渾然天成自在如飄，此帖珍寶滋養健身溫熱清涼無限逍遙，主持人娓娓侃侃的播音，能不令人擔憂伊的照本宣科，伊聽來年紀輕輕的聲調，早早的自願被虛妄的世態圈緊套牢，麥克風乃他者架設的麥克風，伊儼然成了一名匿影藏形人云亦云的播音員。

　　"塊狀節目"掐頭去尾略近 50 分鐘，不插入討厭的廣告，四個下午加總三小時二十分鐘聊勝於無，對之期望過高只有自尋煩惱，它單向對聽眾的聽覺傾入，設不設防歸你聽方的事，任何疑義大小問號，耐心的等等到太陽落掉月光照耀。

2.

　　冷戰尚未結束。在冷戰的延長線上，拾人唾餘亦步亦趨矢志矢忠為冷戰奮力效盡犬馬之勞。此一音樂電台的"塊狀節目"，當它製作介紹俄蘇時期的音樂家，特別是普羅柯菲耶夫與肖斯塔科維奇兩位尤然，它偶而也不放過去國思鄉死於異邦的拉赫瑪尼諾夫。單向的播音庶乎宣傳，耳提面命淹耳而至，雖然它的話語輕緩柔嬌，然而它終於是一份 21 世紀大都會生活裏，借屍還魂的政戰補充材料。

　　昔日金門馬山前線的心戰喊話，宛若幽靈從城市的上空霍閃而過。冷戰尚未結束。冷戰在延長線上……

沒有舊的心驚膽戰失魂落魄無妨，新的時代要有新的粉飾披掛，自我嚇唬是再好不過絕佳的裝扮。

3.

拿俄蘇時期作曲家的某些音符隨心解為"反共"，說事繪聲繪影，既然聽出"反共"的密碼暗語，應該也聽得出作曲家不反共"親共"時的短嘆長吁與歡快的美好情緒。

把自己姓名的幾個拉丁字母做為主題動機譜曲，巴羅克晚期的巴赫、浪漫主義時期的修曼皆已嘗試，蕭斯塔科維奇喜歡這一手，他頗有興致連譜自己的姓名字母進入數處樂曲，在曲子裏簽名何干抗議？

1960 年肖氏在東德，看見德勒斯登還處處遺留著十餘年前戰爭傷痛的斑痕，他寫了 C 小調弦樂四重奏，自稱"世俗安魂曲"獻給法西斯主義的犧牲者。該曲第四樂章，即世俗安魂曲容棲的所在，曲式陰鬱、低沈、濃重，曲中的切分音，把指定為 3/4 拍的樂句，換成仿用 2/4 拍的三連音，表達了惜別依依的送葬行進。偏偏"塊狀節目"主持人的導聆，把三連音硬生生附著到俄蘇的秘密警察 KGB 上，伊的創意萌發究屬無厘頭的亂掰，還是莫名拼貼的後現代。

4.

截至今日，尚未出現本土自己的普羅科維耶夫或本土自己的肖斯塔科維奇，正襟危坐譜一譜 1949 從內戰敗退轉進來台，惶惶不安下的雷厲風行，在其後的五〇年代操作的"美國帝國主義和台灣反共撲殺運動"（陳映真語）使之成為名聞遐邇的樂曲。捕風捉影比附別人在曲子裏"反共"，想當然爾就在那裡跟著

反，反得非常滿足胸有成竹，反得極其愜懷，但反完了接着虛脫卻抓不到半根浮木。

此地一般的耳朵大抵係德奧古典音樂的練兵場，法、比、西樂派鮮見，統治我們山姆叔叔寫的曲子又聽了幾多，日日夜夜毫不忘情覷覦本島桃太郎的曲子更少。本島另一塊古典音樂耳朵的練兵重地，被俄羅斯民族屬性，與普希金的詩等量齊觀的柴可夫斯基，端去密集不斷的操演。柴氏樂曲裏描繪的"俄羅斯景緻"誘人神往殊難抗拒。

社區音樂電台莫非更是西方古典音樂的代理軍事指揮部，統掌各類音符，音符即兵符常駐於此，把此地喜愛西方古典音樂人口的精神與面貌一一俘虜。

5.

普羅科維耶夫與肖斯塔科維奇兩位作曲家著作等身碩果累累，無愧於表率 20 世紀俄蘇古典音樂的豐碑，他們兩人的勞作總合，同具音樂作品必備的各種人類的感情含量，讓喜愛的人們聆賞、演奏、津津樂道。

2015.10.31
黃土蘿蔔

周作人《雨天的書》中有一篇《喝茶》，說日本人吃茶泡飯時配食醃菜及"澤菴"二樣，福建的黃土蘿蔔經澤菴法師攜返日本，即用"澤菴"命名中國福建的黃土蘿蔔。

九十年前的黃土蘿蔔如今何樣。

把醃黃蘿蔔當日式食品早已是一樁慣性思維，雖然幾乎不

吃，街上滷肉飯的碗沿偶爾也會出現一片小黃圈圈。近幾年外邦的農產大舉蜂擁入境，日本生蘿蔔的圓圓長形加深了這個印象。

醃黃蘿蔔幾乎不曾出現在我家的餐桌，母親不喜此物乎父親不沾此物乎色素乎。父親不愛吃麵條，某次母親煮麵盛好吆喝大伙，但沒事先預告，父親走近餐桌，看了一眼默不作聲，隨即轉身走開。

我敢拍胸脯保證同一種農產，本土的比外來的正，為什麼正，風土加上應時，其餘的都歪，不計較不在乎的那就自行去歪吧，請便。前、近代再往上溯，照季節規律行事；自從現、當代降臨，笙歌日夜不輟。不該有的，琳琅滿目；應該有的，移位變形。

僅以本省冬季自產的白蘿蔔為例，它的外貌壯壯實實碩碩好看，絕非縮縮長長圈圈的怪模鬼樣。要比含水量嗎，伴一片晶黃的烏魚子，包準黑晴瞬間翻白。清燉排骨哪須考量，白蘿蔔大塊切，愈大愈甜為什麼，掀開鍋蓋鮮香沖天。削成條狀的蘿蔔皮暴殄天物方才丟棄，多削一些糖醋之，爽口清脆耐嚼，台酒出品了一罐純米酒22度半斤30元，它倆多麼樂意配對，陪在這個小小的冬天。

九十年前的福建黃土蘿蔔怎麼回事。當年日本法師從中國帶回日本，成了茶泡飯的兩道主要配菜之一，並以法師的法號取了菜名，由此推斷當年的日本法師會有某些哈中吧，而我們今日倒過來哈日。

2015.11.15
恢復青春

居住在塞納河畔的法蘭西人，他們要用什麼樣的心情，用什

麼樣的腔調唱《馬賽曲》；點亮艾菲爾鐵塔全部的燈光浪浪漫漫的唱，或熄滅艾菲爾鐵塔全部的燈光烏七摸黑的唱。外人儘管聽著，若不是把《馬賽曲》作為法國大革命的象徵，對著遙遠巴黎今年冬初異樣的氛圍，這一隻曾經被馬克思讚譽的高盧雄雞，好像歷經變種，不倫不類似雞非雞。

《馬賽曲》原名《萊茵河駐軍戰歌》，由詩人作曲家魯熱‧德‧利勒創詞譜曲，作於 1792 年 4 月 24 日。利勒當時擔任共和軍萊茵營工兵中尉，兵營屯紮在斯特拉斯堡，利勒應命市長底特利希的號召，為軍隊寫一首戰歌，後來因為馬賽市的救國義勇軍唱著它勝利進駐巴黎，終以《馬賽曲》聞名，世界各國人民把它作為革命鬥爭的精神武器。

修曼、李斯特與瓦格納，均不同程度地選用過《馬賽曲》的旋律譜曲，或作為樂曲的基本主題。最耳熟能詳的案例當推柴科夫斯基的《〈1812 年〉莊嚴序曲》，在那首 15 分鐘左右的曲子中，拿破崙率領的六十萬歐洲多國混編的雜牌軍，以《馬賽曲》的旋律動機作為法蘭西的象徵，遭到以舊沙皇時期的國歌象徵俄羅斯人民激勵奮起，繼之堅壁清野猛烈抗擊，致來犯幾近全殲覆滅，六十萬的侵略軍最後潰敗僅餘幾千名官兵，落荒倉皇竄逃出俄國國境。柴科夫斯基 1880 年寫好的這個曲子，兩年後首演時，拿破崙躺進墓穴已足足半個多世紀，他沒有機會聆聽此曲，省卻了一些落拓的狼狽與躑躅的失意。然而他沈睡於暗黑蜜甜的地底，無邊靜寂，他為他的祖國及早的在十七世紀加入殖民主義的俱樂部，會心安然睡去。

吾人常言日帝、美帝、英帝、俄帝，較少稱呼法帝、葡帝、西帝，更少談及德帝、奧帝、意帝。這些帝們，有些看似金盆洗手偃旗息鼓，但它們播種罪孽奪取逸樂永世歡呼；它們耕耘黑暗收穫光明代代無憂。

1604 年法國人張伯倫侵入加拿大，在魁北克一帶建立廣袤

的殖民地，那個地區於是被法國化了遺至於今。張伯倫強盜團伙的行徑，不知道當時唱的什麼歌曲跨進魁北克。

我國先秦時期稱越南為象郡；漢朝時期設立交趾郡延治至五代。唐朝設"安南都護府"，安南即含括老撾、柬埔寨、越南三地，1885 年遭法帝佔據，淪為殖民地，法帝鐵蹄踐踏這些土地時，它的兵丁也唱著《馬賽曲》？

位處北部非洲的阿爾及利亞，蒙受法帝佈滿荊棘嘴唇的血腥噬吻，1830 年始 1962 年終，在長達 132 年的日子裏，殖民政權在殖民地上，歲歲唱《馬賽曲》，月月唱《馬賽曲》？或是偶而哼哼阿波里奈的《蜜蠟波橋》，"讓黑夜降臨讓鐘聲吟誦，時光消逝了我沒有移動。"1966 年吉洛·彭特克沃執導的半紀錄影片《阿爾及爾之戰》，法國禁映多年，香港也禁映多年，法帝與英帝老不願影片傳達的反殖信息讓觀眾知悉，為時未晚失之交臂者應不難找來看看。

前面述及的諸帝們，時至今日殖民的細胞還潛流在它們穢污的血液，腐朽的殖民帝國主義換了戲牌，民主帝國主義、人權帝國主義、網絡帝國主義、顛覆帝國主義……等等，隨機應變出牌因地制宜。

攤開世界地圖無論托管或屬地，法帝殖民的殘餘星羅棋布：北緯 45 度大西洋左上加拿大紐芬蘭島右下方的聖皮埃爾和密克隆群島是它的；北緯 15 度小安地列斯群島上的瓜德羅普與馬提尼克是它的；大洋洲的新喀里多尼亞、波利尼西亞、瓦利斯群島和富圖納群島是它的；印度洋馬斯克林群島上的留尼旺島是它的。法帝擁有的何止區區僅舉數隅，其餘的任由它們繼續在彩色的世界地圖上星羅棋布。

畫家高更倒是為法帝的殖民主義色彩增添了一抹傳奇，他在 55 歲時死於南太平洋馬克薩斯群島的法杜伊瓦。他兩度居停在塔希提島，畫了大量的《塔希提人》，並且宣告"野蠻對於我來

說是恢復青春"。野蠻彩繪了塔希提島上的原始風貌，野蠻映象的假設，以高更的文明自詡作為前提，優雅文明巴黎的侵蝕致高更於僵老早衰，而整個的法蘭西竟然只有高更一人恢復青春。

2015.11.20
再見周爺

　　約好五點的出租車，提前十分鐘到來。我們正在下樓梯，周爺拄拐杖堅持自己拎著，在鹿港的某個玻璃展館買的觀世音立像，約值人民幣 2650 元的觀光贏獲，他說昆明家中也擺了耶穌與切·格瓦拉。這次來台北，他的頭頂沒戴維吾爾族的小花帽，我問他忘了嗎？他沒有回答，顧左右而言，沒有回答也是一種曲徑委婉的回答。

　　境管局規定限期務必離境繳回入台證，搭早班機出關的當口隊列後面的人潮洶湧，我把觀世音提袋交到他手，他低頭尋摸口袋裏的機票讓航警視驗，再見周爺，他彷彿沒有聽見，逆向我奮力擠出僅能一人容身的隊列。

　　下次的中和重逢又會是另一個二十年嘍。想得太周到啦。家有耶穌，此行又添了觀世音，肯定升上天堂，準備前往者頗多，那裡可能比較熱噪。我早想過下地獄，直覺那裡陰涼。如果有幸去到但丁《神曲／地獄篇》的第五歌裡，不是可以近距看望里米尼的弗蘭切斯卡。

　　兩個加總 154 歲的老人，一同去聆賞了 91 歲馬利納爵士客席指揮的一場音樂會。在音樂廳的外廊，選購 CD，意猶未盡他低聲的問，收不收人民幣，他們會更要美金我答，也許兩種都不要，售貨員老板等的是台幣的現金。

　　今年八月十四日即抗戰勝利前夕，廣州花城出版發行了他選

編的《抗戰詩鈔》，看他愈戰愈勇從無疲態，坐在椅子偶而微盹小鼾，輕點了一下，在聽音樂啊，明明音樂在聽他啊。

接下去要編選《新詩百年》了。於是影印迦尼的部分材料以及方旗詩集《哀歌二三》的全部，以及唐文標寫於 1958 迄 1962 的五首詩，供他參考。據他預告，這部詩選將廣收百年來海內外的漢字新詩創作，當然包括海峽此岸，怎麼選都藏在肺腑裏頭，絕不洩露。編成的上卷草樣，我有幸先讀，共 605 頁，劉半農的《聽雨》為首，何達的《一個少女的經歷》暫停，這種大場面的思路調度，還應該由編成《中國新詩庫》十卷集總收 103 位詩人的皇皇連篇巨著，延續其後細選精挑的繁花與錦簇，謹祝周爺以貫常的耐力完成史詩毅力的託付。

離台前夜，他去寶藏巖參加紀錄片《我的詩篇》座談。他手上存有《批判與再造》雜誌全套，我請他不妨關注自第七期連載至第二十期上的《弱勢群體之聲》，他默默鄭重的點了點頭。

2015.11.24
煨白菜

包心白煨雞汁，冬天上桌的美蔬，每況愈下，因為雞肉的取得大大不如人意，活雞規定不准現宰，鮮味消失無影，防疫勝於一切，舌尖不許那麼刁，嘴巴不再那麼挑，公共衛生才重要，勞什子的文明萬歲，萬萬歲。

蒸一隻準備白斬全雞滴瀝的汁，取下頭脖、雙爪、翅對、雞尾。加蔥加辣椒放鹽巴，混入兩手撕斷的包心白，放到爐火上慢慢煨。也要加一些油，想要香的話一定要加豬油，自己親自炸的豬油。

雞肉販說，他的份額四、五點宰好，六點半從宰雞場運來擺

攤,前置作業一刻不閒,我七點上攤買雞,他只賣兩種,土雞一隻四百、半土雞一隻三百七,土雞與半土雞為何只差三十,而不是差兩百,我只在心裡滴咕,沒有問出來。

包心白相信誰家都會煨,各家有各家的私房煨。

二舅從鹿港遷去台南落腳,他以製作糖菓營生,二舅媽是唯一的得力助手。上世紀六零年代前葉,本島尚處手工業狀態,二舅依賴的生計即為一例。家庭式的糖菓作坊,從頭至尾皆係粗活,彼時"客廳即工廠"的口號仍未叫響,舅家的客廳早早的辦起工廠,赤膊上身僅着一條麵粉袋布裁剪的短褲。煮糖煮麥芽轉前轉後,此二樣高溫的混合物待其漸漸散熱,在他的兩個手掌可以觸碰時,他必須進行拉拔攪和摻色,半空中懸下一個鐵桶內裝半燃的木炭,適距正好得以讓混和物保溫不虞冷硬,把它們抽成細長條狀的群體,橫置於一台上下組合鋸齒刀的下盤,兩個手掌抓緊上蓋的兩處把手蓋上,使勁的鋸,長條被鋸成顆粒,從凹形的圓槽把它們撥滾下來,堆在桌面上,顆粒部份裹上透明外衣,部分保持裸體。

二舅媽的煨白菜極好,二舅不語自然樂在嘴裡,而我這名外甥卻記得很牢。二舅媽的煨白菜裏,加添了一道油炸的雞蛋酥,工序雖不複雜,仍需大動干戈。沒注意她打幾個雞蛋,打多少功夫,油熱了一大鍋,等到熱度可以,她把打好的蛋液,倒淋漏過一只握柄密密麻麻的杓洞,蛋液入油後熟成不規則的蛋體,適度的金黃香氣四溢,隨即撈起短暫油瀝,再放進白菜鍋裏,鍋裏已有她設計的搭料,蛋酥鋪在表層,視覺簡樸美麗無比。

二舅製作的糖菓成品,要自己騎摩托上街去鋪貨風雨無阻,那個年代雜貨店尚無日暮途遠之思,走街轉巷生機自覓,二舅的身軀壯碩如牛,我與二舅的相見雖然稀少,如今迴想依舊清晰。

2015.12.22
機能的鎖鏈

商家生意獲利不敷租金壓力，契約到期歇業遷離。闊爺不慌不忙氣定神閒，在一張全開的大紅紙上，揮了一團墨濃結實的「租」字，租字下方一組手機碼，許是金主許是仲介的撥了方能分曉，紅紙死死的貼在落地玻璃內側怵目驚心。

紅綠燈下那一家聲稱三角窗金店面，上下兩層合計百坪，剛剛拆走某連鎖便利連鎖店，便利店接踵出走的上一爿火鍋店也是號稱平價的品牌連鎖，連鎖交叉著連鎖，連鎖連鎖著連鎖，連鎖連鎖著鎖鏈。

好幾個月過去，三角窗靜靜的空著，紅綠燈認真的閃爍，倒數計時的燈號照常運作，等待需要耐心，租客不來，闊爺的腰圍不會因之瘦掉幾吋。

這塊屹立成龐然大物的樓盤之前，雖非起眼，它的確老老實實一小片綠地，迷你的小小公園，傳聞屬什麼部又屬什麼方的，等到拔地的鋼筋水泥森森然大吐其氣，走過它的廊底，庶民的渺小已經找不到半吋自己的影餘。

樓盤臨大路開店鋪，健保的診所一字排開，包括寵物醫院，房產仲介，只要不掛急診非常方便。店門開開關關，鐵捲門牢固異常，如今連搶銀行都少了，小診所裡偷什麼，病歷卡還是金魚缸。開吃的好像比較難，不是說賣油湯的賺一半。盛行的有機食物鋪，人人趨之若鶩，可也不見腳踵擁擠照關不誤。都是房租造的孽，房租是一注無人能解的魔咒。房東每月初一、十五，在他家神案上拜犒軍；租戶每月初二、十六在店前，擺桌拜門口。神明各顯神通。

一坪租金設若一千元，百坪租金十萬元，十萬可以發放 22K 工資的員工 4.54 個，小數點後面除不盡，545454 的循環小數。

　　非洲族裔血緣的美國總統行將卸任，他在位八年軍售本省武器值 120 億美元，換算成台幣多少？可以發放 22K 工資的員工幾人，22K 工資的員工個個嗷嗷待哺。上世紀五零年代美援援台，當今是台援援美，如果台援援美不能成立，那便是美方變相的敲詐勒索。吾人誠願國防部，為大家辦一場轟轟烈烈的「美售武器 8 年展」，不用免費招待，買門票我也一定整裝入場看看究竟。這麼多年不見戰事，軍工武器難道可以料理、熬湯。

　　日丸鬼湊熱來賣它的潛水艇索價 559 億日圓，這一筆巨款又可以發放 22K 工資員工幾個人次。據台 50 年，搜刮與掠奪尚未心滿意足？強盜的字典內，找不到搜刮與掠奪這兩組詞彙吧。在強盜的職業生涯裏，搜刮與掠奪恰恰是它們的左右手，配合無間稱為正辦。再怎麼它也比不上西班牙，西班牙在 16 世紀至 19 世紀之間，從拉丁美洲運走黃金 250 萬公斤，白銀 1 億公斤。16 世紀末西班牙在美洲開採的貴重金屬，占世界總產量的 83％。日丸看得目瞪口呆，垂涎欲滴。

　　祖宗貼過日丸藥膏有效的，其兒孫後輩的腦門正在發酵，它們親呼殖民體制為日本時代，遂將 1895 至 1947 劃進「台灣製造・製造台灣」這帖主體意識逐步成形的時代。去年年中，台北市立美術館以前揭引號八字當主題辦展，展方歌功了石川、鄉原、村上等日丸教師創發的福爾摩沙，以及引領本地藝壇表述現代意識與生活內涵。幾個展館裏，卻僅有朱鳴岡作於 1947 年的兩幅，小小的黑白木刻吸引我的專注。

　　瞞天過海包孕著陳倉暗渡，這一手機能的鎖鏈，恐能迷惑一般觀眾，我冷冷的觀察它要怎麼躲。

2015.12.25
老鷹的憂鬱

　　各類物事皆有個別生發的憂鬱，老鷹自不例外，雖然它的眼光銳敏，獵捕兇猛神準，但也並非件件上爪上鉤，功敗垂成，蛇、鼠、魚、鳥的種種憂鬱便要轉嫁給它，由它獨自全攬。老鷹最最憂鬱的，莫過於俯衝撲空，飢餓無度而亡，大自然的憂鬱蒼蒼茫茫。

　　鷹眼無誤？令人生疑。

　　前年，不少於 3000 隻的老鷹，飛越南台灣上空，理當係一群素食老鷹，分批滑翔而下啄食，噴灑了好年冬或呷寶福的紅豆果腹，它們歡天喜地來參與愛台灣這一場華麗無邊的愛宴，不少於 3000 隻奕奕生姿的老鷹，無聲無息在飽餐一頓紅豆之後，一一橫七豎八重重疊疊軟趴在廣袤的紅豆田上。紅豆田上失去紅色的香氣，全面翻黑，靜悄悄聽見誰在那裏嘆息……

　　原來好年冬或呷寶福售價一瓶兩百，成本會計萬歲；放鞭炮驅嚇老鷹，放炮工加炮仗少則 6、7 萬，多則 10 萬還要出頭，成本會計萬歲。引信點燃，炮仗的噼嚦啪啦響徹雲霄，不說老鷹，既使膽小如我搗緊耳蝸背向閃躲。炮仗的驚心激情有時而盡，老鷹瞬即翩然重返，素食的老鷹不能錯過美麗的紅豆，紅豆的美麗誘惑它們競相折翼。

　　粒粒光澤的紅豆姑娘，簇擁著群體走上貨架。紅豆湯不能沒有紅豆，紅豆湯圓不能沒有紅豆，輪胎餅不能沒有紅豆，紅龜粿不能沒有紅豆，北京的鍋餅餡不能沒有紅豆（忘了特別叮囑，堂倌偶會上黑芝麻餡）。

　　噴灑好年冬或呷寶福而豐收的紅豆姑娘，它們會不會也沾著些難以言詮的憂鬱。

2015.12.30
魚肝油

魯迅 1935.1.4《致母親》信，第一段末尾：

「……現在所吃的是麥精魚肝油之一種，亦尚有效。至於海嬰所吃，係純魚肝油，頗腥氣，但他卻毫不要緊」。

他在另一封 1935.11.15《致母親》信，第二段末尾：

「今年總在吃魚肝油，沒有間斷過。」（參照《魯迅全集》）

丁玲也寫過《魚肝油丸》，寫她 1968 年 6 月被揪進"牛棚"，營養出了問題，罹患夜盲症尋醫，醫生讓她吃"魚肝油精丸"：

「連吃了三天藥以后，我的視力有了變化，明顯好轉了一些；五天以后，我的視覺已經恢復正常了。……」（參照《魍魎世界　風雪人間──丁玲的回憶》）

去年 5、6 月，眼醫幫忙清除了兩眼的白內障，事與願違，右眼不如理想，白內障重又復發，眼醫這次不用手術，散瞳后雷射幾分鐘完成伊的工作，免掛護罩直接走上街道。

在眼醫的櫃台，信手取了一份魚肝油招買傳單，2015 年的產品上距 1968 年丁玲的瓶葯，過去了 47 年；再上距 1935 年魯迅的信，足足過去了 80 年，時光無情飛矢。我不曾吃魚肝油或丸，小耕小耘小時候，餵他們吃過魚肝油丸。家父在世時，正值

壯年期，每天早餐媽媽會倒給他一匙糊糊的魚人牌乳白魚肝油，瓶子的標籤上一名魚人背著一尾垂地的巨型大魚，隔著鄰座，空氣中泌泌的魚腥味飄送，那個年代，小孩子不敢吭聲吭氣靜靜默默，僅管腹中輕微攪動。

2015.12.31
虹吸式

　　喝虹吸式濾煮的咖啡成了習慣，習慣使一個人的生活類型固化，雖無優劣好壞，可積習難改。

　　因為嗜酸，下壺的沸水上沖與咖啡粉開始交揉時，我便用竹棒打圈攪和，時間過半再攪和，熄火讓上壺的咖啡降落前三攪和，避免咖啡渣通過細眼的鐵絲網堵住，無礙通過。

　　咖啡的酸質與豆性息息相關，從生豆即可聞辨，炒深炒淺同步決定酸感的深淺，有人願意把優好的酸質炒光，彼樣的魯莽無非任性的擔當。不愛酸，請買苦豆，苦苦的炒，苦味也充滿萬種牽情的韵風。

　　三次攪和到底打了幾個圈子，不曾具體算計，攪和打圈子非源於預想增加酸度的考慮。酸豆輕攪重攪它都酸，苦豆怎麼回事不喝不炒不買抱歉答不上來。放心好了，本地喝咖啡的意識、行為，整個咖啡動態的經緯牢牢固固的苦味，苦來苦去，非苦不咖啡，要知道苦容易上下其手，人人非苦不要，苦中作樂，何必為了一粒小不溜丟的咖啡豆，如此假假的認真，假認真誰理。咖啡又名黑金，所以喝咖啡相當於喝黑金水，整天喝著普世價值，渾然不覺這份普世的享受正握在大眾的右手。

　　喝不到瓊漿玉液卻喝到黑金水，萬幸萬幸。

　　啜飲瓊漿玉液的美好想像，勞駕打開屈原的《楚辭》，翻到

詩人自招生魂那首《招魂》，瓊漿玉液就在裏頭，一路不必正襟
危坐的讀。邊喝黑金水，邊讀《招魂》，這不是解構主義的進行
式，是藉屈原的詩招幾絲喝黑金水時的閒魂。

> 巫陽焉乃下招曰：
> 魂兮歸來！
> 去君之恒幹，
> 何為四方些，
> 舍君之樂處，
> 而離彼不祥些？

| 2016 |

2016.1.27
徒步取書

　　試著不搭公共運輸載具，徒步到鄰市取書，以所耗時間換算距離，獲知多少運動量，節省站牌下的光陰虛度與捷運的下了樓層又上樓層。嚴冬車廂裡戴著口罩的男女老少，不盡然都受了風寒遭了流感，理應也有保暖、防護的措施；公車與捷運匯聚了在都會謀生存活奔波的烏合之眾。我曾經聽見過，開著私轎上下班的富子，他們的閒談間溢滿盈盈的漣漣幸福，因為他們握著方向盤時，無需戴著口罩，呼吸通暢勻稱，私轎的擋風玻璃明亮無匹，前途燦燦慶餘慶餘，祖宗常佑子秀孫賢，投錯胎或投對胎冥冥何怪。

　　我敢斷言沒有哪一張嘴巴可以明確告訴我，都會的任一段大街小巷，得以平安健行，除了某號公園的周邊，其實公園的周邊，那輛勞什子漆成黃色的幽敗殼，隨時迎面隨地竄前，誰閃誰，行政單位的規定寫在告示牌上，號稱教育普及的文盲比比皆是，罄竹難數。要麼仰天長嘯，要麼提心吊膽瞻前顧後步步為營，口中念念有詞背誦信奉不疑的經文，增進血液循環遠離災厄，益壽康健，自己暗暗走自己的路，別急著想跳海，現在流行走自己的路，雖然那個過氣的總督在位時，曾經建言嚥不下他的行徑，太平洋又沒有蓋子，他無非提示眾惑，在他先行跳入太平洋前，大家等著瞧，如今他食言，跳的人便傻傻的上了這廝輕薄鬼，惡毒透頂口無遮攔不虞絕後的慈惠。

　　用了四十五分鐘走抵取書點，相當於走了四點五公里，剛剛越過每日萬步七點五公里的一半，返程再走回去，就湊足一萬步而有餘。但走在五花十色店鋪前忽高忽低，又是階梯又是坡道，忽高忽窄依據不同建築線退縮預留的走廊空間，走吧戰戰兢兢曲曲扭扭的走，沒有被逼醜醜陋陋左歪右斜非走不可啊，走廊外的

人行道平坦一些，摩托卻已停到遙遠的天邊，那就走快車道囉，我哪敢，一把老骨頭不經擦碰萬一撞了也就白白撞了。

四點五公里非遠距，可冬天不怎麼出汗，水喝多了尷尬附身咋辦？有位生態作家著文美言此地解手方便，莫輕信，美言悅耳，你急的時候他不見得急，他有他的竅門，他並沒有誠實告訴閱眾的耳朵。好在路旁出現一幢複合式大樓，裡邊雜沓的賣場不拒來者，靜靜的進去，悄悄的出來，面對迎著善意的售貨員，報之以微笑，年關近了，勞務等著她們忙碌得不可開交。

取好書，免不了在書架上巡梭，發現有了，期待良久的《魯迅　救亡之夢的去向》到位，僅只一本外套透明膠膜完好。這是"日本二周研究經典選輯"第五冊，北岡正子著。譯者李冬木在〈代譯後記——讀北岡正子的魯迅研究〉第三段有如下數語：「……那是以魯迅為中國近代的代表，學習魯迅並以此為支撐批判和反省日本明治以來近代化道路的一代。用作者自己的話說，『就是學習魯迅精神從而確立起自己在戰後日本社會的生活方式，……』」。

多年前因為漫不經心的不幸，讀到某某政工詩人的一篇短評，他寫下他重讀魯迅的《野草》之後，逕言了「偶像的黃昏」，他在彼文中列舉了三位此地的散文詩人，並委婉美稱他們的散文詩不可能出現在 20 世紀 20 年代的中國詩壇，暗示了他們的超越。政工詩人在今昔的對比中，對魯迅作品的藝術性、心靈的幽暗、心理學的自白，潛意識等等持疑。政工詩人的評點含蓄著他一己的定見，然而詩人的內在流動著政工的細胞，詩人難脫政工的質素，因此評點不免隔岸觀火，這個岸包括歷史之岸與地理之岸，更況政工的質素，係上世紀四九年以降，在島上建構而豎立茁壯起來，唯我獨尊的精神堡壘，當年的新生事物，如今垂垂老矣，但他的遺毒危害無時無日。

《野草》列為魯迅所編的《烏合叢書》之一，1927 年 7 月

由北京北新書局初版，共收 1924 年至 1926 年所作散文詩二十三篇。

　　政工詩人裝傻，沒有提及《野草》的〈題詞〉在最初幾次印刷時都曾印入；1931 年 5 月上海北新書局印到第七版時被國民黨書報檢察機關抽去，1941 年上海魯迅全集出版社出版《魯迅三十年集》時才重新收入，期間相隔十年。〈題詞〉作於廣州，當時正值蔣介石發動「四一二」反革命政變和廣州發生「四一五」反革命大屠殺後不久，它反映了魯迅在險惡環境下的悲憤心情和革命信念。（參見《野草》。）

　　北岡正子在前揭書後的《魯迅與裴多菲 ──〈希望〉材源考》告訴了讀者《希望》的來龍去脈，裴多菲的詞語出自 1847 年 7 月 11 日信中的一句「絕望就像希望一樣會蒙人」，但魯迅將其譯為「絕望之為虛妄，正與希望相同」。

　　「弄清楚了這句話的出典，便會對裴多菲的語境與魯迅語境之間的巨大差異感到吃驚。魯迅切斷了行文前後的關係，譯成一個獨立的語句：『絕望之為虛妄，正與希望相同』。由於單憑這一句，便能表達出完整的意思，所以過去一直被推測為是一個詩句，真是把人騙得好漂亮。」（以上參見《魯迅　救亡之夢的去向》。）

　　黨國轉進退據省島培養碩肥纍纍的政工詩人，袒護著私家藝文的領地，有一票暢玩現代主義的密碼樂此不疲；另一票表面不與狐謀皮，骨子裡肌膚緊靠血肉連結互通聲息，同享共受黨國綿綿無盡廣被的恩澤，滔滔汩汩。黨國在省島廣種育苗的政工詩人軀幹何其之眾，舉目望去儼然成陣銅牆鐵壁所向披靡。

　　黨國繁衍了另類變種的黨國。

　　黨國後繼有人香煙裊裊不絕如縷。

　　黨國長命百歲萬壽無疆鬼魂呼號達旦通宵。

2016.1.28
地下道

　　走經公館地下道，一位彷彿從德語系國家來的英挺青年，著長袖白襯衫深色西裝褲，站在 T 字的中心點，背牆對著正前方與左右兩側的三條通道，和緩清唱著歌曲之王譜曲的《冬之旅》。匆匆趕路，我沒有停下腳步駐足諦聽，冬末寒流剛過，地下道濕潮，使得抑鬱的舒伯特，在速閃而逝的歌聲中更加寂涼。

　　現在走地下道的人不多，過天橋的人也不多，地下道與天橋退居閒置備用，紅綠燈下的柏油路面，幾乎重新畫上了行人穿越的標誌，跨臥在重慶南與南海路交叉處，那一隻離奇缺腿的三腳貓，算不算一景戶外多餘的裝置。

　　舒伯特的歌曲，適合在地下道唱，地下道隱蔽晦暗，舒伯特全部的音樂都不適合大事宣揚，內蘊的羞澀，陰霾的辛酸，所有遭遇的不幸，用不上一絲絲陽光來添暖，流暢的激情既短，喃喃自語的夢話冗長。天橋上端讓給管樂家族，豪放嘹亮，請他們吹瓦格納。瓦格納的《唐豪瑟》或《羅恩格林》，瓦格納歸天橋，舒伯特留守地下道。

　　糟糕，絕對不能漏聽非聽不可的舒伯特，即他的兩首彌撒曲，降 A 大調與降 E 大調，這種編制龐大的音樂類型，地下道如何容納，為了票房此地的音樂廳就算容了也不會納，只好求助音樂罐頭了，好辦好辦，這樣便可免去遺憾。聽熟這兩首彌撒曲，才算舒伯特貼心的知音，不要只顧耽聽他的第八、第九兩首交響曲，何謂登峰造極，此二首彌撒曲杰作是耶，試試不信。

2016.1.29
菜心

買了兩支菜心,怕膨心等於廢物,請攤主幫忙去皮,再折斷啊,攤主不明白我的意思,想看個清楚,那要立刻煮喔,不煮不煮準備涼拌,哈,涼拌,菜心可以涼拌!

這便透露賣完菜,攤家是不下廚的,因為太累吃飽外食,只須拭嘴,賺的錢掏幾張付帳,現金進現金出滾動利落。廚房裡有一定的流程,冗長的前置、費神的製作與杯盤狼藉的善後,我常採購的這一攤,過了十二點半才動手收攤,剩餘的,下午男人還有一趟黃昏市場。

菜心煮湯容易爛爛。不煮湯拿來涼拌,怎麼切都行,厚度適中,微量的灑些鹽巴,用手抓一抓,冷開水沖走鹹汁,放在盤中淋醬油膏或直接吃清脆爽口。

2016.2.18
企鵝安魂曲

十五萬隻企鵝失聲癱軟
集體臥躺在極地一息奄奄
別了,冰山、冰川、冰凌
別了,最後家園的剔透晶瑩

人類寡情誰為我們哭泣
輓歌獨唱給他們自己
給左鄰右舍給虛擬假愛
給唯心劃定沒有面目的敵人

剩下一萬隻足夠繁衍綿延
當一萬隻不約而同昂首
企望向天向著寂寂的無邊

人類終歸被自己他們
靈長目大腦發達的智慧
泯滅，我們企鵝不誌悲鳴

　　棲居極地的水鳥，可愛的企鵝，在嚴冬未盡等待春遲之際，因為大氣升溫的暖意，破壞了它們安身立命的自然環境，生態失去平衡，它們以十五萬隻數字的無奈，抗議了它們橫遭人類屠戮的無情。

　　人類遠古以來即自尊為唯一至高無上兇殘的物種。

　　18世紀60年代初幕啟的資本主義工業化，手工業工場向工廠生產技術過渡狂奔，其首惡濫觴於英國，至19世紀中葉，法國、德國、美國的產業革命相繼完成，資本主義制度確立，資本主義的魔手高懸於空，偵伺後進謀機而動，若大廚之烹海錯山珍，盤盤鮮美，盞盞光炫。

　　經歷了兩百多年，尾隨上述四國貪婪資本主義半推半就的接攏紅紅火火，沒有人賴以算準，它們矗立在地球上的煙囪到底幾座，加起來多長，可繞地球幾周，工業先進的廢氣排放，它們強權辦事毫無禁忌，耶穌可能被動，只聽見唸唸有詞對他若干祈求的告禱，但我絕對相信聖堂上的耶穌不會同意，這些地上信奉他的人恣意亂搞瞎耗。

　　資本主義永難止息內在的資本騷動，其癢無比一搔再搔照癢不誤，於是按照自己的需要編造侵奪的流程，偽託皆係奉了他們信仰的上帝或祖宗八代屍骸的旨意行事。20世紀上葉，狠狠玩了兩場世界大戰的遊戲，這兩場戰爭遊戲，製造了多少廢氣，先

進資本主義罪惡的腦袋，故意忘了大氣中的溫室氣體，應該控制它的過量排放。

　　兩場世界大戰之後接著朝鮮戰爭，接著越南戰爭，接著中東戰爭，接著海灣戰爭。資本主義的領頭羊把玩戰爭，忽悠戰局，戰爭之為玩物背後有一個軍工復合體供應源源不竭的軍火，復合體宛如鬼迷心竅神祕莫測深邃無比的潘朵拉寶盒，但它是資本主義發展經濟學的重要組成部份。軍火利潤豐沃，遠的"幻影2000"的交易，近的"F-16"的培訓。中山南路的立委為誰在把關？把總督府的關，還是五角大樓的關。這四場戰爭遊戲主要玩家依次：美、英、法，其餘搖旗吶喊，等著撿拾肉屑扮演嘻哈丑角的龍套嘍囉不值一表，他們幫忙固守資本主義利益集團的外圍碎片，不言而喻民主、自由即串掛在他們穿洞的耳垂，五花十色的墜子，偽飾的門面叮叮咚咚，遠遠望去要為他們可憐，而且可嘆。至於希特勒和東條英機的尾隨們，正努力的在洗著手，洗好手願不願也洗洗腦，只有它們自己知道。墨索里尼的同胞，諸如羅西里尼、桑蒂斯、德西卡都在導演他們的力作：《羅馬，不設防的城市》、《游擊隊》、《偷自行車的人》與《艱辛的米》，進行二戰後一些緊迫問題批判性的社會分析，掃除自作孽不可活法西斯編織的霧迷。應該也不宜漏數蘇聯，它是兩個超級大國其一，彼時的戈爾巴喬夫們，擔任了另類帝國混聲合唱的一個重要聲部。

　　這些被製造出來的戰爭廢氣，積累的人為汙染，遭到多年後間接成了受害著的十五萬隻企鵝的死亡抗議，無辜企鵝的集體臥倒不起，沒有驚動天地，它只值羶腥雇用媒體幾秒鐘的訊息傳遞。

　　十五萬隻企鵝集體死亡的抗議，絕不能使用人間的辭彙哀鴻遍野形容，這會褻瀆自然世界的莊嚴與壯烈。列強們在他們靈魂深處，無不分別供奉著唯我獨尊私秘的神主牌，神主牌均非能言

善道的活靈，神主牌不是貼在牆上平面冷冷的靜像，便是冰冰無血的立體塑雕，拜祭或告禱時沒有所謂的對話，儀式中只有掌禮官或典儀師或套上工作服的神職人員的……神主牌自顧自的冷冷冰冰，紋絲不移無動於衷，愛怎麼幹想怎麼幹，神主牌成全滿足他們的假托，於是傷天害理暴戾恣睢，殺人不眨眼殺人如麻，連遙遙極地的企鵝也遭殃。

人不吝為自己同類的傷亡寫安魂曲，人類自私的習氣堅毅無庸置疑。16 世紀歐洲的作曲家開始安魂彌撒曲的創作，在往後發展各個不同時期樂派的作曲家也都寫過。聽聽無妨，當一般音樂欣賞，會不會產生共鳴因人設事，文化織體畢竟遙距。1933 同年分別出生於波蘭與德國的潘德列茨基與貝連德，前者寫過《祭廣島罹難者的哀歌》和《波蘭安魂曲》，後者寫過《廣島安魂曲》，都聽了，聽後悲傷的情緒並沒有被三首曲子的幽微牽動，摸摸胸口郎心如鐵嗎？沒有啊。

僅以另一首十四行詩，悼念不再生動聒噪逗趣企鵝的默默逝去。

你們曾經棲息的極地
莫非樂園，雖然不會飛翔
潛水游上岸嘰哩咕聒噪
雌企鵝與雄企鵝終於

牽了情，願不願締親呢
雙方示意點頭搖尾
沒有矜持那套人類的飾偽
酷冷的愛樸素原始

這一場儀典毀於汙染

自然生態的浩劫，人種
樂於自取滅亡卻無由禍害

他類生靈。我們齊唱輓歌
為自私自利自畫的醜態
為嗜欲貪饕與死皮賴臉

2016.2.24
俗也不俗

1903/04 年間，西貝柳斯寫好 op.47 ré 小調小提琴協奏曲的初稿，次年他加以修訂成為定稿，定稿流傳於世，係名聞遐邇的樂曲，音樂會現場與各家的錄音，演奏的都據 1905 年的定稿。初稿 1904 年演奏一次，作曲家即將之封存不許餘人再碰，初稿靜置光陰流矢。手譜的初稿現今藏於赫爾辛基大學圖書館。

瑞典 BIS 公司，在 1991 年年初進行初稿版絕無僅有的出世唯一錄音，唱片上也收入在 1990 年底的定稿錄音，一箭雙鵰一魚兩吃，快哉快哉。初稿版的錄音，緣於西貝柳斯家屬的同意尤顯珍貴。獨奏由當年 24 歲的芬蘭新銳卡瓦寇司擔綱，拉提交響樂團協奏，在里斯庭基可教堂錄音。卡瓦寇司使用 1742 年威尼斯蒙塔那那琴，弓是 1845 年巴黎的保羅西門所造。

初稿與定稿的明顯差異只在第一樂章與第三樂章。初稿第一樂章原設計的兩處，一處 "孟德爾松風的間奏曲"，另一處 "第二華彩段"；第三樂章原設計的兩處 "主題的清新發想" 連接 "短暫重述"，總共四處在定稿裏刪除。初稿的全程演奏時間比定稿多出四分半鐘。長年聽慣 1905 的定稿版，25 年前拿到這個初稿版，聽出它遠遠傳來透辟的抒情，西貝柳斯的後人，美好完

整細細纏綿吐露了北歐冰涼的怡怡謙謙。錄完音，初稿手譜早已回藏原處，因此依據初稿譜的現場演奏，迄今依舊無音。

　　BIS，瑞典一家非常講究演奏、錄製的小型唱片公司，盡善盡美追求緻極，博人激賞。收集過這家公司的產品，便清楚它的底細。近幾年"文創"的議題熱炒，卻聞不到喧鬧囂吵應有的香氣，指導文創的官署或實際拿捏文創的人士，要不要撥冗停下腳步，稍微看一眼這一個瑞典的 BIS，它不但有文創的感覺，甚且遍佈文化的版圖與深意。他出過愛沙尼亞 20 世紀作曲家愛德華　杜賓（1905~1982）的十首交響曲並旁及其他，可思議不可思議，它也出過被它統治過 600 年（1208~1808）的芬蘭作曲家西貝柳斯的全集，斯堪的納維亞精神的擴散瀰漫引人驚嘆。西貝柳斯重要的創作，別處的出版物已經琳瑯滿目，BIS 功不唐捐傾力製作出版他的全集，運幄巧思，俗也不俗，即使從市場行銷利潤的反饋獲取言，它真高妙。不俗的西貝柳斯，不俗的 BIS。俗也不俗"紅髮神父"韋瓦第的常青曲《四季》，BIS 的錄音給了我後期巴羅克，陳舊卻溢滿光澤的珠玉。

2016.3.21
茂縣的蘋果

　　上個冬初從成都回來至今，一直還在回味經過茂縣，咀嚼當地蘋果滋美的響脆，上街採買水果時，目光從舶來進口堆積如山的各色蘋果視掃而過，絕不停留半秒，潛在意識地拒買拒吃，不知是否從此堅持。

　　四川茂縣結成的蘋果係當地農產珍品，產量僅夠供應縣內人口，不外賣，鄰縣也難得分享，然而地近方便鄰縣畢竟好辦。不要說蘋果，其他內地的種種別類產品，蓄意闕如，孰以致之理由

冠冕堂皇，夜郎忘我好歹尚在妄尊的路上，獨行迂迂。

茂縣蘋果一斤 5 元，合台幣多少，匯率換算一下包你偷笑。經過客人報一聲，「台灣來的」，哦台灣來的，對話兩句，茂縣人還搞不清楚台灣哪裡來的，好！4 元賣了。剛剛從農園採下來的紅通通，那裏需要噴打虛假偽裝的保鮮劑，水洗一下甩倆下，連皮大口營養到家，正在暢快啃噬之際，停在橫斷截面叮食的，自作多情伸手驅趕蒼蠅，大黑點飛了起來，受驚的蜜蜂從蜜蘋果的蜜汁拔出針嘴，意猶未盡它盤了幾圈，重新又降落下去。過路客好好路過，別吵別吵，賣主都視若無睹，過路的客人該靜靜的望著。

春明兄致贈的小說集《莎喲娜拉・再見》，他簽署在書扉的日期是 1974.6.14，算算足足過去 42 年。集中第二篇《蘋果的滋味》（57-87 頁）裏，寫著「嚼起來泡泡的有點假假的感覺」，「一隻蘋果可以買四斤米」等等，42 年前小說裏的蘋果是美國蘋果。

2016.3.22
貓的蹤跡

刷印在枕頭巾上的 328 隻貓，陸續抵達東綫停靠站後，經確切盤點，失蹤數如上無誤。這類印刷圖案的討人歡心，邀人憐愛，以至愛得人忍不釋手，愛得人渾然忘我，愛得把枕頭巾上的圖案貓摸走，328 隻枕巾貓被 328 位乘客據有，但無人得以追逸貓瘋，328 隻每隻成本 50 元不會喵叫的貓不知去蹤。

消費社會的圖案至上，圖案畸戀，圖案情結，圖案教人刻骨銘心，最終的化境若非形影相弔，不會再是別的什麼。其實當代的圖案依賴，與原始社會的圖案崇拜，與巫師、方士製作的圖

識，幾乎相仿。所謂的進化之說高唱入雲，圖案、圖識、圖騰，三組名詞僅一字換易，進是進了，有化沒有頗啟人疑竇。

順手牽羊昔時老套，如今新招順手牽貓，難遇新車廂的旅客，準備下車前突然想入非非，兩手不由自主把枕頭巾摺起來，枕頭巾上的貓無處可跳，於是就了範……328隻枕頭巾貓的集體失蹤，只好懇請道德重整委員會諸公，幫忙協尋道德勸說，公物貓實在不宜偷天換日成什麼禁孿的私房貓。

328塊枕頭巾的成本總價16400元顯然虧定，這筆有形的貨幣缺損，尚待日後營運贖回。但328顆頭顱內的非非之想，被頂在328株頸項的上方，步出車站風輕雲淡，328份非非之想無形、無影隨著觀光四處飄散，最後累了328份非非之想，終於走返回家的溫暖。

328塊枕頭巾舒伸晾開，圖案貓圓滿了此一趟旅途，隨興奇遇的非非之想。

2016.3.23
馬臉

馬不知臉長，這句話裡的馬最是無辜，好在臉只暫時借來諷刺一下，無傷馬的半抹顏面或奔馳飛快。唐朝初年的駿馬寬胸高腿，它們的英挺，都凝定在唐三彩精良的陶藝上頭。

此處要點名的馬，係即將離任，刻正領導北美大國，流著非洲族裔高貴血統的一匹黑馬，黑馬無疑乃恭維之詞，在種族歧視暗潮洶湧的北美大陸，能於壓倒多數的白馬群中突圍登頂入主白宮，殊非易事。

黑馬下崗之際臨去秋波，攜手他的夫人往訪古巴，國家最高領導非泛泛觀光客，不能隨意吃喝玩樂，但菲德爾的弟弟勞爾，

還是給了黑馬一根哈瓦那的標誌「雪茄」，看他用拇指與食指捏著在媒體的鏡頭前擠眉弄眼，帝國主義的國君也有故顯輕鬆的瞬間。

美帝美帝無往不利，否則為何人人絡繹於途，日夜爭寵晨昏顛倒，一夕溫存萬世綺麗。勞爾接掌菲德爾，當非無脊或軟脊之類，然半世紀的封鎖、禁運，尤需步步為營小心翼翼。只要是美帝的帝王，休管黑馬白馬他們一致承襲接續利己的國策，他們沒有一名與寫《老人與海》，同情並支持古巴革命的海明威同款，而況 1960 年年中，古美絕裂之際，海明威也與古巴永別。

我只是覺得勞爾對來訪的黑馬太大方禮遇了，讓黑馬帶著他的隨從，一票馬不知臉長的傢伙站在切·格瓦拉的雕像前留影，此張留影將使這伙人沾沾自喜，而作為背景的切·格瓦拉伸手可及卻默默無語。

2016.3.24
巧克力

虎年投胎來世的孫子，行將結束幼兒園最後半學期的學程，往國民小學的高階爬升，園方辦了半天，車程約需一小時可抵目的地的戶外活動，我陪著小鬼去看看走走。

目的地「巧克力共和國」（Repubic of Chocolate），巧克力對小朋友充滿無邊致命的磁吸，共和國則遠遠的對著帶隊的大人招徠。

淫雨間歇欲停不停，濕寒陰冷的春季開始令人憎惡。

大巴裡的熱氣在窗玻璃內側結霧，一個多小時的車程，被鎖在半透不明的空間裡，只聽見車輪在路面的滾動、剎停與啟動，朝著前進的方向驅馳。天氣設若晴朗，至多引得視覺的乾爽，車

窗外逝去的，永遠曠漠雜沓彼樣的陌生，距離的陌生重疊心緒的陌生。

一幢位處鄉間鬧市邊緣的簇新建築物，它應屬「文創」概念的派發衍生。戶外活動於焉開始。

孫子穿著雨衣，我撐傘。他排在隊列裡，我陪著走在視線可及的旁處。四部大巴幼兒園童集體，齊聚踏步魚貫湧入明亮的建築物，老師有序的指揮，讓園童分別上好洗手間。淺明簡介關於可可樹的知識，在開放寬闊的廊間通道展開，園童的小小屁股熱熱的坐在冷冷的地板上即席表現，從有獎問答的爭相舉手看得出來，出門前在家裡，老師和父母已為他們儲備了科普。

一堂 DIY 的遊戲，讓園童玩黑、白兩色巧克力，從液體的流動到固體的凝結，純然的遊戲，時間結束了遊戲。一小段短短的微電影在鄰室等待開場。"微電影"明顯言過其實，它是誠誠實實如假包換的視聽廣告，有不搞廣告的企業家！誰能告訴我？

可可產區的全球分布百分比：非洲 72、美洲 16、亞洲大洋洲 12。

時至今日，生產可可的農民，無人無緣獲嘗巧克利欺淒的滋味。

2016.3.25
拆

由本尊心臟外科醫師演飾的市長一角，指揮過河拆橋的一幕，撥開迫在眉宇扯緊睫毛搗住承恩門的雙眼瞭望，廢氣夜夜繼日，尚未堵住鼻腔。承恩門總也不老，屹立於風雨飄搖。承恩門亦稱北門，那裡的地景迭經變貌，噹、噹、噹消失於無形歲月的鐵路平交道；郵政總局他遷，中華商場「忠」棟三層樓的對視；

小公園裡的秋千與溜滑梯天天等待著小朋友。它背後的撫台洋樓，洋樓裡 70 年前發行的《人民導報》，以及社長宋斐如上下樓梯留下的殘影餘音。還有日倭財閥「三井」遺存的陰陰森森鬼鬼祟祟的倉庫。

　　過河拆橋不盡都壞，也有些些好。下一幕的劇本，準備編怎樣的戲文，接受建議嗎或者可以投書，如果不是狂想，博愛路的平行重慶南路，臨寶慶路，中央銀行對過它的北側，那一棟殖民時期的舊跡，可否慎重的，莊嚴的考慮考慮，拆。

2016.3.26
什麼之父

　　遍查外籍音樂圖書，都彷彿查不到「音樂之父」這樣的一個稱呼，而此地專業的音樂電台，與音樂教科書，不約而同用這四字冠銜，生於 17 世紀中後期，活了 65 歲，死於 18 世紀中葉，列屬晚期巴羅克的德國音樂家，約翰‧賽巴斯蒂安‧巴赫。

　　巴赫集精湛的管風琴家與創作浩如煙海的作曲家於一身。他是西歐音樂傳統中最偉大的作曲家之一，生前默默無聞。逝世過了四分之三世紀，他的後輩門德爾松，指揮他去世後《馬太受難曲》的首次公演，並與同儕協作於 19 世紀宣揚他的作品不遺餘力，巴赫音樂被重新發現、整理，構成轉捩，影響西歐音樂發展的進程。巴赫係德國新教民族獨特的象徵，並不是什麼之父。

2016.4.7
臥底

在一片喪靈失魂落魄，考妣無著，賴哈日以苟活的當今世道，118 年前的 1898，即在台北設置支店的倭寇三井物產，三井所屬的那幢倉庫廢物，顫巍巍的兀自無聲敘述著殖民主義幽幽隱隱的淫蕩與髒污。

一幢吸血鬼附身的遺跡，建築物忠孝西路正面騎樓三迭一式的西班牙拱廊；清水磚外牆蝕蝕剝剝，屋額三井的標誌已經敲掉，符痕猶存，殖民者的形影遠飄，殖民者的惡念卻在靜滯中發酵。繞到北平西路的屋後，三井的標誌完好，三井的鬼趁我抬頭上眺，它肆無忌憚在台北的空中招搖，這一具魂飛而魄尚未完全散盡的殖民鬼，台灣光復迄今 71 個年頭了，它竟而在北門川流不息的車塵中臥底了 71 年。

2016.4.9
人龍

有次和趙剛晚飯後，從天津街走到中山北，過綠燈進入華陰街，慢慢接近一條蜿蜒短短的人龍，自一所教會門口不喧不鬧地流淌了出來，近看清楚，哦，等待領受發放的聖餐。沒和趙剛約定好，找個時間也來試試看。我們走往延平南路，要去聽上海指揮家來台指揮的音樂會。

今天台北北端，一家美商經營的大賣場開幕。準備送出限量西式早餐 6000 份，雙效洗衣膠囊 15000 份。一早六點，知情身手矯捷的，迅速排成近乎兩萬的人龍。不到九點，早餐與膠囊罄盡。後知後覺者，永遠享受不到台北突如其來的好康。

音樂會的內容，老歌新唱交響樂團伴奏。中山堂的音效不佳。但還是幫忙我們把天津街的晚飯，消化了。

2016.4.15
牽龜入甕

1979 年 4 月，美帝的最高領導簽署「與台灣關係法」，生效日期上溯至該年 1 月 1 日 . 這個實際上是美國的國內法，我們看到的名稱，都被神隱了最前面的第一個字「與」，習慣成自然大家若無其事心照不宣。美國的國內法，人人不吭聲，台灣省相當等於美利堅合眾國腋窩間夾著走動的一小塊肉，這樣使得吾們暗地裡爽了 37 年。

這個法裏，有兩句譯成中文不甚溫文爾雅的詞句：「肛門對肛門」、「屁股對屁股」、「government to government」、「people to people」。這一筆歷史記錄對台灣而言，哭笑不得，是老 K 政團遺留，貼上寶島腦門的妖符，致寶島永難安寧隨時隨地打擺子、磨牙、坐立不安。坐實了認賊作父不得不，只好幸福的難堪。

台灣捱過日據 50 年，1945 年年底光復，兩岸復歸統一的時間約僅 4 年半，舊殖民主還在不遠處縮頭縮尾的覷覰偷窺，新殖民主扮磊落扮大方，搖搖擺擺登堂入室。

「與台灣關係法」直言之，台諺曰「牽龜入甕」。這份加固合約書，保證龜在口小腹大的甕中，繼續餵它美式的各類食物，讓它慢慢長慢慢大，讓它大到爬不出甕口。加固之意，乃強化第七艦隊在 29 年前駛入台灣海峽的成果，那時上演的劇目為「甕中捉鱉」。

「government to government」，「政府對政府」，調和

緩解了被聯合國逼走，原來常任理事那個「國」的失落。憤慨、悲傷、淚流滿面，怨嘆被捉弄、戲耍，「國」被出賣了。

　37 年的龜從 29 年的鱉演化而成，怎麼可能龜鱉同體，不得不信有這樣子的動物奇觀。

2016.4.18
水房

　一名吃台灣米喝台灣水的成年人，像王哥又像柳哥，似七爺又彷若八爺，迢迢遠赴東非，在肯尼亞首都內羅畢的一處樓棧，呼為水房的居所中，操持二線的聯絡工作，他的所得，他自己對錄像鏡頭說，每個月約台幣六萬，他的台灣臉被噴了霧看不清楚，他正受著審訊除了向媽媽報平安，也告知家鄉父老他是靠詐欺謀生的一員嫌疑犯。

　水房之謂緣何而來，不詳。水，suí，在閩南方言係美麗；好看之意，與「醜」相對。即個囡仔生甲真水，zit e ggín ǎ snigāh zin suǐ（這個小孩長得很美）。那麼怎麼形容這張看不清楚被噴霧處理的台灣之臉呢，閩南方言該說（醜八怪）

　ciǔ bāt guài 或（kiāp 勢鬼）kiāp si guǐ。

　六萬是 22k 的 2.72 倍，可能還供食供宿，只是不能與家人團聚共享天倫，當事人深諳自己的身份，自覺禁足，內羅畢處處陌生，還應該待在二線網絡電線的纏繞中比較穩當安適。論件抽成的報酬，三線的領導幫忙匯回接濟家用，媽媽不疑有他，但外出旅行如此之久，兒子啊兒子，媽媽戴著口罩心急如焚。

　我們上一任的總督似乎曾經說過，境外決戰、烽火外交等等，如今媒體接續曝光，噴霧台灣臉的勞績昭告世人，從一大片東南亞、大洋洲、北非與東非都絡繹著如此這般的行腳。

　　噴霧的台灣臉與不噴霧的台灣臉，在我看來，並非千差萬別，不是嗎？噴霧為了保護隱私，不噴霧反而毫髮俱顯，醜態畢露。

2016.4.19
菸蒂與檳榔

　　進行重新認識中國的同時，也進行重新認識遍地的菸蒂，並行不悖。中國不遠，而菸蒂就在眼前佈滿視野，中國其實很親，吸完即丟的菸蒂更切。難道不需要重新認識台灣嗎？需要的同時，也趕緊重新認識檳榔，鄉土台灣包孕著本土檳榔，鄉土早已暗淡無光跡近消亡，而本土正酩酊狂歡大醉旦旦；鄉土漸漸嚥氣，本土縷縷吐芳。

　　重新認識中國與重新認識台灣，我願意幫一點小忙，我1977 年寫的《小耘周歲》，與 1979 年寫的《小耕入學》，可以編印成小冊子，需要聊借參照不客氣通告當即奉到。陳映真曾經為《小耘周歲》與《怎麼忘》兩首詩寫賞析，這些材料都隨件附送（參照《陳映真全集》卷 15/ 頁 191-205）。

　　菸蒂的順手丟棄到底是怎麼樣的一種無賴心理？沒有自行處置或私密收集的能力？那就出外不抽，忍著憋住癮頭，狀若無癮方為謙謙君子。癮君子亂甩菸蒂成癮，這個惡癮背君子於不顧，君子是什麼東西，君子從來就不是東西。那「現代性」何解，吾人歷經 120 年的歲月流光，僅剩生理的吃喝拉撒新陳代謝，代代相傳進境無望。

　　某基金會以禁菸為其天職，禁菸禁菸，菸卻愈禁愈濃愈稠烏菸瘴氣，菸價漲了菸捐加了，禁菸之聲宛如唸咒，唸者恆唸聽者藐藐，唸者自我安慰趁便幫聽者催眠。

　　某基金會要不要行行好，衛生稅務的主管官署行行好。既然唸咒的善意諄諄，義至仁盡，請睜眼正視應有盡有落地生根的菸蒂之癆，這一招比較實在，若有成效免使禁菸流於空叫，令菸蒂絕跡也許真讓君子死心塌地把癮頭自我斷了。無菸蒂之島，那時談主權，誰敢拌嘴。

　　但我依然悲觀。前些時中部的一個鄉，為了清除菸蒂，用茶葉蛋交換，而菸蒂的數量只差沒把鄉公所的大門堵死，茶葉蛋來不及煮代之以生雞蛋，生雞蛋也伏了，鄉公所購買生雞蛋的經費心餘力絀，鄉公所只好投降，菸蒂卻還牢牢堵住鄉公所的大門。

　　檳榔呢？檳榔始自瘋狂成為經濟作物的年代起，滿山遍野的檳榔樹拔地而舉，其盛勢彷彿取代了蕉風椰雨。

　　踏沿街邊巷弄隨遇可見的檳榔渣；排水溝鑄鐵蓋濾孔入口與新舊牆角，率性任意口吐而出的跡紅，怵目驚心。大城小鎮、富市僻鄉幾乎都嚼著檳榔，儼然全民口腔運動。遠遠望去個個嚼檳榔愛台灣，檳榔的氣味隨風吹散，嚼檳榔的人愛著台灣，聞到檳榔餘韻的人自自然然也愛著台灣，1930 年代黎錦光作曲，殷憶秋作詞，白光領唱的《採檳榔》，被改動了幾些詞句配合本地的景況傳著唱。

　　喜嚼者他們的嘴角，莫不殘留汁滴，過目了然即紅唇一族的標誌，本省的檳榔盛產期，可滿足市場，至臨缺貨時，不疑憂愁，商人動腦從東南亞進口，無虞口腔咀嚼運動神經的虛空。

　　檳榔產業鏈的終端，即它上市販售營利的窗口，霓虹燈閃爍招手，業者雇來年輕貌美的姑娘，辣味裝扮，在交通要衝鋪就一道檳榔風景，悠悠著醉翁之意，酒呢檳榔呢任選，用新台幣現金兌取。

2016.5.4
配給

1960 年起始的三年間，媽媽令我從彼時三重的住家，大台北公車聯營 24 路終點站，三和路末端德林寺附近，騎腳踏車跨過台北橋去洽領爸爸每個月的食物配給，油啊、鹽啊、米啊等等，洽領地點在今日的新生南與信義路的交會口。彼時的物資生活粗糙、樸素，卻十分平實。想入非非的人也不是完全沒有樂趣，他可以心血來潮買五元一張的愛國獎券，首獎金額 20 萬，一券在握希望無窮。那年頭我家不足 20 坪的地層，上疊站都站不直人身的一小方塊閣樓，屋頂斜駕著遮風避雨的紅片薄瓦，亞熱帶的台灣門前無雪，瓦上有沒有霜，那時也不曾稍加留神。

那一段腳踏車的路程，稱得上遙遠的跋涉，騎行於日本鬼子建造在淡水河上的鐵桁架橋，夏天輕風拂面，冬天則利刃刮臉。使用了 40 年的鐵桁架橋其時已嚴重鏽蝕，一座危橋承載著斑駁的歷史。危橋嗣經改建，1972 年唐文標過橋去看我，他過的是晃晃然落成不久的新橋。

那時新生南路中間的那條大溝尚未加蓋，加了蓋無非增加道路面積，因應城市人口不斷膨脹，行駛其上交通運輸之所需，皆為了春去秋來的匆匆，上氣不接下氣的奔波。

1969 年的 7 月 20 日，「阿波羅 11 號」飛船的登月艙降落在月球表面，那一天颱風來襲洪水漫淹屋裡。淡水河對岸的台北市築有堤防彷彿沒事。六天過後，另一遭颱風又帶來災黎，一個禮拜兩重天害，如此天意的潑辣配合，汙水的浸泡，爛泥溼牆的霉味揮之不去。

1960 年代，我家分別領受了人間計畫與天機非理，聽其自然與逆來順受的兩種配給。

2016.5.9
名牌的往生

　　名牌包經殯葬公司仿成祭物，等待喪家前往青睞，商品剛在櫥窗亮相，驚鴻一瞥，名牌註冊的主人抗議侵權之聲憤憤而至。原來「名牌」產品專供陽間貴婦提著走過去，單肩背著緩步踱過來，綽約多姿曼妙款款。

　　侵權云云後來拆銷，虛晃了了。資本家豈有不歸陰之理，那個行禮如儀之日，伊在世申請註冊專利的名牌，掛滿式場，名牌冷冷靜靜的凝視周遭，喧嘩鼓噪著冠蓋如雲的喧囂，喧囂如訴淒淒如苦。

　　名牌包的仿祭物燒成灰燼，烏有，多此一舉呢狀亦不及矯情，影中人未逝之年使用的，即此一款鍾愛也系仿冒，真格的名牌包曲曲瘋潮，何曰假，假欲真時真亦假，真若其真假者從俗。旗艦店專櫃的真虎視眈眈，人行地下道與地攤的吆喝，發自肺腑，難謂是假。

　　真的名牌假的名牌，包包混淆不清。

　　被悼念追懷的影中人，搞不好生前並不攜包，後人為了狀告別的行色，添置盛名於世的商標，既滿足了治喪的環節，又成全了琳瑯於聲的美不勝收。

　　任誰都要往生，眾皆無奈。告別式悉按消費形式的預算辦事，挑選哪一種套餐，詳閱表格後慎重圈項簽字，表格上缺列的另行加議。

　　至於與名牌包有關的物事紛繁，類如名牌包、名牌車、名牌豪宅、名牌的床笫、名牌的名牌、名牌的往生。名牌的無窮無盡，均請勞駕自備。

2016.5.11
冒牌教誨師

昨天入夜後的 8 點 47 分，行刑的第一槍並未斷氣，心跳微弱，接著開第二槍，第二槍命懸游絲，8 點 50 分接著第三槍，8 點 51 分法警完成任務。

旭日東昇，冒牌教誨師於焉曝光，杜撰的語無倫次。吾人的社會，本不缺如此這般的教誨師，教誨師把吾人的社會教誨至如此這般陽狂。

教育單位編制的各級學校，都設有教務與訓導二部，這二部匯聚而成諄諄的教誨之師。學生分別畢業離校，若受教之不足，校外茫茫人海，不也有出類拔萃的學術菁英扮演的公知，殷殷士林組成的社會教誨師指引南針。我無寧不信，夸夸其談的僅係眩惑的自表其詞，自表其詞的背後隱隱儲藏著欺世盜名言不及義的莫名魅誘。

子彈若能解決萬端，那也不必然開完三槍了卻一樁，不是有槍斃三分鐘的說法嗎？

不幸失足於社會，蹣跚跌入囚牢，千古恨恨誰誰恨。

領有執照的教誨師須經考試獲取，資格的遂行戰戰兢兢任重道遠，教之誨之師之如履薄冰。學校之師教誨不足不盡的，交給社會教誨師，社會教誨師雖然各據其詞，難為他們術業有專攻，但也不盡然言皆由衷，識時務者勾肩搭背蔚然成風。

冒牌教誨師類屬志工，被邀至牢房外裝瘋賣傻讓囚人片刻歡樂，暫且忘卻悲愁。囚人的囚牢應禁用此類冒牌的教誨師，而吾人的社會嗷嗷待哺，正品的教誨師，幾時才能大駕光臨。

2016.5.17
古早味

　　古早味到底什麼味，言人人殊，地域的各異加上時間的流動，代代相傳都不見得拿捏到位，客觀條件的制約與主觀願望的策略，一代換過一代，古早味極少些微不變的保持祖傳正點的原味。古早味不怕換得食古不化之譏。

　　古早味除了召喚舊雨，對於新知也還只是試試嘗鮮，至於新新人類或者更新的火星文類，他們覥腆哪會計較古早味，他們喜歡自己的今早味，有了今早味也就心滿意足了。

　　某些古早味當然裝模作樣，單單為了爭取賣點，擺擺難念的生意經。謝謝惠顧歡迎入座，切仔麵不裝在竹子編的笥內汆燙，而是填進鋁製的笥裏，這一招完全脫盡古早味，但願古早味且非某種托古的低徊。

　　一日午後去巡我的古早味，延平北路二段尾某巷裏的福州丸，久未問津一斤標價一百七，買了一斤數數 18 顆，每顆 9.4 元。轉身望一眼福州丸對沿的高樓，多年前從舊時的「第一劇場」改建。在那幢已然煙消雲散的戲院裏，青年時期看了幾部黑澤明電影的印象也模糊不清，再轉身走出巷口。

　　下一味我的古早味，燒肉粽要穿過民權西，往北走完二段，它在三段的大橋頭。不意間，一塊黃底紅字的招牌「鹿港滷肉飯」從視線間蹦了出來，要不要走近，探探底細有何驚心配方，然而走近沒有停步又走離，非情卻遲疑，我這個設籍中和的鹿港老漢做的滷肉飯，自覺猶感可嚐。

　　屬於私己的古早味一點兒也不神秘，我的古早味即母親在世的母親味，母親逝去好些年了。

2016.5.20
酸腐

溫度穩步升了上來，天氣漸漸熱了起來。

晨運時，繞著一塊偌大綠園外圍的柏油路慢跑，偶而空氣中蒸騰發散出異味，一陣接著一陣彷彿春末的特供，如此共生的結構，沒有誰可以閃躲，跑的人跑，走的人走，打拳的，運功的，人人同呼吸共酸腐，將要迎過一季長長的酸腐的夏暑。

圈著 1.5 公里綠園的圓周，開了六家便利店，十餘棟每棟超過十數層雲端以上高密度幾百戶的電梯大樓住戶，餐飲、火鍋、咖啡、厚片烤牛排、新鮮生魚片，不及漏列的，應有盡有，所謂的天堂，就是這樣真實無誤如假包換的景象。

那麼這些看似輕描淡寫擬態的背後，不怎麼風光的垃圾處置以及排汙，如何維持經久的風風與光光？

民間的環保公司派它們的垃圾收集車來了，比早鳥還早出動，趁天黑黑快馬加鞭。我沿著路邊跑，垃圾車的柴油引擎聲轟轟隆隆，呼囂；排氣管排出濃稠的氣體瀰漫，刺鼻；垃圾車背後開著大口，那個接納垃圾的凹槽，蓄積被擠壓廚餘的殘液，垃圾車整體構造並非精密封閉，匯聚的流體四溢，從接點的縫隙沿途潺湲沿途漏滴。

原來如此真相大白，這便是酸腐的來歷。

與酸腐共舞，思自謀方能與酸腐共處。後來摸清楚了，此台放肆酸腐的環保公司垃圾車，並不天天作業，岔開莫名的烏煙瘴氣首要之務。垃圾車司機的勤早，為生計，他奔勞在凌晨幾無人跡的鄰里，若他沒有摀著口罩，他一定會聞到他的車子製造出來的酸腐氣。

2016.5.27
線索

　　從本省最底端，向南遠遠遙望，在四百公里處洋面上的那個菲律賓共和國，由七千一百餘個島嶼組成，美稱之為千島之國，但他至今好像還沒從殖民主義的學程中畢業，它應接不暇輪番上著幾名惡名昭彰殖民主義壞師的課，課堂上尚未修滿學分的老學生。

　　它的國名用當時西班牙國王飛利浦二世的名字命名。

　　1521 年西班牙殖民者入侵，菲人奮起抵抗，率隊入侵的葡萄牙航海家 F.de 麥哲倫在該次的進犯中斃命，四十四年的征服，1565 年終臣伏於西班牙的殖民統治長達 330 多年。1896 年以 A. 博尼法西奧為首的民族主義祕密團體 "卡蒂普南" 組織，發動反對殖民的革命鬥爭，直至 1898 年宣布獨立。

　　舊的殖民主剛剛滾蛋，新的殖民主煞煞而來。鬥不過美帝的壓境，保衛獨立失敗，自 1901 年起遭美帝殖民 40 餘年。日鬼侵襲太平洋戰爭時期，攻佔菲律賓，菲人又進行抗擊，到了 1946 年才獲得獨立，而這趟獨立係依據美國國會 1934 年通過的一項法案。

　　上述言及菲律賓的 1898 年獨立，乃美西交戰後在巴黎的條約裡，西班牙以美金兩千萬元的代價讓給星條旗。殖民主義的胡作非為、強盜行徑，霸權對弱小民族的若囊中之物私相授受，邪惡滔滔不絕，殖民歷史的驚恐萬狀，被殖民者的血淚斑斑哀哀無告。

　　關島主要分佈在馬里亞納群島南端，係大洋洲的西北民族之一，面積 549 平方千米，它的歷史命運與菲律賓頗為雷同。麥哲倫隕滅於菲律賓之前，先行發現關島，其時島上約有查莫羅人十萬之譜，西班牙人於 1565 年侵入，在 1670 至 1695 的 25 年

間，激起查莫羅人的多次起義，但慘遭鎮壓，人口銳減剩三千人，死了九萬七千人。美西戰後受美國壓制。二戰期間日鬼佔領。自 1944 年起迄今他的天空俱皆飄著星星條條，是美帝霸凌的海空軍事基地，編入第二島鏈之嶼。

第一島鏈第一道防線，第二島鏈第二道防線。到底防誰世人心知肚明，防的人心懷鬼胎，各類出人意表的武器防著。但全球化，全球星條旗化，全球的資本都化到星條旗的腦袋與口袋子裡。

世界自有殖民史以降，漫漫長長、黑黑暗暗、曲曲彎彎，誇詡文明先進的民族國家，無視比它弱小者的存在，非理與非人的反文明思維與行為彌天蓋地，於是後進的等於野蠻的，務需仰望幸運之星君臨賜予諄諄的教化，使之脫卻蒙昧開竅繼而良惠，竟也許能登上賢達。

比較不可思議的奇情是，此地的島人，被殖民到已經渾然忘我，入了化境，鏡像裏反映出來的，糟糕臉臉魍魎魑魅，但又不盡全是，只出現幾條可疑抽象不很明確的線索，像極了我剛要迎來六歲生日孫子畫的《馬吉先生》。

2016.5.31
獨酌

亞洲首屈一指，最佳的蘭姆酒製造商，應數設在菲律賓奎松市，創立於 1852 年的 "老船長" 莫屬。絕非長他人志氣滅自己威風，我們的製酒泛泛乏善可陳，沒啥底可起，也就沒啥風可威了。八年前我曾寫過一篇《台灣蘭姆》（參照《毒蘋果雜記》），為期待產製優質的台灣蘭姆酒呼吁。然而期待仍需繼續期待，當又進行 "老船長" 的探索之後，對於自己設定的所謂期

待，已經幾乎不用期也不用待，不用嘆息也不用呢喃。

　　小超市貨架上兩瓶"老船長（5 年陳）"，700ml/300 元，350ml/180 元，搔頭弄耳之際隔鄰一瓶透亮的古巴"蝙蝠牌"直直瞪瞪，我並不畏懼，家裡還有牙買加新新的"麥爾斯"，玉山蘭姆我也不想要，當年的 80 元漲至眼前的 280 元。

　　為什麼要產製佳釀的蘭姆酒，而且獨樹一幟所向披靡，啊！糖鄉台灣，這是至高無上唯一的理由，它的亮度，比任何物體都要光耀，比那一整座總督府的遺留，比那一位坐在位子上埋頭辦公的總督。

　　同時令人喪氣的白蘭地與伏特加兩瓶擠在一起，白蘭地仿綠色沙樽進口原酒勾兌，伏特加昭告亞熱帶台灣並不天寒地凍嘛！

　　台灣蘭姆，從此自我瞳孔深處的地平線徹底消失。

　　擺虛弄疑方為特產，裝模作樣即是真貨。

　　我樂在糖鄉，獨酌遙遠加勒比海運來的蘭姆酒，獨酌不遙遠巴士海峽南端運來的蘭姆酒。

2016.6.4
早餐

　　早餐換換方式調劑調劑神情，口味的更迭形色的交替，在平靜中延展，生活裏並不會發出異樣的聲響。

　　和長輩相處的年代，母親餐餐早餐生火爐熬稀飯。賣醬味的搖鈴鐺拉著玻璃櫥櫃車來了；福神菜、麵筋、豆腐乳。賣鹽水漬花生、甜花豆的，騎鐵馬沿街呼喝。熬稀飯較費工夫，心思不得分殊，鍋裡溫度沸了，粥的汁稠頂起鍋蓋瞬間外溢，令人膽跳心驚而且萬分危急。

　　煮稀飯的時間需長，等它冷下去也長，稀飯可口容易消化，

七點半吃，九點半不到就餓了，所以讀初級中學時，書包裡的飯盒，常常不跟著拿去廚房蒸熱，第二節下課鐘一響，第三節上課前就把它扒進肚子裏了。

當時 T 牌的電鍋尚在設計中。電鍋煮稀飯頗為理想，雖其風味、口感不比爐熬，總是便當，現代不能取古典而代之，此一佳例。T 牌電鍋行銷全島賣往境外紅紅火火，它們有一組五個字的廣告詞，顛倒念繪聲繪影冒犯了 XOX，傳聞禁了冒犯。

在洋化的過程裡，吃了相當長段時間的西點麵包，尤其吐司，備好各類塗抹醬料即可咀嚼下嚥，每天早餐按部就班，闔家大小四員聚膳後各自離席奮進。

家中長者如仍健在，怕吃不了洋玩意—麵包吧！

老爸爸主食根本只吃飯與稀飯，他活過完整的農業時代，完整的手工業時代，他個子不高大概不及一百六十公分，幾乎不吃零食，沒看他穿過布鞋出門。他下班的時間碰到了雨，媽媽會要我提一把雨傘在車站等他。

蓄意換換的念頭近期付諸實施。兒子提來麥片每包 2.3 公斤，他上賣場買一份兩包，兩家分別努力各吃一包到忘乎所以，單樣麥片可能單調，於是買東北的綠豆，老撾的薏仁添加。綠豆、薏仁不易爛多水先煮，煮成了最後放麥片，小冒泡沸一分鐘關火。

轉基因的疑問不得不浮了上來。櫥窗裡向人招手的麵包，全系使用原生麥子磨成的麵粉製作；兒子 2.3 公斤的賣場麥片原生麥子加工的。除了在 ×× 聯盟買的綠豆、薏仁信任它原生種的，在其他地點買的綠豆、薏仁產地不論通通是原生種的。？？？？？。！！！！！。

整桌早餐遲早都要轉基因了吧。

午餐、晚餐、歡聚、婚禮、壽喜，遲早總要轉基因吧。

2016.6.14
共榮圈

　　二戰的亞洲戰場，最后是以日丸鬼蒙受山姆大叔投放的兩朵蕈狀雲，結束了位處本州與九州其上，兩座城市的幾近毀滅，罪孽雖然稍歇，但自十九世紀中期萌發的維新擴張，對鄰國的無端肆虐，遺害未竭無日無之。

　　台灣經日丸鬼據了五十年，又經星條鬼據至今日達六十六年，合計一百一十六年，若照內地公知甘心五體投地伏帖殖民主義三百年論，方能超生出世，算一算，吾人尚需再渡過被殖民凌遲淫愛的一百八十四年，誰願！無形的挾持與有形的綑綁，兩形皆非余之所願，抵死不從。

　　日丸敗走，星條霸揚，它們撒播育種的法西斯氣體飄漫，如今已潛流於血管中，起伏著脈搏的靜止與躍動，幸免於法西斯的侵襲者稀少，遭法西斯病毒習習薰陶，蔚然成風蔚為大觀。法西斯氣體並無調性，它係一闋不存在音準與音階的賦格曲。法西斯的病患已無號脈，中醫師即使接觸病人手腕，也無從診察它的脈象了。

　　二戰後，星條旗欲致世界星條化，它佔領日鬼全丸，起兵朝鮮戰爭，形成第一島鍊，第一島鍊後方備有所謂的第二島鍊。接續發動越戰；指導中東戰爭；運籌帷幄的海灣戰爭；1991 年 12 月協作瓦解蘇聯以及 21 世紀初的全殲伊拉克。

　　而近日街坊鄰居的日丸插旗，是大東亞共榮圈的補遺亦或餘夢的殘篇。日鬼全丸的大東亞共榮既在星條機的擘劃下化為烏有，日鬼的近衛內閣都成了鬼魂入祠靖國神社。奉勸吾人的鄉里，生魚片慎選絕對新鮮的，否則還應以中式的烹飪煮熟才好，免惹無妄之災。

2016.7.12
一個中國

　　「《燒把紙錢祭冤魂 —— 悼孫立人將軍》表現了周良沛寫情、寫人、紀實報導的才能和功夫。在蒐集資料、文獻上，他的細心、認真和勤勞，竟而能使他在匆促短暫的滯留台灣期間，也收穫頗豐。而他在台灣學界並不為人熟知的布·康明思（Bruce Cumings）的名著《朝鮮戰爭的起源》一書中找到不少珍貴的台灣光復後四、五年的史料，尤其叫人折服。而我也是在他第一次引用康明思的資料中，知道了蔣介石在情急時要求過美國把台灣交付國際託管！如果這是確鑿的史實，當前一般地說蔣始終堅持一個中國的評價，就要重新檢證了。」

　　上文摘錄自陳映真《在台灣讀周良沛的散記》，原載《文藝報》994 期（1996.4.19），後作為周良沛《港風台月》（北京十月文藝出版社／1996 年 11 月）上篇的序。《港風台月》一書，係周良沛先生數度抵港與訪台的紀實散文合集，「台月」部分即訪台的 23 篇，2003 年 10 月台北的台灣社會科學出版社出了單行本《走進台灣》，23 篇刪去 4 篇，《燒把紙錢祭冤魂》正在被刪之列，因此台灣版陳映真序裏的這一段畫龍點睛之處同步刪略，讀者無緣得見。

　　《最後的孫立人將軍》與《燒把紙錢祭冤魂》兩篇一組，周先生寫於 1990 年 11 月訪台上旬，我替他想了法子與呂政達兄取得聯繫，於是這兩篇接連發表在 1990 年 11 月下旬與 12 月，呂政達主編的《自立早報／副刊》上。

　　讀過上引陳映真的文字，會逗起對中國當代史興致的一星火花，進而動情前往追索何謂真確的，一個中國。

2016.7.16
蓮子

　　直接從白河蓮子農家，低溫宅配的十斤新鮮蓮子，才 10 天光景，按耐不住熬煮了 1/3，剩下的七斤不能太饞，憋著忍著，明年的產季還那麼遙遠。

　　一包一斤（600 公克），原來計畫十包分食十個月，最後兩個月空窗，用兩個月的時間等待小顆粒橢圓形淡黃的消息，在大台北的一條舊巷，等待寄來的，白河新新白白的蓮子。

　　一次購足十斤，蓮農才代勞打包交寄，運費買方付，理應沒有中間榨取的問題，箱裏附了一張郵政公司的匯款單，雖夠不上銀貨當面兩訖，寄貨與匯款並沒有超過 48 小時，稱得上快捷。

　　七斤潔淨的白河蓮子，現在正藏在冷凍庫裏躲避三伏。

　　七斤白河蓮子，慢慢會被熬成七鍋冰糖蓮子。

2016.7.20
悵與惘

　　無緣吃視線內割喉現宰的活雞好一陣子，安於現實當一名乖順裝聾作啞的公民，禽流感彷彿已經死滅絕跡。歇業收攤前那個兼營六合彩的雞老闆，手拿利刃嘴啣紙煙憤憤不平，吐了一大圈他的見聞與感嘆，不能說完全悖理，但形勢比人強，政府的行政命令延期了幾次，不再延的截止日期既定，何況雞老闆也超過屆齡應該自動退場。

　　果然形勢改變，雞攤的位置隨人異動，經營者的面孔全部換新，似乎頗有洗牌的意味。

　　從屠場用小發財載回宰竣的裸體雞群，老闆根據腳環辨識雞

別，平時批入 35 隻，周休二日增量一倍。我買的土雞他稱為古早雞，土與古早同義？

舊時隨到隨宰新新鮮鮮，現在的裸體雞買回家，離屠宰時間至少流失新鮮兩小時，流失甜美兩個小時這件事令人悵然，除非永遠不再吃雞，否則悵然常在。好吧，自動把新鮮降格，這類事非我所願。

為了爭取自以為是的「新鮮」，買雞的那一日，六點半準時走到雞攤，老闆挑出我要那一隻的腳環，敲碎腳環的當口，回頭請助手湊一付內臟。唉呀，雞肝雞心雞胗分別取自三隻雞的肚腹，我提的其實是四隻雞的組合。雞的軀體古早雞無誤，內臟卻分屬三隻難以辨明的不知什麼雞的雞身。

對於現宰雞新鮮度消失的悵然，如今又添加了裸體古早雞與不知什麼雞三樣內臟組合的惘然。

2016.7.31
輓聯

輓聯這種東西，不知起於何時，自從被高高懸掛在告別式的抬頭上方，無言的真情與虛湊的假意，就這麼世世相伴代代相傳伴傳至今，恐怕此後的日子也難善終了。

沉摯的輓聯並不多見，絕無僅有的酬酢居多，借機浮名無獨有偶。白素的布匹價廉，更不會有人駐足在聯前指點墨汁七奇八巧的書法。靈堂非展館，輓聯的擺佈，慣慣相沿成習，它企圖粉飾氣氛的哀戚，然而慟惻藏於默無聲息的心底。

台灣今屆的總督說。火燒車的導遊上門去總督府索要了，於是伊仿了「典範長昭」四字，伊的意思是要導遊的典範，讓靜觀不眨眼的投票選伊的伙眾們長昭。典範何式不甚了了，典範典範

典未成型範待澆灌。何式長昭語焉不詳，以其昏昏使人昭昭。不也就輓聯的一回事嗎，布歸素白，字屬黑墨，於是維持原樣典範長昭。

三十年前家人給先父送行。喪別之日，到了殯儀館在式場小繞一圈步入靈堂，未曾索要的輓聯，已經由滑輪橫桿升至中空，輓聯望我俯視，瞟一眼聯上的落款，無從獲知何方神聖，禮儀進行在即，認了，不讓工作人員取下，大費周章滿頭大汗不打緊，降下取下的輓聯不可能如實退還原處。也許對我而言沒頭沒腦的輓聯致贈者，竟是老爸爸生前昔時的舊雨，他們之間陰陽對話誠然，恕我不知。

死者通過太平間前往終點的去向，由葬儀社掌理充斥著各式各樣的繁雜，葬儀套餐的選項類若美食館印在菜單上，怎麼辦怎麼葬與時俱進，說白了，消費了的一生，只剩這一段，便可圓滿完成一生的消費。

上世紀內地文革期間，此岸的總將冠下了一道聖旨，成立「中華文化復興委員會」，做足了姿態的對立，這些年下來有目共睹，中華文化到底復興了多少？前面述及的輓聯與殯儀，都是因為文化復興而顯得暈暈忽忽，誰愛怎麼搞悉聽尊便。總將冠駕崩出殯的靈車，彼時的喪家競相模仿。

所謂的文化復興委員會，其組織框架，應與更早設立的光復大陸設計委員會、道德重整委員會、世界反共聯盟、亞洲反共聯盟等等雷同。這些個單位，讓當權派的黨政要員頭頭，主流的文化士紳名媛兼職、兼差、聚會，保持同仇敵愾的勿忘在莒，一心一德貫徹始終。

2016.8.4
幻覺者

必得另眼相看，對於馬格利特，20 世紀西歐藝壇稱他偉大的幻覺者，他從成熟的青年期頭戴超現實主義派，那一頂兼具奇幻與內視詩意的帽子，直到晚年都不曾摘下，孜孜不倦的走完了他比利時人繪畫的一生，走入歐洲現代的美術史迴廊。

超現實主義在兩次世界大戰之間攪動，它冷卻後的餘溫幾番轉折傳入本島，由為數夥眾的政工詩人鈹勁倡導超現實主義的「自動性書寫」，適意逍遙。時值 1950 年前後，「政治肅清」（Red Purge）的白色恐怖正雷厲風行，現實裏血淚交織驚惶失措，政工超現實主義詩人的字句間，尋不到現實不幸的痛撫；政工超現實主義樂人的五線譜，沒有現實殘酷冰冷的音符。

馬格利特也抽煙斗。從他留下大約 20 幅煙斗的畫面觀察，他比較休閒、即興、怪誕，不像梵谷更多的時候斗不離口，煙斗是梵谷生活裏的要件，貼身之物。割耳事件過後，傷口敷裹著白色紗布，還很痛吧，梵谷抽一斗煙分散痛感，他自己都起了疑慮，眼框濁濁的。那一片耳朵就那麼魯莽，匆匆不明了去向。

馬格利特把煙斗與他自己置入畫面的唯一一張，煙斗也僅僅扮演構圖的一個角色。畫面右側煙斗管含在畫家的嘴裏沒錯，煙斗裏填入的卻是畫家放大彎曲的鼻子，把煙斗塞得緊緊滿滿，畫家的左眼瞪著畫外的觀眾，馬格利特要觀眾耐心觀賞等著下一秒。畫面左側立一茶几，狀若細蛇的蠟燭，從底下支撐的單腳盤桓蜿蜒上了小桌，在桌面上蠕動，蛇頭終於豎直起一段，蛇頭即燭心，燭焰正在燃燒，這幅畫畫於 1936，標題《哲學之光》，燭焰的後面有一圈光環，但顯得不太自然。

2016.8.19

梧鼠之技

在一個寧願飾扮傀儡爭上，其心可誅非我族類的霸權為此地搭架長及百年的偽歷史舞台，充當演技派的諸角，渾身解數陶陶若酣，醺醺然。

演技派何許派？傀儡皆怡怡遺傳，傀儡遺傳傀儡，鍥而不捨非派不可的話曰反動派。反動派並不怎麼過上癮，稱幫或集團，當更感愜意。反動派又似乎太過正規了，再追問下去，在別的封號祭出之前，它恬恬於無感不覺自適的野雞派。野雞派近若梧鼠派。

梧鼠：即「鼫鼠」。傳說梧鼠有五種技能，但都不精——能飛而高不過屋頂，能爬而上不了樹梢，能游而渡不過深谷，能打洞而遮不住身子，能跑而不比人快。

野雞派也許幻覺它是台灣的三種雉雞其一，絕非。

十年前我住在新店山區時，速寫過一首《歡暢》，稱頌台灣帝雉，詩曰：

嘰咕乖　嘰咕乖
雉雞媽媽目不轉睛只顧
雄赳赳急步搶在前端
三拍子串成諧謔曲快板
大小全家列隊歡暢

嘰咕乖　嘰咕乖
精敏矯健疾行山巒
慌不迭竄入林叢嫩芽
一溜煙失措驚惶亂掛

風吹葉子搖一搖晃兩晃

2016.8.20
選詩・詩選

　　近兩個月，昆明的周爺打了數不清幾通，越洋長途電話，要我幫忙追索他正編輯中《百年詩選》台灣部份的零星殘漏。先是伍姓、林姓詩人詩的寫作時間；又是趙姓、詹姓詩人詩的刊載地點；再又是葉姓、彭姓、王姓詩人詩的⋯⋯

　　周爺是辦大事的人，經他獨力編序的《中國新詩庫》合訂本十集，分別於 1993 年 12 月與 2000 年 1 月兩批，由長江文藝出版社出版・發行。這一套厚實的巨篇，篤定會成為新中國文學部門的鎮山之寶，周爺的耐力之殷與毅力之遙，默默無聲緊繫牢牢。他曾告訴我，馮至先生晚年在榻上聽女兒朗讀《中國新詩庫・馮至卷》的卷首語，淚流滿面。

　　去年十一月他扮背包客重返訪本島，最後十日在舍下與我共宿。十日間，為他安排與孫立人將軍公子孫天平先生，在台北車站南一門的會面。一起上中山南路聽了一場音樂會。其餘的時間他大致都埋著頭讀詩圈選。帶他去郵局把超量的文件，先行寄回昆明。

　　糟了，他在電話中歉歉的說，周夢蝶的材料不見了，應急權宜援命由我代他，選周夢蝶的詩三至五首。怎麼選呢？難也不難。《〈怪談〉剪影四事》（四首），在腦海中浮動，暗地裏閃爍著小林正樹的影影綽綽，到底是在選周夢蝶的詩，還是在選小林正樹好看的電影。怎麼選呢？不難也難。

　　站在圖書館三樓周夢蝶的詩架上，改換念頭。選了《孤獨國》、《還魂草》與《我選擇》三首。選好詩，走在通道，古遠

清的名字意外乍現，抽下《古遠清文藝爭鳴集》（2009 年 6 月 BOD 一版／秀威公司），書出版七年後方才被我看見，為時未晚。快速翻閱至 79 頁，係該書第二章第三節《余光中「自首」事件的來龍去脈》。久違了，武漢的古老師。茲抄錄 120 頁的結語，供有心人過目。

「使人惋惜的是，這場‘余光中向歷史自首’的風波在台灣幾乎未激起任何反應。一來是時代變化了，人們的關注點在統獨問題而不是‘算歷史舊帳’，二是正因為時代變化了，不少在台灣出生、接受國民黨教育成長起來的外省作家下一代，不管他們如何反對民進黨或厭惡台獨，也不樂於承認自己是中國人，更多的是公開聲稱自己是台灣人，這就是陳映真說的‘二度皇民化’，三來也是更重要的是昔日余光中的論敵、一起聲援鄉土文學的左傾知識份子，現在有的在向‘泛綠’靠攏，如尉天驄；有的則往台獨政壇發展，如王拓。歷史的弔詭之處在於：過去的同志陳映真已成了王拓們在文化界推行台獨路線的主要‘敵人’，而昔日的論敵余光中已成了陳芳明與其‘和解’後的新友，故這些人自然冷眼旁觀，甚至還有點暗自慶幸受到‘藍’‘綠’勢力兩邊夾擊的陳映真派人數越來越少。」。

補記與胡老師交往的一件小事。1997 年他參與編輯於 1998 年年底，由廣東高等教育出版社出版‧發行的《台港澳文學作品精選》（兩卷），向我約稿。寄給他《小耘周歲》（109 行），他問可否換短點的，我答以可否不換，非換不可則請作罷。最終他欣然採用了。

2016.8.27
祭物

鬼月將盡,某家美商直銷日用產品的門市店口,鋪排案頭陣仗,焚香膜拜起冥冥中無所不在的本土好兄弟,美商招牌猶如掛著羊頭,進去購物的我的同胞,彷彿未聞其腥,而且津津有味樂在其中。進直銷店消費的都必須具備會員的資格,會員的組織形式如同老鼠會,雖說願者上鉤,然而盡人皆知,老鼠的繁殖力超級旺盛綿延,彼勢難擋。

拜過一個時辰,燒完送給好兄弟的冥錢,案頭上那些豐饒的祭物,陸續端回屋裏,平均分配店裏的職工,讓他們攜回家食用,據說可增添幾分的平安保佑。

祭物就是那些東西,從超市躉買的罐裝啤酒、碳酸飲料、各色零嘴泡麵、大宗整封的米粉、魷魚與廣式臘腸。

2016.9.1
壁虎之歌

迅疾的爬行,害羞,我家的小壁虎偶而,會在白天現身牆上的角落,覓食呢還只是晃晃。我確認我家的壁虎,不搞同志情誼的遊戲。小壁虎全長約六公分,身體三公分尾巴三公分,估計它的平衡性應該極佳,它絕多的是夜遊。它媽媽發出斷截的連續聲,切分音,好似催它回去,天黑了才可以出行,假若濁水溪以北的壁虎才會叫,濁水溪以南的壁虎啞了,那它們的話語權被侵奪了。

我家壁虎也不搞天花亂墜的虛無主義,每天早上我擦拭爐台、地板總會遇見它們的排泄物,那些並不會構成困擾致人噁心

的黑色糞便，是它們吃了無政府主義者，克魯泡特金在他的《互助論》裏論述的小生物。

　　提及無政府主義，陳映真創作了《我的弟弟康雄》，「我的"安那琪"（Anaychist）的弟弟康雄自殺了」（參見《我的弟弟康雄》），陳映真以這篇小說揭開台灣 1960 年代的序幕。

2016.9.4
博愛的影子

　　博愛屬於那個範疇，誰能說準，準不準，兩千三百萬人一個都不少，有兩千三百萬種想頭。

　　台北的各線捷運，好在尚未被口水裏的博愛之聲淹沒，截止目前未聞誤點。博愛啊博愛，博愛，你坐不坐。

　　印刷在紅色百元紙鈔，右上角那兩個孫中山的毛筆字，擁有者若非視而不見，必定是心照不宣，當今之世鈔票越多越好無人嫌少。博愛呢，悉聽尊便，處處可以博，人人可以愛，不見得要踏進捷運車廂，瞄到博愛座時，才啟動唉呀博愛的念頭，博愛的情愫一瞬充塞腦門。

　　博愛座向來冰冰的、涼涼的、安份的靜置在車門開處等待，等待進進出出、曖曖昧昧，殘缺不全的、快速移動的，博愛影子的到來。

2016.9.6
黑馬並非良駒

　　奧巴馬是一匹白鼻心的黑馬。未來的美國總統會不會再出現

如此同款的總統，未來無從預知也無法預卜，美國總統由何種膚色的美國公民擔任，除了蕭規曹隨務須步入白宮辦公，他制霸國際的慣性慾望，隨著世界格局的嬗變，美國總統最終只須退回北美洲好好管理自己的美國，天下事他省心不用操勞，到了那個不知什麼時候的時候，輪到他窮途末路嗷嗷待哺。

　　奧巴馬即將離任，正悠閒，前幾天去了杭州，這幾天轉到老撾的萬象。「G20」與「東盟 10+1」已與他的職務脫鉤，湊熱鬧白吃白喝，樂逍遙。

　　他在 1075 名老撾民眾面前，假裝宗教儀式的告解其實賣萌。

　　「體認那場戰爭加諸於各方的痛苦和犧牲。」他說

　　「我抱持和解精神。」他說。他沒有正式道歉。

　　越戰期間，美帝為了阻斷越共補給線，由中情局策動暗中將戰場延伸至老撾。1964 至 1973 年間，58 萬次空襲投下 2 億 7 千萬集束彈，其中 8000 萬未爆彈。自 1964 以來，未爆彈的受害者高達 5 萬。9 年間投下逾 200 萬噸炸彈，超過二戰時美軍在德國、日本投彈的總和。老撾面積 23.68 萬平方公里，它被美帝的狂轟濫炸，成為史上人均被炸最多的國家。越戰那個年代，美帝以反共至高無上的名義，出清它堆積如山的彈藥，庫存消化光了，它繼續在實驗室研發殺人不眨眼的勾當。

　　他承諾美國將分期三年，提供 9000 萬美元協助老撾治療傷痛。萬能的美元竟然比萬能的上帝神效！弱小的民族能渴望美帝金盆洗手？原來白鼻心的黑馬並非良駒。

2016.9.7
網黑

　　所謂網紅之猖獗、放肆、喧囂、呈氾濫之勢，何以致之？曰全球化。任期過半的 T 市市長與執政百日的總督兩造，正是借網紅洶湧潑辣的浪激，頂上那兩個特製坐位的彈簧沙發。網紅既然可以上他倆，當然也可以下他倆，不信等著瞧。

　　網紅依據我的解讀，紅其實是黑的變種，大家不以黑為黑，輕鬆的把紅這麼一串燦爛的花環，套在網黑瘋三的頸脖上方，紅在胸前甩久了，紅會造成幻覺，盡墨的網黑，誤認像鮮血那樣的顏色，象徵革命那樣的顏色，象徵順利成功那樣的顏色，他的黑被薰得茫舒舒，茫舒舒就一定紅？

　　網黑不應當稱為網紅，斬釘截鐵涇渭分明。網黑的衣食父母是網綠，網綠不斷在後台源源奧援，而網藍自縊了，似乎沒人覺現它懸在屋樑上，彷彿不再擺動。

2016.9.18
馬桶悲劇

　　本省的現代化進程，起於何時，從所謂的漢奸迎領日鬼，在澳底鹽寮一帶登島算計？這種說法頗為朦朧，模糊不清。日鬼雖然盤踞此處凡五十載，搜刮殆盡風雨無阻，無所不用其極，奈何投了降，捲鋪蓋捲行頭，依依不捨卻非循原來上岸地點回魂，澳底鹽寮一帶老徑猶新，選來時路歸返方稱有始有終，日鬼不是自詡一絲不苟，原來古代武士道的私之切腹，現代的武士刀專門用來砍別人的頭顱。

　　現代化之後現代性的日常生活配備，衛浴間的如廁系統也由

蹲式改為坐姿馬桶，人類社會的有機排泄物，被化學原料取而代之，人的糞便無庸回收利用形同廢料，抽水馬桶嘩啦嘩啦一沖去了化糞池坑。

日殖時期，本島全部的家戶裝置馬桶的，到底多少當然無從查考。但台灣光復之後，童年的我上姑媽日式木造屋裡的廁所，蹲著上暢通無比，日鬼遺留在木屋裡的衛生間並非馬桶。

蹲式如廁與坐姿馬桶，孰優，不言而喻前者莫屬。蹲式腹腔擠壓下墜的應力較大，排泄物幾乎淨除。坐姿馬桶則不然，坐姿實在無上舒服，不用費力彷彿騰雲駕霧，廢物自由落體，殘餘滯於直腸末端，「它」隱藏於肛門口內，仍是身體的一部分，暫時偏安。坐姿馬桶亦如一椿輕盈的儀式，所有的儀式意欲致人於飄飄輕輕。

如廁一事的順暢與否，與餐食形成因果，以及與自己的身體構造、家族史，交織成密切關聯的內因。蹲式如廁與坐姿馬桶，由前近代向現當代作為外因款步轉換移挪。但不幸的案例降臨，不幸僅僅一件已經足夠。老伴她的一位嬸嬸，坐在馬桶用力過度，坐馬桶還得用力，現代化的馬桶現代化的迷思，用力過度的嬸嬸，頸後的腦血管爆裂，釀了一幕突如其來措手不及，平凡人間的馬桶悲劇。

我曾經學習過瑜伽指導平日生活的細節種種，比方如廁過後要如何如何，非常實用輕而易舉。它的體位法、斷食法都有實踐經驗的依據，施行者若持之以恆，其斬獲的健康成效，溢於言表。時人喜譚養生，卻不經意隨某種旋律起舞，大半專注於等等等等的食物，食而不化乎！

早逝的故人王菲林，明年將屆離世的第 25 年，青春歲月怒放正盛，遽然而至的馬桶悲劇，奪去了他未竟執狂的電影夢。我曾以一首十四行詩向他致輓。

2016.9.25
螺肉的價差

　　老伴的座機剛剛在大園機場著陸，再怎麼快，也要折騰個把小時才能返抵約見的地點。趁閒檔，瀏一瀏覽一覽，都已經過了中秋，照常燠熱難當的日午，迪化街憮憮，老去舊去乏氣無力的憮憮，苟延殘喘又不盡然，帶勁的商家勤於迎賓的，店門拉開燈光燦亮，顧客君臨即刻充滿交易的滋潤。

　　永樂市場西南邊的人行道修繕中，鐵皮籬笆高高圍著。數步之遙的霞海城隍廟，人影幢幢，進香者青年男女心事曲幽，不知他們都向城隍爺訴求些什麼。廟的門楣、門檻，整個的門框煙熏濃稠，廟的內廳森森黑黑。青年男女進廟燒香，大抵無暇把供拜的壽金焚化，卷卷的壽金層層疊置在廟方靜立於廟門外的鐵網籃內，匆匆轉身他往。

　　郭雪湖，1930 年的絹本膠彩《南街殷賑》，他畫裡大稻埕曩昔的真實榮景，余生晚矣無緣無語。

　　我準備朝北走，過兩個紅綠燈到涼州街轉東，再走到延平北轉南，漫回南京西的交叉，在那裡等待約定時間的入口。

　　一爿螺肉鋪子讓腳步停下，駐足觀望，起先中年婦女的店員悶頭埋理自己的事，眾螺肉罐頭亦冷冷漠然一勢，我於是開口。店員並沒有站起來相迎，一逕坐在她的位置上與我對話，直至我的興致索然而告終。

　　六月中旬我在花蓮市街買的那一罐 90 元 MIT，她要賣 140 元，她說係台灣產商進口日本物料加工製造。她的說詞與花蓮的店員兩造各異，我比較相信花蓮店員的誠意。

　　「這一罐，日本製的，240 元。」握了一罐近距端詳，罐的外觀頗有多處，與台灣製的彼罐暗暗相仿，罐圈小一些，容積也少一點。日本製的卻要值錢囉。

「這一罐，智利製的，450 元。」

聽說墨西哥製的，是那一種？「墨西哥製的，一罐 3 千多呢！」，她以手勢引領我的視線，往店內的牆上畏畏遠望，啊，一整牆的墨西哥螺肉罐頭，一剎時令人油然忘忘了起來。

「吃智利的就可以了啦！」她說「日本的也不錯啊。」不吃也沒有什麼不好吧，我的胃腸在腹中嘀嘀咕咕啦。3 千多，多到哪裡，沒有追問她秘而不宣，多多少，讓它懸著吧。

倒是莫名其妙的疑問接踵而來。半世紀的從前，台糖在創匯的年代，一般庶民吃不到高級的糖類製品「晶冰糖」，當時所謂的冰糖，呈不規則的結晶塊狀，小雜貨舖秤兩出售，吃多少零買多少。如若從半世紀的從前，再上溯至從前的從前的「日據下」，糖的悲歌糖的嗚咽日日唱響（參照《日本帝國主義下之台灣》）。

那麼墨西哥螺肉罐頭，他們的政府拿來創匯嗎？

墨西哥二十世紀的壁畫三傑；奧羅斯科、里維拉、西凱羅斯，他們在世時常吃名聞遐邇的外銷螺肉罐頭，或連一口也未嘗。

做過六年墨西哥駐印度大使的詩人，奧克塔維奧·帕斯寫過一本《印度札記》，書裡只用一頁的篇幅，談及墨西哥與印度幾樣食物的相似之處。也許他壓根不知他的祖國，出口質高價昂的墨西哥螺肉罐頭。

2016.10.1
移工反剝皮 ── 致當權派

你們上班無誤依法行政
日子一到準時剝皮

血從他們身上淌下
汩汩流進中介的帳房

移工的人血鮮紅哀艷
人皮曬乾可以鋪在
高貴客廳的豪華沙發
裁成窗簾遮擋室外紫光

2016.10.6
關係

1. 什麼關係；沒有關係；XX 關係；OO 關係。要關係，不要關係；厄爾尼諾現象的關係；全球氣候變化的關係。瀕臨停電的關係；核電做做停停的關係。投票的關係；民主的關係；遊行的關係；回扣和扣回的關係。美帝的關係；哈日哈不盡的關係；近親憎惡的關係。蛋頭太多的關係；蛋殼碎滿一地卻找不到眼鏡的關係；反中與反共互為表裡一脈相承遂行第一島鏈終其一生鴕鳥任務的關係。政工詩人沿街排隊的關係；各行各類祭酒酒質偽劣摻假的關係。為了榮華自我閹割的關係；啃饅頭象徵白手再起的關係。捷運工程法國人承造的關係；高鐵德系技術改換日章上陣的關係。軍購美金 498 億的關係；國安戰略時程 2021-2049 以適當方式落實國家統一與領土完整的關係。

2. 中山南路議場裡的那一枚大彈頭，提了一籃同樣顏色的小蛋頭往訪東京。酒酣耳熱之際，脫口而出台日交流實乃夫妻關係。夫妻、關係，喝酒說酒話，醉言醉語白痴當真，日倭顯然佔據上風，他是夫，你是妻，日倭自從萌發脫亞入歐的邪靈，被他凌辱過的一律謂妻，台灣何能例外，你長期是他憐愛的玩物，始

終妾身未明，好啦今夕何夕，借助酒膽把妾身的哀怨迷漫仿妻的嬌寵，安全意識不能缺陋，樂子沖昏頭，保險至關重要，各式各樣的保險都要周到，你難道可以玩乎髒污，還有餘臉回家見江東父老。日倭係全球聞名的國際嫖客，他比你會玩，你陪他玩不累，無妨考慮投資他的 AV 產業，這一強項不落人後，世界排名前列領先群倫。

3.20 年前的 1996 年 3 月，陳映真主持的人間出版社，出版了一本厚達 388 頁的《戰雲下的台灣》。該書封面折頁與封底折頁兩處，以黑體字醒目耀眼簡介內容：「本書由六位在聯合國工作，在美國著名大學任教的博士執筆，以豐富的兩岸歷史與國際政治知識以及全球性視野，為我們科學、客觀的思考，剖析戰雲下台灣的處境、危機和轉機。」與「這是一本在海峽戰雲密布之際，幫助人們了解台灣處境的真實狀況；認知大陸對台政策的核心思想，從而參與兩岸和平進程，創造與改變自己命運的書……」。

書總共 8 章，扣除學者的 6 章，陳映真自己執筆《序章：如果 15 天‧七階段的戰爭終結中華民國的紀元（4 節）》與《終章：歷史呼喚著和平（5 節）》。書剛出，立即引爆當時一顆學院的蛋頭，抗議陳映真用武力關係恐嚇台灣。

二十年過去了，《戰雲下的台灣》並未過時成為舊書。把它找出來，好好讀一讀。（楊逵的《和平宣言》收於書後附錄的第 9 篇第 370 頁）。

2016.10.25
波茲南詠嘆

在波蘭西部城市波茲南，決出入圍最後七名獲獎者的本屆維

尼亞夫斯基小提琴比賽，其中得到第五名的參賽者，網絡視頻上出現的國籍為 Taiwan/USA，取了洋名的小青年，姓氏的拉丁字母拼做 Lin，若用漢語拼音，無疑會是從台灣移民美國，某個林姓之家的寶貝成員。

頒獎台上一位第四名的獲獎者，姓 Hsu，姓許姓徐？他的國籍直接了當標 USA。拼成 Hsu，台灣式的拼法，估計並非內地去美國的移民。

學琴的參賽者，大抵準備走音樂的路子。通過網路頻視專注聽竣三女四男七位獲獎青年的競比演奏，他們拉的全都是耳熟能詳的曲子，卻無一出現讓我期待的驚奇，比方說，貝多芬 D 大調小提琴協奏曲的華彩樂段，貝多芬曾經將之另編成鋼琴協奏曲時，特別為鋼琴版寫了鋼琴的華彩樂段，奧地利小提琴家施奈德漢 1962 年為 DG 公司留下的類比錄音（427 197-2）裡，他把華彩樂段的鋼琴，再改用小提琴演奏，這個版很可能即世上的唯一。而參賽者都拉克萊斯勒寫的華彩譜。貝多芬自己改編小提琴協奏曲成鋼琴演奏版，巴倫博伊姆 1972 年演奏鋼琴兼指揮的 DG 錄音，也許也是唯一（429 179-2）的僅存。

七名獲獎者，分別來自格魯吉亞／土耳其（一名）、南韓（一名）、日本（兩名）、波蘭（一名）、美國（兩名，其中一名為 Taiwan/USA，台灣非一個國家），這些幸運兒，將要在日後縱橫於西歐樂壇，為自己音樂生命的躍動而奔波，不斷精進演奏西歐音樂家的創作，欣然溶入並且傳播西歐的古典音樂，成為西歐文化的組成部分自自然然。

音樂無國界無畛域？如此一句兼含詿哄的假說，盛行於世通暢無阻，充斥流傳宛轉於此地悠悠的時空之間；自我催眠的神效奇佳，竟而一眠長眠，四肢癱軟酥爽，不思無願蘇醒。

看見以 Taiwan/USA 為身份，上台領受得獎證書小伙子歡欣的喜悅影像，絕對不只我兩顆骨碌碌的眼睛。怪了，媒體的眼睛

忘了偵查，竟然不起喧囂，它們滿意這個代表小伙子身份的連接詞，滿意而且滿足。

Taiwan/USA，應當劃歸「名不正則言不順」之類，符合孔老夫子的言教。務實的信守中華／台北，或中國／台灣的名義辦事，無往而不利。要之，自作多情者，往往被亂情纏絞勒索，而以窒息衰竭斷氣告終。

2016.10.25
台灣 XX 節

今天什麼節？隨心所欲如意命名。既然新上任的總督認定眼前的世代都自然獨了，說得再多也是饒舌，省口水滋潤嗓子上算，存在決定意識不會有任何差池，時候一到的時候，那個時候的存在決定意識自然獨會質變而量變自然不獨。總督也要改稱特首或改回省長，或量身裁製的某某，隨心所欲任意命名。歷史本身並不虛無，得虛無之樂樂其無窮者，啊！宛若客卿的你，近觀彷彿又盡是。你與台灣 XX 節一樣，很難命名。今年，歲次丙申，前年甲午的上兩個甲午的 1895，台灣誕生了奇光異彩珍稀的榮星，一粒榮星繁衍一群榮星。

兀自照耀著的榮星，相互照耀著的榮星。

自然獨實際是被編派的稱謂，乃選舉遊戲裡配合形勢而設計的新生概念，教改與課綱煉成後的沉澱物，織就的側翼或輔翼，聽命於指揮中心的群體，隨時隨地滑著手機的轎夫，青年轎夫怕轎子是什麼模樣都不曾見過。如若不信，可以問問其中有誰讀過《鋼鐵是怎樣煉成的》，問問誰認識它的作者奧斯特洛夫斯基。要煉成鋼鐵呢，還是要煉成別的什麼，各異的熔爐鍛造千差萬別的產品。

自然獨懂不懂二戰後日、韓、台三地的領導人，個個皆係聽命於宗主美國派任的總督，通過選舉民主的把戲，虛招一套。

那麼接著要問自然獨的青年轎夫，今天什麼節？台灣 XX 節，怎麼答怎麼對，錯只針對閉口拒答者，如果能寫一首擬態的讚歌，獎金空白支票一張，自填金額不設上限。以及各種各樣儀典的樂曲，諸如三個軍種加上後勤單位、禮賓儀仗隊的進行曲等等，先行儲備。

到了那個時候一到的時候，自然獨自然不獨的時候，理解原來自然獨夠嗆，自然不獨好順。

2016.11.2
一八四四

172 年前古歷史的風，依然輕輕拂拂，掠過了耳際，提醒著來澳門務必探看昔日《望廈條約》簽訂的舊址。

沒有瀏覽名寺裏的種種，逕行折轉踏抵後園，視線所及果然滄桑。初冬的陽光明媚但氣溫有些燠悶，當年簽訂條約的石桌石椅俱在，估計它們非汰舊換新的道具，全係真物的原件。過往傷口結成的時間之痂，彷彿早已脫落，這座名寺的後園，幾近荒廢，園中景觀兀自參差歪斜兀自粲然破敗著。

帝國主義強勢的後勁未曾弱化，我家鄉的那個島，猶在醺醺溶於享受，舊帝的餘暉與新帝的朝霞，除了甜美眾皆顧盼，舊殖的意猶未盡餘韻無窮與新殖的鮮樣多姿與蒼翠欲滴。

《望廈條約》另稱《中美五口貿易章程》，共 34 款。通過此約，美國不僅獲得了英國在《南京條約》及其附約中所攫獲的除割地、賠款外的全部特權，而且還獲得了幾項新的特權。例如：擴大了領事裁判權的範圍；剝奪了中國的關稅自主權；美國

兵船可以自由進入中國領海；美國可以在中國通商口岸租地建樓，設立醫院、教堂等等。

徐代德編著《背德的帝國——美帝國主義發展史話》（人間出版社／1990 年 7 月版），找來讀，為時未晚。

2016.11.3
再見澳門

兩岸四地的第四地——澳門，終於把它快馬加鞭衷心誠意卻匆匆的把它走了一過。

到澳門能真正的探底，非賭莫屬，澳門賭場林立，它是以賭聞名於世，號稱東方的蒙地卡羅。但西方的蒙地卡羅有一個愛樂管弦樂團，成績斐然，已逝的二十世紀法國鋼琴家弗朗索瓦（Samson François, 1924-1970）留下肖邦兩首鋼琴協奏曲的錄音，便是這個樂團協奏的成果。

今天下午的飛機回家，上午小友 Z 帶我去了路環，兩個人準備去各吃一枚，新鮮出爐的葡式蛋撻。我們沿著岸邊走"十月初五路"，秋末的海風吹過 Z 的兩個肩頭，吹進我的胸窩，天晴日麗，南中國海的天空蔚藍溫柔。

路環的觀音古廟、譚公廟、三聖宮都一一駐足，蓋了紀念章。就在"船人街"三聖宮隔鄰的隔鄰，不甚起眼，Z 說這一處蛋撻工場，係紅火名牌"安德魯"的下堂妻"馬嘉烈"的。

兩人走抵蛋撻店，正有一組拍攝人員錄影工作中，我們買好蛋撻走出店閃閃躲躲，深怕被他們以路人甲、路人乙錄進影中，也想找個地點把一枚十元澳幣的葡式蛋撻，趁餘溫尚存不讓它冷了。

回城裡有點路途，Z 建議就在蛋撻斜對街的美式速食解決午

餐。美式速食鋪天蓋地，我們兩人也無所遁形。

2016.11.4
澳門浮光

一．澳門公共汽車上的播音服務，與台北捷運車廂裡的站站叮嚀，都用了四種語言，可謂用心良苦立意至善可圈可點，卻過於繁複，雖不致於擾亂乘客的思緒，但應該可能有更好的方法創想。

澳門公車先播粵語，接著葡語，接著普通話，最後英語。台北依次是普通話、閩南話、客家話、英語（沒有播日語，未悉何故，這個痴心迷情的哈日狂）。

澳門方言講粵語，曾長期受葡萄牙殖民，回歸祖國後普通話用上了，使用英語的人恐怕比操葡萄牙語的還多，葡萄牙語反而成了聊備一格。街坊上貼於街路口處的白底藍字街路名牌，中、葡文兼備，無韻的飄逸著明朗而溟濛的幽隱。

二．馮至《十四行詩》的第五首《威尼斯》：

我永遠不會忘記
西方的那座水城，
它是個人世的象徵，
千百個寂寞的集體。

一個寂寞是一座島，
一座座都結成朋友。
當你向我拉一拉手，

便像一座水上的橋；

當你向我笑一笑，
便像是對面島上
忽然開了一扇樓窗。

只擔心夜深靜悄，
樓上的窗兒關閉，
橋上也斷了人跡。

　　任誰無論去過，或未曾去過意大利的水都威尼斯，這首馮至的十四行詩，值得細讀漫思。
　　從寄宿二十六層房裡，三片樓窗最右一扇狹小的斜角，勉強看見仿水都聖馬可廣場上那座標誌性高聳的塔樓，塔樓即店招，可能招來旅客，卻招不來成群的鴿子。
　　這家酒店的外觀也搞了一座水道上的拱橋，建築物的兩個側面圍著一大池水，水儘管靜靜的躺在池子裡。貢多拉的噱頭要進入它的中庭，付費上貢多拉，酒店的工作人員扮起搖櫓，距離僅幾十步之遙。除非目的要來賭一把，來賭的玩家，誰在乎酒店外部裝飾的是威尼斯拱橋，或巴黎鐵塔。
　　誰進賭場，輸家不斷深呼吸，贏家歡天喜地。

　　三・茶樓開設於 1962，看似兩間併一超過百坪，靠窗的牆沿四人座，中場擺大桌，菜單有護貝的，有壓在透明塑料桌墊下的。
　　午餐的尖峰已過，食客零星，選了毛澤東先生掛像下的一桌，除了毛主席的一幅，其餘兩幅懸在下方，三幅皆是 1967 年的陶瓷彩色作品，五十年過去，畫面煥然如新。

老式的茶樓，保持老式的味道，因為空間比較大的關係，又兼管幾些商品，總體顯得凌亂了一點，清潔衛生差強人意。旅人來此歇腳果腹，銀貨兩訖，別的沒有什麼閒語，牛肉炒河粉稍微鹹了。

四．魯迅與毛澤東分別寫過紀念孫中山先生的文章。在澳門文第士街一號紀念館，印贈的四折頁 DM，其上有一張中山先生元配盧太夫人的起居室。DM 英文簡介第八段第一句 "Dr.Sun's divorced wife"，中文簡介並沒有相適應的詞句。

哲人其萎，做一名平凡的參觀者，本不必如此錙銖必較。

2016.11.17
祭酒滿滿

島嶼文化多姿多彩的上層建築，上層建築其上上流與名流匯流，自四分之一個世紀定調定音以來，「政治正確」彌天蓋地起音管急弦繁，多年之後於今已轉為輕捻慢撫細水淙淙。

祭酒這項職官初設於漢代，至清末始廢歷兩千年之久。流亡來此一直驚魂未定，寢食難安的反革命流亡團夥，無聊空虛之餘搞起舊慣的文化復興，以空洞的形式主義，填補再也回不去，聊勝於無永遠自他們的形神剝離失落的中土，在反共即反中的實存中度日，年復一年。彼時父子世襲的政權，樹立了那一時期的「政治正確」，依日靠美更為順遂，已然分離勝似獨立，援引歷史便知其來有自。隨著 1988 年 1 月 13 日的到來，日裔的遺孕臥底登台，「政治正確」如魚得水，「政治正確」的最佳釋義即拿著香跟著拜，免去論資排輩先來後到，皆在歡迎之列。迎鬧熱神祇遶境，站在家門口念念有詞，把握在手中的線香，一支支與隨

隊的神工互換，保平安保富貴，將換得的神香集中，匯聚家裡龕
上的香爐。

　　祭酒一職全面恢復，而且年齡放寬沒有限制：90 歲的最
好，有沒有「德」無關緊要，只要流的血不是紅的，活在台灣的
人都知曉時尚又實用的顏色，島上全部的眼睛，幾乎犯了藍綠色
盲，除去藍綠，已經無力感應普天之下其他的五種顏色。80 歲
以下至 30 歲之間的各級祭酒，多所歡迎來者不拒，向有關單位
提出申請前自我審查，務必「政治正確」，最低限度要會唱那一
首東洋歌調《黃昏的故鄉》。

2016.11.22
悲慟之日

　　傳來噩耗
　　我即刻準備動身啟程，
　　前去參加你的告別式。

　　映真，
　　隔了十年不見，
　　這最後一面，
　　怎麼竟是出席哀戚悲慟的殯儀。
　　我將蕭穆站立，
　　你已框置於遺像裡，
　　可望而不可及。

　　十年前，
　　自得悉你臥病北京時起，

幽隱的忐忑便開始在我的思緒間游移迷離。

呵，
麗娜漫長的艱辛，
日夜陪依。

當代台灣歷史苛刻的重軛，
馱負一生，
終於卸肩。

不得不然的逝去，
擱下病體，
交給塵土，
從此輕盈如紙鳶。

我不用再牽掛了，
你煥然翔翔於任意的天體，
星散的惦懷在我的念中匯聚。

2016.11.30
告別的前夜

明日上午 10 時，要前往八寶山與映真告別。我投宿這家旅店的窗口，正好向著朝陽醫院東門的斜對面。

天色漸漸暗了下來，架設在醫院屋頂上端，幾個醫院的人力與物力的操持，LED 燈焰光波的干擾，緩緩的從陌生的招牌大字，紅通通的 LED 亮光側射照進我的房裡，照在不可能睡穩的

臥榻眠床。映真這一長段病體的醫療，端賴醫院裏疏離，轉化為寄情的謝意。不知有無空檔，可以進去醫院，看看映真住過的病房與他走過的廊道……

我的房間位於八樓，空間距離與對樓的紅光頗近。一個星期前，映真辦理出院，意味著他已離開人間。

睡不穩無論如何睡一點吧。

2016.12.1
別映真

映真，你終於溘然
從十年又五十七天的病體
從我千絲萬縷的牽掛
在冬之北京靜靜遠去

你已經痊癒復原
穩健的步履穿越記憶往昔
綠島歲月囚禁的風雨，以及
從南勢角提著愛吃的油飯

牽著麗娜往北走
一步一步爬上四樓我家
相聚，聽《黃河鋼琴協奏曲》

我曾經告訴你最後樂章
如果沒有了《東方紅》與《國際歌》
我們便不聽，你欣然同意

—— 於北京八寶山

2016.12.8
瘟疫的泡沫

　　陳映真不幸逝世的消息，傳回島內，頗令為數不少的台派人士與他們的同伙相互激騷了起來，嘰嘰咕咕的咒詛，幽幽隱隱的伏流，從各個陰暗的角落，浮上來交雜滲入公共空間，幫此地的日常生活增添異色，這些迫不及待的喪音，都萌生於預想的框架，並沒有產生什麼驚聳的效果，最多不過從逝者的磷光各取所需，其實白色帶藍綠色的火焰，除了給他們一定的溫暖，遞進他們的社會價值穩固社會地位，也同時映襯他們的醜態與窘狀，即當代台灣的曲筆裏屈節的具體呈現與總體展覽，這是一齣不約而同言不由衷互道哈囉虛情假意的低級發作。

　　十年前當陳映真病倒，自那時起，鞭苔之勁便開始試音，對一個無法答辯的病身施展為所欲為的霸凌。十年後，陳映真靜靜無奈遠離病體，在他影子的後方，霸凌者開始「鞭逝」，鞭逝的嘴型千奇百怪，鞭起鞭落揚起的誣衊之塵厚積，杜撰的假說試圖遮蔽陳映真，亟欲將之完全驅逐出境。

　　根據實際側觀，鞭逝的聲音儼然編成了隊伍，從伍的零星到排再依次疊高上升至軍團，聲勢浩大佈滿全台。舉隅如次：

1. 葉落歸根應係虛嘆之辭。陳映真生於苗栗竹南，1944 疏散回鶯歌的二甲九。初、高中時期與死黨吳耀忠搭火車，走讀於鶯歌、台北之間的軌道。與養家住過板橋。就讀淡江時期，借宿淡水鄞山寺三、四年。在綠島坐牢 7 年。1978 駐進中和南勢角，直至 28 年後的 2006 年中轉赴北

京，在北京就醫，麗娜陪伴度過艱辛的十年，方於 2016 的 12 月 1 日依依不捨送他遠行。1994.4.15. 他寫了《安溪縣石盤頭——祖鄉紀行》。陳映真的生之遊走，他的根，無處不在中國，中國的根已經包容了陳映真之葉的歸落。建議葉落歸根之思的人士，讀讀魯迅的散文詩《臘葉》，被魯迅摘夾進書裡的楓樹病葉，一片至今仍在讀者的視野斑斕著。終將死去的皇民，只好請軍國主義的餘孽來招魂接魄。美利堅外孕多餘的葡萄胎，就近讓 AIT 指派專屬牧師誦經超渡，生為台灣人死為美國鬼，如願以償。

2. 所謂的臥床之作。為何要臥床之作呢？喝一兩瓶「蠻牛」或「保力達 B」，不就可以振「坐」。魯迅寫於 1936.9.5. 的《死》認真讀過嗎，一個半月後的 10 月 19 日他便撒手人寰。《死》是魯迅的天鵝之歌，刺向權勢、富貴、安於現狀的既得小康。既得小康自己爭來的，別人無權說事，既得久了小康久了積累多了，都已經側身中產，中產的臥床之作，把酸腐都往別人的身上潑，好嗎？中產階級的聲勢不是要保持優雅的弧線，總不能讓人看破手腳嗤之以鼻，中產的溫和、寬綽只保留給自己。中產狐狸藏在褲襠間的尾巴一旦外漏，人性裏殘餘的野性自然流露，尖酸刻薄與冷嘲熱諷算前菜，火鍋的麻辣大家等它上桌。

3. 自號「論敵」的一尊，我在二十年前描繪過他，取名《慰安夫丫》。彼時他在海外幫忙指揮島內革命，黑名單後來染色成了金名單，如今他位居要津幫忙建國，返台初期他擔任伊黨的文身主任，文身的工作性質與文化宣傳等同，文身主任負責將伊黨黨徽刺畫在黨員的額頭，伊黨那些年收割奪走了黨外奮鬥成熟的果實幾乎全部的豐碩，準備與老 K 輪流坐莊，他回來坐享其成戴上烏紗當然亮眼。換位擔任教職還是後來的事，那時饔宮圍牆裏的台文系所，

如雨後春筍。

藍博洲近日有言，說今之「台文所」宛如昔之「三研所」，此說生動貼切而傳神，今昔無縫的嫡傳，千真萬確如假包換。借殼上市，戲碼老套駕輕就熟。

陳映真從來沒有把誰當論敵，他總認份孜孜不倦於對異化亂象的奮力批駁，他因此耗盡畢生之力，你的國都尚未建立，他只是掀開你的假面幫你理順中樞神經系統，淘洗腦裏偏錯了的意識主輯，要稱你為敵也可，因為你是美、日的附庸，美、日的馬前蹄子，迷失於美、日編織布置的誤區網羅。

裝論敵一番看穿了，策略運用，把後腳跟墊得不能再高，回頭論功行賞也許還有豐厚的意外獎酬。

對病中與逝後均無法言語的陳映真，這個頑主分分秒秒追殺猛打陳氏的背部，逞能、叫板、示威渾身解數。伊的歇斯底里若瘟疫的泡沫。

4. 1968「民主台灣聯盟」的告密者，據說是一名賭徒，賭徒是劇中角色配置的扮飾，還是真有其身，疑竇難釋。曾經與賭徒結縭同衾共褟的枕邊人，在各種場合用文學，用動態的影像懺悔、撇清，向姑且一聽稍縱即逝的感眾告解，仿佛無辜被牽連的受害者，竟欲將本就不為人知的劇情以後設的方式洗淨。

我卻依然困惑。愛人上床做完愛做的事，倒頭各自尋夢？日間的餐桌與醒時的互動，皆比手畫腳對視而啞絕不開口。純情當然純情，令人艷羨但純情的高度質量，易形增擴了懸念的飽滿。我很想學樣，與愛人上床，只是去睡覺，睡飽了即下床分道揚鑣。

閱眾畸形奇情的期待，可能是那些遮遮掩掩真真假假流瀉而出的八卦，加了油又添了醋的獨家，滿足社會心理窺視

讓枕邊人的荷包也增加了厚度。告密者與他的枕邊人，至今仍虛妄團團茫茫的迷霧。

5. 擁有地主階級身份的農林詩人，對於抬舉他的某某政工詩人的感恩戴德，可以理解，此乃一樁預期的意料中事，政工系統養成的詩人，係 1951.11.1. 政工幹校創建後，大力培植的反共意識形態的部份菁英，畢業於幹校日後編入社會，反共教條的播撒運用時鬆時緊姿態百般溫柔，他絕好的隱匿著上級交付，意識形態的特殊任務。政治工作的把握，是兩岸分斷歷史給予此間某些詩人的黏著，渾然一體難解難分，原來沒有政工成份的詩人，一旦經政工詩人熏染，幾幾乎的詩人全部自自然然的政工了起來。

農林詩人曾為政工詩人極力辯護，說後者並非發動襲擊鄉土文學的首謀。同時擺明不接受陳映真的國族認同，那麼他與陳的私誼不會是深不可測權宜的某種模糊。

下面這兩句出自政工詩人的話語，不知農林詩人與聞？！「詩人說，這個筆名其實是對于戒嚴時期的台灣政治當局的一種『命名的抗議』」（參見北京《讀書》三聯書店，2008.9. 總第 354 期第 60 頁）。台灣的讀者，最好把這篇唐小兵的文章找來讀一讀。

6. 1977 年中，陳映真為一位 Y 教授的新書作序，標題典出新約全書馬太福音第 10 章第 28 節上句：「那殺身體不能殺靈魂的，不要怕他們。」，連貫的下句：「惟有能把身體和靈魂都滅在地獄裏的、正要怕他。」。多年之後，Y 教授的靈魂，魂不守舍。

整整 30 年後的 2007 年末，我讀到 Y 教授批判陳映真載於《劇場季刊》第 4 期《現代主義的再開發》裏的「現代人的墮落、背德、懼怖、淫亂、倒錯、虛無、蒼白、荒謬、敗北、兇殺、孤絕、無望、憤怒和煩悶」，Y 教授批

說：「上述那些對現代主義的指責文字，則讓人似乎聽到斯大林時代蘇共文化舵手日丹諾夫的聲音。」。

斯大林與日丹諾夫對我既遙遠又陌生，倒是 Y 教授的文字，竟然回望留連已經明日黃花，國民黨亡靈文化特務死不透鬧鬼的沸騰。

Y 教授輕描淡寫「正如他嚮往純潔的愛情，卻又苦悶於現實生活中肉慾的困擾。」。這是道德的批判，還是批判的道德？我也曾走過 1960 台北西門町，漢中街萬國戲院對面《幼獅文藝》的那個年代，朱橋先生自盡於主編任上，原因未明，傳聞為情所困，傳聞不一定真實，但傳聞的漣漪除了朱先生，還有遺留在聽覺裏的其他角色，舊故重提實在對朱先生不敬，然而世事弄人……

Y 教授最為喋喋不休嚴苛至極毫無討價餘地的數落陳映真文學裏的政治主義，甚至斷言「到了這一地步，他的文學已經蛻變為政治主義的支流。」。政治主義是一項罪名？如果答案肯定，那 Y 教授已甘心投靠了欲加之罪何患無辭的隊列裏，有誰會惋惜？其實在投靠的行為中，Y 教授的意識裏也充滿了指揮他的政治主義，雖不足與外人道，卻也沒有遮掩一目瞭然。

文學院的教授，什麼主義的文學都教，唯獨不教政治主義的文學，更不教政治主義支流的文學。所有的教授全部持這種教法，還是 Y 教授僅此一家別無分號。

Y 教授頗慷慨大方，讚美陳映真："儘管他對現代主義一直有所批評，弔詭的是，他早期的小說至今仍是台灣文學中最優秀的現代主義作品。"。這幾句泛泛之詞，並沒有超出街坊鄰居一般評價的話語。要把陳映真的文學，抽離孤立出台灣身處的當代歷史，又厭惡他如影隨形的政治主義，而以現代主義越俎代庖粉飾包裝，恐怕會是 Y 教授

永遠的欠缺與迷思。

當代台灣奉現代主義為圭臬，却被現代主義的魔咒呼弄，難由自主任其天旋地轉不知所終。

2016.12.17
景德鎮的問候

景德鎮的上午接近九點，在數條通衢寬闊的交會處，大巴等待號誌紅燈轉綠繼續前行。行囊裡只加添了從三輪小販，伊輕聲邀買「好呷、好呷」，買下的兩包花生米，一包葵花瓜子與一包黑芝麻粉。景德鎮的瓷器，30 年前便臨門了，一應俱全。此間人為禁閉致兩岸庶民的水洩不通，却沒有完全阻絕封斷千年瓷都的流光，宛轉入境參與我家的日常生活。

一位路上的大嬸懷裡捧著一隻雞，雙腿飛快追跑著從她的手提，鬆脫的另外一隻。大嬸的塑料提袋，巧巧罩住奔竄的活禽，發出類如救命啊救命的急迫，咯、咯、咯、咯……綠燈亮了。

車窗外冬陽普照，冷而不冽，晴朗的咯、咯、咯、咯……猜想許是一隻矯捷的公雞，咯、咯、咯、咯……

之後沒有乘興挑選物色，一來各類瓷品均具份量，二來市場化後盡情的琳琅滿目，却不免而眼花繚亂，竊私獨鍾宋代白瓷或者青瓷的仿製，尋無影蹤。素樸寧靜的景致，消融多遠了，情狀如是，大抵稱不上渺小的失落。

三輪小販招呼著「好呷、好呷」。他鋪在攤車上的一包包，除了黑芝麻粉 20 元，其餘一律 10 元，10 元的買 5 包再加送一包，每包重約半斤多。問他怎麼會說「好呷、好呷」，回答「你們的樣子，一看便知台灣來的」。「台灣來的。」多麼有趣、神準，啊「台灣來的。」對號入座，無須片刻猶疑的弦外之音。

「你攤子上堆疊的這些些，台灣也全部都有耶。」，我邊從兜裡掏錢，邊對著他說。

　　千年之後「台灣來的」，在景德鎮上，與攤車小販互換問候。

2016.12.22
悼詩三首之三——等我，寄映真

甩開病體暗黑的蹂躪與跟踪
估計抵達天堂或地獄的岔口。
我的心懸著，百般放不下，
你到底走了沒走走了沒走。

也許還不習慣這樣子的淵默
好好休息吧，閉上眼簾永遠——
你已經辦妥該辦的事，塵寰
隨它繼續荒誕、逆流、猥瑣……

骨灰的磷光不偏不倚對準我
招手，暗示著要不斷重讀
儲存在書架上孜孜不倦，你

一生為故鄉深鎖的濃霧發愁。
留下箴言絕筆不再寫作
我明確你在字裡行間等我。

| 2017 |

2017.1.6
虎鞭遺事——小祭耀忠

　　耀忠，你棄世了 30 年，你那張與我淵淵對視的《自畫像》，依然靜靜懸在牆上，你的位置略高，我必須微仰相望。

　　死的滋味，死有什麼滋味呢？你盡情把死的悖謬私自留給我忖度、琢磨，而我卻真真實實又活過了 30 年。

　　有一件小事，你臨終前恐怕已經忘記了，沒有交待。我趕緊記在這裡，免得萬一日後痴呆，成了一起沉埋的告白。

　　某個農曆除夕夜與家中長輩圍爐餐後，繞轉過去長順街與你廝磨，你一人幽居，獨自咀嚼窗外遠遠近近，零零星星的鞭炮聲響。寡言的你，把我們一家四口引進屋裡，一句話沒說，問吃飽了嗎，也沒有回答。我示意小耕小耘兄妹，把阿公阿嬤給的紅包，送吳伯伯，才發現兩個紅包，不知掉在來時路上的什麼地方了。

　　一個人的客廳加進四個人，彷彿祛除了些微空間裡冬春之交游離的幾許濕寮。然而比起三峽老街上的老厝危樓，從屋瓦上鑲嵌了恣肆淘洗過多少歲月的風雨，重度污濁斜睨的那一小小格玻璃，陽光雖然大方，卻僅僅穿透一絲半縷，纖塵在疲弱的光暈裡舞飄；其餘的陽光，毫不吝嗇的都去照耀祖師廟前，那塊迷你的水泥空地；去照耀空地再往外走，不遠處緩緩而流的大漢溪。此處可好，鋼筋混凝土的公寓頂層，你把自己關緊，與世隔絕。

　　出乎意料，口齒不甚清晰的小耘，向你提議要求想看一看老虎的雞雞。你微笑著臉，質疑我怎麼連這種事，都轉述給了懵里懵懂的學前兒童，同時一個轉身，把盤了好幾圈的老虎的雞雞，從你的私藏處端出來示眾。

　　老虎的雞雞，你走後沒了下文，杳然無蹤。童言童語裡的老虎雞雞到底去了哪裡？

　　那一捆頗見份量的數圈虎鞭，少說也有一米餘長，耀忠貼身的珍寶，他計畫將之泡酒虛待以飲，搭配的中藥材與何種基酒皆語焉不詳，遲遲沒有張羅，一直停留在望梅止渴的狀態。至於此一珍寶源何而來，秘而不宣。耀忠並非毫無生產，他只是不善也不想理財，通貨若係身外之物，宜乎任其自然。他曾在一次酬勞的大船進港，約我與妻以及永善夫婦上華西街，饕餮了一桌盛餐，記得帳單他簽字了結，動作乾脆利落，留存於我舌尖上的餘味無窮。

　　耀忠執著離去已然三十載，去冬映真也加入逝者的行列。悵然沿著分分秒秒潛移，我為兩位亡友朗讀一首莎士比亞的十四行詩（第104首），馬海甸先生的譯文。

> 對於我，俊友，你永遠不會顯老，
> 自從我第一次遇到你的眸子，
> 你仍然是那麼俊美，打林梢
> 三個嚴冬刮掉三個美的夏日，
> 三個陽春都化為萎黃的秋天。
> 我看見了一系列時序在遷徙，
> 四月的芳馨三度被六月晒蔫，
> 自從我看見你，你仍俊美如昔。
> 啊，不過美也會偷偷溜走，就像
> 日晷的臂在移動，不為人察知，
> 你的愛，雖然我想它不會消亡，
> 也會瞞過我的眼睛，悄悄流失。
> 　　怕就怕在這兒，後生們，你們聽，
> 　　你們降生前，美的夏天已凋零。

2017.1.19
樹葬

聽一位小伙子透露，樹葬他亡父的隻言片語，方才知曉天龍國早已闢了兩處樹葬特區，好幾年了。他言及的治喪過程，簡單樸實，除了行政單位規定的必辦事宜，前前後後花了兩萬餘元新台幣，兩萬餘若是 22K，亦即一個剛從大學畢業，變身社會菜鳥領一份 22K 的工資，而 22K 若真可辦好一件慎終追遠的大事，這一組 22K 的數字，誰也說不準它不僅奇妙，並且頗不尋常；難以置信，卻不得不信。小伙子還說，樹葬的骨灰罈早先是玉米料製成的，可融於泥中，晚近直截了當使用紙袋，在選定的某某樹下，挖坑埋下千古。樹葬沒有墓碑，只有樹叢，只有不同季節的風吹過樹梢，大雨與小雨會聚的滴流成了滋潤。

懷思之事，隨人由之。

吾人對於逝者的便捷處理，彷彿愈來愈放得開，灑脫可圈可點。

2017.3.1
回味遵義

綠豆，在日常的煮食裡，都是甜的吃法。直到中學時代，在學校附近臨時搭棚老兵開的小食攤，才初嚐了綠豆稀飯，因為家裡媽媽早上的稀飯用蓬萊米熬的。大同電鍋尚未出現，粥、飯全在小爐子上熬、煮。

綠豆燉排骨，係貴州之行第一夜，在遵義晚餐桌上，進入視野並予以熟記的三道菜餚其一，回家備料且試試。小排雖嫩卻多油，中排耐燉；綠豆退火護膚，相得益彰。

另外兩道，一道碗兒糕、一道米豆腐。

純白的碗兒糕，約略二分之一個湯碗那樣的大小；相當於台灣過年多種多樣糕類裡的發糕。碗兒糕比較嬌小質細，吃一個還會想再來一個。我家昔時的發糕，母親把它們切成片狀，下鍋煎，煎到微焦，通常煎時甜年糕鹹年糕會一鍋煎，彼時那些年貨，都由媽媽親手自辦。如今它們全成了商品，既提不起購買的興致，吃不吃也無關緊要。

米豆腐取材食米，實體較為堅挺，劃切成小小塊置於盤中，筷子還方便夾入口，口感與氣味皆平平淡淡，咀嚼時不停告訴自己，現在正在吃遵義的米豆腐喇。

2017.3.8
捷運幾筆

捷運現在不僅僅只是捷運了。

趕著上班或去約會或赴宴的女子們，急步跨入車廂，尖峰時刻倚柱而立，離峰時刻擇位坐下，迅即打開手提袋取出化妝包，對鏡開始化妝了起來。女子有化妝習慣的，從閨密移往公共空間，自自然然順應著捷運快速的節拍，化妝這個環節逐漸非屬私事，從前在北淡線的火車上，不曾見過如此景象。

捷運明亮的一角，事實上捷運處處明亮。

女子化妝的一角，宛若透明度私隅在旁若無人的空間展敞。乘客進出匯聚散去，稀鬆或者擁擠，人人疏離。她化她的妝，絕多的都盯著手機與世界保持分秒緊密的聯繫。

寬大為懷的捷運與時俱進，它並沒有規範何事不宜。它也不過禁止飲料進站，車內播音禁嚼、禁食；上呼吸道異狀者請帶口罩。偏偏有的咳了不知道幾聲，才開始伸手摸索。

捷運明亮似客廳吧，在無須站立的行車時段，男青年的乘客偶會半癱，屁股溜著淺藍色的椅子邊沿，一雙夾腳鞋滑過走道中線，直到車子接近停靠，也才縮了回去。

小市民、小資與部分中產，不騎摩托，不開小貨車，不分期付款小轎的，捷運是他們極佳的代步工具。捷運車廂裡女子的化妝、男青年的夾腳鞋以及咳、咳、咳，無妨習以為常。

2017.3.11
祖師爺

爭產這種戲碼的不斷上演，在生產資料私有制大概永遠不會被滅絕的社會，小自家產大至公產，在偷天換日之際，從構思設計到踐之於實行，小的獨幕野台或大的廟堂廝殺，每一棚都好看，動聽；每一齣皆養眼、動人。

發生在現、當代中國，最大的一宗爭產（或搶產）活劇，乃國民黨反共的祖師爺運送來台的兩百二十七萬兩黃金（一兩約為三十七點五公克），以及自 1948 年末至 1949 年 2 月間，為數大約三千箱的文物（參見《最後的帝國軍人》）。這兩批鎮山之寶，穩固的物質與精神雙料基礎，支撐了流亡實體在海峽此岸的笙歌不輟。

《後漢書·光武帝紀》："我自樂此，不為疲也。"樂此不疲，樂此不疲。

從現、當代中國歷史流亡的反共祖師爺，嫡傳綿延的徒子徒孫，至今也換過好幾個登坐上了總督府大位。祖師爺連任五屆實際是封建宗法制的符碼，從 1948 年的第一屆至 1972 年的第五屆，1975 年駕崩，這帖符碼，牢牢地貼在台灣的門楣上幾近三十年。往後的總共六位換班，他們施政的綱領均承襲祖師爺的

密旨，然而祖師爺依然放心不下，於是密集的在台灣行腳的各處，肅立數不清的銅像，高高的冷冷的遠遠的，監視著他們總督座位上的坐姿，讓他們夙興夜寐而非飽食終日。

更迭接班人的歷次選舉遊戲中，最搞笑 2004 年，臨街拜票伺機出台的行動劇"兩顆子彈"，簡直天衣無縫，致輿論幾乎底定的選情為之翻轉，選舉遊戲的能耐眾皆啞口臣服，上算與失算各自回競選總部清算，原本勝券在握的一方搥胸頓足欲哭無淚，預先擺好的慶功宴尚未冷餿，換個名稱照吃不誤，吃飽後嘻嘻哈哈，沒有如喪考妣，也不存在往昔殯儀之後，食罷喪家的備席默默而離。

近些時黨產之爭又見鬧騰，鬼打牆、鬼畫符、鬼剃頭兼而有之。活無常這些鬼物們，全由真人扮飾，這些真人們的七病八痛，找誰來包圓兒呢？

至於中正廟的更名，愛怎麼著便怎麼著，反正又不能鏟得平平，使其恢復舊觀。中正廟從無到有再從有到無，中正廟若自台北市的愛國東路蒸發，也不保證原本跌坐於其間的幽靈蒸發。那個不可能發生的未來，想像中綠化之後的草坪，草坪上的吹風，吹拂著面迎四季開放的花朵，吹向喬木較高處的樹冠，再下俯灌木叢生的葉脈。風的來處自由，去無定所。

兩全其美，將中正廟整座移至諸蛋頭集思廣益的定點他處。坊間不是曾經有過搬家公司，可將地上建築體離地牽引至他處而無損原物，中正廟如此的龐然大物，對搬家公司而言恐怕止於夢魘的狂想。

2004 年的愚人節，我為"兩顆子彈"寫首詩：

子彈到底幾顆，幾顆子彈
誰問，誰舉手，問誰
正規兵工廠早經授意陸續打烊

廠長想要，不要換黨
回家坐在電視機前呼嚕嚕打鼾
涎垂三尺比夢還長
有的招呼席哈克，有的撞倒密特朗
幻影兩千，拉法葉追贈尹清楓少將……

前面那一顆快閃失卻準頭
活脫台灣本土版曼波
實體鮪魚肚內臟也得躲開惡臭
後面那一顆屏息精心
貼緊下腹膀胱上方浮潛穿透
翩翩降臨假的真神團夥
真的假鬼閉嘴全部轉身向後
一切詞藻形容寧非世俗的形容

江湖幕啟遠及開天闢地
江邊泥淖而湖心妖嬈
潦落去，潦落去
勒驚蝦小
摸啦啊兼洗褲勒驚蝦小

銅彈頭鉛彈頭莫非昔日蛋頭
鉛彈殼咳咳銅彈殼也咳咳
聾子聽見？槍聲邈邈不知去向
炮竹煙霧瀰漫至白
除了盲者，目睭攏總 key 勾到屎

民間各業也都有他們個別崇拜的祖師爺；諸如理髮業─呂洞

賓、裁縫業—軒轅氏、蠶絲業—嫘祖、木匠業—魯班、中藥行—李時珍、梨園行—李隆基、占卜業—鬼谷子、釀酒業—杜康、茶葉行—陸羽、風水業—劉伯溫等等……。

反共業的祖師爺呢，就是知名不具的那位？？？BJ4。

2017.3.17
陳映真的跫音

1.《鞭子與提燈》，係陳映真為他自己，以另一個筆名許南村，在上世紀 1976 年底出版的文論集《知識人的偏執》，寫的一篇微型敘舊也兼諍勉的自我期許，陳映真風格的文理可見一斑。是書共收文十三篇。除去前三篇《關於陳映真》、《試論陳映真》、《試評〈金水嬸〉》等，寫於 1975 年出獄後，其餘十篇均寫於 1968 年坐牢之前。

熟悉陳映真的寫作狀況與他一生的營為，便得以參透他繪定何謂"鞭子與提燈"這兩個複合名詞連結的真諦。當然這兩個看似靜態的名詞，內蘊動態的能量，旁證了陳映真的身影，他非僅靜而寫，他同時動而行。

《鞭子與提燈》一文寫作時間落注於 1976 年 9 月。此前一年的 1975 年中，他剛坐完美蔣集團聯手共構的七年黑牢獲釋（1969 年 1 月 4 日，台灣警備總司令部判決書上載，判處有期徒刑十年，褫奪公權五年）。他 1968 年被投獄時，已完成《麵攤》至《六月裡的玫瑰花》計二十五篇小說。這些小說宣洩了，出生於日帝侵華之年，1937 年年底的陳映真，自弱冠及至青年，若干成長的幽思；早慧的政經體察；與明確無誤對於弱小者不幸的體恤；以及國共內戰葛藤的殘跡，蔓延至台灣其遺緒迷濛耐人尋味的淒楚。

　　上揭《試論陳映真》一文寫於 1975 年 9 月 26 日，為該年七月份他步出囚牢短短兩個月後，執筆反思過往的寫作記錄加上禁忌的活動並予以總結。在白色鎮壓彌天蓋地遙遙無期的戒嚴時代，陳映真將鞭子與提燈這兩個古典的器物意象化，鼓勇且嚴於惕己，而他矢志不渝的，他自己非常清醒的認識到：

　　在一個歷史底轉型期，市鎮小知識分子的唯一救贖之道，便是在介入的實踐行程中，艱苦地做自我的革新，同他們無限依戀的舊世界，作毅然的決絕，從而投入一個更新的時代。

　　2. 陳映真是，一位高度自覺自悟型的作家，應無疑義，上引的一段警語類同 "鞭子"，而這樣子的鞭子，在《試論陳映真》通篇適時出現，隨處可見。當代台灣截止至今，尚未讀到個別誰試論的誰自己。陳映真的自省審視鞭辟入裡，不遮掩護短飾情、拖泥帶水混沌未明，他決然果敢的判定《我的弟弟康雄》中的康雄、《鄉村的教師》中的吳錦祥、《故鄉》中的 "哥哥" 與《加略人猶大的故事》中的 "猶大"，這些角色投射附著在他，二十歲初度早熟青春，改革主義的空想性格，他也毫無保留的鞭笞了其他篇什（在《我的弟弟康雄》裡，有一句獨立的 "所以我要告狀。" 這個獨立的字句，充滿玄機與伏筆，不會單單只告小說裡 "初生態的肉慾和愛情，以及安那琪、天主或基督" 五項謀殺者。小說外部世界無所不在那些有血有肉人模人樣的撒旦欲告無方。）。

　　1968 年年底，他被警備總部保安總處逮捕，暫時擱下二十五篇小說，流放去了綠島。

　　1975 年他以這篇自敘的文學之鞭，謙抑的把自己的軀體與魂靈一併迎回故里。

　　陳映真以文學之鞭，揮別過往，而以文學虔虔的提燈尋思，

燭照未來。

他坐牢之前的二十五篇小說，一般論者無不舉薦為現代主義的佳作。而他自己卻論說其中的某些 "……不健康的感傷，正顯示出市鎮小知識分子的那種脆弱的、過分誇大的自我之蒼白和非現實的性質。"

3. 從 1978 年 3 月的《賀大哥》到 2001 年 6 月的《忠孝公園》計十一篇，是陳映真最被詬病，所謂 "意識先行" 的小說。

若意識先行的小說不是小說，那麼什麼樣子的小說才稱得上小說？

編列天文數字的軍購、去靖國神社悼亡皇民的長兄、航機不許飛越海峽中線、礙難進口內地盛產的蘋果。專政者決策的每一件不都要意識先行？意識先行之後便不由分說。原來當權派只許意識唯我獨尊先行，卻鄙薄所謂 "意識先行" 的小說。意識先行的評論家，以他們卓越的先行意識，評點著陳映真的 "意識先行" 創作的洋洋灑灑的小說。當權派的意識先行對陳映真的意識，佈滿誅滅的怒責之聲。

當代台灣在歷史曲扭的撥弄下分斷，屈服於政經強控制的鎮壓。長達四十年的 "戒嚴"；美援加速資本主義生產方式的改造；"白團" 的魍魎騷動魅影幢幢；靈異妖魔裝扮如常。這些罄竹難書林林總總的先行意識，調節著三萬六千方公里悠謬的生息，直至解嚴，從此擬態固化而至於斯。馬克思的論說果然到位 "統治階級的思想在每一個時代都是佔統治地位的思想。" 而陳映真也直面回應：

寫小說目的很簡單，就是宣傳，宣傳一整代足以譴責眼前犬儒主義世界的一代人，小說的藝術性就是為我的思想服務的。我公開承認我是一個意念先行的作家，……

事實上陳映真入獄前的小說並不隱晦。"自由知識分子的那種無氣力、絕望、憂悒、自我厭棄、百無聊賴，以及對於刻刻在逼近著的新生事物底欲振乏力……衰竭、蒼白……"，恰恰是身處一片白茫茫的世界，敏感青年微弱喘息的萌芽，白茫茫的世界，不就是魯迅筆下的那一間黑黢黢的"鐵屋"。

4. "嚴厲的鞭子和腳前的提燈"，陳映真以這一組警句，催促並訓勉著自己。無意藏私，同時也砥礪有志者結伴同行。鞭子揮動的勁聲不停的在空中迴響。

陳映真的這盞"提燈"，致我思及魯迅《藥》裡，出現五次的那盞"燈籠"。提燈與燈籠時空相隔幾近六十年，提燈與燈籠在個別文章中，擺置的景況互異，關聯的可能性幾乎沒有，但提燈與燈籠總是要用它柔弱的光焰燭照黑暗。

純寫小說嗎？在陳映真看來恐怕純寫小說無濟於事，時勢嚴苛的燃眉之急，在視域的可及之處與聽覺的有效範圍，夜以繼日的轟鳴。小說容納"參予"與"介入"兩項的含量，不若雜文（小說以外的文字）及時、快捷，只好暫難忘情的把小說創作，依依不捨輕挪桌角，奮筆疾書雜文。於是雜文的總量豐碩，遠遠超過小說。

1985 年 10 月至 1989 年 9 月整整四年，他全副精力專心致志辦刊，應允永載於台灣文化史冊的《人間雜誌》。四十八期十六開的"報導與攝影"，記錄了陳映真"參予"與"介入"當代台灣社會底層、環境與實存的人文關懷。上述暫難忘情，到底沒有忘情，1987 年 6 月號《人間雜誌》第二十期上，他發表了中篇《趙南棟》。

結束《人間雜誌》，他繼續主持"人間"出版社，不間斷出版與台灣命運息息相關的各類書籍。

2016 年 11 月 22 日，他緩緩走進歷史。留下裊裊的陳映真的

跫音。

　　"在中國走出前·近代的社會；從歷史的近代向著歷史的現代衝刺的過程中，我們深切地期望藉著為在台灣的中國人所共同關切和喜愛的當代文學、音樂和藝術，使分離或有相分離的危機的中國人重新和睦，為中國的再生和復興而共同努力。"（參見〈試論陳映真〉／《知識人的偏執》）

　　（本文發表於"鞭子與提燈：陳映真文學和思想學術研討會"2017.3.18-19／兩岸關係和平發展協同創新中心·廈門大學台灣研究院）

2017.3.20
一八四二

　　一個上午，走過廈門的幾條小街大道，那麼巧，它們的乾淨度，比起我來自的所在，都比較悅目。路上行人邊走，邊抽著紙煙的，轉個角或慢慢繞彎煙味裊裊虛飄，却彷彿不見路沿躺落的令人生厭的煙蒂屍頭，是癮君子的不率性而為抽完即扔，或清潔人員的賣力不斷清掃。

　　下出租車車資，支付寶。快速跨步大馬路進入第八市場，在左邊第一個水果攤，秤四顆紅肉柳橙，支付寶；枇杷一斤半，支付寶；閩南的麻花，支付寶。漫盡超過百餘公尺傳統市場的腥濕五味，如果僅只輕聞覽觀，生鮮活盉無所不在，我的原鄉之音閩南話語此起彼落，則支付寶無須上場，可以免矣。

　　黃勝記1842。七個浮雕大字，懸貼在市場尾十字路口的古樓棱切面，這爿肉鬆店，自廈門被迫開放為通商口岸，已經產銷了175年，而175年後當今的英國佬，正在處心積慮編排如何

脫歐，這支唐寧街十號狐狸，狡猾如故，銘記不忘利己為天經地義。

　　搭 32 號公車回虎園路旅店。四個人沒一個兜裡有小鈔，10 元紙幣為難司機怎麼找零，司機先生也無絲毫猶豫，立即揮手請坐免費。

　　不要小覷一塊錢車資，它體現了司機先生大大的美意，發散了社會主義小小的美麗。

2017.5.1
《大獨裁者》

　　352 這一組數字，係聯合國公佈，近期一段時間，美國使用它的先進武器，襲擊伊、敘兩國部份地區死亡的無辜平民。據信這僅僅會是表面數字，實際的冤魂鐵定超出這些區區。廣大第三世界的生命如此悲運，也只能眼睜睜看著聽著，愛莫能助徒呼奈何。《孟子·公孫丑上》：「惻隱之心，仁之端也。」，孟子幸好非生於今世，要不然他唸完這一句，下一個動作，可能暫時先把頭扭過去。

　　冷血嗎？自殖民主義興起，參加殖民俱樂部的會員，哪個不冷血，於今為烈而已。

　　二戰後，兩員超強惡棍以北約、華約分庭抗禮，其後蘇聯解體，順理成章形塑單霸。蘇聯解體時，我恍惚遙感列寧在遠方間歇的嘆息，我無疑沒有幻覺而生理正常，而誰又為他安撫黑暗裡的悲傷。好在躺臥墓中的列寧，已經沒有什麼可以失落的了，有失落感的後生，聽聽肖斯塔科維奇的曲子，哪一首都合適，寫於 1926 年的第一號鋼琴奏鳴曲〈或翌年配器譜成第二號交響曲《十月》〉，嫌太嚴肅的話換，換分別寫於 1934 年與 1938 年的

兩首《爵士組曲》。

　　以殺別國人民為樂，而且肆無忌憚的虐殺，等同喪心病狂。
鬼域中也有好鬼，吾人民俗裏的中元普渡，把陰間的好兄弟都伺
候得個個心滿意足，不鬧人間。但喪心病狂列屬惡鬼。

　　最令人望而噁心的，當屬蘇聯解體後，那一批空心人（艾
略特語）扮成的活惡鬼，魔頭自詡與救世主，偏偏救世主專司毀
滅，毀滅他者的算計裏，其實暗藏著自噬的定式。狂徒的末路天
誅地滅，彼一日降臨之際，它若來不及阿門，我願加入會眾為它
默禱。

　　1938 年卓別林在舊金山附近的一處海濱，開始編寫《大獨
裁者》劇本，德國的外交人員和美國的法西斯組織對卓別林全
力施壓，要他放棄該項工作。1939 年《大獨裁者》進行拍攝。
1940 年卓別林遭到「非美活動調查委員會」控訴，10 月 15 日
《大獨裁者》公演。卓別林不會只恭維希特勒一尊，他同時也點
描醜陋法西斯諸相。一個滑稽突梯的希特勒殞於非命，不知死活
當今的某些五月花後裔，正扮裝活鬼合演不用換幕的單元劇，大
獨裁者分身殊體，奇形怪狀不斷遊走於舞台聚光燈的亮處，面向
當今之世發號施令比手畫腳。

　　2003 年自伊拉克被襲擊至今，已過去 14 個年頭，阿拉伯文
化的輝煌，在連綿戰火的摧殘踐踏下，正日漸黯淡，無所遁逃的
生命在斷垣殘牆的陰影裏流離失所。世界文明發源地之一的兩河
流域，已經陷落消失無從尋索。

　　352 條沒有留下姓名，無辜的生命不足惜！他們在大獨裁者
按鈕瞬間化為灰燼。352 條以外，還有幾百、幾千、幾萬倍，數
不勝數的 352。

2017.5.28
古典的麻煩

　　拉赫瑪尼諾夫的曲子，若只想聽一首，不妨試試在 28 歲上 1901 年底，他為大提琴譜的奏鳴曲。作曲與鋼琴兩手皆粲然，但留下的室內樂卻極稀，沒有編號（含未完成或遺失）的七首，編號的 2、6、9、19 不過四首，編號 9 的《第 2 號鋼琴三重奏》，係 1893 年悼念柴科夫斯基之死的《悲歌》，再就是這首 g 小調，算他的巔峰之作。

　　怎麼聽？這首曲子四個樂章，從第三樂章 Andante，行板；行進的，活動的，開始吧。按重複鍵，讓音樂一再迴放。四分之四拍，三段體宛如夜曲，甜美安詳。鋼琴琶音音形浮出主題，這樣的手法，蕭邦不約前來如影隨形。確定只聽這個樂章的話，到此為止，不用往下。真的想換，換第二樂章 Allegro scherzando，詼諧的快板。八分之十二拍，也是三段體，首段曲中充滿拉氏專擅獨特暢旺的抒情，末段拉氏要聽者知道，他懷有李斯特類型的技巧。再換，換第一樂章 Lento–Allegro moderato，慢板─有節制的快板。開頭序奏，如同音樂會的序曲，這個樂章有兩個主題交融出現，鋼琴的華麗重疊大提琴的激烈，曲長近十一分鐘。最後換第四樂章 Allegro mosso，活潑的快板。這個樂章也設計兩個主題相互糾纏，大提琴的複弦與撥奏，鋼琴的琶音與持續低音。這首以 g 小調為基調的奏鳴曲，卻以 G 大調的精壯結束。

　　聽古典蠻麻煩，複雜冗長，能不誤入歧途，節勞疲於奔命最好。

2017.5.29
膨風

　　膨風，pòng hōng，操閩南語的人士，人人皆可領會其意，它接下去聯結飽脹 bǎ dniù，或者單說脹風 dniù hōng，都在形容脹肚子的樣子，屬於正解的範疇。

　　而在其他的場域，膨風，往往被嘀嘀咕咕成了誇大其辭之嫌。比方島上各地方興未艾的夜市，因為陸客驟減，由原來的觀光盛景換幕關光熄燈；大型遊覽客車，安靜並排在停車場，也晒太陽也受風雨；景點酒店無所事事，櫃台每天擦得晶亮，亮光鑑不到導遊下巴，乾乾淨淨不惹塵埃。這些種種種種，都有部分可能的真實，但某些誇大其辭，膨風了，陸客尚未光臨的日日夜夜，不也歌舞升平，奶茶賣得超好，青蛙蛋粒粒飽滿。今年鳳梨豐收，如果鳳梨酥少產減作，也不見賣價微調向下，害得鳳梨吃多了，鳳梨臉快要上街遊行了。

　　膨風還好沒有養成全民的集體習性，殊相非不可議。膨風一類陰陽怪氣，比較匯聚在凱道週邊，氤氳盤旋於一府三院空際，自此方圓放射傳導給各處性向雷同的公知、學者以及均質的蛋頭，要膨一齊膨，要風一齊風，膨風只需出一張嘴，坐在既得的位置，準備著百應等待著一呼，萬一掉隊跟不上，榮華富貴逐級滑降。

　　一般餐間的膨風飽脹，吃一點"張國周腸胃藥"理順消化，不至妨礙日常的生活規律。

2017.5.30
端午

　　端午節當非應景，餐桌上的兩份肉粽，台中親家娘製作的，樸實不花哨。當今之世，有幾處人家，誰還興念勞作自己動手包粽？大約都隨意打探吧，自從開始買粽以來，可口的絕無僅有，既買之則吃之，民俗這種生活中的調劑，彷彿只剩細嚼慢嚥一途，不能因噎廢食，據說營養師還建議搭配，多種高纖維蔬果幫助消化，禮遇腸胃不讓它們，在密閉的腹腔受盡委曲。萬一他們硬要抗議，自家又解決不了，那就摀著肚子趕緊去尋急診嘍。

　　舌尖上的記憶，兩款粽子香飄遠，其一婚前年年媽媽端午包的；另是婚後妻祖母年年端午包的。而今她們皆已缺席人世，好吃的粽子真不知道何處得找。

　　上世紀七零年代初，本省正籠罩在戒嚴肅殺的緊箍，我涉足於彼時廣大政工系統，撒網甜蜜樂淘無垠現代主義的迷霧圈套，頗寫了幾些人云亦云不知所云的現代詩。

　　某日，在新生南路台大校門口附近的禁書地攤，與一冊淺灰色上膠封皮的《神話與詩》不期而遇，書裡的第二篇《龍鳳》整整四頁，啟發了我，亦即該書的作者聞一多啟發了我。那冊書後來送人，因為近、現代史，已與我初步接攏，讓書往後傳，繼續去與別一個閱讀者接攏。

　　1989 年年初，在香港買到開明書店現代文學叢書之五，四卷本《聞一多全集》方才了然《神話與詩》單行本僅係全集的第一卷。1994 年，湖北人民出版社出版《聞一多全集》，全十二冊。上述開明版的四卷，濃縮成了精選本。

　　禁、禁、禁，那有不禁的道理，流亡政權從前流亡一路禁抵後流亡。聞一多何許人，乃五四以降文化重鎮之一，集詩人、學者、民主戰士於一身，成績斐然傑出。1946 年 7 月 15 日，撲倒

在反動派特務的槍下。

《神話與詩》單冊，內收文論 21 篇質量豐厚，攤商在盜印販賣的過程中衡量輕重，已於事前刪去〈郭序〉、〈朱序〉、〈事略〉、〈年譜〉。

吃了粽子，讀聞一多先生《人民的詩人 —— 屈原》裡的一節：「儘管陶淵明歌頌過農村，農民不要他，李太白歌頌過酒肆，小市民不要他，因為他們既不屬於人民，也不是為著人民的。杜甫是真心為著人民的，然而人民聽不懂他的話。屈原雖沒寫人民的生活，訴人民的痛苦，然而實質的等於領導了一次人民革命，替人民報了一次仇。屈原是中國歷史上唯一有充分條件稱為人民詩人的人。」

2017.5.31
鬥士

鬥士、鬥士，首先令人聯想到鬥牛士，生產鬥牛士的那個國度，縱橫肆虐掠奪戕害拉丁美洲五百年，把幾乎全部的金礦銀礦各類好礦，驅迫土著開採殆盡，卻也花得差不多光光。五百年，把原來純種的印地安人，都混了血。早期曾經創造高度發達的瑪雅、印加等文化歷盡滄桑，被征服哀鴻而無言。印地安人並曾首先種植玉米、馬鈴薯、西紅柿、奎寧等等。南美的印地安人早已無淚，而北美的呢？北美的印地安人尋無蹤跡。

當盯著虛擬的網絡熒屏目不轉睛，剎那間，一組四字詞跳蹦出來，「鬥士」兩個字太吸眼球，急促往上聯結冠詞兩字「人權」。哎呀，人權鬥士，斜披著彩帶。上個世紀下半葉，許多人權鬥士被當權派無情鎮壓，亂葬崗上猥小的墓石，徒留空名，那些人權鬥士的屍骨，已埋進歷史的荒陬。殘餘活口倖存的人權鬥

士，斷斷續續返回故里，重整家園艱辛備嚐，沒有誰獲邀寵幸媒體而風光滿面，不，他們皆硬朗不事巧言令色，無聞默默。

傳聞那個鬥牛士戲耍鬥牛，據之以廣招徠，不免某種程度譁眾取寵的國度，準備廢掉此樁樂事，文明與野蠻兩端各執一詞，無庸互讓。鬥牛仆倒於鬥牛士的尊前，應為意料之中，鬥牛士獲頒兩只牛耳的光榮。但若相反，意料之外，鬥牛士被那一對雙挺的犄角頂了起來。

2017.6.17
暢想曲

陳映真二進宮時，情治單位的專職人員，負責審訊他的特務，輾轉從訊息的飄寄，獲悉彼已受洗，受洗何義？我單方片面解析，彼在彼所崇敬萬能的神祇尊前，相信彼在人間的贅累通過懺悔，彼仰仗神祇幫彼清理舊跡，包括經由神祇的通聯，傳知既使已然逝世的陳映真，大家和解，和解至真至美，和解盡能臻於至善。

陳映真存世 80 載，存世雖係生生不息的載體，存世亦即他身臨其境，並且常常言及並訴諸文字的所謂縲紲，因為他的存世，他從不懈怠，專志終極於人之解放奮戰，雖勢單力薄伏櫪伏櫪千里萬里。

伊去了死地哪裡何人得據。伊存世時的神祇伊逝後依然神祇，神祇傳知伊關於和解的暢想曲？

2017.6.21
兩個謬誤

　　兩個謬誤的概念相沿成習，經歷了多個世紀，一個關於時間的「1492」，另一個描繪空間的「新世界」，知識慣性源遠流長，慣性模鑄惰性，不能不佩服殖民者雄才大略的處心積慮，郁郁難返。

　　「美洲的發現」這個詞語，兩度出現在馬恩的《宣言》裏。十九世紀捷克民族樂派作曲家德沃夏克，1893 年置留美國期間，譜寫的 e 小調第九交響曲，作曲家標明《來自新世界》（中文僅約定俗成三字《新世界》）。此二樣事例，輔佐了名家之言說，在無形中推波助瀾卻隱伏暗藏著有待商榷。

　　芝加哥伊利諾伊大學的地理學教授 J.M. 布勞特，論述如次：

　　「歐洲中心傳播主義的核心神話之一就是關於（所謂的）美洲的發現。」
　　「歐洲人沒 ‘發現’ 美洲：這裡住著幾千年前由西伯利亞北極地帶遷移來的人們。因此我傾向於不要把歐洲人的到達認為是 ‘發現’。同樣關於西半球是《新世界》的思想也是虛假的，因為對住在那裡的人來說這個地方很難說是新的，他們在 1492 年迎接了哥倫布的到來。」（參見《殖民者的世界模式—地理傳播主義和歐洲中心主義史觀》）。

　　名家難免漫不經心，誰又奈何。名家偶現的漫不經心，只好理解為無心之意。名家思慮容許百密一疏，吾人作瀟灑狀不與之計較。

　　真正漫不經心的還大有人在，十九世紀西班牙也數民族樂派

的作曲家阿爾貝尼斯即是。1886 年他寫《西班牙組曲》，這組鋼琴獨奏曲，原來他只創作了 4 曲，他留下手譜遺稿 1、2、3、8 四曲，4 至 7 號另四首有題無曲，作曲家死後，出版社擅自從他的作品中選取填入。出版社自認填入的曲目適當，在「擅自選取」的行為裡，當然也充滿諸多漫不經心的成份。

阿爾貝尼斯手譜的第八曲標題《古巴》，是一首 Capricho，奇想曲。這個曲子據聞獻給當時的國王，那麼可以揣想作曲家也扮飾了某種程度的諂諛。1511 年，西班牙人登上古巴島（參見《西印度毀滅述略》），征服者在此已殖民了 375 年，唱片裡關於這首 5 分 24 秒曲子的簡短說明 "cuba"（still belonging to spain at that time）。阿爾貝尼斯的殖民者之姿自在飄逸，而古巴屈服在他西班牙密不透氣的鐵蹄。讀聶魯達的詩吧，他寫得多麼真切。

《現在是古巴》　　　　　聶魯達　詩／王央樂　譯

然後就是鮮血和灰燼。
後來就只剩下了孤零零的棕櫚。

古巴，我的愛，他們把你綁上刑架，
他們割掉你的臉，
他們砍下你淡金的腿，
他們敲碎你生殖的器官，
用匕首把你刺得七孔八穿，
把你宰割，把你焚燒。

那些滅絕一切的人，
從糖一般甜的山谷走下，

而你的兒女們的頭飾
卻在高丘頂上的濃霧中消失。
然而他們就是在那裡,
一個個地被追逼,直至死去。
他們那溫馨的土地,
花草之間藏著花朵的土地,
失掉了痛苦,把他們裂成碎片。

古巴,我的愛,什麼樣的震驚
使你出了一陣泡沫又一陣泡沫,
直至讓你變得
單純,孤單,邋遢,沉默,
而你的兒女們的骨殖,
則正在被螃蟹爭奪。

2017.6.25
陪產

　　我那位正在替換乳牙的虎孫,即將結束國小一年級的學程,準備迎接興致盎然滑板車漫漫的暑假。可巧,他媽媽比預定早半個月,生了雞年的弟弟,他與他父親互牽著手進出醫院,啥事也懵懵懂懂,只當一員盡職陪產的小虎哥哥。

　　七年前小虎哥不偏不倚挑準端午節光臨人間。他母親伴同我兒子去內地工作六年,結束蘇州業務前懷上他,回來台北。他綣縮窩居在他母親胎裏的前半期,通過母親無疑吸取了許多蘇州流光、詩韻與水米交融的養分。

　　兒子轉知,雞年弟弟在媽媽肚子裡,孕了 37 周加 6 日,共

計 265 天，如果不提前 15 天，預產的標準盤算 40 周 280 天。上午跑了一趟醫院，無功而返。下午再奔產房，三名醫師兩位護士相關配套來不及用上，雞年小弟弟急急呱呱墜地。預產期無非惠請記住的參數。半世紀前小耕配合標準預產如約前來，他妹妹小耘遲遲姍姍，預產日了無消息，討論後大夫要幫我們接生，整裝待發，稟報妻祖母時被阻，老人家明快給一句，「他要來讓他自自然然來」。

七歲的虎孫知道媽媽生弟弟，他微調一下下，大家都稱呼他哥哥，哥哥彷彿有點靦腆了起來，他爸爸略略感覺到了，靦腆隱晦著剝離童年分分秒秒的稚幼與無猜，羞澀還很遙很遠，牽爸爸的手陪產，過幾天接弟弟、媽媽回家。

2017.6.27
範兒的殘餘

整整六十七年前的彼時今日，海峽分斷兩岸分離，這塊島嶼成了範兒最後的根據地，六十七年的波譎雲詭，六十七年的興衰隆替，範兒漸漸耗盡，範兒行將淪落變身虛嘆斑剝的殘餘。

先行複習朝鮮戰爭大事紀前四天的記憶：

1950 年 6 月 25 日朝鮮內戰爆發。

1950 年 6 月 26 日美國總統杜魯門命令其駐遠東的空軍、海軍支援南朝鮮軍隊作戰。

1950 年 6 月 27 日杜魯門發表聲明，公開宣布武裝干涉朝鮮內政，並命令其海軍第七艦隊侵入台灣海峽，霸佔中國領土台灣。同日，美國操縱聯合國安理會通過非法決議，以「緊急援助」南朝鮮為名，為美國拼湊侵朝軍隊。

1950 年 6 月 28 日毛澤東主席、周恩來總理兼外交部長分別

發表講話和聲明，反對美國武裝干涉朝鮮內政和侵占中國領土台灣。

範兒便是在上述四日後的隔晨，被從襁褓日夜餵養，殷殷調劑，細緻呵護，諄諄教誨，方始長成今日。

範兒類型繁多應有盡有，無庸諱言皇民範兒舉目可及，貪腐範兒西裝革履，政工範兒彬彬文質經綸滿腹，菁英範兒繁衍範兒菁英。上述朝鮮戰爭前四天的記憶，與不幸集體罹患歷史失憶的範兒們不發生聯繫。

範兒的殘餘也許如果萬一出現奇蹟。

2017.6.29
《中國百年新詩選》

昆明周良沛先生，一人獨力編輯的《中國百年新詩選》，由長江出版傳媒／崇文書局出版發行，三卷六巨冊厚逾三千頁，已經於六月十六日在北京首發，先行印製的打印本 50 套其一，今日寄達，可喜可賀。

茲將周先生為套書撰寫的編輯旨意，印於每冊封底，錄下廣而告知：

> 這是一部以詩呈史的新詩百年史略。
> 這是一部既尊重藝術規律，又體現詩的社會擔當的選本。
> 這是保證詩之所以為詩的根本——既拒絕為藝術而藝術地躲進象牙塔，遠離社會生活和它的社會功用，同時拒絕以庸俗社會學簡單地配合乃至迎合其所需的反藝術規律之所為。若有「純藝術」，只要他是「藝術」，不論「純」到什麼程度，一皆歡迎，同樣，詩的功利性和社會性，也無權反對，但也要它首先是詩。

當人們為新詩形式問題嚷嚷，又難以深入本質而陷于形式主義的爭議時，則更應牢記「形式是本質的。本質是有形式的。不論怎樣的形式，都還是以本質為轉移……」之理。

凡此種種，若無視詩之自身與生活相系之客觀，則無從唯物而存；若無視詩人之主觀與詩之自我，則無詩的個性與創新可言；若各行一端，則無有真詩，若要詩真，就必然要求二者的辯證統一。

如此為藝術，是一種人生；如此的人生，也是一種藝術。

詩的百年，百年的詩；詩的百年，百年的人世……

周先生尋詢可能讓島內入選的詩人看見此一套新書，答之否，我私下並無能力一一聯繫通告入選詩人。雖然弄一個場地，搞一幕賞書的慶祝酒會很好，僧多粥少，新書僅僅一套。而況完整的套書八月即將正式印齊，無論通過何種方式遞送，今年年底以前，入選者盡可收到這份沉沉的碩果。

《中國百年新詩選》的編妥問世，見證周良沛先生的寶刀猶健，剛銳如新，以詩映史或以史映詩，詩史與史詩匯流，絕不溢出周先生堅守的航道。他為入選者寫就的簡介長短不一，詩與史經緯交織，時空之廣深，牽引讀詩者入史，再從史的輕略返回讀詩的現實。

百年的時間配置，分期為：第一卷 1916-1949，第二卷 1949-1976，第三卷 1977-2016。

下舉三例：

1・張我軍係第一位台籍詩人，編入 1924 年的序列。周良沛在簡介最後一節的結尾這樣寫：「它本是一份悼文，台北爾雅出版社 1987 年版，張錯編選的《千曲之島──台灣現代詩選》錄下悼文首節，用詩式排列，以作兩岸一國的詩證，真是編者極大

的詩之智慧。此時此地，它也不僅是一般詩之所謂的詩。正是我們中華民族歷史感情的詩證。」。

悼中山先生　　　　　張我軍

唉！
大星一墜，東亞的天地黯淡無光了！
我們敬愛的大偉人呀！
你在三月十二日九時三十分這個時刻
已和我們永別了麼？
四萬萬的國民此刻為你的死日哭喪了臉了。
消息傳來，我島人五內俱崩，
如失去的魂魄一樣。
西望中原，禁不住淚落滔滔了。

2．巫永福第二位台籍詩人，編入 1944 年的序列。周良沛如是短介：「抗戰時，這首《祖國》，是他表達殖民統治下的台灣同胞對祖國沉痛的呼喚……」。

祖國　　　　　巫永福

未曾見過的祖國
隔著海，似近似遠
夢見的，在書上看見的祖國
流過幾千年在我血液裡
住在我胸脯裡的影子
在我心裡反響
呀！是祖國喚我呢？

或是我喚祖國？

（選自第一節）

3．楊逵第三位台籍詩人，編入 1948 年的序列。周良沛短
介如次：「……這首光復後發表的舊稿《血脈》，是用母語寫
的詩作。從中，我們可以強烈感受到他處於日本殖民統治下，其
《血脈》之聖潔的民族感情。」。

血脈　　　　楊逵

在這怎麼頹廢的欲海中
我看到一條明亮的血脈
那是智慧和熱情的結晶
不能任性來摧殘夥伴們

在這如虎如狼的人海中
我看到一條聖潔的血脈
那是誠實和勇敢的象徵
不能任誰來破壞夥伴們

2017.7.7
倒持泰阿

今年未到盡頭不算。自 2016 往回，上溯至 2006，前後
十一年，兩岸貿易本省順差總額達 7262 億美金，換算成台幣為
217860 億，大陸內地的讓利，不差累黍，簡直在暗中為此岸的
兩千三百萬過美滋滋的小確幸。

吾人務必誠實俯首，供認吾等隸屬飼老鼠咬布袋一族；吃裡扒外無所不用其極；傀儡，戮力扮飾中國漫長的近、現、當代史中厚顏無恥的配角；唯利試圖（如《左傳·成公十三年》言），目光如豆。

反共祖師爺老蔣 1975 年春末走後，他大兒子小蔣 1978 接班，1979 年 7 月開啟台灣對美帝軍購，相沿成習繳交保護費保護迄今。保護費儼然若一只柔軟的奶頭，讓台灣的小嘴常年吸吮，獲得通體的安全與滿足。

近期的十一年，2007 年陳姓總督任上花了 35.9 億美金。其後口號三不的馬姓總督分別在 08、10、11、15 四個年份加總花了 205.22 億美金。換成台幣為 7233.6 億。馬總督三不的口號裏，有一項「不武」，不武還需軍購，賺大陸的錢，讓手轉一些給美帝，這種凱子吃軟的怕硬的，常春藤畢業回來的凱子難道沒有臥底的可疑。臥底既是本事也是職能。

如今臥底的身分不必隱蔽也不用匿藏，公公開開一目了然，總督何用費神思量，所有的政治修辭均出自利益均沾蜜甜遍嚐的策士智囊。

臥底的冠冕堂皇；臥底的倒持泰阿。

2017.7.17
後庭花

750 份大學指考的論述題，不約而同匯聚到某，正在吹著冷氣閱卷的先生桌前。

750 名高中畢業生，分別在他們的答案裏，表露了青年生澀的「亡國」想像。不無多事的閱卷先生，把此一發生於冷氣房的所見，轉給傳媒，除了伺機博取曝光，閱卷先生飄飄然狀若憤憤

總結，「考生並未提出任何有效論證」。

三伏天；曝「亡國論」，彷彿沒有幫助上解熱的效能，卻也沒有熱上加熱的酷虐，見者已見，聞者已聞，自自冉冉，「亡國論」實乃偽學，偽命題，以偽傳偽，以訛傳訛，宋・王柏《跋成定武蘭亭記》：「南渡以來，紛紛翻刻，幾千石矣，訛以傳訛，僅同兒戲，每竊哂之。」

歷史的悲情，悲情的歷史。曲難盡調未老。1949 年後本省的歷史教育歪七扭八，墨墨泅，反共當權派一代接一代，流亡政府把省當國，廢省即進行建國工程 19 年以來，國尚遙無眉目，高中生大學指考的論述，竟灰溜溜遍傳"亡國"的喪音。

歷史教育一塌糊塗，語文教育也難保不塗糊塌一，晚唐詩人杜牧的七言絕句《泊秦淮》，如今收在高中生的課本裡嗎？750 名高中生，幾人曾經讀過。

煙籠寒水月籠沙，夜泊秦淮近酒家。
商女不知亡國恨，隔江猶唱後庭花。

—— 杜牧《泊秦淮》

2017.7.27
Haier

廚房裡幾樣小電器，頗使用了些時日，等待更新汰換，物件雖舊將就將就，比方說烤箱開關旋鈕的外套脫落，露餡的一字形凹槽螺桿頭，得準備一字形的迷你起子轉動；果汁機一體成形的基座，一處短短的支點斷裂，用膠帶把它又捆又黏，操作時可想而知，兩隻手可以放心不用扶著？還有一台用閩南語戲謔呼叫它的名字"上笨桶"微波爐，從兒媳接手後用了七年。

　　住家遠遠近近的 3C 店，不厭其詳地觀了又觀、望了再望，深怕看走眼，好好的給溜掉，盡在平庸之間琢磨，小金額的小家電何須在，如今流溢於世，性價比或 CP 值的算計。

　　幾十年來，充斥於台灣城鄉貨架上，世界工廠中國製造的民生用品，有增無減歷久不衰。但台灣人並沒在價格上獲益討到便宜，卻多增數筆東洋或西洋的品牌轉嫁，島上消費者心理的慣性依賴，日殖後美殖，這個迷失於歷史的孤兒，惶惶然無力尋親，而他的親娘，近在咫尺，妥貼的印刷或鏤刻於產地，那一角並不醒目的靜穆之處。

　　購好新三件終結將就的情況。三件其二，不得不忍受虛有其表的洋牌，實物當然中國製造。微波爐中國品牌中國製造，落落大方相得益彰。這個中國品牌，多年前一位經營航運的實業界人物，構思代理進口，具體後續並無下文。

　　Haier，海爾，中國品牌，堂堂入駐我家。

2017.7.31
"731"

　　毫不掩飾，身為中國人，在這個日子，我牢記 731 這組數字，永銘在我胸臆間的恨意與仇結。

　　多說無益。儘管當代的「邪僕」（Jap）觀彼之痞態，真很爽暢的在繼承，自 1868 年以降，他們的祖孽，歷百年燒殺擄掠建立的莫名勳業。

　　友日人士與哈日人士，我認識與不認識的，都祈願他們，在友日與哈日的路途上，各有斬獲功德圓滿。

　　以我個人膚淺的認識，1945 二戰結束，美帝對伊實施占領，自那時起，邪僕已然消失，有影無形擬人化的鬼魅熙來攘

往。

1945 至 2017 總共占領了 72 年，無庸置疑還有無數個 72 年等著占領呢。邪僻擬人化的鬼魅若無其事盎盎然賞櫻，嚐鮮極的刺身，喝大吟釀或重釀的燒酎。

2017.8.6
國難財

資本主義私有制的猖獗，致世人幾乎人人愛財，鮮少例外，然常言告誡，君子愛財取之有道，常言非金科玉律，君子君子君君子子，取之有道的道也沒有嚴格的標準，於是君子各行其道，明裡暗裡皆係道也。《史記‧高祖本紀》載：明修棧道，暗度陳倉，此乃政客最最純熟的拿手秘笈。而道的另一義，不得不與所謂的盜互通款曲。

島民愛財往往擠頭不破，誰不爭先那他必被拋諸腦後。台灣位處颱風特愛襲擊肆虐的地帶，國難財由此挾風雨以俱來，熱帶氣旋還在幾千公里之遙，捕風捉影啊竊喜的早早蠢蠢蠕動，台灣非國，國難財居然堆積如山取之不竭用之不罄，小市商不無小補，中間的層層盤剝陸陸續續發了家。

天氣預報傳導神經系統，預期的心理機制迎接菜價人為物理的上調，消費者默默忍受，老天這種隨興的胡謅。

核四，一批人把它建了，一批人把它停了，一批人為他絕食，一批人再怎麼也數不清賬面上的國難財，參與核四僅只此四批人？台灣非國，不會有國難財，那歲入歲出的編列稱作什麼，誰能開釋一聲。

星期日豬肉攤上的對話。多買一點吧。為啥。後天星期二連休。新例嗎。不知道答不上來。豬價漲了，進口美豬的前置作業

吧。……

　　美國美美的各式產品，魚貫而入久矣，增一樣美豬何妨，美豬內臟先行，屠體殿後，遲到的圓滿。

　　負責進口美豬配額的貿易商，坐在餐桌上吃冷凍的美豬還是現宰的台豬。買美豬以美金計價，台灣非國，台灣的國難財卻源源不斷。

2017.8.12
音樂的政治課

　　社區專播音樂的電台，姑且聽之，它與所有的媒體一樣，靠廣告維生，誰都得吃飯，不怕餓死者除外，不聽廣告的耳朵，自己想方設法滿足愛樂的欲望。

　　我偶而聽聽它，兩個小時的塊狀節目，它只在兩個小時的銜接處播放廣告，它的廣告算疲勞轟炸呢，或稱編織的美麗，如何接受，接受幾多，聽眾隨意。

　　我只是覺得聽塊狀節目，宛若遁入時光隧道返回上世紀 60 年代服役，每個星期四苦光日上政治課。那會兒，四面八方寄來的信，輔導長、保防官都要開封查驗，再行上膠封好，發給我時彷彿神不知鬼不覺，什麼事都不曾發生。

　　主持人介紹肖斯塔科維奇時，總說他「一生在蘇聯的監控下作曲」、「身不由己加入共產黨」、「言不由衷的弦外之音」……。寥寥數言將肖氏定調定性定案定型，把肖氏簡簡單單性任性打發。百口莫辯可憐的肖氏，被貼上反共標籤永遠不得翻身。兩個小時扣掉大約十分鐘的廣告，剩下 1 小時 50 分，把肖斯塔科維奇簡約制式反共臉譜化。

　　反共反共，肖氏從出生的 1906 年開始反共，一路反抵他死

去的 1975 年。塊狀節目主持人粗疏籠統以偏概全，幾盡溫柔的恐嚇，無人能解救肖斯塔科維奇深陷於水深火熱。

不知伊將如何介紹肖氏的第七《列寧格勒》、第十一《1905》、第十二《1917》，三首交響曲。也許伊並不在乎反不反納粹法西斯，也並不在乎轟轟烈烈的十月革命。

2017.8.23
好理髮型

公共汽車靠站下上乘客的當口，我坐在左側位，眼睛自然往左飄向馬路對過，吸引我的並非架在屋頂前沿，浪板上招牌的四個字，而是四個字開端的一尊髮絲灰白，率性噴放，親善可掬提出《相對論》愛因斯坦先生的頭像特寫，另一幅相同的物件則單自懸在簷下。這片小小的理髮店，借用 20 世紀最偉大科學家的臉容，以廣招徠，「好理髮型」店招，念起來有些拗口，明示了愛因斯坦的髮型好理，客人若猶存疑惑，請進門座上賓，老闆會以刀、剪表明他的深藏不露。深藏不露於刀、剪的鋒刃，店面雖小好歹擠身車水馬龍的萬大路上，爭得生存的一席之地，養家活口還有什麼比這個迫切、務實、滋潤。慈祥的愛因斯坦肯定不來索取肖像權，白天與夜晚都不來，他已離世超過六十年。

2017.9.4
不再反共

彼個官拜中將的反共或人，笑咪咪，長年反共面閃紅光，反得臉上連一絲絲皺紋都攀不上，你就知道他多麼自在、逍遙、暢

懷。反共可以滋補養生，增福添祿延壽，反共反共，好處濤濤。

或人今后不再繼續反共了（意即不再反中），他給了理由「大陸已脫離貧窮落后」，媒體傳告眾且觀之。

海峽兩岸的分斷由來已久，上世紀中葉內戰兵敗后被逐入台的反動派，與國際霸權的苟合取容無日無之，氣節何物？俱隨安逸飄然若浮。反動派當權夸夸其談，風雨如晦。

《史記・淮陰侯列傳》：「臣聞敗軍之將，不可以言勇；亡國之大夫，不可以圖存。」《三寶太監西洋記演義》二七回：「你敗軍之將，不足以言勇，反來搖唇皷舌，惑亂我的神機。」

或人之不反共，絕非因為久反膩味麻痺而不反了，共反不反，它一直屹然若定，立於海峽廣袤綿延的對岸。共讓別有用心的人專職去反，或人正心誠意不再反中，迷途知返擺樣示範。

貧窮落後有什麼不好，也許較能安貧樂道。脫離貧窮落後勢所必至，日子漸入佳境。或人幡然卸裝：反共的服帽、反共的粉飾以及反共的油彩。一旦脫却反共沉重的枷鎖，不反共何止理直氣壯，更且氣吞山河。

2017.9.18
開刀小誌

0・科主任盯著隔壁傳來的電子資料，對我發話，沒別的法子，你這，只有開刀，好吧。他安排 10 日后複診，讓我與主治醫師會面。又過 10 日，我上了主治醫師的開刀床。

1・上午 10 點，住院報到處，堵得密密滿滿，報到者、家屬、坐定與穿流的醫務與工作人員，躺在病床從急診部要被推往某間病房繞道，借過借過……

　　排隊受理報名第一事，兩位披著志工外罩的女子接應打理，量身高秤體重，給了 68 號等待。塑料名牌帶，套進右手圈完成報名。抽血、留尿，66 號。心電圖，65 號。照胸腔透視，直接入室。總共搞了兩個半小時，搭電梯前往今夜投宿的樓層。

　　在櫃台，簽了幾些並沒有仔細詳讀的文件，內有：《剩餘組織蠟塊檢體收集說明書》、《麻醉說明暨同意書》等等。護士審完《手術前麻醉基本資料表》，似問似聊，抽菸習慣欄裏補筆的「菸斗」，如果換算成紙菸，相當於一天抽幾支？一斗＝一支，一斗＝兩支，拿不準耶，邊問邊聊，一天抽個五、六斗總有。

　　根據麻醉醫師評估，列於第 2 級，即「有輕微的全身性疾病但無功能上的障礙（手術前後死亡率 0.27 ～ 0.4%）。建議麻醉方式為全身麻醉。」

　　住院辦理登記大致完備，與棲身旅店的手續相仿卻各異其趣。旅店外遊山玩水的千呼萬喚；而睡醒病床的明天，主治醫師在手術房裏候著。護士領去病房略為涮了一下，吃午飯回頭，就要好好扮一名，三天兩夜開刀之旅的病人。

　　地底 B1 的飲食街萬頭攢動，餐位一隅難求，光顧的吃客如此稠密，摩肩接踵猶不堪形容，包場再行分割攤位出租，比比皆是非此處獨有，此處竟生意獨好。東西盡皆可口？答之曰否，過江之鯽僅需果腹，匆圖吞棗匆匆。

　　枕頭上方牆面，一排醫療用途各式插座，拉鈴間的空位，早已置入護貝長型粉紅紙卡，「12 點過後禁食、禁水」醒目記牢。

　　病房落地窗外朝南偏東，向右看景福門近在腳下，在數棟巨廈的擠壓間，中正廟垂頭喪氣懨懨遠遠不甚起眼，沒有定睛注目幾乎視而不見。窗外並無景觀，只比建築物不規則的天際線，微微凸出幾個厘米線條不明的郊山，構不上風景畫的背景。醫療品質盡如人意即可，窗外有無風景委實沒有一定必要。窗前整片的

東牆外搭滿鷹架，鷹架的鐵管根根老舊鏽蝕斑斑，根根營養不良骨瘦如柴。遠望既無風景，收回視線近看十一層樓高的鷹架，驚嘆毛骨悚然。

輪值護士按規律測體溫、量血壓，並在左腕內側扎存兩支軟針頭。主治醫師來訪。麻醉醫師來訪，簡約小敘全麻與半麻的狀況，聽后感覺似乎得選擇全麻，半麻戴上鼻罩用呼吸系統施行麻醉，意識與聽覺殘存，麻醉劑在鼻腔的流動，也許術後會有短期的不適與咳嗽。晚八點半塞肛劑進行清腸。夜深后不曉得什麼醫師，要求讓他在手術的落刀點，蓋上標的的印記。怎麼可能睡穩，為了儲備術后的休息，報到日趁早摸黑去圖書館公園跑了幾圈，卻依然不累，忐忑焦慮混雜著莫名的憂懼。起身亮燈，取出《麻醉說明書》，閱讀第 2 頁第（十六）條：「接受半身麻醉之病患有發生腰痛或頭痛的機會，可能有極少數的機會，會造成脊髓被血塊壓迫、腦脊髓感染、身體麻痺或癱瘓，可能導致短期或長期之神經傷害。」

2．護士送來制式的開刀衣與免洗襯褲，吩咐 9 點過後換上。制式開刀衣很像和式的「幽咖大」，深藍淺藍直紋相間，下擺短僅及膝。確定的開刀排序時機，不很確定。

老伴怕病房裏悶，攜來了兩冊書，《魯迅的青年時代》，去年十月中旬在貴陽買的，周作人自編集之 35；姚奠中選譯的《詩經》，它們都是上世紀 57、56 年釀製的舊酒，前些年裝了新瓶重版上市，新瓶舊酒最宜病中的老朽。

10 點 1 刻護士推一台輪椅進門，檢點穿著後示意完全聽從配合他的指令行事。展開輪椅座駕，遲早要坐上的代步工具，先試一段短程。護士推著走，途經服務中心，「去上刀了。」她側臉對著櫃檯放聲。

開刀房外層自動門開了，在走廊等待區換上開刀床，被子蓋

了兩條，開刀房裏的溫度估計在 18℃ 上下，一再低聲回答復詢姓名、生日、血型。

蓮蓬大圓燈的白光很是炫亮。麻醉醫師湊近左耳，有沒有改變主意，搖頭。兩腿與床榻綁緊。套上鼻罩，三次深呼吸，一次比一次墜入深沉。麻醉醫師同時在左腕的針頭處，進行了他應有的注劑動作。不醒人事，歷時三個鐘頭。意識、知覺緩緩恢復半小時後，護士推著開刀床回病房。

刀口周邊大範圍，鬆緊繃帶黏附貼住腹部兩端，一款大約不超過 200 克重量的霹靂袋，在完全恢復正常活動前，它用來壓鎮刀口，切開的刀口六公分，不縫線而貼上薄如蟬翼橢圓形的透明膠膜。

喉嚨干澀徒有吞嚥的動作，卻無滋潤的唾沫，食慾飲慾停頓不吃不喝能活著多好。護士稍後追問尿液排放的狀況，沒法給她足夠清晰的回答，慢慢喝慢慢吃一切還原正軌，不吃不喝能活著，除了非我族類如神仙，絕對妄想。

3．一大早主治醫師便來巡視，看他昨天午間用心工作的成果，那一道手術後留下的，凹凸不平的疤痕。沒有耽擱太久，可以吧、痛嗎、還好。他動手把鬆緊繃帶扯開，卸下懸掛在肚臍眼下方的霹靂袋。

十七年前，因為吃錯藥過敏發燒，導致通體皮膚潰瘍，家醫科大夫門診後，下達翌日即刻住院令，不得違抗。那一次住院兩週，也在現址，但已忘了曾經住的第幾層樓房。

出院藥兩樣口服，一樣止痛劑，一樣軟便劑。回家務須遵守護理指導，四到五週內避免劇烈運動，那必定跑不了，用想的，在腦袋瓜裡兜圈子；5 公斤以上的重物免提，這點蠻具體，4.9 公斤的看著辦；咳嗽、噴嚏易增腹壓，火速一手摀鼻子，另一手按住開刀處。

開刀之旅接近無韻的尾聲，三天兩夜的行程平淡無奇，枯燥有餘生動不足。從家裏攜來的簡單用具，老伴整理妥當，擺進輕便的小行李箱。

出院結清帳目，花了一刻鐘不到。

2017.10.1
熱烈的戰鬥

在一個異化無以復加，錯亂無邊無際的地帶，正常活過一生而不得不操勞過度，抵抗波濤洶湧的逆流，最終被塑成一尊牢固磐石的陳映真，物故忽屆一年。

他用肺腑謳歌詠唱對這片鄉里的真情，積累總共 450 萬字，集全 23 卷，即將在他冥誕之日，在台北莊重刊行。他存蓄的 450 萬字，說明並未離去，意味著伊人如斯長存。

友情並不會因為他的消逝，而斷然結束，牽掛的憂思愈緬愈念。他去到別一個世界，棄捨了病痛，再好不過，卻也先行攜走某些記憶裡的哀愁與光陰難繫的不由分說。

在世時，他簽贈幾乎全部的著作從 1978.7.17 的《將軍族》（遠景／1975），一路直至 2004.3.14 的《陳映真小說選》（明報／香港 2004），可以排滿 85 公分長的一格書架。其中 1978.7.28《知識人的偏執》（遠行／1977），簽名「許南村」，我被題稱「畏友」。1988 年那一套 15 卷本，簽贈時，他說：「這次換個方式。」，他寫上：「舜耕　舜耘　紀念／陳伯伯 1988.5」。當年 15 卷本出版時，我寫了短短數百字，未曾公刊，現在補登於此。

《陳映真作品集》推薦詞：

　　一九四九，台灣—中國的東南門戶，被編入二戰後世界二體制對立資本主的陣營，堵塞了她四十年與中國水泄不通的隔絕。添為全球資本主義邊陲地帶的一員，她自始至終盡心盡力，參予了整套依賴的政治經濟學的運作。

　　在鋪天蓋地，右傾漫漫的年代，陳映真以文字創作綴成反思之聲，在曠野迴響。陳映真乃時代之子。

　　扣掉酸澀、蒼鬱、慘綠的年少，以及被捕流放禁錮遲滯的歲月—陳映真，是我在當代極少見的，至為真切、勇敢、逼人深省，令人感奮的文學工作者。

　　陳映真的一生，是知其不可而為之，奮不顧身戮力不懈戰鬥著的一生。他係書生，但沒有一絲絲的弱不禁風。他曾表白自 1959 寫作《麵攤》至 1993 寫作《後街》的 34 年間，他的思想與創作，「從來都處在被禁止、被歧視和鎮壓的地位」與「一直是被支配的意識形態霸權專政的對象」，34 年間，有 7 年更被關在美蔣集團的黑牢。如果弱不禁風，早已魂飛魄散腦洞進水期期艾艾不知所云天旋地轉了。

　　《陳映真全集》23 卷，彷彿連結的 23 節戰鬥列車升火待發，這班長長的戰鬥列車，從歷史的昨日戰鬥而來，迎向歷史的明天戰鬥而去。歷史的無情涵容著有情的歷史，閱讀歷史人物陳映真的全集，便得以知曉歷史尚未終結，而陳映真猶然在他的遺著裡熱烈的戰鬥著。

2017.10.15
魅惑的召喚

　　委內瑞拉的西蒙・玻利瓦爾交響樂團，取消訪台演奏行程，

具體因素並未公告，我本無購票，不致加添退票無謂的繁瑣，卻還是多事想湊它幾句，逗逗這幾日連降傾盆大雨濕潮潮的霉趣。

我之蓄意缺席，不欲前往音樂廳，觀望杜達梅爾的容顏與他拉美人的風采，肇端於他排出的曲目；他準備連續三個夜晚，全演貝多芬的九首交響曲。我於是自然而然自動放棄了。歷來的外籍樂團特別是歐陸的品牌，盡都悉數聽過，他們演奏的貝多芬。我渴望的，畢竟成立 40 年的拉美樂團首度訪台，多麼需要演奏拉美音樂家譜寫的曲子，教一下此地許許多多長在被俘虜的腦袋邊上，那一對迷失的耳朵，何謂民族、何謂鄉土的音樂正宗。

總不能等到音樂會結束前的返場曲，才聽見阿根廷的吉那斯特拉、墨西哥的查維茲與瑞威爾塔斯、或巴西的維拉－羅伯茲等等作曲家臨去秋波的隻言片語。若果返場曲不幸，還是貝多芬交響曲裡的幾小節樂句，總不能在座位上老羞成怒吧，市場的氛圍與需求決定一切，要嘛聽，要嘛不聽，勞什子的微言大義，出去音樂廳的迴廊畫一幅東風的馬耳。（例：半個月前「十、一」音樂會的前半場，從芬蘭邀來的客席指揮與小提琴獨奏，在掌聲轟鳴欲罷不能的催請下，返場曲重奏了西貝柳斯的 d 小調第三樂章。返場曲即興的與有備而來的皆無不可，但私下總感覺聽眾「勢在必得」，獨奏小提琴可下場休息，小我一歲的 Okko Kamu，下半場還要上台指揮西氏的 e 小調第一號交響曲）。

問題雖不必一定出在杜達梅爾那裡，然而他是樂團總監，除了指揮要務，也總要參予討論演奏的曲目。何況樂團以拉美獨立革命英雄，被稱為「解放者」的西蒙・玻利瓦爾命名。

在拉丁美洲漫長的殖民史上，參予解放的人不計其數，前仆後繼。委內瑞拉於 1975 年 2 月 12 日創設這個樂團，並以玻利瓦爾冠名，當有秘而不宣若隱若現的周慮設想，除了力爭擠身成為世界性的絕佳樂團，它的歷史任務更需要行遍天下，到處去傳揚拉丁美洲音樂家非他莫屬的作曲成果，交流、別瞄頭、各擅勝

場、分庭抗禮，讓往昔的與今朝的征服者聽聽，被壓制 500 年竟從未風乾血淚幻化的原生音符，無論瑪雅的、阿茲特克的、亞馬遜的或迤邐挑情的探戈。

20 世紀以降，拉美的作曲家輩出，枝繁葉茂繁花似錦，歐陸的古典音樂類型他們應有盡有，創作的總和凌駕歐陸尤勝美國。

曾經在 2009.11.11 的《走出去》札記裡（參見本報 2009.12 第 9 期第 16 頁）讚美杜達梅爾，由青年期步入壯年，他的指揮事業更為精進無庸置疑。在世界格局政經情勢的操控下，被美歐新舊殖民主義與帝國主義強弩之末規定，所謂文化弱勢的後進地區，拉丁美洲音樂家的種種，幾幾乎名不見經傳。杜達梅爾才 35 歲，來日方長後勁可期，他應該逐漸提速增加力度，指揮玻利瓦爾樂團演奏拉美的曲目，而不僅僅妥協於音樂市場魅惑的召喚。

2017.10.19
死鴨硬嘴

不清楚多大的霧罩，自從 1895 那一年，撒在島嶼的上空，至今這一頂彈性伸縮，比蟬翼還薄的物料，一逕釋放它麻痺中樞神經的氣體，使得島嶼暈厥昏花癱軟，熏熏喃喃自語。滿佈島上各異其趣的假神假仙，佣酬纍纍腰纏萬貫唸唸有詞慈眉善目的人海術士，傾盡他們欺瞞扮裝的陰柔身段，眾口言為心聲四字：維持現狀。

日鬼因為維持不了現狀，投降於 1945；美帝因為維持不了現狀，面對「抗美援朝」退至北緯 38 度線；英帝因為維持不了現狀，返還香港。維持現狀雖然從腹腔發出了語辭，本地土產的

咽喉卻也只能徒具傳聲筒的裝置，隱蔽於腹腔裡那一支造形奇美的芭蕉扇，誰藏匿的，誰緊緊握住扇把不放，妖風陣陣吹縐一池春水的漣漣漪漪。

維持現狀宜做耽溺的無賴解，刁鑽撒潑，蠻不講理，無所不用其極，背祖棄宗滅親，滅得寸草不留乾乾淨淨無聲無息。

維現者，各個相貌堂堂，獐頭鼠目鮮見，他們各是其是各非其非，鵲巢鳩居一事真真實實，卻渾然忘記無人重提。《詩・召南・鵲巢》：「維鵲有巢，維鳩居之。」。維現者不就正生活在詩經哦詠，民歌的遺風餘韻裡，可嘆當今之世既非西周亦非春秋，那是遠及三千年前古中國反覆吟唱的重章疊句。對維現者而言，鵲巢鳩佔與鳩佔鵲巢相通。

冷戰（1951）態勢確定後，島鏈的防衛形成，軍火妥善配置到位，位階最高的三軍統帥五星上將，一聲令下，全體軍民齊力維持現狀，維現者的島鏈意識愈益凝結固若金湯。除了進行外科手術汰換腦袋，別無他途，但僅可止於異想天開，魔幻的奇聞無濟於事。

維現者不約而同提及「1927」。關於此一中國現代史的重要年份，周作人在《知堂回想錄》第 3 卷第 154 節《清黨》做了敘述；茅盾在《我走過的道路（上）》的《1927 年大革命》一章（第 363 頁）這麼寫著：「……國民黨中央執行委員開除了蔣介石的黨籍，罷免了蔣介石總司令的職務，一時間武漢的反蔣討蔣怒潮洶湧，……蔣介石那時也沿著津浦線『北伐』，但一刻也沒有忘記對武漢政府的破壞和顛覆。他勾結帝國主義和江浙財團……。」

「1927」若照維現者自稱與「制度之爭」有關，顯然明眼瞎話自欺欺人。制度之爭，換成獨裁奪攬較符史實，1927 的相關史料兩岸分斷後在此岸絕響。當權派倒行逆施如故，往自己臉上塗脂抹粉，鎮壓異己濤濤不絕，罄竹難書。

　　維持現狀還能維持多久，維現者自己都說不上口，答案在風中漂泊。維持現狀最好的方法就是不再死鴨硬嘴，解放思想，實事求是，什麼妙什麼禪也無法提供靈丹救藥。

2017.10.25
快遞哥

　　某些早上的第一聲門鈴聲響，絕不遲過八點二十分之後，通常就在八點一刻那個當兒。門鈴響時，無需對話，按下開關鍵，氣喘吁吁的快遞哥登樓瞬閃而至，門開之際四手交會四目對視，免簽收，背影溜了煙，謝謝還來不及脫口，連謝一聲也都卡在咽喉。唯一一次忙中有錯，下樓又上樓，搶著先謝，也才匆匆謝到了，然而他笑笑回說不謝不謝，上樓又下樓。拉鬆紗窗看望，他推著疊高的貨架，瘦削的急速溶入街頭。

　　兢兢業業風雨無阻，使得社會律動的運轉成為可能。快遞哥俊俏的側面，比起任何一張出現在各式媒體的嘴臉都要好看，他的寡言沉默無隙發話，低頭於專注時間將份額內的工作配送。虛矯的、浮誇的、天花亂墜的、陰陽倒錯的、人面獸心的、為虎作倀的、認賊作父的……雖各具樣貌五官不缺，偏偏這一大群數不清歷不盡的蠱惑，伊們的媽媽都生給了七竅，伊們卻受命於歷史生理的異常，發號施令的腦門迭經變造，以至於蠱惑的七竅不由自主的冒煙，莫名其妙的煙，無人能解讀煙鬼瀰漫的煙幕，意欲傳達鬼迷心竅的若何訊號。

　　郵政局幾年前民營化，服務的品質大大不如從前。它也辦快遞業務，卻從來都要攜帶私章下樓，與領取普通掛號的郵件如出一轍。快遞郵差與快遞哥，快遞哥顯然比快遞郵差勤快辛勞。

2017.10.31
戒嚴不戒酒

在一處賣場暗黑的角落，靜置著兩瓶同款 1.5L 的 "斯托力" 伏特加，白色磨砂瓶外套，不由得雙手捧起一瓶看看，果真是俄羅斯產的正品無誤。標價一千五，不曾細思，放了回去再說。

除非不喝，想喝便買，枝枝節節的煩惱多餘的困擾。烈酒市場開放以來，這瓶酒概皆委製貼標，蘇聯解體後酒業方面的產能，無以看見真章，或許距此遙遠，外交連個代辦處也告缺，但東、北歐的同類酒樽隨手可得。

1.5L 標一千五，划算。戒嚴的年代，餐桌上一個盎司兩百，不是每個餐桌都賣，換算一下，眼前這瓶要價 10582，七倍之多。戒嚴不戒酒，貿易轉口，想喝什麼酒各顯神通。統治者戒被統治者的嚴，統治者們可安逸耽樂了，與統治者裙帶沾邊的應有盡有無虞匱乏，被統治的陶客也不會愁眉苦臉哈欠連連，袋裡乾坤與瓶裡乾坤主動旋提勁轉。

臺靜農先生愛杯，尤愛白酒，不知是否與他牽繫的鄉情有關，未曾詢過。某一日，在敦化北路臨近八德路段 "湖北小館" 陪他吃飯，桌上的那一瓶便是他拎來餉眾，小館早尋無蹤，臺先生也已遠踏，我只能讀著他寫的小說。

臺先生來台後專注教課，沒有再提筆創作小說。他與魯迅先生都是 "未名社" 成員，此一文學團體，1925 年秋天成立於北京，其他成員尚有韋素園①、韋叢蕪兄弟，曹靖華與李霽野。未名社印行專收創作的叢刊《未名新集》，其中便有臺靜農的《地之子》與《建塔者》，這兩冊小說集出版於九十年前的 1926、1927，是五四之後，早期鄉土文學短篇小說極為稀有的珍品，謙重學者課餘，大約不曾旁及他自己的創作，無緣聆取殊為可惜。

也沒聽他提起早年與魯迅先生過從的種種。

《臺靜農短篇小說集》於 1980 年 5 月在台北出版，收入 15 篇。他在附於集末的後記說：「這次讀過後，使我有隔世感的鄉土情份，又淒然的起伏在我的心中。」

書前，劉以鬯為這個集子寫了精要肯綮的評介。他的論點揭錄四處於此：

「在評論臺靜農的小說時，魯迅說臺靜農貢獻了藝術。」

「臺靜農對這些愚昧無知的小人物寄予的同情，常在小說中成為抨擊黑暗現實的一種力量。」

「重視魯迅的小說，是應該的，忽視臺靜農的小說，幾近浪費。」

「臺靜農的短篇結構嚴密，極少浮文贅詞，題旨明確，能夠將感情傳遞給讀者，使讀者感動。」

①關於韋素園，請參見魯迅的《韋素園墓記》、《憶韋素園君》二文。

2017.11.12
金光黨的國

1.

「根據國民黨以及其他相關的資料顯示，蔣介石運送到台灣的金塊有 227 萬兩（1 兩約為 37.5 克），以現在的價值來說，約為 2500 億日圓，而就當時來說，價值則是相對而言更高。

蔣介石在日記中提及，國民政府撤退到台灣之後的 1952 年，曾經因為預算不足，於是 "以 10 萬兩黃金為擔保發行（債卷）"（1 月 11 日）。共產黨強烈指責蔣的行為是 "盜竊中國人

民的財產"。但對蔣介石來說，這批黃金是他在台灣東山再起必需的寶貴"軍費"。」（參見野島剛《最後的帝國軍人》第 100 頁／聯經文庫 2015.1 初版）

「但上海重要物資必須先行運完，不使落於匪手。尤其重要武器不能任意遺棄，貽笑外人。此乃吾弟之主要任務。此時必須積極督運重要物資與不適用之武器。」（參見蔣中正 1949 年 5 月 17 日，寫給湯恩伯的親筆信。）

何謂"上海重要物資"？唉呀呀，蔣手諭京滬杭警備總司令湯恩伯"密運（第三批）黃金"吧！神不知鬼不覺，老天有眼老天有眼疏而不漏。難為了蔣，把波濤洶湧的黃金運走，把不絕如縷的民心好端端完整留住一絲不苟。

2.

歷史斷裂。乃故事的編造與敘事的杜撰與偽劣身份的作孽，往事如煙，往事無煙，煙自然清楚自己係物質燃燒時所產生的氣狀物。

何謂四大家族，簡稱 JSKC，是中國半殖民地半封建社會地主階級和買辦資產階級的政治代表，是 G 黨官僚資產階級的四大支柱。

南三行呢，北四行呢，四行兩局一庫呢，到底是不是夢魘裡的詞彙，不能說沒聽過，便把它們列歸詞彙的死海，它們真實的曾經出現在中國近現代史的夢魘，夢魘若夢若魘若假包換。

南三行。浙江興業銀行、浙江實業銀行與上海商業儲蓄銀行被稱為舊中國銀行界的南三行。

北四行。舊中國北方的金融業資本集團，包括鹽業銀行、金城銀行、大陸銀行和中南銀行。

四行兩局一庫。舊中國四大家族依靠帝國主義金融勢力建立

起來的金融壟斷體系。四行指中央銀行、中國銀行、交通銀行和中國農民銀行；兩局指中央信託局和郵政儲金匯業局；一庫指中央合作金庫。

上面僅舉犖犖大端，在林林總總應接不暇的近現代史，竟是那麼樣陌生的熟悉。

在 JSKC 自 1927 至 1947 當權的 20 年之間，集中了 100 億至 200 億美元的巨額財產，成為帝國主義，特別是美帝控制中國經濟命脈和掠奪中國勞動人民的總代理人。

代理人隻身渡海，兩岸分斷後，代理人代理了他自己，那些冷冰冰的黃金，日日夜夜都為代理人的時不我予與漸漸老去的頹然，不斷哭泣常常嗚咽。

陌生的熟悉，無疑即指島上大城小鎮的街景，代理人棲居海隅隨風而飄的市招，類如；中央銀行、交通銀行、中央信託局、郵政儲金匯業局和上海商業儲蓄銀行等等⋯

3.

密運黃金以據私，已經不是什麼見不得人的公開秘密。假了公也濟了私，假了私也濟了公，難分難解。又在晴天霹靂的金門勒石"勿忘在莒"，欲以田單之姿火牛攻燕，而不遠處的海峽中線，美帝杜魯門不偏不倚，瞪向此岸的代理人怒目而視。假公濟私與假私濟公，混然一體從此模糊不清相沿成習。

第七艦隊把中國台灣佔領，不費吹灰，華盛頓拎著雞毛，代理人舉著令箭。二戰結束，比台灣大十倍的日丸，雖折騰了些周章，完全將之佔領，佔領台灣若甕中捉鱉，排不上什麼多餘的懸念。三年後進而佔領南韓，沒有瞎眼的人也都看得一清二楚。

時至今日，反共的協奏曲還在交響著，反共的想頭明顯過時，反共反慣無所事事活不下去，反中吧反它個昏天黑地。同質

的代理人八十年接力換班輪值過七人，幸災樂禍呢還是哀矜勿喜。全身上下都麻痺了，偶而抽搐幾下，看來命也不是絕然沒得急救。

2017.11.15
讀《家》隨筆

一·"做功德"，是半個世紀前台灣辦喪過程中的一場式典。應屬道教儀軌裡的東西吧，台灣民間的宗教信仰道、佛交雜，令人看得眼花繚亂。被置於陳映真抒寫補習班上，興起的幻象聯想，是說落第生在補習班經歷五花八門各類奇形怪狀的煉獄，猶如暫時被宣判了死，而力圖在死海裡獲取重生，上了大學聯招榜單就宣告死裡逃生。功德場上巨幅掛圖中血湖擁擠著堆疊著活人死前的聚眾，他們被畫進地獄想像的圖景，告訴活人死後就是那樣。我兒時也看過，毛骨悚然，比起陀萊為但丁繪的《神曲》圖集，東方式的刀山、油鍋更加驚心動魄。有次去台南遊訪，朋友擔任一處補習班導師，安排我客座了一節，原來那一班落第生全都是考上第二志願放棄，準備加補一年，翌年志在第一志願必得。若還是落第呢？

二·"標本"的收藏，暗喻身處陰森腐朽的空間，遠離"革命"輝煌燦然的境地。"紫色"的窗簾也不透光。

三·《筆匯》時期的陳映真常換筆名，難道為了躲避情治偵探的法眼？一篇一個名字表示不同的作者，雖然雜誌的稿源不豐，然執筆的小群體諱莫如深。但也都只是猜想。

2017.11.27
驅逐出境

　　八十年前，魯迅曾經分別在他的兩處雜文中，敘述過同一件事。為了彼一件事，大先生耿耿於懷念茲在茲，不厭其煩鄭重發話重複言說。那兩篇雜文，其一《「題未定」草——之六》（參見《且介亭雜文二集》，另一《曹靖華譯〈蘇聯作家七人集〉序》（參見《且介亭雜文末編》）。

　　《「題未定」草——之六》的第二段如下：

　　"《集外集》的不值得付印，無論誰說，都是對的。其實豈只這一本書，將來重開四庫館時，恐怕我的一切譯作，全在排除之列；雖是現在，天津圖書館的目錄上，在《吶喊》和《徬徨》之下，就注著一個「銷」字，「銷」者，銷毀之謂也；梁實秋教授充當什麼圖書館主任時，聽說也曾將我的許多譯作驅逐出境。……"

　　《曹靖華譯〈蘇聯作家七人集〉序》的第三段後半如下：

　　"……為了我的《吶喊》在天津圖書館被焚毀，梁實秋教授掌青島大學圖書館時，將我的譯作驅除，以及未名社的橫禍，我那時頗覺得北方官長，辦事較南方為森嚴，元朝分奴隸為四等，置北人于南人之上，實在並非無故。後來知道梁教授雖居北地，實是南人，……"

　　歷史當非死窒的故紙一堆，亦非注定要被蒸發得尋無踪跡的死水一潭。歷史不會徒勞，當它隨著煙雲兼程飄臨，上揭的兩段文字，後人的吾輩不是讀到了。

　　昔日當權派學者的跋扈，穿影移動栩栩如生，仗勢欺人明擺，暗地裡意識形態的清掃與制壓。但那個消逝煙遠年代，作態的謙謙君子，不知怎的不約前來，無從琢磨的陌生，卻莫名的清清晰晰了。謙謙君子彷彿自自然然的成就一樁師承的劇目接力。而遁逝接近半個世紀的魯迅已是歷史人物，可惜他沒有機緣觀望，海峽此一岸的島上，他生前的親歷，默默的在重重复重重的演繹著。

　　1984 年 5 月，故友唐文標的《中國古代戲劇史初稿》出版面世。是書後記第 5 條如下：

　　"最後要一提的，本書初稿，上篇蒙高信疆先生的好意，登載入《現代文學》第 2 期，但下篇久久不刊，據遠景沈登恩先生云，因為在香港中文大學任教授的余光中先生，威脅《現代文學》之白先勇及姚一葦二教授，不准《現代文學》再發表任何唐文標的文章，只好退稿，這是本書在七年後方得見天日的唯一理由。

　　時維 1984 年，唐文標謹記於言論自由的自由中國。1 月 19 日，是日新生嬰兒唐宏人剛滿周歲，希望他生活在更自由的人間吧。我們這個時代只有這樣子了。"

2017.12.8
請勿在此處躺臥睡覺

　　"請勿在此處躺臥睡覺"

　　九個楷書印刷體白紙黑字，一式兩份，牢牢地粘貼，在一家銀行轉彎斜角，兩扇落地門的毛玻璃上，相當醒目。路過走廊的行腳，不用駐足，除了快速專注低頭的，總會那麼一瞟吧。九個

字的標示，匆匆閃逝，其實與誰誰都無關。真要執意選址在此處躺臥睡覺，主人還得勞駕一線三星好言相勸。從前乞丐趕廟公，如今巡警請羅漢腳。其實這個走廊轉角，人聲川流不息，絕非夢境的好入口。

此處不留人，馬路對面即公園。公園裡花木扶疏，萋萋芳草，躺椅、樹蔭、水池，金魚在無波的池中穿梭。公園裡比較惱人的，恐怕是螞蟻、蚊子、老鼠、蟑螂吧，但多慮了，也許什麼都沒有，公園輕輕的風吹拂。

2017.12.11
等人之餘

趁空特意步入大稻埕的一座市場，雖係星期一公休日，照明依然無礙，休的攤上空空，不休的物品零亂堆置人影晃動。空氣不怎麼流通，蔬果味、退鮮的魚肉味、布匹味與連日斷斷續續雨過老天不晴的輕霉，爭相飄竄。

這座市場改換新裝，把所謂的傳統老舊變身成所謂的現代簇新。事實如何呢？勉強答之曰：否，不然，寧非是一種時空的調換而已。把原來錯落散佈於街道兩旁的某些攤商集中遷進鋼構建築的屋裡，除了買賣雙方免於風吹雨打，一切的一切宛然照舊。此處沒有販售的其他，勞君移駕外頭，轉過來彎過去繞一繞綿延數百米的亭仔腳。辯證辯證，這一座市場在演繹傳統與現代的辯證？此座市場鄰近布商雲集之地，二、三兩層開設清一色與布料有關的商店，與布匹不做互動的顧客留步免上。

休市，無精打采，懨懨。跨出自動門的一剎，被油飯攤立著的一塊粉紅公告拉了回望。公告上書大紅黑體正楷，抄下：

很抱歉！本店前後場人員不足，
如有等待時間過長請您耐心等待！
並不要為難現場工作人員。
如無法等候期待下一次為您服務謝謝！

為此深感抱歉
XXX 油飯敬上

　　此攤油飯商每天一大清早開市。每日油飯二至三個超大號鋁盆，應不少於五十台斤吧，主操手右胳膊，因為長年鏟裝的忙碌不停，連續使勁過度，頻頻的動作間已夾纏著微量的抖顫。

　　粉紅色的公告，彷彿有些不落言詮，委屈的難以直言，隱隱約約用文字表白，靜默透露攤主積澱日久的胸臆。

　　我到哪兒買過幾次，在急促疾速的交易中，不由自主被捲入無厘頭的緊張氛圍中。買幾斤，裝進紙盒或塑料袋，要這個要那個，給錢找錢，沒有發票。幾分鐘內完成一樁買賣，整個過程憋住。跨出市場才喘了一口氣，也才慢慢忖度起關於服務品質的疑惑。我無端的浮想著，商人是在為新台幣服務呵！難怪的的確確沒有獲得被服務的感覺。有沒有人願意告訴我，島上廣大各門各類的服務業質量，那一處所超過八十五分的，讓我親自去體驗一番，分享服務時顧客至上賓至如歸的感受。真抱歉，如果不算苛刻吝嗇，我對於被服務的評分，不得不比剛剛過關再多它個幾分，出於肺腑，也許有人會噓，這哪門子的標準。

　　做生意做到滿面春風的比比皆是，反之者哀鴻遍野令人觸目驚心，以至於《詩經·小雅·鴻雁》："鴻雁于飛，哀鴻嗷嗷。"的吟哦，也不好對之低聲低唱，保持一定距離的冷觀，別動情，世事難料，錦上添花或雪中送炭看著辦。而況當今飛揚跋扈的當權派，成天傷腦修刪改動中學生的國語文教科書，詩經不詩經，由他決定。當然杜甫《贈李白》："痛飲狂歡空度日，

飛揚跋扈為誰雄？"，人們記牢隨時朗讀吧。做生意做到春風滿面，臉部表情的抒發自然外露就好，只要不是強顏為笑就好。

| 2018 |

2018.1.9
蜉蝣

　　海峽中線這四個字組成的偽概念，居然死死爽爽牢牢綁緊，不得不恭維尊其為島上，傳了一代又一代，傳了幾代依然無魂陰陰的影影綽綽，今夕何夕醒時如夢。夢裡蝴蝶。影綽們偷讀《莊子‧齊物論》：「莊子曾經夢見自己化為蝴蝶。夢醒後，竟然不知道到底是蝴蝶化為了自己，還是自己化為蝴蝶。」哈哈，影綽們只合夢見自己化為什麼，什麼即奴才無疑，奴才綺麗的夢幻永永遠遠也醒不了。誰何須為之操煩。

　　海峽有中線，咎歸美帝杜魯門假說一語成劫，1950 年 6 月底的某日，回頭恍無後路退至台北的常凱申（威妥瑪式拼音）唯命是從。自此，海峽宛如有了中線的虛擬，骨肉分離憎惡近親，冷戰內戰迭加，為台、澎、金、馬的納入新殖民狀態圍好欄柵。常凱申流亡的笙歌與他一手轄制的禁臠與淒迷似近實遠的鄉關絞纏不清。

　　附和偽概念等於假說的從之者眾，不得不把林林總總的音調，描繪成原非出於肺腑，此起彼伏構不成和聲旋律的應聲蟲。

　　《詩經》，《曹風》裡的《蜉蝣》歌曰：

> 蜉蝣之羽，衣裳楚楚。
> 心之憂矣，于我歸處。
> 蜉蝣之翼，采采衣服。
> 心之憂矣，于我歸息。
> 蜉蝣掘閱，麻衣如雪。
> 心之憂矣，于我歸說。

　　若要好的翻譯，建議找北京商務印書館 2013 年 5 月版姚

奠中的選譯本。姚先生 1913 年生，著名學者、國學大師、書法家、教育家，是國學大師章太炎晚年七名國學研究生之一，與魯迅、周作人同門。

應聲蟲影綽們的發聲與嘴形很難予以糾正，可憐染上斯德哥爾摩症候群將近七十年，大腦顱腔內不停攪動著海峽中線意識的顧念，海峽中線實乃杜魯門主義架設的透明屏障，把台灣鎖固在第一島鏈上頭，你在島鏈上替他避雨防風，他深深陷於白宮沙發的軟臥不憂不愁。

日鬼搜刮五十年之後，真的走了？哪有，殘留給奴才影綽們殖民地體質的養成、蓄聚與積累的穩妥。海峽中線美鬼霸權單方面說的，美鬼的鬼話連篇，說了七十年，那一件符合國際規範準則，換個名稱兩岸航線比較適當。而況兩岸飛航頻密，也方便國際航線的航行，M503、W121、W122、W123 飛就飛吧，這幾條航線三年前國際民航組織 ICAO 全都核准在案。海峽中線去它的鳥蛋。

無魂陰陰照常影影綽綽。氣候如是之寒冷，但尚未凍到伸不直手腳，而朝鮮半島上板門店的南北代表，正在親切的用他們的母語對話。

2018.1.11
酒駕，鞭幾下

少數幾個東南亞國家，對違反規定的罪犯刑種其一，執行鞭笞，鞭他個幾下以觀後效，果然取得極佳的社會反響，鞭笞的對象無分里外一視同仁，彼方的國度頗嗅得到近悅遠來的氣氛。金髮碧瞳的毛小孩料不到撒撒野，克林頓求情討饒六下少鞭兩下，四鞭陪著走完天涯，求情求情法外施恩，只求符合國情，白皮膚

入境黃皮膚國度，白皮膚屁股皮開肉綻之時，鮮紅的嫩血非流不可。

我們這個並不怎麼風正，卻極其氣盛的地方，彷彿也曾傳聞遠遊鄉人飄回被笞的哀鳴，那些鞭痛結痂了嗎？然而何其不幸，新聞報導印尼檢方刻正起訴八名台灣人涉嫌運毒，判決一旦確定，他們旋即面臨死刑。

死刑實在沉重，咎由自取，不談也罷。

鞭刑呢？前些時醉駕猖狂，七葷八素頗勞人眾議論拌了一番嘴皮，不了了之。醉駕的看到酒液已然騰雲駕霧，美酒一入口滑下喉，酒客當然喝到不醒人事成仙，醉駕阻攔不住失神，悲劇持續上演，受害者無辜，醉駕不曾醒來，整體社會只好一齊為之麻木，已經沒有誰可以說清楚，何謂麻木，麻木原來是一種求之不得的護身符。

關於醉駕肇禍的懲罰，有人提議鞭刑，這個設想新鮮又刺激，試試鞭幾下，鞭幾下比較合宜？持反對者無端扯上國情，那一國的情則模模糊糊吞吞吐吐語焉不詳，反對者既非慈眉善目的高士，難道他在宣敘喃喃燕子參禪的自語。

醉駕肇禍，生理正常者大致總會悠悠醒轉，事過境遷雲淡風輕。舊年尾與新年頭漸漸接嫁，免不了聚宴小酌，嗜杯浪蕩狂歡。送雞迎狗，不醉駕人人平安。

2018.1.12
卡帶・CD・黑膠

開始蒐集激光唱片，又是另外一番長時間的折騰。還好這款物件，比較易於收存，體積不大，只要不刮傷盤面的水銀，無礙於視覺的霉斑點點，擦拭與否，皆不至於影響聆聽《毛澤東講

話原始錄音》，或《歌王卡魯素 1902-1904 集錦》，或《向吉內泰・內弗致敬》等等。

卡式座機借給一爿音響店，老闆拿去擺設，音響店歇業，沒有了下文，卡式機靜靜走入無聲深處，數不盡數卡帶也不知去向，最後一卷 1999 年小耕與陳伯伯（陳映真先生）的訪談經過翻拷，逐字稿也費了一番功夫。

33 又 1/3 轉的黑膠唱片約略留了幾套，意思意思，此項玩物除了太佔地方，硬體配備不好侍候，殊難讓它盡情的好好發揮，喜歡好聽的人士均諳此中道理。幾套其中，為了防潮衍生不必要的煩惱，根本不啟封讓它保持完好，想聽聽別的版本。如此一來，只能望物興嘆，自知並不實用，隔絕忍著讀不到內附三十公分見方的文字資料，黑膠大盤最迷人之處盡在於此。以《拉威爾歌曲集》為例，三張唱片六個盤面，唱一面換一面，唱完一盤換一盤，一面約半小時，三盤下來全聽，三小時總要，而且不得離開音場太遠，唱臂不會自動回頭，唱針往內旋入盤心，如此頻繁往返操作，居然忘卻人生若何苦短。

卡帶與 CD 的文案比起黑膠相形見拙，卡帶附一方小紙片，其實可有可無，早年有人翻拷牟利，文案根本闕如。CD 的文案略佳，但算不上多好，十二公分見方能嵌入照片幾寸，又留邊幅，再怎麼設計也顯得小氣，比不上黑膠圖文並茂落落大方。然而 CD 的後發優勢，把 78 轉、33 又 1/3 轉的舊音新製，提供時不我待去日難再的饕客浮想思古幽情。

兩岸分斷受制於人非吾所願，然而這個歷史設定的規律，必然在滄桑漫漶的悵然間悠悠緩緩。中央人民廣播電台錄於上世紀六、七十年代之交的《樣板京劇》、《現代芭蕾舞劇》等文革經典作品，終於在九十年代初，以 CD 的形式一部接著一部，在我的聽域陸續唱響。

真不在意影像的有無，也便沒有追索 DVD 的去處，想同時

解決視聽，音樂會現場一途。DVD 前身的 LD 機曾擁過一部，LD 盤與黑膠一般大小，缺點一致，還好 LD 一張也沒買，買一張不會僅僅只買一張。LD 機消逝市場多年，行家讚美它比後產的 DVD 優秀，世事蹊蹺，自作聰明的人類好像也說不透自作的聰明。

這樣聽來聽去，音樂會也非絕佳之處，曲目總是局限於小範圍的翻來覆去，任何上台的樂團最想演奏傳播自家的樂曲．德、奧居首，俄、義依次，法掉得老遠，英、美幾乎聽不見，這種現象還會延續下去，沒有理由可以讓它改變，不能謂不嚴重，但市場與票房虎視眈眈。

CD 寬廣許多，雖然不一定聽得見全世界。

2018.1.22
買豆

前年春間時節批進門，從猴年頭烘抵雞年尾，足足烘盡了近兩年的陰晴圓缺，一次次通過炒熟、研磨、煎煮、斟上早餐桌，數十公斤的生豆悉數完罄，一粒不剩。

買豆子不必挑黃道吉日，不用選良辰美時。尚稱方便，僅需一路公車搭至賣點附近，近 1 小時車程刷兩段票，下站再徒步半公里。購一定量，貨品隔一、二日即可配宅到家。

市場通例生豆以法定的公斤計價，熟豆用非法定的磅交易，生熟之間滿佈商之為商的遠慮深謀，表面上彷彿平靜無波，實則廣袤豆海，潛伏著黑色汁液的漩渦，與黑色泡沫底裡的礁墨。一公斤生豆，將之炒成兩磅熟豆，如此而已。自行炒豆，生豆來自進口的貿易公司，與生豆近距廝磨短兵相接，十年一過。

十年前的更早些時候，長期一磅磅的買，後來與咖啡店主

人混得頗熟，熟意味什麼，信任、依賴不疑有它，他何需傾囊盡說。玻璃透明櫥櫃一格一格，標明產地與價格，口袋裡的預算，制約著舌尖慾望選擇的莽動。咖啡店主人、咖啡豆與我之間的三角關係保持和諧、安好。

直至某日，終於確認玻璃櫥櫃裡的一款豆體、價格，與孜孜耐心尋索的來龍去脈若合符節，噤聲默默，自此告別了咖啡店。

不喝咖啡所在都有比比皆是，喝咖啡的也眾手一杯純屬樂事，喝與不喝君子之需宜各決定，既非食、衣、住、行非辦不可的配套，如是執意真假莫辨。然而，竟然喝上這杯黑色尤物，奈不致溺於時尚虛榮，在消費至上只要喜歡皆可方便率性隨興盲目，買杯抑或自行運腦動手，瞧著走乾脆利索。黑體的杯中物篤定咖啡無誤？怎樣的海拔？豆子來自何方？買杯者付現轉身就走，迅速暢快邊走邊啜，反正很忙停不下步伐，握杯的另一手眼睛死死盯緊指頭，沒有什麼會從他的視線遺漏。

媳婦看我炒豆，看著看著自個去買豆也徑自炒了起來，瓦斯爐上的直火別開生面，另闢蹊徑的心得是，耐心清理爐台四周飛落的銀皮，而有時炒深有時炒淺，爐火上的妙趣天地一層又一層。

推門進屋，滿室咖啡生豆青淺鮮澀氣味，靜靜的懸浮，我來買豆子，我要買豆子，語音落地，一位生面辦事員小妞迎了出來。詢問方知今年東非缺雨少水，肯尼亞與埃賽俄比亞的豆價微揚，中南美的平平，巴布亞新幾內亞的藍山圓豆"天堂鳥"比正豆便宜。選好豆，算好帳，可以刷卡嗎？付現才有折扣，小妞表示刷卡需給發卡公司佣金，付現的話佣金轉成顧客的折扣。折扣不多，可買三、五天的葉菜或一斤半的肉。

2018.1.31
候診

　　幾天前，陪老伴去常德街 1 號那家教學醫院，伊掛下午診 10 號，眼科需先放大瞳孔。吃好中飯她 1 點出門，預計 1 點半到達，我晚半小時後去會她。兩人癡坐並肩傻候，等待紅色的診號亮起，足足等了 4 個鐘頭，相當於兩個人合計 8 個鐘頭，才看到醫生。吾倆坐上候診的塑料椅，抬眼看診號，原來上午診尚未結束，掛下午診的病號，既來之切忌浮躁。

　　生恐病號無聊，院方在座位的仰角視野，架設電視屏幕，幫忙病號和陪伴的家屬把時間渾然忘掉，把生命若無其事虛耗。而電視屏幕滾動播放美製的塊狀節目，循環著不間斷異域奇情的光怪陸離，寧非病號問診之所需。它有自知之明，果然也不直播或放映，知識含量極稀且無甚內容的本土電視。本土電視內容之貧乏虛脫、喃喃自娛、語無倫次、欲振乏力，當權的精英們群謀共策融融，鮑魚之肆不聞其臭。

　　美製影片唯我獨尊，在教學醫院的候診室暢行無阻，院方把持操控播映，病號別無選擇，只能被動接受視聽，此一不對稱的時空情境，暗喻了美式價值無所不在，美式種種皆有可觀，美式的領先優渥，訓練觀眾觀之觀後心嚮往之，不停留於視聽之餘。

　　常德街 1 號，前殖民的遺物移交新殖民久矣，新殖民主窮凶極惡霸佔中國人的一方土地，何時鬆手？

2018.2.2
附隨組織（之一）

　　政治遊戲的術語，當福至心靈的時刻，便順勢而為被自成機

梭編織出來，談不上多少創意，實用為主摧毀既定目的，大家聞見了嗎？不遠處傳來嗚嗚咽咽，哭聲並非遙遠民間傳說故事裡的孟姜女，她僅僅為敵營奉送的"附隨組織"四個字啜泣。

也許沒有什麼印象了，重聽一遍無妨。丈夫萬喜良去築長城，孟姜女萬里送寒衣，知夫已亡，哭於城下，城牆崩塌。滴血辨出夫骨，攜而歸葬。是追求幸福生活、機智勇敢、堅毅不拔的女性典型。卻為"附隨組織"掉淚，免了吧。

要認起真來，"附隨組織"蹙額攢眉怵目驚心處處皆是，久而久之通體適意麻痺無感不覺了，完全喪盡末梢神經的切膚之痛，只餘嬉皮笑臉與寡廉鮮恥，嗚呼哀哉所剩無幾。

誰敢壯膽自拍胸脯狡辯，KMT渡台以來不是美帝的"附隨組織"。岩留理男轉大人後不是靖國神社的"附隨組織"，蔣介石們不是岡村寧次們的"附隨組織"，台灣國民黨不是奶水黨鬼魂哺大的"附隨組織"，當權派不是與特朗普私通款曲的"附隨組織"。"附隨組織"盤根錯節裡應外合明暗通噬，族繁不及備載……

附隨與組織相依為命狼貪鼠竊無日無之，何需繞舌，2300萬人得過且過，悶不吭聲心知肚明。聽一段陳達遺音台灣說唱《唐山過台灣》，懷念老先生鐫刻在恆春的背影：

思想起——
祖先艱心過台灣，
不知台灣生做什麼樣？
思想起——
海水綠深反成黑，
在海山浮漂心艱苦。
有妻有子來相助，
後來啊，

要渡咱父子母媳有前途。

2018.2.5
王羲之與我

1965 年台北外雙溪的故宮落成。在蔣氏王朝岌岌可危風雨
飄搖,自知來日苦多的四零年代末,他只花了極短的時間,便把
三千箱文物,令其部屬以三趟船次運抵台灣,若一艘船載運一千
箱,原來預計運七趟,因為兵荒馬亂兵敗如山,來不及運走的四
趟船,應有四千箱文物被理所當然保留了下來。三千箱文物在台
北待了超過半個世紀,在蔣氏充滿帝王將相的思維裡,歷代傳承
的文物,要與皇位同在,文物乃歷史文化的積澱結晶,文物南遷
支撐著他敗走故土的私有殘夢。三千箱文物輪番展覽過幾樣?一
般百姓其實離文物老遠,平日生活已經夠嗆,中南部的訪客需要
專程安排,大台北周邊市民的觀覽免不了來去一瞥匆匆即逝。畫
展的照明為了減少光害調低亮度,文物確實受到保護,參觀者人
人卻看得不甚清楚,怎麼辦,不忘情不釋然,決意買一份複製品
回家舒展端詳。白菜、苦瓜、豬肉等等玉石聚光玲瓏剔透,觀眾
卻前擠後擁熱騰騰包圍在玉石靜置於安全玻璃櫥櫃的四周。

看過幾集 CCTV ③綜藝欄目的《國家寶藏》,頗佳。為了增
加收視率,邀來走紅的影歌星扮角演出文物故事的前世今生,也
請專家淺析文物歷史的肌理,相得益彰。

無論如何,自備真絲織錦版《蘭亭序》橫披一卷,幾時想讀
即將之取來鬆開,東晉的王羲之與我同在。

2018.2.2
《尹縣長》

雞年即將結束前的某個陰雨天，與陳若曦女士共進午餐。我坐在她左手邊，這大約是她我一次最近的距離，她寡言，筷子也動得少。起身赴約忤定，僅攜帶一冊 40 年前購藏迄今的《尹縣長》請她簽名，那本小說集 1976.3.5 出版，我在上市的幾日後買到。

1979 年年底，她專程返台，為剛剛發生「高雄事件」，先鎮後暴抑先暴後鎮的疑團，面見彼時領導人小蔣。諸友在新北投為他洗塵，映真先生讓我送她夜歸，再三囑咐務需待她入室關門方可離去，風聲鶴唳惴惴不安。

現今她在北市北區一處養生樓安適過著日子，準備送她一本兒童圖畫書《寶島小遊記》時，她婉謝了，她說孫子不在這裡，他們都在美國……

2018.2.9
從良

從良一詞，今人在使用時，都還是約定俗成因襲舊義，幾乎不會超出一般詞書的詮釋。這個現象其實是值得商榷的。

為何從良，因為從良之前從惡，無惡不作十惡不赦，歷來的從惡者並無性別之分比比皆是。因此從良的敘事，似乎不宜針對特定對象，亦即詞書釋義的那個特定的性別人物。

吾人生存的境域，難道從惡的風氣不是處處氤氳，惡惡相沿成習，縱向之惡與橫向之惡相輔相成，歷史之惡與人為之惡相映成趣，從惡夥同渾然忘我，從良的念頭赧然乃身外餘事。

從良萬難而從惡簡易。從良天經地意，《左傳・昭公二十五年》「夫禮，天之經也，民之行也。」從惡非僅喧嘩鬧市興風作浪，良惡互溶已無分際，《史記・司馬相如列傳》：「寡廉鮮恥，而俗不長厚也。」。

被帝國主義凌遲制壓日久，入其殼中，忘祖棄宗，反過來投靠親暱帝國主義，享盡它荒淫連綿的凌遲。從惡既成時尚流行，從良調劑愛理不理。裝點作態無時不在，良早匿跡罔聞去向。問誰？問小葉折合，葉柄下垂，荏弱綠色無力承載任何重量的含羞草或夏日綻放紅色搖曳生姿的罌粟。

從良既應付予舊語新義，便應跨越性別，不計男女，昏聵的、久滯鮑魚肆、假民主假自由、兜售民族利益、巧取豪奪繩繩子孫的，皆應即速從良。

2018.2.15
東北米

L君提著五公斤的吉林舒蘭米，笑嘻嘻登上樓，趁著除夕午後，難免俗辭舊歲，他剛剛從長春出差回來。

東北米的名氣響徹雲霄，記得曾經吃過一款「响水米」。好吃的東北米還有好多，不急，現在等著吃第二款。好吃，意味著無須吃多。有沒有天天吃鮑魚螺肉天天喊暢快。

一盒硬紙箱五公斤密封著，迢遙的遠距，L君飛越時空，手提著數千公里外東北土地豐收的情誼，真空包裝粒粒晶瑩剔透的生米，吾家大同電鍋即將不斷，冒出東北農田稻穗陣陣親近的暖意。

五公斤東北米可以煮成好幾鍋，好幾鍋可以盛上好多好多碗，如此樸實的豪華，會在餐桌上展開一段，進食時光的芬芳。

東北米煮成冷粥，佐以台灣烏魚子，那就是平常人家的盛宴了。

2018.3.1
火腿的去處

上世紀 90 年代，自從與周爺（良沛）相識以來，無論他來新店探親或是在北京碰面，他總會攜帶其重無比，我視為珍品的宣威火腿餽贈。雲南宣威與浙江金華雙腿齊名，是一前一後吧，不懂得怎麼吃，也就不曉得怎麼買，從來不曾買。媽媽彷彿沒有做過。

成都路新世界影院入口處，現今藥庄原址，即西瓜大王旁隣的小鋪，昔時牆上疊掛一隻隻長滿發霉的巨型火腿待價而沽，操閩南語口音的中壯男掌櫃，自製鹽水鴨，直到有一日搭大巴走滬寧公路遲了午餐，在南京吃到鹽水鴨，咀嚼美味說不出半句話，那一餐吃到的獅子頭時至今日亦尚未忘懷。

許久了，過年過節年貨節貨盡往外買，外包裝上標明使用期限，人人都處處設防默不作聲提心吊膽。

在還沒有出現冰箱的年代，那時候家家戶戶自製應景的年節食品，不需添加額外餘物，媽媽和鄰居合蒸一大鍋甜年糕，分得四分之一，可供姊夫從年夜吃到夏至。清明潮潮，甜年糕表面上的某些部位，黴菌已蠢蠢欲動準備發萌，那也並不礙事，姊夫把甜年糕切一塊硬幫，長霉處就於水龍頭下，刷洗刷洗乾淨擦晾，吃它一個午後甜冰涼。

小小鋪不知不覺間上鎖關門停擺，疊掛牆上，一隻隻長滿發霉的壯觀火腿，去了何處。

2018.3.3
護身符

趁燈節的喜氣還沒完全散盡，伊興許嚐過黏口的元宵，但元宵甜好了嘴，待元宵滑溜流入食道，伊反芻芝麻在胃囊裡混到的酸液。

伊——下台的文化官 R。陳映真 2006 年 2 月份寫的駁文《文明和野蠻的辯證》，便是向她發帖（參見《陳映真全集（22卷）》）。

面對外媒鏡頭這次伊說「如果台灣早一點自我消解掉，事實上北京根本不需要動手。」賴給「如果」，諉給「如果」。「如果」太陽明天從西邊升上來，從東邊落下去；「如果」曾經與正在五鬼搬運的正人君子，今夜起他們身上開始發癢，卻搔不到癢處，癢不停；「如果」總督府換牌特首辦。「如果」向來即唯心論者的護身符，日漸失靈時不我予，無法得心應手深陷失落的焦慮，若無其事輕鬆調侃，能夠轉移嚴肅正面的話題？

「自我消解」語意跳踏撲朔迷離，充滿絢麗無邊的空虛，伊幽居於形形色色台派叢林構成的街市，也是炙手可熱遺跡裡的民國範兒。所謂「自我消解」可否不厭其詳條分縷析娓娓道盡，2300 萬雙台灣耳朵都懇切想聽。

她寄望大陸動手的前提，把 70 年台灣當成寶貝。把 70 年大陸當成寶貝，不知是否同時等量存於她的明思之間。記得小時家母制裁胡鬧的警句：「痟的（siǎo‧e）驚打（gniā pāh）」。打在兒身痛在娘心，打的少，罰跪比較多。

大陸中國把台灣當寶貝無庸置疑，除了木頭人沒有一絲感覺，或僅僅一截枯朽木片腐滅指日可待。

有清一季的乙未割台，李鴻章在春帆樓上任人割宰，李氏與清宮聯袂不寶貝台灣，雙雙皆錯。強盜倭寇兵臨城下，皮之不

存，毛將安附，《左傳・僖公十四》裡說得清清楚楚。

日帝寶貝台灣、美帝寶貝台灣，前者吃乾抹淨後者予取予求，前後搜刮殆盡疲於奔命超過 120 餘年。大陸中國把台灣當寶貝讓這枚寶貝日後不再顛沛流離，免除浮沈於海外，有家歸得。

民國範兒老愛在舊式的紀元醬缸罈裡，相互發酵、彼此撫慰、耽溺汜游，如此的歷久彌新，也就是人人有目共睹的結晶——寶貝台灣 70 年——R 君給他穿上一件薄如蟬翼的外衣，美麗的醜陋纖毫畢露一覽無餘。

「自我消解」適宜想太多抑不宜想過頭，觀眾暗地裁決自由心證無傷大雅。本地史觀培植形塑欽定的知者之言與知者之論，鮮少洞見觀瞻，亦少洞見肺腑。言不及義的因由，孔子早說過了，如《論語・衛靈公》：「群居終日，言不及義。」群居終日的時間跨度，即光陰照臨台灣的 70 年。

嫻熟爭權奪利專擅聚斂營私，後發資產階級買辦群體，形成接班梯隊浩浩蕩蕩，「自我消解」飄過耳根，他們聽也不聽，靈魂早已整批典當，軀殼善後交由有心人代勞。

2018.3.20
第一刀

客家酸菜或客家梅干菜或客家福菜等等，往昔在做成湯餚時，起鍋前浮鋪於表面片片漂亮的三層肉，肥瘦相間連皮迫不及待，在眼前冒著香氣兀自蠱惑著。三層肉沾客家桔醬色美爽口，不碰豬皮不近肥肉者快快向隅，如何是好。

片二層肉替代三層肉入上述湯鍋似乎不怎麼搭伙，二層肉白煮白切比較正。蒜泥白肉可以在川式菜單上尋到，白切二層肉，台式麵攤仔怕也難找，反求諸己絕對穩妥，蒜泥二層肉會使許多

士紳暫忘忌口。二層肉做私房肉羹極佳，試著想想看不難，做成了，便不思往外跑，盡享獨家，吃多少做多少新鮮衛生經濟實惠，乾的湯的隨心所欲趁興而為。二層肉對“衣帶漸寬終不悔”的伙眾親善，體貼入微無限溫柔。

老想調整這道客家湯菜的肉材，咋辦，大清早走到肉攤一途，敘明來由，攤主成竹在胸答笑，有料請待片刻，他轉身取下後台掛架上兩段長片寬帶，長約 50 公分，寬約 6 公分，一隻豬兩片“第一刀”，前胸左右各刃一處，開膛剖肚解體分門別類，一片“第一刀”重約 10 兩，兩片不過斤餘，薄切。取肉間的片刻幾句閒話，攤主問可曾聽聞“松坂肉”，那塊肉位於頸肩胛，是施打預防針的地方，他不無好意低聲說，就不吃吧。

返家下廚試煮新物，未知的期盼獲得圓滿，“第一刀”肉質輕脆易嚼，客家酸菜湯的配對再增一樣。

2018.3.22
什麼米其林

祖母與母親在她們的世代，都不曾聽過什麼米其林。我聽到米其林，它像許多吹過的耳邊風，去向無蹤。祖母與母親在世時，都下廚烹調可口的家常菜，應景的時節菜與祭祖的鄉味菜。母親還在屋後一角養雞，特殊的日子宰殺，我幫她後續一些小忙。米其林與天涯海角一般遙遠。

上世紀股市盛極一時，從股票市場滿面春風步出門外的股族票友，去哪裡吃飯？翻開電話號碼簿上的餐廳飯館，一家家順序吃，吃過的刪掉不再重複，從來沒有考慮什麼米其林。

什麼米其林，全球化的一項洋玩意，想跟著玩隨心所欲，又不用煞費周章耗損氣力，口舌與現錢整理完備，啟動搜索引擎，

感覺指南會帶路，尾隨其後怎麼帶就怎麼走，記得攜帶自用的筷子、調羹。

2018.3.27
褒喪

治喪人家辛辛苦苦真情實意號啕了一場，抬起頭抹乾眼淚赫然發現哭錯對象。何以致之，殯儀公司寧非忙錯之過，死者太多排序顛倒忙昏頭，歉歉深深鞠躬。哭也哭過，陽間哭聲一定能尋抵陰界親人的耳朵，不會白哭，陰陽相通，陰間比陽世還要靈透。解構主義的理論家省點事，知趣不要來插嘴。解構主義緩緩消逝，後解構主義冠冕堂皇登場，大家一齊解構，人人一齊後解構。喜怒哀樂本質不變，但形式隨時翻新與時俱進，因循守舊固步自封累得大汗淋漓卻也難益健康。

錯亂與亂錯孿生一體，當代的價值核心，最最顯耀的主流經典特徵，學樣模仿站得遠遠半推半就似嫌不足，入伙齊聲歡唱分享生之亢奮昂揚，而不要莫須有杜撰累牘連篇不知所云的褒喪。

2018.4.1
三尊僧尼

走到捷運站要不了十分鐘路程，燈光通亮的商店鱗次櫛比。三尊僧尼分別處在三個位置。第一尊盤腿趺坐於板凳，一家素食餐廳前，低頭低眉滑著手機，不知在研讀那一部經書的那一頁經文。如果是《般若波羅蜜多心經》，「觀自在菩薩行深般若波羅蜜多時照見五蘊皆空度一切苦厄……」，如果不是。第二

尊低頭低眉，雙手捧陶缽，一家官股比例居多的民營銀行前，來銀行辦事者絡繹不絕，銀行自動門開了又關關了又開庸庸碌碌，「舍利子色不異空空不異色色即是空空即是色受想行識亦復如是……」。第三尊最年輕的一尊，定點立於捷運門外人行道上，陶缽懸胸，低頭低眉，進出捷運川流不息，上行下行電扶梯經常故障停擺修理，走三十幾階的階梯，能耗多少卡路里，「舍利子是諸法空相不生不滅不垢不淨不增不減…」。

2018.4.3
消費的圈套

俄籍女小提琴家維多莉亞‧穆洛娃，1983 年趁前往芬蘭舉行獨奏音樂會覓機投靠滯留西方，頗有相當時日了，她早已融入西方樂壇生態，近期伊將來台北，演奏幸福滿滿的門德爾松《e 小調協奏曲》。

一般的評論皆稱：如果貝多芬譜的《D 大調》當成亞當，孟德爾松創作的《e 小調》無疑即是夏娃。兩首樂曲分別為德國古典主義與浪漫主義時期的代表作，珠聯璧合。但貝多芬協奏曲的音樂會現場演奏不絕如縷，而孟德爾松協奏曲的音樂會現場演奏卻相形顯少。

作為蘇聯小提琴學派的傳人，她係列奧尼德‧柯崗的得意門生，她嚮往西方，無非欲求別一種想望的轉換。未料紐約，美國的生活方式令她難以消化，移居去了維也納，彷彿權充西方樂壇政治資產反動的活樣板？誰說的。她老師柯崗自 1951 年起出外比賽、演奏，足跡遍及歐陸、南北美洲，風塵僕僕兢兢業業。她看著好樣的老師，好樣的柯崗。

穆洛娃深悟珍惜羽毛，錄音不多量少質精。普羅科菲耶夫與

肖斯塔科維奇的曲子，表現了她受蘇聯教育的精緻獨到。別人的曲子，她照樣游刃有餘。

台北愛樂電台繪聲繪影，利用當年穆洛娃尋求政治庇護的故事，編制了一小段短劇廣告沿用 "反共抗俄" 的舊料推銷賣票，為許許多多腦袋尚未開竅的聽眾，糊里糊塗莫名其妙聽信消費的圈套。

2018.4.5
紙老虎

2025 屈指一算雖然還要八年，但日夜如梭轉瞬即至，不是說有志者事竟成，急也沒用。八年後老眼昏花程度會比較嚴重，可兒孫輩們會看得清清楚楚，無虞遺漏。關於「中國製造」的情節，過往寫過一些，皆係個己的親歷體驗，絕非虛構。而中國製造，絕不局限於改開以降的四十年，還應該往上溯，1966、1949，上溯上溯上溯到 1840 等等。

近幾日美帝針對「2025 製造」叫起板來，台灣地區的居民目瞪口呆之餘，繼續配合幹著吃裡扒外的勾當為虎作倀為鬼為蜮，《詩‧小雅‧何人斯》："為鬼為蜮，則不可得。" 而台灣地區居民故意裝傻渾然不覺，美帝一隻沒有面目，徒有鬍鬚的紙老虎。

毛澤東有兩篇收錄在《毛澤東選集（第五卷）》裡的文章，應該找來讀，它們分別為《美帝國主義是紙老虎》、以及《一切反動派都是紙老虎》。

紙老虎披著漸漸過時不再時尚的帝國主義外衣，四處陰謀殺戮暴斂掠奪，無所不用其極。已經習慣於它淫威的惑眾，溶化於它淫威中的甜美，成了它的共謀飲鴆止渴，《後漢書‧霍諝

傳》："止渴與鴆毒，未入腸胃，已絕咽喉，豈可為哉！"。

吾人何其不幸，尾隨徒有兩撇鬍鬚卻無實體的紙老虎，亦步亦趨上下晃蕩左右搖擺，失魂落魄春夏秋冬。為兩撇鬍鬚彩繪完整勇猛威武的身軀，好好的畫好避免畫出一隻病貓，不食飼料，成天瞎想夠不到的魚腥。萬一畫虎類犬，被三國時期魏國的曹植，隔著兩千年的歷史時空訕訕而笑。

2018.4.16
《愛的教育》

網購了一冊新版《愛的教育》，書到便利店，貨取回家拆封，雀躍的新喜瞬間淡然，隨即思念起許多年前，舊有的那一本，經過不計其數的翻閱，朋友借去複製，書的老齡受盡折騰，終於完結它的使命，沒有依依不捨的散架，把它不無可惜的交給了不知去向。

那一本《愛的教育》，係 1923 年夏丏尊先生據日譯本轉譯，由台北的開明書店出版。開明書店打烊許久了，今日的台北，怕沒有幾個人知道，有一家開明書店曾經在距長安東路不遠處的中山北路上營業過。在台銀經濟研究室，主持經濟學名著譯叢的周憲文先生，開明書店也出版了他的力著《台灣經濟史》，周先生著譯等身，消失於吾人視野的帕米爾書店，不應忘記也出版周譯矢內原忠雄的《日本帝國主義下之台灣》。

夏譯《愛的教育》書封，記憶裡彷彿出自豐子愷的設計，容許有誤。藍色背襯一枚紅心坐擁稚嫩的天使娃娃，無比慈欣令人疼愛。

夏丏尊是豐子愷的國文老師，李叔同則教過豐子愷音樂、繪畫，豐子愷的畫、文並茂人所共知。他們偕同走過日寇侵華的歲

月，在那個陰霾無邊兇殘難測的艱難時光，三位各自成就奕奕生輝。他們的著述至今依然靜置於安謐深處，等待著後之來者，福至心靈的閱讀。

2018.4.28
陪病隨筆

陪老伴住院，半年前去過的那一家老地方，處理她右眼滋生交疊的兩種狀況。住院翌日的午后，開刀房只用了一個小時OK，她右邊貼著眼罩躺在病床，重新被推回病房。現代醫學如此之發達，很難想像從前，或從前的從前，先民怎麼排除身體的病魔，中國的歷史如此悠久，中國的文明又是無比的燦爛輝煌。

頭兩天訂醫院餐，它唯一的好處方便，它送什麼來只需要咀嚼吞嚥，但掀開盒蓋真不怎麼誘人，秀色付諸闕如，想一想還是把它給退了。

有幾餐回家料理。捷運往返各半小時，合計1小時，廚房操持1小時，兩個小時可以把拌豬油的水煮A菜以及其他，提進病房，當然還有虹吸式的熱煮咖啡。

杭州南路61巷那家麵食店，終於特地去買了25粒水餃，25粒175元1粒7元。這片店列屬排隊的店，等待取物時站在門口探望，工作人員不斷端出狼藉的杯盤，徑往橘紅色的塑料大桶傾倒，排隊的幾十雙眼睛全都看見。排隊、排隊，出院前夜放風蹓躂，走過那裡8點50分，約有30名男女歪歪扭扭非排不可。

另一處排隊的景象，在善導寺對街商場二樓，賣中式早點但並非清粥小菜。嚴格的說，它比不上吾家巷口這一家，客觀評比，不存在內舉不避親的地緣情懷，儘管排隊的店開了發票，表明它規規矩矩繳稅，繳稅了又怎樣，轉個手誰也無法追蹤，醜態

畢露掌權龜孫子們團夥，把從燒餅皮上那些，點點白芝麻搜刮積聚的民脂民膏，大大方方搖搖擺擺緊握，準備拿去買他們美國爸爸製造的軍火。發票開半天，繳稅繳半天，鹹飯團還在腸胃蠕動，心肌也隱隱在胃腸上方絞痛。

病房牆上的電視機，只能收看本省電視台播放的「金文會」。本省因為還躭溺在孤兒狀態，什麼叫做國際觀它渾渾噩噩，那些新聞報導在影像邊旁白的聒噪，就像踩踏夜市吃鼎邊趖，這麼重要的國際新聞，記者小姐與記者先生的嘰哩呱啦，真像極了蚊子叮牛角那個形象，記者的嘴巴與蚊子的針形口器千差萬別，蚊子搞錯對象異想天開，而記者對著麥克風發話彷彿天女散花，人造虛偽的五彩繽紛。

2018.5.1
公知

台北的市上有一尊公知自作聰明，把現任的總督 C 女士，與坐在紀念堂高高在上，冷冷地俯視眾生，全身僵硬的那一座雕像形神比擬相提並論，如此的不倫不類，自然流露公知的乏善可陳，公知公知除了虛名徒具，隨興信口開河，日日夜夜滔滔不絕。

事實的真相是雕像雖然早已僵硬，但僵硬的僅其外在的軀殼，它內在欺罔的魂靈，長存於總督府的辦公室裡，雕像的肉身於 43 年前隱遁，遠行陰司，它的全套精神構造，遺留成了踵繼其後歷屆履任活命總督的靈丹妙藥，蕭規曹隨春夢遙遙，春夢春夢不可開交。

總督府就是總督府，坐鎮其間的總督扮好殖民地的代表，多餘的名稱不能成立，全權聽命鎖鏈背後宗主的胡攪，總督自創名

號，即概念的裝假與虛妄的置換。總督府長期伴當外合的奴僕，聽任異族役使，異族坐收裏應的漁利遠超邊際效益，總督府外牆連年淚痕斑斑，而走進走出辦公室的歷任總督，卻個個歡天喜地眉開眼笑。

毛澤東 1949 年 9 月 30 日，為人民英雄紀念碑起草的碑文：

> 人民英雄永垂不朽
>
> 三年以來，在人民解放戰爭和人民革命中犧牲的人民英雄們永垂不朽！
>
> 三十年以來，在人民解放戰爭和人民革命中犧牲的人民英雄們永垂不朽！
>
> 由此上溯到一千八百四十年，從那時起，為了反對內外敵人，爭取民族獨立和人民自由幸福，在歷次鬥爭中犧牲的人民英雄們永垂不朽！

公知可曾讀過，如若不曾，現在補讀為時未晚，把眼睛看過來多讀幾次，願意背牢更佳。耐心找找唱片行隱角，可能尋到毛澤東當年，在紀念碑奠基儀式上宣讀碑文的原始錄音，毛澤東朗讀的鄉音恰可與莊嚴的碑文對照。

公知頂著被錯愛瞎捧的光環行遍天下，公知卻也存在偏知與漏知的黑洞，譁眾取寵或順風放話或附勢摻和，公知恐怕言不由衷，既站不到興風作浪的位置，隨波逐流差堪。公知的流俗媚相，其來有自當非今日始，某 1 號公知與某 2 號公知與某 3 號公知與某 N 號公知，姓氏苟非雷同，腦洞冥頑不靈，狀如韓愈《祭鱷魚文》：「不然，則是鱷魚冥頑不靈，刺史雖有言，不聞不知也。」

公知公知幫閒分贓，責無旁貸。許許多多公知只知其一不知

其餘。公知看似振振有辭口沫橫飛，抬起轎來個個奮力飛奔。公知在利益互惠的甜蜜裡，忘我的糾結。公知公知遠遠望去，儼若一丘之貉。

公知任性的放言氾濫成災，真偽莫辨似是而非，悖論大行其道，蠱惑芸芸眾生，終歸未知的某一日，大家一齊滅頂。

2018.5.10
喪鐘

事實上，甚囂塵間的維持現狀想像，意即心緒毫無遮掩的坦露，往昔已然於今為烈，隱形的哀吟字字抖顫句句慌竄。喪鐘為誰而鳴。

老蔣束裝背祖南逃另立王闕，安頓於此島，自彼時起，一切的一切，直至今夕，每一分每一秒被海峽阻隔，被強大外力密閉封存於維持現狀森嚴的透明囚籠，空間彷彿靜止，但時間繼續前行。

流亡王闕建構的臨時政權，正式開啟一個奴顏婢膝的時代，承歡於異族施捨之迢襟俯暢，逸興遄飛。自中原截奪運載而來的黃金、文物，更加穩固重新矗立起，轟然坍塌輝煌閃爍一路買辦的銹斑。驚弓之鳥，夢覺黃粱。

1927年4.12、4.18、4.30的三天紀錄，把老蔣引向對中國現、當代史的全面反動。從他在南京登台，歷經22年的翻雲覆雨，整體中國陪他走過22年的痛徹心扉。1949年底，他若不搭專機南飛，維持現狀便無由發生，1950年後，將近70年本省的現狀，難道不是被霸凌無休止地維持著。

魯迅曾論述「維持現狀是任何時候都有的，贊成者也不會少，然而在任何時候都沒有效，因為在實際上決定做不到。假使

古時候用此法，就沒有今之現狀，今用此法，也就沒有將來的現狀，直至遼遠的將來，一切都和太古無異。」（參見魯迅《且介亭雜文二集》）。

2018.5.16
《我們化作水》

朝鮮一方，把架設在板門店邊界的巨排喇叭，拆了，使得他們琵琶別抱的南方同胞，從此再聽不到北面傳下的，有時提醒，有時呼喚，更多的耳提面命，不忘徜徉於宿敵淫逸驕奢的虛罔。朝鮮一方的殫精竭慮，良有以也。

巨排喇叭拆除，象徵有形對峙消融，但無形的藩籬呢？那些埋藏在 38° 線南端，被豢養被征服被利誘被脅迫被改造，甘願與不甘願屈膝了如此之久。

朝鮮命運的歷史坎坷始於十九世紀末的 1876 年，與日帝簽訂「江華條約」，開始了半殖民地化過程。1910 年倭寇正式吞併朝鮮，雷厲施行野蠻的殖民地統治與民族同化政策，直至 1945 年獲得暫時解放。奈何朝鮮戰爭後，半島以南被據，恢恢分斷。

日倭念念不忘脫亞入歐，福澤諭吉揄揚脫亞論，緣起 1885 年釋解明治維新之義，迄今過去 133 年，實際禍害了亞洲 133 年，誰曰不是。當然不只，還應加上明治即位的年份 1868，再補上 17 年，總共禍害亞洲 150 年，一個半世紀。入歐遙遙無期，入歐的哪個部位，襯衣領結、胸前鈕扣、肚臍眼或不偏不倚坐穩免痔馬桶的肛門口。

1945 年投降於兩枚長了噬人之眼的原子彈，華盛頓特派使者進行佔領，之後日倭恍然重返四島，自那時起鬼子軍國主義餘

孽僅餘軀殼，傀儡的軀殼，軀殼繁衍著軀殼，照樣按時去靖國神社朝拜，鬼魂與鬼魂，斷腸與斷腸互訴。

　　半島南北分斷後，它們在聯合國各有一個席位，但朝鮮（DPRK）才是貨真價實千真萬確，主權獨立的國家。主權獨立的國家不準擁核嗎？擁核執照握在上帝的手中吧。中國擁核，同時承諾不先發制人（襲擊無核國家）。

　　朝鮮的巨排喇叭拆太快了，留下來並不礙眼，讓它成為戶外裝置藝術一景，播播各類音樂善加運用，每天或周期性製播傑出作曲家尹伊桑的曲子，尹先生豐沛的創作遺產，使朝鮮獨特的旋律，在世界樂壇傳響。

　　大方、寬量、好樣的金正恩讀詩嗎？先抄一首當代韓國女詩人姜恩喬的詩送給他。

　　《我們化作水》　　　　　韓國姜恩喬　詩／蘭明　譯

假如我們化作水相逢
怎會有干渴而不為此歡喜的人家
假如我們和高大的樹並肩
發出滴答　滴答的雨聲

假如不停地流淌　黃昏
獨自躺在漸深的河邊
潤濕已死的根
啊啊　假如能走到還是處女的
含羞的海

然而此時　我們
正要以火相逢

已經成炭的一根　骨頭
在撫摸此世所有的燃燒

在遙遠的山麓等待著的你
讓我們成為燃燒後的
流水來相見
扑扑　扑扑　用火焰熄滅的聲音來交談
而來時　請化作未染人跡的
廣闊潔淨的天空

另抄一首朝鮮新羅時期詩人崔致遠，九世紀留學唐朝時，用漢文寫的詩，希望他喜歡。

《秋夜雨中》　　　　　崔致遠　詩

秋風唯苦吟，舉世少知音。
窗外三更雨，燈前萬里心。

2018.5.22
《紀念白求恩》

今年的世衛大會，大洋洲新西蘭與北美洲加拿大的兩個代表，同一口徑發言曰：疾病無國界。它們什麼時候開始這麼慈眉善目，入境免予申報健康狀況了，舉凡接觸者檢疫、疫區檢疫和國境檢疫全免了？這兩個征服原住民族，建立白人政體的所謂文明國家，再怎麼遙遠的距離，依然可以隱隱嗅到，當地原住民被屠殺後，殘留在白色手掌的血腥氣息，那些氣息積鬱難離。

號稱無色優越人種，自從登上國際舞台中心，五大洲，沒有那一洲可倖免災難，洲洲哀鴻遍野，不臣伏跪地奴隸，那就喘息也吝賜，驅死。然而，自詡無色純種，到底純到何種程度，他們的神祇最清楚，他們標榜係上蒼唯一的選民，但各色人種各有自己族裔信奉的圭臬，不同的圭臬都高高在上，圭臬與圭臬之間和睦相處，從來沒有尊卑之分，祂們雖語言各異卻溝通無阻。

新、加二國的即興發言輕率，不足為訓。穿西裝打領帶到處開會不落人後，博取萬一缺席，閃失竟想不到的額外利益，此舉恰恰是標榜無色純種優越，應該統治治理世界，彬彬人士的慣技。

真幸，上世紀加拿大出了一位國際主義戰士諾爾曼・白求恩，共產黨員、醫生，1936 年去西班牙反法西斯前線為西班牙人民服務。1938 年率加、美合組的醫療隊到中國解放區抗日戰場工作。1939 年 11 月 12 日在河北省唐縣逝世。同年 12 月 21 日毛澤東寫了《紀念白求恩》（參見《毛澤東著作選讀》）。

2018.5.30
長飲試試

誰愛喝什麼酒，悉聽尊便，誰連一滴都不沾，何須勉強。共飲同樂，獨酌神傷。但我比較想自己對著自己斟杯，夜耽室內，不備任何食物，隨意隨量，雖然某些時候多啜了幾口，卻也幾口而止，其餘的下次分曉。

本省自接辦公賣局以來，表現平平成績一般，日殖未留下釀造好方，僅具聊備一格的水平由來已久，穩穩佔據市場定量，維持運營得過且過，強敵寰伺下，欲振乏力構思創發。消費者按荷包括量控制嗜好，買與不買，酒永遠靜置在玻璃瓶裡，冷冷的與

消費者無關，它是它你是你，你沒有看它，它絕對不會多情回眸盼你。

許久許久年前，在新竹民富街棒球場對面，吃沙茶火鍋，汕頭老闆獻寶他窖藏的虎骨酒，保證公賣局產，驗明標牌確認無誤，瓶中液體已有懸浮的沈澱物。虎骨酒是名稱，虎骨根本虛有幻影，那時期公賣局另產烏雞酒、雙鹿五加皮、參茸酒，這些藥酒泡製賣給靈閃想進補一下下人們的咽喉。

馬王堆出土的「西漢古酒」配方，應是古代中國的藥酒始祖，公元前 168 年留下記載的那些資料，今天看來平淡無奇，依樣畫葫蘆的商品，容易買到手，一瓶足堪過癮聊慰獵奇，想要進一步獲得益精填髓、養身駐顏之功或用於體虛早衰、神疲力乏、頭昏健忘等等，長飲試試。

2018.6.8
好睏

採購兩人份日常食用的水果，隨機隨遇並不拘泥，一般而言菜市場攤販比附近幾家超市較為多元多樣。想買漂亮上眼的，七點走一遭菜市，有些攤貨鋪就好了，有的才正開箱掀蓋露出俗稱籠面的碩果。開市的價格秤重從清早賣到近午，收攤前論堆論盤賣，卻也沒有便宜多少意思意思，多數的攤販要付攤租，攤租便讓買水果的顧客付了。攤子若擺在租房內的前庭，攤租說得過去，有些攤擺在門窗前或側牆邊的水溝沿，公共空間屋主憑什麼收租呢？台灣人嗜財如命病入膏肓沉痾難癒。電視屏幕里的男女政客們，三天兩頭吃玉荷包、吃愛文芒果、吃香蕉，他們吃的特選與神案上的供品均精細挑，政客的吃物更勝一籌，他們一律免付費，吃完只要對著鏡頭皮笑肉不笑，鏡頭移開了再擦拭嘴巴。

　　豐收總是農戶衷心期盼的佳音。當一名忠實的消費者，在消費末端，能以持平的買價購物，保持日常預算，祈求農產平穩善莫大焉，寄望不歉收上天卻不必然垂憐。偏偏豐收了，果農反而叫苦連天愁眉苦臉。

　　豐收的愛文、香蕉、鳳梨，卻享受不到他們低廉的甜美。台灣奢豪的中間剝削名聞南北二路奈何，人人歷來相安無事，有關各方鎮定麻痺拚足張力。

　　拜豐收之賜，僅僅買到一次一斤 6 元的香蕉，與兩個削皮50 元的鳳梨，並沒有意外的受寵若驚，豐收話題的延燒有時而盡，復歸平寂以待來年。

　　豐收算是一句好話，不見得彰顯成一樁好事。豐收給農戶帶來始料未及莫名其妙的困擾與憂傷，控量生產也許比較好睏。

2018.6.19
非法的盛宴

　　17 世紀迄今四百年，昔日陸陸續續非法登陸美洲，滅絕更早原住的居民。建立所謂的合眾國，400 年已把漫長日日夜夜的種種非法，坐實成了睥睨世界分分秒秒的樣樣合法。

　　非法的神話明目張膽，合法的神話明火執仗。星條旗的星星裡，那一顆是印地安星，那一顆是愛斯基摩星，那一顆又是卡納卡星。星條旗的旋律漏植了這三顆星的亮光，這三顆星齊聚在星條旗桿上方，無時無刻隨風璀璨。

　　非法移民後裔儼然建起看似合法公民的帝國，但所謂的合法裝扮永難掩飾不了非法的真實本體，就在此刻北美帝國領頭，居然對入境的難民以非法移民的罪名關押，並讓母子分別囚禁骨肉分離。這樣一幕非法的人倫悲劇，正被置於北美帝國的某個角

落。非法的盛宴隱隱哭泣，非法的盛典嗚咽時斷時續。

2018.6.22
鬼畫符

　　香港特首林鄭女士去巴黎，用她帶著粵語腔的英語，推銷即將開張運營的粵港澳大灣區，致詞流利效果鮮明，在法蘭西境內半官方場合，若使用法語，法國佬許會意外如獲至寶，投給林鄭不期然而然會心的微笑。

　　香港歷史的原因，自然長期習慣使用粵語，生活中暢行無礙。在英國殖民統治下，第二種語言亦即英語。地名與街道名幾幾乎英粵對照，外來的旅客入境隨俗，不用半天光景，也就熟識如唔包準不誤。

　　普通話常常往往詰屈聱牙，只好脫口英語來輔助，再加上中文筆談，雖不總能得心應手，但碰上了，情之所至金石為開。藍領詩人鄧阿藍，半句普通話都不行，他的字體也潦草難讀，寫滿一張紙歪歪斜斜七顛八倒，猶如鬼畫符。

2018.6.24
《行徑》

　　有無罹患所謂的癮症，沒有誰自己知悉清楚，都要到了舉止殊常臨界規範，異樣的眼光從某處投射回來，如此多餘的示警，不見得產生應有的效應，於是癮症蔓延成習，人人歇斯底里面面相覷。

　　同理，夢遊便不必然發生在熟睡時刻，夢遊的囈語伴隨行旅

無遠弗屆。以正在琉球夢遊的岩里政男君為例，他說的每一句皆係囈語，他從前在小蔣面前說過句句囈語。他的一生可以濃縮成一句囈語，一句囈語又可以稀釋成一套上通天文下達地理的囈語全集。

囈語出自福星之口，因此凡是聽見囈語的耳朵，幸福會源源不絕接踵而至，春去秋來速度須要耐心等待，幸福它會輕輕地不經意間放閃，幸福最愛夢遊。

幸福叩門前，讀故友商禽寫的一首散文詩：

《行徑》　　　　商禽

夜鶯初唱的三月，一個巡更人告訴我那宇宙論者的行徑；想起他日間拆籬笆的艱辛，我不禁哭了：「因為你是一個夢遊症患者，你在晚上起來砌墙，卻奇怪為何看不見你自己的世界……」

2018.6.25
寄語

「一路走來非常不易，拖著我們後腿的歷史和舊習，有時蒙著了我們的眼睛，阻擋了我們的路，但我們戰勝一切走到了這裡。」金正恩在新加坡說。

上面這些話語，聽得出來，出自一位寒帶的訪客從老遠的地方，專程飛到幾近赤道的熱帶，裊裊餘音瀰漫迷離微細的溫熱潮濕。寥寥幾句，說給相約會見，世界警察頭頭 72 歲的金髮老人。

八零後 34 歲的青年接手，領導一個實行社會主義體制的國

家，難以想像委實不易。朝鮮戰爭結束 68 個年頭，朝鮮仍然處於韓、日、美的軍事壓制包圍中，却也保持正常呼吸不畏窒息。正是因為擁核，獲至一定的平和與安定，教育、醫療、住房納入社會福利體系舉世珍稀。步步為營，與國之重臣縝密商議，輕忽不得，體制一經調整，必如脫韁野馬無緣回頭，藍天白雲與綠水青山不應僅僅遺存於紀念冊或風景明信片的小小框框。

祝願朝鮮半島復歸統一，那個光明昂昂的日子快快來到。

2018.6.26
奇譚

T 大醫學院，為他們的洗腎單位鬧人命，開了個致歉會。席上一位著白袍者發言，轉述他曾聽聞有某位下野的總督領導，生飲大台北區的自來水。大台北的自來水有人生飲，暗示品質優絕，不妨藉機在這個場合宣告，插播搞笑。洗腎單位的管子儘管發生人為錯接，然而大台北水龍頭供應的自來水無比甘美。怪論翩翩，奇譚躚躚。

「我還記得先前的醫生的議論和方藥，和現在所知道的比較起來，便漸漸的悟得中醫不過是一種有意的或無意的騙子，同時又很起了對於被騙的病人和他的家族的同情……」（參見魯迅《吶喊／自序》）。

魯迅先生無緣看到，意大利導演安東尼奧尼，1972 年攝製的紀錄片《中國》。那部影片在第 13 分至 21 分的 8 分鐘裡，紀錄一位青年女工剖腹生產的精簡過程。剖腹生產取嬰，醫務人員操作針刺麻醉鎮痛下半身，產婦在清醒的狀態下與陪產的愛人談笑風生，手術進行約半小時，胎兒平安哇哇大哭。針麻這項技藝乃吾族古代先祖的創造，屬中醫一系，75% 的初級麻醉用得上。

安東尼奧尼拍攝這部影片的年份，「文革」正在進行。

　　魯迅曩昔基於中醫的擔憂，致他將一生健康的命脈委由西醫看護。台灣自日據以來，時至今日西醫全面覆蓋。西醫盡責照顧之餘，兼也逗些怪論以及奇譚。

2018.7.10
圖畫展覽會

　　聽莫索爾斯基的獨奏鋼琴組曲《圖畫展覽會》，同時必須記住這個曲子的作曲時間 1874 年，是舊俄沙皇時代，曲子第十段《雄偉的大門》（在基輔都城），莫氏音符意欲描繪的不會是異國風光，俄烏歷史淵源乳水交融，莫氏另外在他的《鋼琴片頁》寫過《克里米亞南岸》、《克里米亞：格斯夫與阿榆達伽》等等。俄國鋼琴家普列特聶夫，有一個對莫氏原作再創作的錄音版本，把第十段改成《基輔英雄之門》。

　　柴科夫斯基 1872 年創作，C 小調 op.17 第二號交響曲，標題「小俄羅斯」，小俄羅斯即今日烏克蘭。柴君在音樂院埋頭學習時，利用暑假，他一定前往妹妹婆家─烏克蘭的卡門卡地區遊玩，四處走動蹓躂，伺機親近接觸蒐集烏克蘭的地方民謠。交響曲的第一樂章（沉穩的行板・活潑的快板），由徐緩、哀傷的序奏開始，他的主題是一首民歌，據柴君說，它是《沿著伏爾加河母親順流而下》一歌的烏克蘭變體。交響曲的第四樂章選用烏克蘭民歌《仙鶴》，做為中心主題，因此柴君自己有時也把整部交響曲稱作《仙鶴》。

　　大俄羅斯與小俄羅斯數不清說不明的依偎與糾結，歷史與地緣的葛藤與纏綿。但音樂藝術的積澱卻厚厚實實既柔情似水又屹然而立。

　　俄羅斯與烏克蘭共同擁有的偉大作家果戈理曾留下這樣的話語：

「連我自己都不知道，我的靈魂究竟是烏克蘭的還是俄羅斯的。……上帝對這兩個天然造物所賜予的實在太慷慨了，而且就像故意似的，讓他們互相擁有對方缺少的某種東西。這是一個明顯的徵兆，說明他們應該相互補充。……」

　　聽音樂難道不是正襟危座的非辦不可。
　　波士尼可娃為解聯前音樂公社錄的《圖畫展覽會》，外加九首鋼琴小品。雷翁絲卡雅的版本，另錄了柴可夫斯基 1878 年寫的 G 大調 op.37 第一號鋼琴奏鳴曲，與史克里亞賓的 b 小調 op.28 幻想曲。絕對不要錯過上述，普列特聶夫對莫索爾斯基原作再創造的錄音。
　　改編成配器管弦樂曲的怎麼辦？
　　眾所周知，一首《波麗露》便博得交加讚譽老少風靡，此曲作於 1928 年，拉威爾自言依據「西班牙—阿拉伯風味的主題」。民生西路上有家餐廳以這首曲名立起店招看板，但供應的餐點既不阿拉伯也不西班牙。總共 16 小節的旋律在全曲中不斷反覆，亦即主題與應答各反覆 8 次而組成全曲。
　　配器魔術師拉威爾編曲的《圖畫展覽會》，以音響的低迴沉思與昂揚偉岸，在半個世紀後的花都巴黎，1923 年 5 月 3 日，使之匯入印象世界風潮的盛會，莫索爾斯基 19 世紀俄羅斯民族主義與現實主義相乘迭加君臨至今歷久不衰。拉威爾改編譜公演於世，近一個世紀。庫貝利克 1951 年 4 月指揮芝加哥交響樂團的單軌錄音，珍貴無比不宜缺漏，這版另一首收錄巴托克的《弦樂器、打擊樂器與鋼片琴音樂》（SZ106）；眾款數碼錄音琳瑯滿目，穿廉價布鞋上街輕便易得，不用套鐵鞋那麼辛苦難覓。莫

索爾斯基音符裡娓娓道來，一幅幅流動的斯拉夫景緻，國民樂派的思路驅策著寫實主義的執著。

2018.7.16
地獄門

　　看似諱莫如深，又像輕便隨機套招，角色對話渾然天成目不暇給，佔盡了國際媒體的屏幕與版面。華盛頓特區盎格魯‧撒克遜人主持的政壇高層，正紛繁排檔上演各齣「通×門」鬧劇，其中「通妓門」劇碼應該最腥羶，最應引人側目，卻三言兩語，涉事女郎的櫻桃小嘴，被大把美鈔封口。美元區之為用起於1939，踵繼其後布雷頓森林會議，美元強勢既久，張力終於也屆疲軟，天地不再絕對萬能指日可待，但擁躉美元依然可橫行四海為所欲為，美國鬼不必推磨，它只要選好霸凌對象頤指氣使發號施令，整枚地球宛然在它手上旋轉。

　　「通妓門」草草收場，「通俄門」甚囂塵上。今日的「通俄門」非但乏善可陳無啥可觀，並且絕不具備一丁點人間所需的營養。

　　還記得嗎？上世紀六〇年代，鋼琴家亞尼斯（Byron Janis）訪蘇演奏，他當時演奏的兩首李斯特協奏曲，分別由兩個莫斯科樂團協奏完成，水星公司現場錄音製片上市。亞尼斯通蘇活動後活的好好的，他演奏的曲目以拉赫瑪尼諾夫和普羅科菲耶夫的作品最為擅長，他在蘇聯的場子排演李斯特，吊蘇聯聽眾的胃口，或別有他意。他畢竟也沒有演奏美國作曲家麥克道威（Edward Mac Dowell）的鋼琴協奏曲。

　　俄籍作曲家斯特拉文斯基，1939 年從歐陸移居美國，1945年加入美國國籍，1962 年 9 月返蘇三個星期參加巡演，在莫斯

科和列寧格勒舉辦音樂會，受到英雄式的歡迎。他內心始終自許
俄羅斯人，保持著東正教的信仰，聽《詩篇交響曲》，可以獲得
斯式精美絕倫的音樂反應與感應。斯式晚年病逝於紐約，卻選擇
安葬在威尼斯的聖米凱爾公墓，他其實不愛美國，遺體何必留
著，移走。

　　通 X 門、通妓門、通俄門，通形形色色的門，最終讓全體
美國人通往幸幸福福的天堂門，而不想與之為伍的則通往寧寧靜
靜不事喧囂的地獄門。

2018.7.23
良藥

　　有一瓶被命名為「戈爾巴喬夫」的伏特加，至今還可以在
貨架上看到，產於德國柏林，1921 年酒廠創立時推測應設置於
當時的東柏林，這個商標正巧與 1991 年「夢想著要把共產主義
埋葬」的蘇共總書記同名。從貨架取樣觀看，售價一般，主要原
料：穀物（不明確），無趣的把他好端端的放了回去。擠身在
它旁邊，聲稱三次蒸餾的司密諾夫，早經交給韓國 OEM。另一
樽瑞典製，酒瓶仿如省產藥品，準備為病患施行注射的生理食鹽
水，主要原料：冬麥。調頭離開轉瞬之際，瞟見兩瓶標簽凸起
的字體，POTATO，內地稱土豆，本省叫它馬鈴薯，站穩腳步定
睛，直嘆可惜啊萬分可惜，他的產地並非私之惦記，兩瓶用馬鈴
薯蒸餾製成的，一瓶伏特加，一瓶琴酒，皆愛爾蘭產品，誘惑沒
那麼大，等待削價的某日，再來回訪吧，兩瓶酒影存進腦袋瓜子
里了。

　　參予解聯的要角葉利欽，已於 2007 年謝世，完成了他的生
之逆旅。近日偶然在什麼鏡頭里照見久違的戈爾巴喬夫，更胖更

發福臉面臃腫變形，不盯住螢屏打出的字幕吻合身份，不敢確認對號久違的老戈。

滯居在反共抗俄的天崖海角，反共抗俄這帖祛病延年的萬靈丹，讓好幾代人人人都服下肚，良藥卻不苦口。《桃花源記》里：「……自云先世避秦時亂，率妻子邑人，來此絕境，不復出焉，遂與外人間隔。問今是何世，乃不知有漢，無論魏晉。……」

2018.7.26
君再來

大夫聽完我的主訴，脫掉襪子讓他仔細診查患部後，他把視線移回桌上的電腦，兩手在鍵盤上職業性的敲了起來，他並不完全對著我說：腳拇趾外翻，並且敘述了一些成因與後果，過程簡潔，退出診間時差不多還沒完全聽懂理解大夫那些診斷的話語，下一個燈號亮閃鈴響，下一名病號正在推門入內，我趕緊記住這一次的病名：腳拇趾外翻。

不跑呢？還是少跑，存在一念任由自己唯心恬量了。老化症候群駕馭時間，隨時附身隨處登臨，默默接受不用抗拒，人人扮好角色，分工合演社會編成的分幕劇場。

在候診區等待護士後續。某傷殘用具公司的一女性推銷員，陌生的向我迎面而來，出示《足部護理保健系列》傳單，指著紙上「大拇趾伸展墊」與「腳拇趾外翻固定器」兩處圖樣，建議如果需要……

下一招，進行物理治療，屬於中度治療：運動治療。腳趾伸直運動、腳趾外展運動、墊腳尖運動……等等。原地高抬腿、大腿前側伸展、大腿後側伸展、小腿後側伸展……等等，給了兩份

衛教單張,結束。

　　結帳,到藥局取一管 20 公克的麻腫消凝膠。步出醫院大門,不確定何時君再來。

2018.8.10
武漢二題

　　一・22 年前夏季與映真同訪武漢,在黃鶴樓外與他合了一影,此番重遊,方才發現當年站在樓的後面,仰頭上書的四字「楚天極目」,別有一種不經意間的散漫,留住喚不回的疏忽。

　　立秋剛過,這個名聞遐邇的火爐,還是燒得起勁燃得很旺,走到哪裡烤到哪裡,炎熱難當,站在太陽下,不使遮陽用具,那就等著讓它燒焦。秋老虎還要一個半月後到達,現在讓夏老虎單獨恣睢呈威。

　　「辛亥革命武昌起義紀念館」,新中國成立後,它成了前朝歷史的遺跡,供人憑弔思古幽情。前朝政權渡海台灣組織草寇,編成流亡政府,投靠帝國主義,延命至今,自甘俯首於新殖民主義百般戲弄、予取予求。流亡政府的當權派,黨色雖有不同,慾壑難填的飢渴動因與整體態勢承上啟下有始無終。民族大義、民族氣節、民族歸屬、民族認同,猶如無效的狗皮膏藥,乏人選購。

二・劍說

最最遺憾的隔閡莫過於
劍體冰涼平平靜靜
沈睡在玻璃櫃裡剛柔相濟

古樸曠遠靜極思動劍說
頂著炎熱跨海你前來探我
它依然保持端正肅默

微笑頷首回答之際老伴
輕輕觸碰左邊手肘
嘆息聲絲絲明滅焦灼

影子恍惚貼在春秋末年
距此不遠也許夫差
眷戀撫摩這把越王的寶劍

2018.8.12
金殿避雨

　　快爬完登高的石階，還剩一些，雨已經在滴了，而且愈滴愈密愈急，武當金殿這樣的海拔高度，非常適合雷電交加狂風暴雨。盡速踏上金殿前方嬌小的平台，撐開的摺傘只能擋頭，金殿雖有兩重屋頂但建材構造並不絕緣，在遊人驚慌避雨之際，被適時推擠到一步之遙父母殿的殿前，簷下只容兩小排，溼透的衣裳靠得緊緊。

　　雷雨來得急去得快，山嵐正在悠悠飄移。屋簷下躲雨的陌生群體，誰也沒有看誰一眼紛紛剝離。站在外排的一對情侶，聽他們對話來自山東濰坊，就是那個以風箏盛名的地方。人排散開，濕氣雖重，燠熱黏濕祛除。金殿四方繞一周，尋覓後牆左上方鑲嵌的一塊小金磚，眼見為實。纜車索道可以恢復運行，踩著雨水殘餘拾階而下。

2018.8.16
故弄玄虛

　　跨進機艙門，順手拿了一份報紙，坐到位子扣好帶，打開一看「武漢晚報」，晚報不都在午後發行上市的，無妨，早報、晚報名稱而已，它們屬平面傳播媒體，司職盡本分不編造偽消息善莫大焉。

　　若干年前，某家專賣露色相促消費，厚厚一疊多量耗紙的八卦報，坊間頗為暢銷，它一份定價 10 元，曾經在晨跑公園外圍一角買過一份，還少 2 元。那份八卦報就買那麼一次。

　　昨天是日本自稱「終戰」之日。這兩個字，有他們自己的定義。戰敗而至投降也是口頭說說。「全國戰歿者追悼儀式」，戰歿者當然並非被判定為戰犯的軍國主義餘孽屠殺的外國人。天皇在追悼儀式上講話，講了 69 年，2015 第 70 年才增加「深刻反省」四個字。戰後的歷任首相也都向靖國神社供奉「玉串料」（祭祀費），沒有供奉的絕無僅有。天皇表示深刻反省，表示是什麼意思，如果他不是在故弄玄虛。

2018.8.18
奈何明月照溝渠

　　台北市重慶南路總督府裡的當權派，自從小蔣離任以來，選選舉舉皆屬嘻哈一族，嘻嘻哈哈之外，也不忘乘機長途空遊，飛往何地？除了奴日的岩里政男君多一個去處即東洋取暖，餘子美西或美東往往只能過境小宿，美西或美東的慣性航線突然變換，居然可以鬧出曾經有驚無險的迷路。

　　今次丑角的著陸地薩爾瓦多。薩國生產溫泉咖啡豆，此一

款利用溫泉水溫遞減淘洗的咖啡豆，從 85℃ 的水溫池起，流經六個標高不同的水池，當溫泉水流入第六個池裡時，水溫降抵 32°～ 34°之間，結束洗豆流程。用溫泉水洗豆，世所罕見，難道陪同的一色扈從無人低聲稟告相關信息，如此怠慢廢弛該當何罪。讓丑角迫不及待在路邊喝了一杯，也許僅僅微啜裝模作樣，誰曉得，丑角不都是被動的盡職好好扮飾，照著劇情走位，編導在隱匿處遙控，偷偷隔空撩撥。

　　該喝的不一定喝得到，薩爾瓦多外交部禮賓司，端出他們 85℃ 溫泉水淘洗的溫泉豆泡煮的咖啡，上了國宴桌？隨時方便的自由喝，只要願意沒有任何限制，卻蓄意製造彆扭，在錯誤的地方，喝一杯徒增商家的困擾。既然只准過境，過境等於戲弄，連投懷送抱都不準明來，何不走進美資開設的品牌，搞不好丑角的媚態，會被貼上店裡的風雲榜以廣招徠，但這種妄想也不見得穩妥。奴本將心向明月，奈何明月照溝渠。

2018.8.19
脫亞入美

　　中國綿長悠遠的歷史文化，從來都不曾吝嗇過，影響著它的鄰近諸邦。誰何得願取精用弘，悉聽尊便盡情擁蠆，並且無需擔心反饋的細節，徑自取之無禁，用之不竭。

　　以東洋的日本為例，千餘年來它的年號，熟習而適應的取自漢語典籍，諸如《易經》、《尚書》、《漢書》等等裡的：「向明而治」、「大亨以正」，或「百姓昭明，協和萬邦」、「地平天成」，或上溯至更早的第一個年號「大化改新」……。「大化改新」始於 7 世紀的 646 年，距今 1372 年，正是直接學以致用唐朝的律令制度。此外，天皇作為君主稱號與所謂的國名，皆與

唐高宗緊緊關聯。至於文字，受漢語的影響極大，早自中國漢代，便開始輸入漢字，並利用漢字偏旁創造假名；平假名源自草書，片假名源自楷書與音譯外來語詞，也借用少數阿伊努語和朝鮮族詞彙。這些林林總總融合喪心病狂與不可克制的傷天害理，成就了眩惑的輝煌騰騰。

福澤諭吉發想了脫亞入歐的念頭，而他在 1901 恂恂離世，無緣親睹半個世紀後，廣島與長崎兩地遭受難癒的核災，日帝被美帝吞噬強奪湊攏，脫亞入歐被迫轉調脫亞入美，一字之差而已，暫先入美，入歐慢慢再說。福澤諭吉想必是滿意的逝去，彼時台灣，已被據為距他的墓葬頗遠的一塊殖民地。

明年年終天皇更替，官方予案準備更新年號，更新了又怎樣，又更新不了脫亞入美的狀態。

張承志先生寫過好文《「歸亞」的方向》，收入他的學術散文集《常識的求知》，讀者可以找來閱讀。

2018.8.20
天國

朝鮮半島南北離散骨肉，短暫會面哭泣擁抱的場景，令人唏噓動容。一個三歲的兒童與母親分手 70 年後，方被獲許重逢，媽媽與兒子在互相等待，漫漫的煎熬中老了。這樁不幸造孽的魔手，冷血站得遠遠，紋風不動，彷彿事體與它毫無干係，人人也都信以為真，恃強擴張制壓凌弱，它來傳播福音，天國近、天國近了，尾隨其後的呆瓜，全部聽見三拍子的小步舞曲，天國近、天國近了。

世上的天國絕對不僅唯一一個，虛無飄渺的天國最好去夢境追索。你有你的，我有我的，他有他的，天國。並非使用美金的

地方才稱得上天國;各式槍械恣意自由買賣,子彈上膛不關保險絲的地方可算天國;種族歧視嚴重、動不動隨興下達制裁令的地方,真是天國;把朝鮮半島的局勢牢牢操控,使之永無寧日,發令的指揮中心那裡,不滅的天國。

2018.8.28
馬褲

　　走讀中學那幾年的冬季,放課回家,脫下制服換上便裝,家裡有一件草綠色呢子馬褲,母親叮囑必穿增添溫暖。母親的意思,唯命是聽,心底卻不斷莫名悶聲嘀咕,穿就穿吧,別扭就別扭吧,一個中學小青年家閒的衣著既不外露,難道還怕招引陌生奇視的目光。幼稚的自擾無形牽絆著,臨屆弱冠的庸人。

　　呢子馬褲穿上身,從哪個角度看都筆挺筆挺,兩側小腿肚外沿的釦子扣完整了,站好,即使不套缺欠的上件,也頗可觀。沒有問過母親,從何處獲得那條草綠色呢子妙物。

　　呢子馬褲如此良佳的軍事裝備,無疑是殺人如麻殖民宗主,臨去秋波遺留的渣餘。曾經威武穿上它跨騎於鞍,殖民地此處的山地與街區任由踐踏,逞其橫征暴斂與肆無忌憚。

　　「中國人民抗日戰爭紀念館」,參觀過的無數亮眼,全都見識了侵略者諸種軟件、硬件邪惡的精良光焰,那些精良光焰包藏著燒殺擄掠,以及貪得無厭並且永難饜足。

　　小青年時期一件馬褲,勾起舊憶幾筆。

　　老舍發表於 1933 年的短篇《馬褲先生》,譏嘲了彼時惡習的市儈,淋漓盡致。「火車在北平車站還沒開,同屋那位睡上鋪的穿馬褲,戴平光的眼鏡,青緞子洋服上身,胸袋插著小楷羊毫,足登青絨快靴的先生……」。何妨盡快把小說找來往下讀,

包管發噱、暢懷。

2018.9.5
亡羊補牢

　　瑞士天主教會，準備給他們的神父開班性知識的相關課程。這份上簡直自開天闢地以來，聞所未聞西方文明另類的世說新語。本地的受教學程，記得我在初中三年級畢業前也才上了幾節生理衛生，男性的生理構造種種簡單略過，寥寥數語等於白上，沒有引起什麼青少年時期的遐想，更談不上知覺牽動發育中微弱的情思暗湧。

　　當一名凡間還算稱職的俗人，在有限的人生閱歷裡，從來也沒專心上過性知識的課，隨遇而安船到橋頭自然直，更多的在七葷八素的社群染缸裡道聽途說。

　　成就一位神父之前，他無疑首先是一個人，這個人終於執意選擇神父為衷謹的志業，而人降生附身的原有與他共存於世未曾消失。神父因為不許婚姻，以至盛傳某些教會神父的異常偏差行跡不絕如縷，消息駭人聽聞不堪入耳。因此要給神父開性知識課，亡羊補牢，補牢屬人間事務，好好把牢補好，當今的材料先進無比。亡羊呢，為它們怎麼祈禱，耐心唸一段馬克思的話語：

　　「謬誤在天國為神祇所作的雄辯一經駁倒，它在人間的存在就聲譽掃地了。一個人，如果想在天國這一幻想的現實性中尋找超人，而找到的只是他自身的反映，他就再也不想在他正在尋找和應當尋找自己的真正現實性的地方，只去尋找他自身的映象，只去尋找非人了。」（參見《〈黑格爾法哲學批判〉導言》）

2018.9.9
瞽

那個受惠於投胎正確，享盡殖民主義幾個世紀，蠻橫廣袤的掠奪驕妄，被逼了宮順勢躲入旋轉門昏黑的前任總理，一派輕鬆傲慢的嘴臉，六月底蹭了一句：「澳大利亞人民站起來了」，這樣一句鸚鵡學舌盡顯輕薄無行，他的佻巧之姿果然具體而微的代表他那一人種的幽暗心思。

《中國人民站起來了》是 1949 年 9 月 21 日，毛澤東先生在中國人民政治協商會議第一屆全體會議上的開幕詞（參見《毛澤東選集‧第五卷》）鸚鵡學舌當然可以，不觀氣色而言謂之瞽，學舌的白色鸚鵡謂之瞽。

他渾然無能察覺，他即是毛澤東文中反對、打倒、推翻的三種主義之一的帝國主義餘孽。

帝國主義時至今日，還在沾沾自喜，盛氣凌人恃強欺弱，無法無天不可一世。

2018.9.14
歛聚的香甜

說要去中，喊得震天價響震耳欲聾，彷彿深植人心事實不然。去中源起反共，反共必勝建國必成，從七十年前的虛擬神話，到薨祭沿途抵達暫厝之湖濱的空話，接力一棒交接一棒，反共幻化為去中，去中成了一廁身名利場，人人務必咀嚼，食之無味棄之可惜味同嚼蠟的廢話，準此辨識敵我真偽混同，愈嚼愈耐嚼，香氣四溢誘惑著高大上的隱形白痴，趨之若鶩追嚼永遠不爛的牛皮乾。

去中何須僅只改編歷史課綱的種種，地理科，國文科不輕易動手術刀嗎？既然哈日親美，舊金山和約稱台灣地位未定，那就投懷送抱，只要日方願意，把台灣畫入日本國境，日方也不會在釣魚台海域，驅逐我們宜蘭縣的漁民。語文教學禁斷中文，剔除勞什子不情不願的母語，改教日語，從 50 音順開始。進行雙語教學的課堂，拿掉中文，專學英文。日文與英文並排地長在同一根莖台灣頂端的兩朵蓮花，讓莘莘學子早早脫祛去中的苦海，成全哈日、親美鬼魅靈異的歸宿。

而無知東廠為何物的敗類，根本不夠格充當去中的奴才。東廠外尚有西廠、內行廠，加上錦衣衛合稱廠衛。廠衛，是明代特務政治的工具，是皇帝的耳目和爪牙。有明一代，一直存在。廠衛的頭目，多由司禮監（明代宦官）太監充任。台灣當代自詡掌理東廠的要員，已經自行去勢？而且去得乾乾淨淨，寸草不留。這些被熱帶氣旋燒壞頭殼的瘋三，應該專設一班，強制他們虛心研讀陳映真坐牢前一年（1967），寫的小說《纍纍》，步入課堂前要求他們務必沐浴齋戒，縮緊臉部神經，不準嘻皮笑臉。課餘之暇，放映胡金銓導演的《龍門客棧》讓他們觀賞，這部精采影片與廠衛有關，輕鬆輕鬆一下。

把七十年來台灣當代史拉長放大的看，它儼然苟延在美帝的鼻息下，奮力配合應接固守這個面積偌大的東廠營壘角色，它不得不眼睜睜硬生生成為，中國東南方似近實遠被外族覬覦日思夜想美稱福爾摩沙的飛地。

轉形正義亦即尚方寶劍的別稱。K 黨渡台後瞬間啟動雷厲實行，多少忠貞之士俱殞於其罪惡鋒鏑，彼時全島戒嚴，不用此一軟性狡獪詞語，然其意隔空融通一脈相承，正義的權柄被牢牢掌握在心術不正唯利是圖的團夥。自甘雇傭的惡魂厲鬼，正糾集披著正義外衣的摹擬活體，合力攪動不存在一絲正義的土地。

孫文遺產的黨，其後繼者大都戮力於營私聚斂，北平易幟，

留存的一句名言，依然在歷史時空中發酵，「錢你們運走，把人心留下。」渡海來台的黨這麼多年，被黨產壓得幾幾乎喘不過氣，搖搖欲墜會溺斃在錢的海底！假借促轉正義名目的追兵已破門而入，所謂追繳不當黨產，其實質類屬營私聚斂的明碼劇目，與日夜奔忙的販夫走卒無關。

2018.9.18
枇杷膏

五天前，去中正廟後側大街上，一家百年中藥號，訂購一瓶枇杷膏，兩分鐘完成交易手續。女店員指示置於櫃檯的橫冊簽上名、留電話，接著給了一張小紙卡，卡上的幾筆畫符，只有女店員自己熟識，彷彿與買家無關，到時候憑證取件，無須多餘的傷神煩惱。此時此刻的健保中醫，給的大部分都是所謂的科學中藥，不用費勁煎煮燉熬，投食方便，但科學有什麼具體內容，瞎猜瞎想瞎狐疑，反正現在除了牙科與眼科，其餘的部位盡往常德街 1 號掛號。

憑證取件貨款兩訖，一罐小小的玻璃瓶，有點沉。回家秤秤看 513 克，相當於 1 克 1 元，私房的特約產品，瓶身只糊了一方枇杷膏三字的黃標。等著把它服完咯，再秤秤空瓶，便可知悉枇杷膏真確的實體容積。

2018.9.24
奴隸的時代

"一，想做奴隸而不得的時代；二，暫時坐穩了奴隸的時

代。"

—— 魯迅《墳〈燈下漫筆〉》

1950 年 6 月 27 日，美國海軍第七艦隊侵入台灣海峽，用今天的說法：自由航行，進行圈地運動，霸占了中國領土台灣。盎格魯‧撒克遜白人海外移民的北美混血後裔，承襲它老祖英帝 500 年前的舊業重操，遂行資本的血淋淋積累。15 世紀末英國新興資產階級和新興貴族，用暴力大規模圈占農民土地，改作牧羊場的運動。3 萬 6 千平方公里風光明媚物產豐富的台灣，不幸從此沈淪失據伊於胡底。

那顆渾身上下，沒有一處不顯色謎謎的日之丸，1952 年 4 月 28 日被眾所周知的《舊金山和約》要去了命。1868 年啟動的維新至此 84 年結束，日之丸一息尚存，軀殼依舊在單單失了魂。GHQ 統治它已 66 年，駐日盟軍司令部以美軍掛頭，美軍由華盛頓獨家實際指揮。日之丸對華府始終服服貼貼，偶有不適稍微扭臀撒嬌裝模作樣，它自己從來不覺噁。《南史‧張融傳》：「丈夫當刪《詩》、《書》，制禮樂，何至因循寄人籬下？」。

台灣與日之丸，二戰後命途多舛命運相仿，理當惺惺惜惺惺，這種胡思亂想不著邊際。舊殖民主伸長腳趾冷眼，等待舊時後殖民殘餘孿生及其錯亂繁衍的後代，伸長舌尖舔舐享盡哈日的舒心甜蜜。

2018.10.1
鹿港話

成長於雙親使用鹿港腔閩南語對話的家庭，時至今日仍保有這項語言能力，在生活的領域裡幾乎說不上了，對個人而言卻溫

存這項儲藏的未曾喪失，珍惜於心欣慰無聲。

爸爸媽媽活過日據，他們的日語似乎也不怎麼行。台灣光復後，尋常百姓的他們，不必使用國語，無需跨越語言，一家四口活在鹿港腔閩南語境中其樂融融。

從國民小學課堂的注音符號起始，進入國語學習，讀說國語，放學回家回到家庭裡故鄉語境的生活，小學生的我歡快無比，學習與家庭的雙語交替轉換平順自然。

我的下一代上世紀 70 年代出生。他們從幼兒園回家的那一刻，為了配合無間溝通無礙，合家四口全講國語，我私擁的鹿港腔閩南語悄悄隱匿。設想兒女既使能說鹿港鄉語，他們說話的對象在哪裡？鹿港對他們又是什麼意義？

30 年前去了泉州，我的鹿港話與閩南語在原鄉的巷弄鄰里瞬間聯結併攏。鹿港話自從先民移台以來，在鹿港一地，傳習了閩南方言鄉音歷數百年。鹿港話牽引鹿港人尋訪閩南種種，讓我開口重啟鹿港話，與原鄉私語言故，原鄉陌生的趨近，在內地改革開放初期，簡樸親摯迎面撲來。時任福建社科院研究員的汪毅夫君，曾惠我《普通話閩南方言詞典》，1309 頁巨冊沈甸甸，一份難忘的閩南厚情。

2018.10.7
選舉飯

在塑料帆布棚蔭覆底下，超過預定供應數額的吃客，推擠揉揉揪扭擰成一團，正欲爭食搶嚼候選人準備，熱騰騰的肉羹與滷肉飯，不吃白不吃吃了白吃，多麼逼真翔實生動的寫照。煮了800 份，上千人擁擠水洩不通，這種到底算盛世還是末世的飢荒場景。

　　本島被日丸殖民統治時期，東京派來總督騎在台灣人頭上，沒有鬼扯的選舉把戲，壓制壓制再壓制，順民們個個乖若長壽的硬殼烏龜，烏龜細嚼慢嚥雜草或小動物，吁吁緩緩爬行，順服保命烏龜們絕不爭先恐後呼天搶地。

　　台灣人吃慣選舉飯其樂無窮，源遠流長循序漸進。戒嚴時代的選舉飯，統治階級以及與之共生的上層黨夥，遮遮掩掩靜靜默默在深邃的高牆內，斯文不掃地的吃著選舉飯，吃著吃著終於解嚴了。

　　解嚴後，選舉飯從高牆內釋放出來，鋪向庶民的鄰里、空地或廟前小廣場；城鎮鬧市則委由餐廳辦桌，談不上雨露均霑，選舉投票前攀攀親吃頓飯先把過場戲演完。

　　真正吃選舉飯的人，非那些靠選舉謀職的人莫屬。兩個小紙杯裡的肉羹與滷肉飯，幾個小時胃腸消化了，接下去天黑回家吃自己。不管吃那種形式的選舉飯，記得吃完把嘴角抹乾淨，等著別攤的通告再吃，不用客氣。投票日票投給誰，領到票進投票間，秘密。

2018.10.10
苦瓜雞膽湯

　　嚐不到親眼近距割喉，放血活雞的肉味許久，但昔時留存於舌頭景象種種，依然經久不衰歷歷鮮美如昨。禁令攤宰以來，提及食雞一事，雖不至興致全無，卻也幾近寥寥可有可無，勁頭隨之灰飛煙滅。雞瘟仿佛飄逸，人瘟卻愈演愈烈，雞瘟抵不過人瘟的無端肆虐，當然更抵不過魯迅先生說的：「在這可詛咒的地方擊退了可詛咒的時代！」（參見《華蓋集〈忽然想到（五）〉》）。當今之世，連篇累牘的雞犬升天、雞鳴狗盜、雞

飛狗竄，逼得神志清明的蒼生，懨懨慘不忍睹、慘不忍聞、慘不忍言。

不得不的無奈。市場賣雞小販，從躉殺上游批走定量，先浸一回涼水集體退溫，挑出賣相佳的整隻鋪在碎冰台上，一隻挨著一隻光溜溜赤裸裸論隻計價。集中屠宰，雞體、內臟分離，買全雞任意附心、肝、胗各一。一隻標明餵養玉米長成的雞娘，有爪環為記，索要 430 元，又強調係土雞，至於「土」到什麼程度，實乃天機。老闆建議下次買烏骨雞試試，多 20 元而已，他面無難色聲稱，烏骨雞肉鹼性的，誰肯相信這個雞老闆的悖論？

燉好的蒜頭雞湯微苦，撈起雞肝方才發現雞膽連綴未除，苦味沒有影響肉體，家裡主廚亮了一招妙方，苦湯加入綠皮苦瓜負負得正果真不苦。白皮苦瓜經過改良普遍不苦，這種表面瘤狀突起的草本農作物，已經虛有其相名實欠符。

2018.10.11

魔鬼天堂

一場有關東南亞漁工的敘述演說，告訴了大約 20 名聽眾，漁船上勞務無止無盡非人的慘痛。國際分工虛假的美名，人類階級結構的勞不可破，底層弱勢處於深淵渺無迴音的呼救，被淹沒在冠冕堂皇喧囂的裝飾裡，悉數滅頂。

不要指望脫胎換骨，資產階級的國家機器從來沒有感覺，它時刻都在執行階級壓迫，「……各國的資產者雖然在世界市場上互相衝突和競爭，但總是聯合起來並且建立兄弟聯盟以反對各國的無產者。……」（參見《馬克思恩格斯選集》第 1 卷第 308 頁）。

演說開始首先放映的彩色影片，光鮮亮麗破綻百出，欺罔的

音調配置得宜，明眼瞎話順暢句句，官方說法是耶，卻僅止於瞞騙，反而應證了知其底細的編織牢結。

東南亞漁工的貧困，是附體的身不由己，如影隨形尋計剝離，而在覓光的過程裡，陷溺黑暗與黑暗的噬咬，黑暗仿佛最好的歸宿。

此地如果讓東南亞漁工，想像成嚮往的天堂，非虛擬的天堂諸公，知識水平高實握行政權力的官署，無妨正襟危坐，認真檢視上述彩色影片，監察細節裡的魔鬼如何藏迷。這段影片公開前主管官署應該審過，既然准予公開，沒有挑出魔鬼加以驅除，與魔鬼共舞自毀公署威信，天堂魔鬼戍守魔鬼天堂。

2018.10.12
附隨組織（之二）

日鬼造孽 50 年，遺留下烏漆抹黑那些鬼影子蜘蛛，吐絲結網意猶未盡絲絲入扣，纏緊這頭富麗豐腴的獵物前殖民地。致獵物癌症發作連連，洶洶來勢蔓延千里。

前殖民地獵物，轉交給了金髮碧眼的新殖民主 70 年，光陰荏苒天未曾昏荒，地沒有半寸衰老，而滿蓄毒液眼睜睜那幢總督府，牢固悖逆的精神地標，頑劣放肆在東門西側駐立。

70 年來，凡經步入此一地標辦公的當權派，無論姓啥名啥，皆俱殖民主義鬼魅殘餘附隨組織榮寵的嫌疑。當權派任誰，都毫無資格編造附隨組織的議題，虛有其表光輝燦爛的磊落陽謀，遂行明修棧道暗渡陳倉的貪婪詭計。

蔣幫渡台前的附隨組織舊檔，《毛澤東選集》裡有不少篤實詳明削鐵如泥的線索。本省的現、當代歷史進程，不幸無奈依托苟延，無賴鑄就的欺罔一如銅牆鐵壁。「……像被抱養他鄉的孩

子，偶然發現了生家親人陳舊的照片那樣……」陳映真在它儲存的文字中如此輕柔的訴說低語。

附隨組織的歷史構造，還會繼續籠罩無邊無際，世紀瘟疫不知終了。穿戴著無形枷鎖的囚徒，並沒有遭受凌遲顯現歡樂的痛苦。附隨組織接力附隨組織，資產階級接力資產階級。假造轉型杜撰正義，追繳黨產豐我羽翼，談噱自若忠孝節義，暗暗竊竊棄如敝屣。

2018.10.31
25 歲

去年是馬丁・路德宗教改革 500 周年，沒有提筆，雖非教徒此刻加以補記。路德 1483 生，1546 逝，活世 63 載，在 16 世紀的德意志不算短壽。他抗議教皇到處銷售贖罪卷，在維滕貝格大教堂門前貼出《九十五條論綱》時 34 歲，適值青年正盛。他否定教皇權威，支持德意志貴族沒收教會財產，主張用民族語代替拉丁語等等，已成為歐洲歷史進程適逢其時的重要節點。

34 歲時的馬克思呢？1852 年 34 歲的馬克思已經完成包括《路易・波拿巴的霧月十八日》之前的著作。這位聲言「哲學家們只是用不同的方式解釋世界，而問題在於改變世界。」鑄下此一箴言時年僅 27 歲，除了壯告自己亦且惕勵叮勉神志清明的後生芸芸眾人。

1843 年馬克思 25 歲。生於斯長於斯的本地青年，25 歲樣貌如何、想些什麼？腦袋瓜子裡滾動的，無非幾 K 與幾 K 工資數字的對撞攪和。從事網路詐欺的青年名滿全球，手銬著手成群結隊搭機載譽歸來，笑迎 ROC（Republic of Corruption）仁慈的從輕發落，窩心窩心，這個窩心的不知所措無所適從。

《〈黑格爾法哲學批判〉導言》起句「就德國來說，對宗教的批判基本上是其他一切批判的前提。」三個世紀緩緩悠悠，基於解放的前進，馬克思在彼文的中段，簡約批判了曾經歷史過渡的路德，路德逝去漫長的 300 年後，25 歲的德國青年馬克思，整裝待發義正詞嚴聲量嚴密震耳欲聾。

2018.11.7
水與孔雀

從內地接通自來水，金門人個個滋滋潤潤，嗓子不啞喉頭不乾，不再口乾舌燥，眉開眼笑呢，早知道早接，誰神通廣大早知道，區區的早知道也敵不過順水推舟。

有貧嘴戲言，從前送砲彈如今送水，誠哉！美麗的金門何其不幸，位於美帝劃定第一島鍊危險台灣的前沿，解放軍的砲彈百般無辜，砲彈若有真知它肯定不願奉命行事，它寧願在滑行中，將彈道幻化，數不勝數的彩虹。

彩虹天邊遠觀賞心悅目。20 年增殖 10 倍的孔雀 1400 隻近現眼前，金門人操持廢棄彈殼鑄成的菜刀，正在腦洞全開大快朵頤，暢快地嚼吧，反正它們都認真的展示過誇張的尾羽，孔雀開屏時叫聲那麼難聽。羅馬人早就吃孔雀肉了，它也是中世紀歐洲餐桌上的一道名餚。

2018.11.8
醒齷二題

1.「三叉戟 2018」演習結束翌日，挪威有關單位即刻接到舉

報，聲稱參演的美軍大型軍車，任意閒置亂停於各式馬路要道上，造成堵塞。美軍在多達 400 餘處幼兒園以及休閒場所的附近，隨興灑尿、屙屎。美軍在演習一周後的一個周末，把冰島首都雷克雅未克酒吧裡的酒全部喝乾，涓滴不剩。美軍這類帶種的放肆與驕縱，不堪聞問，五角大樓應閉門思過。

2. 倫敦的房東以性換租；「只為能夠滿足條件的女性提供免費住房」與「淘氣女孩可用滿足要求來交換兩居室的使用權」。首相梅姨別充耳不聞，力持鎮定昂首只顧悶想脫歐。日不落畢竟隨著老舊的塵土飄走，埃爾加寫的《威風凜凜》進行曲，只宜在皇家亞伯特廳裡演奏。

英、美到處遠播的齷齪玲瓏剔透，英、美齷齪何足掛齒，寰宇接受。

2018.11.9
門神

中國舊俗貼在門上的認為可起驅鬼鎮邪作用的神像曰門神。遠古的兩尊；神荼與鬱壘。自唐太宗命畫工把秦叔寶和尉遲恭畫上像，秦尉二君便夙夜匪懈，成了中國人門神的扮相。

史家對唐太宗的政績美稱「貞觀之治」，唐太宗李世民在位 22 年（627-649），對照本省的「解嚴之治」31 年（1987-2018），誰的表現比較令人稱心如意？「貞觀之治」里的；修訂律令，改善吏治，減輕負稅，使經濟復甦，人口增加，社會安定，人民生活改善，民族關係緩和，中外友好往來增多等等。「解嚴之治」幾無一項差堪可比。發思古之幽情，大家不妨努力做夢，萬一幸運夢遇李世民恍然隔世，歷史距離一千四百年，他的面目輪廓殊難辨認，只待夢醒時分，尋索初唐著名畫家閻立本

的傳世名作《步輦圖》，唐太宗坐於圖卷右方，夢過的影像絲毫纖細若合符節，驚嘆之聲暗藏肺腑。

唐朝流傳至今兩位門神，四個手掌都緊緊把握兵器，威武恪忠職守，歷久彌堅。

而台北被尊奉為門神的特定文化人士，卻掩面惺惺作態喜極欷歔，關於豢養或圈養的缽滿盤滿則不詳語焉。台北的體質給養了台灣化的「梅菲斯特」，「梅菲斯特」按希臘文解釋，意為「不愛光者」、「不愛浮士德者」；按希伯來文解釋，意為：「破壞者—撒謊者」，轉義為「魔鬼」。借喻歌德的名角，情非得已。哥德地下有知，萬請寬宥。

2018.11.11
軍歌

島上冬季的民主假期正夯正嗨。

K黨參選人帶群唱了一首軍歌，D黨立即反唇相譏，謂軍歌窩藏軍國主義殺氣，選舉話語的胡謅無需較真。倒是D黨脫口而出的軍國主義，有玄機里的蛛絲馬跡，與白宮經濟顧問彼得‧納瓦羅，2011年出版的《臥榻之虎：中國軍國主義對世界意味著什麼》裡的軍國主義一詞遙相呼應。這樣把D黨與納瓦羅共用軍國主義，一個面對島上K黨，一個面對大陸對岸，同聲相應同氣相求。

K黨此次鹹魚翻身，他唱什麼歌，與之拼勁的對手怎麼聽都不舒服，入耳摧心直搗腦門。K黨的軍歌多得唱不完，他現在處於順勢，一唱百唱千唱萬唱，怎麼唱也不會累，D黨耐著性子聽吧，投票日馬上到了。

2018.11.13
《落掉了，冬柏花》

　　作為回禮，韓國致送 200 頓濟州島收成的冬日柑橘給了朝鮮，答謝北邊今年秋天贈與 2 噸天然松茸，分予南方無法參加南北團聚的離散家屬。朝鮮半島用食物傳遞民族親情，滋味淒楚點滴心頭，只有他們自己賞味時暗暗領略，柑橘剝皮後的酸甜與松茸烹飪迷漫的芳香。

　　濟州島 20 年前去過，那一年是濟州 4‧3 五十週年。飛往濟州在漢城兜了幾圈，沉肅之氣濃重，彷彿整座城市裹脅著備戰的無言。難得的與當地政治犯共進晚餐，肅穆凜然沒有交換半絲笑紋。比較奇特的，是喝到了滲著人蔘氣味的鮮奶。

　　八月下旬的濟州雲淡風輕，這個觀光性質的離島素樸平緩，安安靜靜翹首繁華的指日可待。被不義虐殺，良民的血淚、嗚咽與嚎啕、驚惶與奔逃，與連連槍聲，所有非人的瞬間，悉數封藏入歷史的暗處，留給理論家去滔滔不絕，追蹤、拼湊、探索。

　　搭乘的那部遊覽大巴，擋風玻璃內側上楣，貼著一幀反共防諜的宣導，圖中一隻白色母貓塌臥哺乳，四隻小崽一黑三白，韓國朋友翻譯了圖說，「請隨時隨地提防，你身旁可疑的人物。」原來如此，我把臉挨近它，拍照存證。

　　濟州畫家姜堯培的 4‧3 歷史組畫，《落掉了，冬柏花》，總共 57 幅，36 幅鉛筆畫，21 幅油畫。濟州 4‧3 抗爭慘烈，濟州人用肉身抵擋反動勢力輾壓，英勇前仆後繼，絕望絕不絕望，堅毅隱忍迎面絕望。

2018.11.23
中國化

天可憐見。台灣這方物阜地饒之島，不幸自 1895 年降災於斯，如喪考妣久矣。「二十有八載，帝乃殂落，百姓如喪考妣。」《尚書‧舜典》邈邈遠遠，地老天荒傳遞了先祖歷史的預言。

無所依怙憷憷然活過世紀的跋涉，依仍尋不著指引的路標，歸途喧喧囂囂是好是好，是好好的喪家之狗。據《史記‧孔子世家》載：孔子到了鄭國，與弟子們失散了，獨自立在城牆東門。有個人對子貢說：「東門有個人，他的額頭像堯，他的後頸像皋陶，他的肩像子產，然而自腰以下不及禹三寸，『累累若喪家之狗』。」子貢把這事如實告訴孔子。孔子欣然笑道：形狀是最次要的，而說他像喪家之狗，說得好極了。魯迅先生對喪家之狗也曾表述，讀讀他 1925 年底寫的《論「費厄潑賴」應該緩行》便可了然，該文第四節：「……可是革命終於起來了，一群臭架子的紳士們，便立刻皇皇然若喪家之狗，將小辮子盤在頭頂上。……」

1895 年的災厄，遭日據達半世紀之久，在威迫利誘漫長的懾服過程中，有些人甘美馴化喜形於色。五十年後鬼子投降，台灣歸還中國，馴化裡殘存的東洋因素潛伏遺禍發酵至今，化不開殖民地化的濃疱，日夜都處在發炎狀態，外科醫生恐怕擔不起單一的任務，務必進行各科總會診，事不宜遲，雖然診後醫好復原的概率顯然不高，而且幾乎近零，讓它繼續發炎。

台灣殖民地化始自日據，闡開之後一瀉千里，迄今歷盡 123 年。日鬼走後，它的影子留在這裡，鬼影幢幢伺機而動隨時上下其手。

1949 年底，KMT 登台，KMT 化於焉幕啟，KMT 化的實質內

涵，它接力殖民地化外延的續章。《毛澤東選集》第四卷全書，從 1123 至 1517 近四百頁篇幅，詳敘了 1949 年上溯四年期間，中國現代史的實況。KMT，向來是披在華盛頓身上輕便適溫的一件外掛。

1950 年 6 月 27 日，台灣 KMT 化定局，KMT 化透明如蟬翼，台灣的美利堅化殖民地已毋庸置疑。美式價值疊加日式價值暢行無阻所向披靡，哈美與哈日並行不悖雜交紛陳，時尚一波接著一波，從無疲憊絕難退潮。

1949 年 5 月 20 日至 1987 年 7 月 15 日，實施的戒嚴，實際完成華盛頓交付 KMT，美利堅化台灣的煉成。台灣美利堅化的效果彰顯，經過早年的經軍援助加持，用物質俘虜了台灣的魂魄，失魂落魄的形體照活不誤，台灣永遠是台灣人的台灣，天長地久是中國人的台灣。

台灣的美利堅化曠日持久終有時而盡。東洋化不也漸行漸遠日薄崦嵫了。憂思的台灣菲律賓化過眼雲煙。科索沃化、黎巴嫩化、敘利亞化或烏克蘭化嗎？哪位先生提個絕佳方案。在下一錘定音，台灣還魂中國化。

2018.11.29
豬油拌飯

沿街轉巷的耳語，電視屏幕與地下電台的話題，最火熱的莫過於如何養生，養生然後呢，無非為了長壽，長壽呢，再怎麼長壽，也不可能長過彭祖，彭祖長活八個世紀又二十天，八百歲八仙慷慨各畫押一百贈予，八位仙人活了幾多，故事反而從未提及。想養生若輕信道聽途說，一言以蔽之，完全可以考慮不活。

九歲長孫正在國小三年的上期學習。他想來陪祖父、祖母聚

餐，準備兩碗豬油拌飯，一盤豬油拌高麗菜，看他吃得眉開眼笑心花怒放。拌飯與拌菜的上端，還要點綴幾小朵，剛剛炸好焦黃的豬油泡渣，飯後再加奉一份豬油泡渣沾細砂白糖，已然消逝的台式家庭甜嘴。

豬油在莫名其妙的規範裡，早經打入冷宮，時代進化如此夫復何言。植物油到處流竄，形形色色趨之若鶩溢滿全城。省產的終究敵不過舶來品，位居下風，但何必太早氣餒，今日外食者眾，外食使用的油源排山倒海洶湧而至，你點選的各型菜式或餚饌，用了那種油烹調，嚥下肚，胃和腸什麼時候明白告訴你啦。

每日進出廚房後的清理，食用豬油當勝一籌。植物油的殘餘垢黏稠結，排煙氣網孔孔塞得密密實實，清理廚房成了飯後的處罰性勞動，撒手不管不像話，下一餐咋辦，偷懶外食忐忑。關於食用油，點菜前鼓氣詢問小老闆或店長，聽聽他們怎說事。

2018.12.12
第六眼

日鬼現在長出第六隻眼，看似名正言順實則不然，這個以脫亞入歐為終身志業的不正常國家，它的種種伎倆莫不深蘊唯利是圖的城府，它彬彬有禮、身段和煦，但全部的姿態皆係偽飾，它從不忌諱被世人洞悉。

第六眼長在五眼聯盟的下方。五眼聯盟；英、美、加、澳、紐五國，即 WASP 的合體，即白人、盎格魯—薩克遜、新教徒聚斂的資產階級俱樂部。日鬼自甘作賤附庸成為五加一的第六眼，第六眼距中國最近，這顆毒眼覷覬中國，意欲征服大動干戈竟僅止於唾手，雖近而不可得。當征服中國內化為日鬼胡思亂想的懸念，軍國主義殘餘右翼的痴妄狂想，下罪為泡影，有誰可以

明確的點交，奮不顧身武士道切腹的真確數字。聽聞戰犯東條英機準備切腹，也幾度舉槍自戕，卻都不曾命中，彷彿另類的憐香惜玉。絞刑殘酷！日鬼不也把佐爾格和尾崎秀實兩位推上絞刑台（參見王中忱《作為事件的文學與歷史敘述》）。

資本主義的本質結構千刀萬剮，日鬼心領神會，它自承深受中國文化濡染。它把見利忘義倒背如流身體力行忘乎所以，而將見利思義置諸腦後，日鬼有必要溫習《論語·憲問》：「見利思義，見危授命，久要不忘平生之言，亦可為成人矣。」

至於切腹一事。上世紀六零年代，作家三島由紀夫連篇累牘發表政論文章，反對進步群眾運動，組織「盾會」，自任隊長。1970 年煽動組織武裝政變失敗，切腹自殺。觀感如何，任由判斷。

2018.12.13
板菸味

「滄桑之後的中年男子獨有的溫柔，固定、特殊品牌的板菸味，生活上資產階級精英份子特有的……」（參見《試論施叔青〈香港的故事〉系列》／《陳映真全集》卷七 340 頁）。

抽菸，不管抽那一種類型的菸，如果按照階級序列排位，總免不了各有各的愛好與習慣，也需要依憑荷包裡的深淺考量斟酌，何況貨源取決於生產與市場供應的流動。然而資產階級精英份子，固定、特殊品牌的板菸味，膠著於身份與身姿的構成樣態，由之發散磁吸致命效用的迷魂湯。

板菸係壓成塊狀或片狀的菸絲，填充入斗前，尚需將之剝離掉開撕細，加添了一小節點燃火苗指間的遊戲。我有一截巴西棍狀產品，直徑 3.5 公分，友人從里約熱內盧切回 11 公分長段，捲

製若磐，不知巴西人如何享用此物，巴西人亞馬遜粗曠，資產階級遠在天邊的精英份子堪比？

板菸味應屬偏嗜，耽溺亦未嘗不可，小說敘述渲染了無盡想像共同體的漣漪。板菸味而略去了品牌，隱匿置入的明喻，煙霧繚繞撲朔迷離。所謂的特殊品牌，該不僅只限於板菸，或可旁及其他物件，自用之餘另外產出預期與意料之外的魅惑。

2018.12.14
孟晚舟

沒有什麼遺憾，比讓已經逝世多年的英國作家喬治・奧威爾親眼目睹蘇聯解體，與如實聽聞本月初，一位中國公民在加拿大轉機時被無端逮捕，更其扼腕嘆息。奧威爾的兩部政治寓言和政治幻想小說名聞遐邇，他以關懷政治極權為焦點，狀若痀瘻在抱令人動容。

性喜畫蛇添足的評論家總情不自禁繪聲繪影言諾小說意有所指，將時態與文學對號入座，綁樁嫌疑蹊蹺斑斑，一定非把奧威爾的預言，據為己有狹義站隊，讓小說家死不瞑目，無從抗辯含冤負屈。奈何徒嘆意識形態墮落的罪惡，奧威爾無言的等待著誰來為他申冤。

中國公民孟晚舟在世界西方一角的遇難，見證了極權幽靈假借上帝之名，輸出民主、人權的迷幻，正面臨 21 世紀世界格局變化，而對它懲罰亦即令其光榮沒落。

2018.12.17
恐怖主義

恐怖主義需要說明詮解實體舉例嗎。中國自 1840 以來，遭受漫長歷史的災難，其施予者均為不同時期的恐怖主義，這個立論完全可以成立，不虞誰何來欽賜批准。

吾省幸而掙斷日據，卻不幸畸情承歡美帝。

十九、二十世紀飛揚跋扈，由資本、帝國、軍國、殖民混成的肆虐與掠奪，其本質即明晃晃恐怖主義集成。恐怖主義後來組成俱樂部 G7，在 21 世紀的陽光下，指桑罵槐僭越名義脫卸身份，把恐怖主義的荊冠複製給看不順眼的弱小，用超強恐怖主義的實態，制霸叱咤全球。

恐怖主義的美學四處流溢，吾省位居地緣政治的要沖，受盡它粗鄙的凌遲踐踏，上位者享受著騰雲駕霧的優渥，下焉者竟愁腸百結一籌莫展。

2018.12.20
小冊子

朋友開會前遞給我一本小冊子，類型活動的文案伊說。沒有立刻翻閱，開會了，不能分神旁及其他。類型活動即社區活動的一環，多如牛毛，只是少數辦的豪華，大多辦的陽春。現在的人怕無聊喜好熱鬧瞎湊，見一面少一面，危機感如影隨形，「於古已然，於今為烈」，彷彿見完這一面，分手後天涯邈邈未明所終。

小冊子作為宣傳品，任人取閱不惜成本，海撒文化金元，招募主辦單位選定的個中俊傑聯手，協力構建分進合擊想像的共

同體。朋友說看看吧，也許冊子裡頭，有你感興趣有你認識的某某。這類今朝主流主導的文化戰略與戰術，深謀遠慮合成編隊的滾動行之有年，其邊際效用正濤濤不絕，餘波盪漾勢不可擋。

「台灣方案」甚囂塵上，本土人士應有所聞，側觀之，幾乎都答非所問文不對題，弱智者眾言略同，眾志成城遙不可及的空話一句，狗嘴裡滿口全系銳利的狗牙。狗食尚未生產成專用飼料前，窮人餵以剩飯殘羹，富人供以豐盛好料，狗運決定了自身的處境。

打開小冊子，設計印刷精美的文圖閃現，冊封的顏色政治正確不言而喻，藝術家們的創作簡介雲遊疏離實驗高踏，意識飄忽若即若離。樸素莊重的「台灣方案」；多維的藝術家似有渲染，但個人主義的振振有詞面面相覷貌合而神離。

2018.12.31
壺口的風刀

在亞熱帶濕氣濃意過慣日子，只有仲秋時節清爽靈便，總體而言生於斯長於斯，適應適意融合無間。不想南方人，只走了幾天陝西幾個零度以下的地方，把幾枚手指頭凍裂了，滲著血，傷口刺痛難熬，穿衣上扣有些不便。

乾冷使得秦俑盡顯雄壯的英姿與默然的雅儒，從叢葬坑列隊出土，正欲與時間爭鋒，歷史好端端駐寫在光陰移動的側影，他們沒有一尊需要眨眼，用凝定的視線，照應著凡世驚嘆的起伏，看！隊列始終威武。

零下七度走入宜川的壺口瀑布。河灘隨處留有殘餘的微雪，以及河水結成的浮淺薄冰，冬季景緻壺口舖天蓋地的風刀。臨行前，檢視了十來段《黃河》鋼琴協奏曲第四樂章《保衛黃河》的

尾奏，除了石叔誠的視頻，其他人都分別彈奏了《東方紅》與
《國際歌》的曲譜，在曲末的五分鐘裡，彰顯了註記在樂譜上的
表情文字：「鬥志昂揚。革命武裝發展壯大。威武雄壯。毛主席
萬歲！人民戰爭勝利萬歲！高舉毛澤東思想偉大紅旗奮勇前進！
將世界革命進行到底！」

　　黃陵的手工饃略略泛黃，壺口的手工饃較白，口感俱佳，在
麵天麵地的陝西走動執意不吃米飯，台灣如今也到處麵街麵巷，
然而在陝西吃麵食，畢竟用台灣的嘴在吃陝西的麵呀！

| 2019 |

2019.1.3
國王新衣

已經沒有什麼適切的詞彙，可以恰如其份描繪這兩日驚慌失措力持鎮定，金玉其外敗絮其中，享盡島嶼無窮嫵媚，色厲卻內荏風光永世旖旎當權派各形各類聲量的遍野哀鴻。

《告台灣同胞書》發表 40 週年紀念會講話後的下一秒，當權派們開始了陰冬濕冷的騷動隨之發酵，啊呀呀！難道不是慢了好幾拍啦，甚至都慢過好幾個樂章。前年底，《十九大報告中》明確提出推進國家和平統一進程，焦慮於統一的賢達，應不辭舉手之勞回頭仔細周詳翻閱，此一份文獻資料的靡遺巨細。

島嶼自從 1949 被「反攻大陸」以來，歷七十年。島民被美帝及其長期附庸協作的近代中國買辦團夥，通力奪魂換咒歇斯底里相濡以沫，日日好日年年好年。渾然不察那個被反攻的大陸，掙脫了三座大山的困困，竟將島嶼自若於背祖棄宗的蜜甜之網羅，溺淹於深淵泅泳的幽夢。

民族救星不耐長壽隱隱多年，斯人的遺夢令島上的後之來者沉瀯一氣難分難解，難分畢竟需要醍醐灌頂，難解也務必鳳凰浴火。

美蔣聯手編造的反攻大陸，歷 70 年，原地踏步，「反攻大陸」一直是台灣單邊承載的重軛，彷彿舉重若輕，其實真正的內在則舉輕若重，時間耗盡了 70 年，僵硬的口號盾牌重解絲線，改織成一件件內衣外穿的時髦靚裝，穿上它簡直像國王穿上新衣。

2019.1.7
體罰

　　體罰這檔事，要稱其技倆呢還是某種情緒反射順理成章的動態行為？體罰阻礙了文明憧憬的慈藹境界？體罰、體罰，體罰終於成了一組亂碼，攪動某些人的中樞神經。

　　我經歷的童年，家裡給過體罰，罰站、罰跪、打屁股、打手心。小學六年級每日下午課，教室打掃完畢，級任老師要全班正襟危坐，起立閉目，分發上午課 批改的算術試題，試卷向外兩手端著，十道題滿分一百，錯一題老師用報紙木板夾，敲打手掌外彎的大關節，以資敦品勵學，激發學習的奮進，備戰聯考。那個年代的冬季比較冷，關節被敲打的片刻，痛到站不住腳，痛到彎腰蹲了下來。老師大名何濟時，並非痛的深刻印象記牢。老師後來被解職，事因私將學生進行家庭補教。

　　初中被體罰過，也是數學惹的禍，數學成績不佳，上了老師的黑名單。走經尚未下課的隔班窗口，朝裡面吼一聲，老師怒怒衝出講台，扭緊我逕奔他的單身宿舍，責問到底喊什麼。面壁罰站，直到搭最後一班火車。

　　體罰關乎人權？滋事體大如何規範？人權這個寬泛的概念可以把體罰裹挾進來嗎？兒童有兒童的人權，青少年有青少年的人權，兒童與青少年處於哺育、成長、教養階段。夸夸其談的袞袞諸公，有專業執照與執照造假的通天人士，群舌該不至於打了死結。

2019.1.10
鬼瘟

　　鬼島染上鬼瘟，鬼瘟纏身無以名狀，在諸多宿疾中，軟骨病是它的絕症，類如軟骨發育障礙、軟骨炎、軟骨病等等一應俱全。患軟骨病的活鬼們會羨慕軟骨魚的，生活在海洋中的軟骨魚類：鯊魚與鰩魚則被人群喜愛。

　　垃圾不落地，收集垃圾的音樂由遠而近，車子稍停啟動吞納器，播音換替人聲，根本聽不清楚，但好像說了什麼模模糊糊的豬瘟。真正的豬瘟當然要怕、要防，讓垃圾車隨車播音，豬瘟與鬼瘟豈可同日而語等量齊觀。

　　鬼島的主腦從來親美媚日，日丸的核食與美帝的瘋牛順利通關進口。日、美出口的相關物件，送抵主腦的廚房莫非皆經篩選特供，食後包準無恙。坊間販夫走卒不吃若可溫飽，迴避之俾求自保。

　　不能絕對斷言，當朝的鬼島主腦沒有腹中的「台灣方案」，但它們有落跑號的武裝直升機升火待發，何況我們與它們兩造之間隔得荒遠，沒有人聽得見直升機引擎啟動時惶惶的聲音，我們連送行的資格都沒有，慶幸吧沒有。

　　其實「台灣方案」七十年前就有了。只是彼時舊朝以家天下割據為務，南面稱王。如今新朝當家繼承得來全不費工夫的物業，與日美抱團取暖，以不正義的手腕操作轉形正義，致令克紹箕裘的真諦成了訕笑的反諷。

2019.1.28
手牽手

　　手牽手，兩個相差七十歲的配對走在街上，是何許模樣；一個老公公另一個小孫子才一歲半，步子無疑不很穩當，重心在小孫子一方，老公公力持維繫前行的方向，然而步履緩迂，小孫子的小手不斷從老公公的老手鬆脫，小孫子的小手又不宜捏得太重。

　　路走了一小段，走上鋪著地磚略顯素淨的走廊，總共才只晃了幾步，小孫子幾乎沒有什麼預備動作，身子一骨碌便往下躺舒展開來，他仰面朝天，兩眼卻沒朝上，眼皮合蓋，啊，累了，他想休息一下下。

　　隨機踱進運動衣鞋店，室內牆上喇叭流放的音樂生猛帶勁，青年喜迎的節奏。小孫子停腳在一處試穿的照鞋鏡子前，蹲下來他看見鏡裡的自己，老公公趕快也蹲下來，對著鏡子作鬼臉。小孫子拔腿奔向試穿的長條座椅，毫無頭緒的耽玩起來。走啦，走啦，我們還要去辦正事買醬油啊，趁其不意把他拎抱快步出店。

　　家中生鮮並不在超市採購，在這裡只尋各式的瓶瓶與罐罐。小孫子眼觸到低架一籃籃並排的紅紅綠綠，他即時被誘吸，雙手捧起一粒碩大的紅艷，塞了個滿嘴，來不及制止，蘋果表面塗滿了小孫子的口水，沒關係沒關係，紅的返放回去，瞬間小孫子完全沒有停歇，從隔籃裡，又撿了另一個綠的，恰恰是蘋果，綠蘋果皮外濕濕的，小孫子沾染的口水正在濡濡的閃爍著。

　　我買我的醬油，買好了準備結帳，手牽手剛剛鬆放，一歲半的小伙徑自在物架仄窄的裡道，自個兒迅疾往返放飛閃跑。把他抱住結束嬉笑，收銀台空間不大，擠坐一下，免得一溜煙又不見去向。結好帳，店員送了一顆吹得圓鼓鼓的紅氣球，手牽手爺孫倆往回走。

　　走竟六、七百米，對一歲半的幼兒會是一件苦差吧。來程邊走邊抱，幾近 12 公斤的體重，抱著走一小段便氣喘如牛，正在傷神，紅氣球脫開塑料棒，沒定向飄走，飄停飄停，飄往馬路當口情勢不妙，紅氣球不敵汽車衝撞，"啵"好大一聲，紅氣球消失，一歲半幼兒不懂發生什麼事。老公公卻望著消失的紅氣球，若有所失。

　　回程路上，走廊的落地玻璃窗外露 15 公分的底框，小孫子一腳跨上去，另一腳留在走廊地板平面，這樣一拐一拐，一腳高一腳低，逗趣地走了一段，並沒有驅走他的睡意，在最後 100 米，他迫不及待閉上雙眼急急地睏去了。

　　抱著小孫子，12 公斤的甜蜜，走 100 米，爬上公寓四樓進了家裡，兩顆黑透透的眼睛悠悠張開轉醒。

2019.2.2
好琴

　　兩廳院落成營業前，台北各類的藝文活動，都在仁愛路那處紀念館舉辦，什麼音響什麼音場什麼各式各樣的言詞耳語，已隨風而逝，不一而足的視聽印象散場後各自匿隱，再怎麼挑剔不以為然，彼時的種種挑剔姿態，都成了遍尋不遇沒有遺跡的荒漠軼事。

　　北京人藝的《天下第一樓》看了嗎？北京中芭《紫色的夢》看了嗎？就在那座紀念館舞台它們閃亮輝煌了。

　　被私有制密閉覆蓋幾乎窒息的吾等世界，某次邀來索菲亞（保加利亞）女小提琴家上紀念館舞台獻演，不很清楚記得是否 Evgenia-Maria Popova，而她演奏的那把小提琴，係國家的小提琴，國家借給她的公有小提琴。那場演奏會，是我聽過的唯一絕

響。

　近些年北京青年小提琴家楊天媧赴歐發展，她自用什麼琴並未公開，在她的唱片裡借琴儲音的記錄寥寥二、三而已。

　演奏的佳妙賦予提琴的活靈，沒有好的演奏，好琴只能靜靜擺置無聲無息，名琴也僅徒留製琴者的家族名聲。製琴誠非易事技藝獨擅，製琴家無不渴望每一份悉心勞動的結晶，具具好音，它有一定合理的成本會計。無奈隔世轉代資本主義所有制昏天黑地的巧奪天工，好琴珍稀好琴啞音，在收藏家的禁宮中死寂。

2019.2.8
肖邦

　上世紀，二戰後波蘭最重要的先鋒派作曲家，克里斯托夫·彭德雷茨基，創作於 80 至 84 年間，那組並不沉悶冗長的《波蘭安魂曲》，不知當今波蘭總統安杰伊·札達認認真真的聆聽了？如果萬一沒有，需不需要閉門思過，這是一道他與夫人共同嚴肅面對國務繁瑣之外，並非輕鬆的課題。

　全球各地的總統都務必日理萬機，波蘭總統自不能例外。札達先生也應該閱讀過馬恩為數不多，幾篇有關波蘭的論說。波蘭 1991 年《華沙條約》組織解散後，1999 年壯行擠進冷戰期間互相抗衡的《北約》，泯了恩仇，朋友與敵人的境界置換，恐懼依舊在驚魂難復返。尤有甚者，波蘭當局已經籌資二十億美元，敦請北美的超帝，在波境五處設軍事基地，以期防衛浪漫主義波蘭心底幻生幻滅的惡魔。

　彭德雷茨基 1960 年創作的小型作品《廣島受難者輓歌》，如今波蘭可以製成國禮，將之奉呈給那名世上唯一的超帝。彭氏若尚有餘裕，請他執筆續寫《長崎受難者輓歌》，錄成唱片上市

吾必購買聆聽無疑。廣島與長崎兩地 1945 年的受難，俱為眼下波蘭正欲供奉的超帝，彼一年代人間驚心的傑作。彭氏對東方的日丸了解多少，並無礙於他浪漫人道主義的國際抒懷。

通過音樂認識幾些波蘭，彭德雷茨基以及不多的其他。不言而喻最多的當屬肖邦，浪漫主義雖欠缺革命，卻煥發斯拉夫民族悠遠的芬芳。

2019.2.9
也談腐乳

喜粥者必愛腐乳，有無確定關聯不去管它。老伴喜粥，食時愛佐腐乳，我家從來不缺腐乳。這次從廣西回來，攜帶了兩瓶淨含量各 1 斤重的桂林腐乳，於一處農貿市場購得，1 瓶人民幣 7 元，3 瓶 20 元，1 元不計。我們不買省產腐乳，省產腐乳嫌甜，或許與日殖後，風習養成的配料不脫干係，依偏好行事快哉。

周作人在《略談乳腐》裡說："其實乳腐這一類東西本來只是窮人們所吃的，因為鹹的東西很是'殺飯'，也寫作'煞飯'，言其只用一點便可以送下許多飯去，…這就是所謂食貧的滋味吧。"

食貧的滋味，對之恬然，繼之坦然，食貧食貧，滋味滋味。

在"當驚世界殊"（毛澤東語）的情境中，腐乳恐怕乃養生之物首選。營養師建議少吃米、麵，建議歸建議姑且聽之：對每天一定量運動消耗體能的人，給個兩碗飯、一塊腐乳，魚肉可有可無，好生謝謝了。

腐乳在大宴小酌杯觥交錯間靜置不語，知趣的人悄悄沾點，其味深執無窮。既使欣然獨飲，腐乳也不應缺，諸酒皆宜，它們各司其職各盡愜意的平衡。

　　搞不好食富者專挑食貧的滋味，食貧的滋味**翻轉**，成全食富的榮寵。台灣人古早食貧的滋味蕃薯粥，如今的食富者趨之若鶩。

| 附錄 |

《毒蘋果札記》‧毒猴記

張立本

這本書實在非常好讀。繁體中偶然雜和簡體，這是為了破除繁簡不通用的假象。由於詩人的散文亦如其現實詩，極易陷入蘋果之毒，隨即徜徉，於樂理、豆香、煙氳，著急作者所記得的歷史碎片，流涎三層肉與燴飯⋯⋯。

施善繼自命「毒蘋果」，標舉對其「陳大哥」陳映真，那棵「毒蘋果樹」的感念，故〈序章〉始於一九七九年十月陳映真「二進宮」。我揣摩《毒蘋果》於二〇〇六年後陡增，也該與陳先生之復病有關。

劇毒即在此。陳映真由於強調「無法想像撰文卻無思想」而遭論敵恆久討伐，施善繼，不畏自言為左派的詩人，則實證「思想」非指硬梆梆的理論辯證，而是在生活與言談、閱讀與傾聽時，對身邊事物有一套認識觀點。其實觀點人人皆有，不過多數人刻意掩飾。回看過往數十年，糾纏於台灣自戰後以來的歷史角色，爭執烽起愈烈，把握完整歷史邏輯與物質認識者往往因有觀點而受責難，卻不是由於觀點本身敗下陣。

時感即使隻字片語，不容法西斯的助手們遁逃，不容那些曾經協助當局羅織罪名的學者、文人們抵賴，夜霧散去時，將留下校正歷史的證據。一筆帳，不單揭示組織性鎮壓的觸手何其廣，黨國打手們仍持有虛名、縱橫今日，必須提防他們藉由文藝獎項的篩選以鎮壓。這陣仗，也紀錄了歷史的枝枝節節、轉向與迴旋，之不能扭曲。例如有多少人知道，這位左派、統派作家竟在「林（義雄）宅血案」時，以最炙熱的情感寫下《星星——悼亮均‧亭均》？卻因人造的意識形態區隔而捨棄於事後集詩之列。年年月月日日，留心事後顛覆的反顛覆，文藝的禁制史記載著，雖不知何年何月方得還原。

但詩人也對自己顛覆。毒蘋果樹陳映真不是首先，而是唐文標，一九七二年相識，開啟施善繼從現代主義往現實貼近的旅途。不過勿想嘗試窺探私密，關心微政治者，讀本書無用，因為文中所記皆為詩人與其友人的誠心交往。但希望你品味另一種私密，隨詩人之眼，讀詩書，文史哲與音樂，讀出其中歷史性的階級性——就連煙斗也是。有認識地閱讀，清晰知道文脈、作曲的背景，那麼歷史就會穿越音符顯像為有形，血肉從字裡行間迸出。文藝就是政治，文藝必然是鬥爭，我們要超越鬼影子作家們設下的路障；但，別畏懼政治，詩人的性情就在於他讀己深愛的詩給你聽的時候，會激昂淚下——如他讀戴望舒《獄中題壁》。

激動的情緒不是唯心空洞，詩人的旅途帶我們記住遺忘的真實。如《呼喊迦尼——台灣新文學思潮（1947-1949）》，便見左翼文藝家們透過科學研究進行歷史翻案。一九五〇年，蔣介石挾美國勢力在台進行白色鎮壓，延續其在大陸時期清剿赤色黨人的作為，從而也弔詭的湮歿了一九五〇年以前，主要由「非蔣」而未必全是赤黨的兩岸聯帶線索。若有窺探心，請朝這相關系列索去。

左統詩人引路，我們見他在遊覽中國大陸名山勝川抑或僻壤小鎮時提出公允的讚賞、批判、質問。但更多的，是此「正港」鹿港人，對於台灣本地的熱愛與熱戀。一九七〇、八〇年代以降，我們箝制於「吃台灣米喝台灣水所以要愛台灣」，但是，愛台灣，你卻不知道柿子的滋味及柿子與族群的關係，愛台灣，你卻未曾留心認識一碗甜水冰的時代的意涵，愛台灣，你卻不知道一滷肉的製作竅門、從南到東的甜鹹差別，或者滷蛋的階級意義。你高喊吃台灣米喝台灣水，卻不知道盛產甘蔗的台灣為什麼出不了「蘭姆」甜酒——那時，我也繃著眼皮見他神神秘秘從櫃中揀出這瓶「戰後」出品卻因蟲蛀標籤幾難復辨的台灣蘭姆。

對台灣的關心，畢竟是對生活的關心。施善繼關切冷戰結構

起來的台灣社會局勢如何讓友人們來去美國、轉向；就像他回想過去幫祖母換下小腳布，關切的是祖母心之所想，而不是正義凜然反封建。如同考察前蘇音樂家之心思，當作家談論日常瑣事如詐騙電話、豬肉飯與雞肉攤的老闆，慢跑、自行烘焙咖啡豆（施大哥稱之為「炒」）、集郵、植牙……，還有心愛的小孫、兒女，也透露了作家的關懷與心切。

　　專司思想檢控的陳映真博士曾說，要鏟除「陳映真」這棵毒蘋果樹，讓果子落地腐爛，免於猢猻染毒。想來博士並不知道，高壓禁制才是反叛的助產士；專司歪曲歷史的眾博士教授們也不知道，正由於惡心鞭笞方使真相愈磨愈明亮。《毒蘋果札記》晃眼已近四十年，堪稱老蘋果樹，早已結實纍纍，隨手可取無門檻。倉促草記。

　　（2014 年 1 月 14 日記，2014 年 1 月 26 日修訂，2014 年 2 月 4 日刊於《遠景文學網書評》）

毒蘋果的滋味：關於《毒蘋果札記》的六條札記

趙剛

0、楔子

以「我們敲我們自己的鑼，打我們自己的鼓，舞我們自己的龍」為號召的台灣 1970 年代的重要詩社「龍族詩社」的一條老龍，也是小說家陳映真先生的長年戰友、摯友——詩人施善繼先生，在濕冷的 2014 春雨之中，抖擻鱗甲，在距離 1950 年代白色恐怖遺址台北馬場町公園不遠的一個文藝森林裡，亮劍了。詩人亮的是他積數十載之德與功所煉之劍——《毒蘋果札記》①，知人知世且知味，雜文若詩且詩若雜文，劍氣迷離，忽而光寒如鋼，轉而溫潤如玉。趙剛何知，躬逢盛會，謹以札記六條誌之。

一、獨白

這些札記的最尖銳的特質，就是它們的真——它們有一種揮之不去的獨白況味。作者想寫，於是他寫了；他不是因為要別人看，為別人而寫的。大家都說曾國藩的家書寫得好，寫得誠實坦蕩。但是曾國藩三番兩次要家人好生保存好他的信札，那不免還是在落筆寫家信的時候，起了要立言垂範傳之名山的意思。日記、家書、札記、尺牘，一旦有了這個「為人」的心思，那「真」的感覺就自然就降低了。

既然寫作最終而言是為己，於是這個作者就更加的自由、更加的真實——但也更加的孤獨。陳映真是孤獨的，施善繼也是孤獨的。不同的是，陳映真還想諄諄說服，施善繼則似乎一點兒也不想說服誰，或他已經放棄了想要說服誰。取名《毒蘋果札記》固然是記誌詩人與小說家陳映真的友誼，但未嘗沒有一點賭氣的

意思：你們不是說陳映真那棵樹有毒嗎，那麼它的果子你們最好也別碰。

於是，這本札記不免像是某種小語種的寫作，只有一種人口稀少的族人會看的「內部文件」。它眾多篇章曾經刊登的小眾園地（《人間思想與創作叢刊》、《批判與再造》乃至《兩岸犇報》），無言地說明了這一性質。左翼書寫在一個歷來缺了左眼的這個島嶼上的尷尬，以及左翼在當代世界的困境，也無言地說明了這個性質。

這本札記有一種深深的孤獨。於是我想起了魯迅的：「寂寞新文苑，平安舊戰場，兩間餘一卒，荷戟獨徬徨」。於是我想起了詩人是一個孤獨的慢跑者，汗水滴在他自己的影子上。

二、果與樹

詩人雖然說他是陳映真這株毒蘋果樹上結的一顆毒蘋果，但對我來說，與其說這是實情的一種比方，不如說是詩人對他與陳映真的不渝友誼的一個宣告。因為，我想沒有人會反對，要是這麼比喻的話，陳映真也是一顆毒蘋果，陳毒蘋果和施毒蘋果所來自的那株魯迅毒蘋果樹，本身也是一個毒蘋果，或可謂之魯毒蘋果。在這個無盡的追求公義與人道理想的大路上，所有先行者與行路者都既是果也應是樹。

三、施善繼與魯迅

把施善繼、陳映真，以及魯迅置放在同一個系譜裡，我們看到了施毒蘋果，至少在某一個側面而言，更神似魯毒蘋果。這個側面即是雜文。評論者經常指出陳映真的小說創作裡有魯迅的鬼魅魂靈，但似乎不曾聽聞兩者在論評文字上的關連交接。這個落

差是有道理的，因為陳映真不作詩、無意寫散文，他戰略地、偏心地把他所有的創作才情都給了小說。而當他寫小說之外的文字時，他是在說服、論辯、批判與戰鬥。他寫得很嚴肅，很邏輯，很精準，但也很緊張，很約束。一種高度自覺的政治態度讓陳映真的論文、文論比較接近現代（或西方）左翼的高理論濃稠度的書寫方式。

相對而言，魯迅的雜文或是論戰文字，則比較是一種中國傳統下的左翼書寫。首先，比較短小，幾百字之內，山巒迭起，柳暗花明，血濺五步，哭笑不得。是游擊戰，而非陣地戰。其次，而且是更重要的是，寫作的主體狀態比較寬鬆、比較自我，更允許讓寫作帶著思想走。因此，魯迅的雜文常常展現出一種拒絕被邏輯或理論所收編的張力，展現出一種流動——雖然絕不是漫漫流淌，以及一種歧出——雖然不至於多歧亡羊。所以，魯迅的雜文既讓人愛讀，又讓人難懂，起於不當起，終於不當終，但卻又都是如此得當。這樣的文字，所要求於讀者的是理智的理解，以及——直觀的感受。因此，魯迅的雜文既是高度政治的，也是高度文學的。

我讀施善繼的札記，處處感到這種魯迅式雜文的精神曼衍與形式再現，尤其讓我聯想到的更是魯迅的〈隨感錄〉、〈忽然想到〉，以及〈題未定"草"〉那些篇什。在《毒蘋果札記》裡，這種例子不勝枚舉。例如在一篇七八百字的短文裡，從 19 世紀上半葉的普希金的決鬥，說到「鄉土文學論戰」，說到日本導演小林正樹的電影，說到陳映真與日丹諾夫，說到兩種專政的辨明（〈決鬥的背後〉）。類此札記不勝枚舉：〈"黑心"啟事〉、〈監視器〉、〈包大人〉、〈24 枚柿子〉、〈香菸與咖啡〉、〈包養〉……。這些以及眾多其他篇章，總都是從詩人生活中所經歷的微小之物（柚子、柿子、蝦子、雞、煙斗、金紙、郵票、油飯、瘡痂、亡友、舊書、咖啡豆、古典音樂、台灣蘭姆、成人

紙尿褲，乃至窗外傳來的誦經聲）出發，拉出了纍纍一串的犀利聯想，而終及於一個「理」。

這就是為什麼我說它是一種「中國傳統下的左翼書寫」。我們都知道中國傳統詩作有一種「興」的表現手法。《詩集傳》說：「興者，先言他物以引起所詠之詞也。」一聽到「中國」，島嶼這邊一定有人膝蓋反彈，馬上就說：這就是毒蘋果裡頭的「中國因素」！您說的沒錯，這自是中國人甚擅長特喜愛的一種表達方式，但更也是唯物主義的表達方式與文藝哲學。文學藝術也是主體在感受到自身處於一種影響我們、制約我們乃至決定我們的環境（物）中，努力甄情酌勢，從而發揮自身的一種實踐。這是在歷史並未終結的信念下的主體性的、創造性的寫作。唯其善繼，方能善始。

因此，若有人望文生義地說，因為施善繼是詩人，而「毒蘋果」又是那麼致命的浪漫，從而，這本《毒蘋果札記》是一浪漫主義之作，那就大錯特錯了。這是接續魯迅傳統的中國左翼現實主義雜文書寫的一個實作。

四、戰鬥

魯迅、陳映真，與施善繼，都是孤獨的——孤獨的戰士。這本札記到處是逆著風勢的戰鬥。容我試舉二三例。

詩人在他自己的那一塊「專業」裡戰鬥。我們的耳朵長期以來都習慣於此間文學史的編纂者言，說台灣的現代詩是紀弦（路逾）、鍾鼎文、與覃子豪這三個人在 1949 年左右，從大陸帶來的種子，進而發揚光大的。但是詩人卻經由對「迦尼」這位外省詩人在 1947 到 1948 之間，在當時的《新生報 · 橋副刊》上發表的 45 首詩歌的耙梳考察，為這個刻意被忽視的歷史翻案（見〈呼喊迦尼〉）。有趣的是，這篇文章，由於它的性質與使命，

必需讓詩人承擔議論文寫作的規矩步數，從而成為了這本札記裡比較少見的異數文類。小米加步槍的戰士不得已登上了坦克車駕駛座，讓人心疼忍俊尊敬兼而有之。

但更多的時候，詩人的戰鬥幾乎就是魯迅所自況的「不過是狹路相逢揮了幾拳」。詩人在 1970 年代「鄉土文學論戰」的三十年後，憶及如今幾乎被人所遺忘的唐文標、吳耀忠，與陳映真這些戰士，轉而思及當初那些打擊鄉土文學的人士，如今安在？他們不是頤養天年就是德高望重，要不就是職司祭酒。沒有轉型，何來正義？詩人如此問。在一個今昔互織的視野中，詩人看到了「現代」、「反共」與「反中」的三位一體，台獨與獨台的孿生。

於是，詩人把這整個意識型態的鬥爭不可避免地指向了以美國現代化意識型態為核心的當代霸權。這個鬥爭展現於全冊，但讓我印象最深刻的一篇則是〈蕭斯塔科維奇三十年祭〉這一篇鴻文，將西方（以及，台灣）是如何醜詆、誤解，乃至誤美蕭氏，作了極辛辣的批駁。對紐約時報在報導蕭氏時，以其不自覺的霸權觀，所下的傲慢標題：「平凡公民？異議份子？蘇聯忠僕？」，詩人的回應是：

> 蕭氏既是平凡公民，同時是異議份子，更篤定是蘇聯忠僕。……這具透明的三稜鏡折射而出的光譜，恰恰是內在生命沉重的底蘊，絕不含糊。紐約時報應該轉身反問自己的國家，哪一位作曲先生寫出來的音樂充分具備了這三個條件。

五、同袍

大夫無私交，戰士無私敵。陳映真的敵人就是施善繼的敵人，但這不是因為他倆是朋友，而是因為他倆是戰士——有共同

的目標與理想。然而，讓戰士最心碎膽寒的不是戰壕那一端的敵人，而是從戰壕這一邊放出來的有心無心的冷箭。

陳映真在北京養病，他不能回應。有誰捍衛陳映真呢？似乎也只有施善繼了，或，主要是施善繼吧。我粗略估計了一番，至少有十七八篇，其中有好些篇，詩人寫來憤怒萬分，但也萬分委婉。在題為〈冷箭〉的那篇札記裡，詩人說，在他寫的關於陳映真的這些篇什中，「只要稍微留神，並不難讀出我力盡委婉，擋阻所謂他的某些朋昔舊友，以他遙遠的背部為標靶看似無心彷彿有意施放的冷冷的箭簇。」

我曾在我關於陳映真的第一本書《求索》的扉頁上題了 pour CYZ 這幾個洋文，那並非崇洋媚法，而是有效法阿爾杜塞的 "pour Marx"（保衛馬克思）的微意。但我吃了毒蘋果，才知道真正做到保衛陳映真的是施善繼。那個保衛是來自一種革命情──與兄弟愛。全書我最最喜歡的，恰恰是一篇表現著極其稀有的同志愛與兄弟愛的〈我的陽台〉，裡頭有大鳥，有雲層，有曠野，有夜空，有陽台上的朗讀者，有遠方的小說家，有小說家小說裡的精靈……，編織成一篇時空離奇的友誼之書。

六、知味

孤獨與戰鬥是《毒蘋果札記》的精神。但這個精神並不是表現在一個首尾一貫的史詩敘事或邏輯論證中，而是展現在斷碎龐雜之中。有時候，幾乎讓我疑心它是一巨幅蒙太奇。詩人不仁，以讀者為芻狗，讓讀者才剛跟著詩人走到南京瞻仰了革命先行者孫中山，正襟危坐地讀了〈遺囑──瞻見孫文〉一詩，才下眉頭，卻上舌頭，詩人緊接著給我們端上了另一首有關南京的詩──〈鹽水鴨〉。

不要笑。這才是毒蘋果的原汁原味。詩人去南京，既謁見

了孫中山，也吃了鹽水鴨，於是他想寫，於是他把他們都寫了出來，既忠於自己，也忠於人生的真實。詩人一點也不高大全。他是一個戰士，他是一個異議者，但他也是一個平凡公民。這就是他和紐約時報的不同。紐時說，蘇聯的蕭氏到底是平凡公民呢？異議份子呢？還是蘇聯忠僕呢？詩人說，為何不全都是呢？

　　詩人如此說，其實是夫子自道。他是異議份子、是戰士，已如前述。而恰恰由於他在這個島嶼上的戰鬥，他當然是一個「中國忠僕」——當「愛中國」在此間已經被建構成為「愛台灣」的對立詞，而且是含有劇毒之時。而他這顆「不正確」的毒蘋果，當然也已經「達到中國的天空」——一如詩人所尊敬的香港詩人溫健騮對自己的創作所發的自許之詞。詩人對中國的感情是深厚的，瀰漫全篇，而且並不教條，並不單一，見〈幸運的"45"〉、〈黃河啊，黃河！〉，以及〈弒父〉這幾篇。2013年8月，詩人重遊雲南，心情雖然多了些許惆悵落寞，但站在那個落寞心情後頭的，仍然是一汪濃烈的關注，見〈半首田園詩〉與〈我的印象〉。

　　愛中國與愛台灣矛盾嗎？一點兒也不！作為一個「正港」的鹿港人，詩人敏銳的觸鬚更本然地攀緣延伸在無盡的台灣時空中。在人與物的豐富中，寄寓著他豐富的興發懷思。裹著小腳布的老祖母於是穿過歷史的雲層，向我們讀者展現其溫潤、堅毅與老蒼。人物、食物、舊居……從歷史裡繽紛地跳出，化而為篇篇的人物誌、飲食史與城市史。愛台灣，能不知道台灣嗎？你知道三層肉怎麼做嗎？你知道盛產蔗糖的台灣為何讓台灣蘭姆酒終成絕響嗎？你知道川端橋與上海路在今天的台北市的哪一塊兒嗎？

　　因此，異議份子與中國忠僕之外，詩人還是一個平凡公民（或市民）。我認為這其實更是毒蘋果之所以為毒的一個重要源

頭，而且是一極重要但又常被忽略的鬥爭場域。《毒蘋果札記》
是一本抵抗布爾喬亞的生活之書、品味之書。今天的人沒耐性，
喜歡黨同伐異，善貼標籤，看到施善繼喝咖啡、聽音樂、愛美
食，就說他是中產階級、布爾喬亞，小資詩人……。但，這是只
知其一，不知其二，不知人類的這些文明資產，被某一階級給長
期霸佔了，而且是以一種炫富的、異化的、慵懶的、疲憊的、享
樂主義的方式給錯誤地霸佔著，且同時將休閒與勞動給永遠地切
割為二了。詩人所抗拒的就是在這一點上。以抽煙斗為例，施善
繼從不炫耀什麼名牌煙絲、高貴煙斗，而是以抽煙斗作為日常的
生活的勞動、儀式與紀念。在這些物上頭，承載了詩人的愁思、
想念與勞動。詩人相信，吾人為我們日常生活的所需，盡可能地
不依賴體制，盡量自己擔當，這也是勞動的美德。詩人有點誇張
但不乏真實地描寫他每日的煙斗勞動：

> 煙斗多久要清理一次，誠然難下定論。特愛整潔的斗友，
> 不嫌手續雜煩，潔癖即是樂趣，就寢前先淨斗後淨身，如此的雙
> 淨，將迎來明日的朝霞，以及無與倫比的氣爽神清。淨身入寐，
> 讓淨斗置於案上，惡夢不來，一如滑行平靜波光粼粼的海洋。
> （〈惡之花〉）

　　抽煙斗既是一種勞動，那麼，聽音樂也是一種介入。對一
流行的美學警句「要更多一點莎士比亞，少一點席勒」，他問，
要少一點，少在哪裡，要多一點，多在哪裡？於是，詩人在音樂
中找到席勒的不可少掉的那些因子。他保衛席勒，猶如他保衛蕭
斯塔科維奇，猶如他保衛陳映真。聽音樂，於詩人，是一種日常
的政治選擇。詩人愛樂，但不是發燒友，他清醒得很。當他知道
音樂會上的《黃河》沒有《東方紅》與《國際歌》，他「便不買
票進場」。當他知道一個知名的中提琴家「用辛酸的中提琴送別

並不辛酸的葉利欽」時，他「決定不購票了」。當他琢磨著某位「台灣的拉赫曼尼諾夫」的「樂思也許會與我對該一事件的理解有難以想像的出入亦未可知，慎重考慮，終於放棄。」

職是之故，喝咖啡也是一種主張，一種勞動，與一種主體存在的印記。台灣有多少人喝咖啡，但有幾個人自己烘焙呢？詩人不把全副精力拿來烘焙詩，卻勻出時力烘焙豆，是為了節約嗎？或是口味的挑剔呢？都有！但更重要更根本的是，那是一種對自尊獨立自強自愛的生活的一種熱情。詩人並不赧然於他對於物質對於生活的熱情與虔敬。他喜歡某人的這句話：「在家中烘焙咖啡豆這件事還是只有少數擁有強烈熱情的人才會做的事」，並且樂於對號入座。

因為有熱情，才有偏執。沒有偏執的人，是難以信任，也難以被尊敬的。施善繼體現在平凡公民的認真、實作，有所為，有所不為，也許正是他能在戰士、同袍與忠僕的路上偏執地、孤獨地一路走來的重要動力之一吧。

偏執，也表現在熱情的要與堅定的不，表現在崎嶇的文字，表現在孤獨的獨白，表現在縱無鑼鼓為伴也要繼續向前。這是甜膩滑溜、香濃美妙、嗆俗苟且、忽悠作態的當代台灣所最稀缺的。施善繼這顆又酸又毒的蘋果的現身，正此時也，它見證了酸的可貴以及毒的救贖，而這竟都是詩人透過對咖啡的知味而得來的智慧（見〈酸魅〉）。人莫不喝咖啡，而鮮有知味者。知味者，其善繼乎？

（發表於《毒蘋果札記1》首發日2014.2.9，刊於《人間思想》雜誌No.9，2015春季號）

①施善繼，《毒蘋果札記》，2014，台北：遠景出版。

後記

　　對於存活在本島，當今之世的反動派而言，非常自信的認為，寫作經年《毒蘋果札記》良方獨到，特具奇佳的療癒功效，只怕不讀，讀了便不可能白讀，也就意味著沒有白寫。顯然讀者與寫手雙方各獲其益。

　　《兩岸犇報》今逢十週年慶，把近五年專欄的文稿集合，結成《毒蘋果札記 2》作為獻禮。前五年的陳跡已經收納，在前一本 2014 年出版的那冊舊書裡。謝謝社長陳福裕十年來的寬宥，十年前他一聲通告提筆上陣，十年間風雨無阻如期赴約準時交稿。謝謝每一位幫忙打字的巧手。

　　社長說：報還要繼續辦下去，默契無言藏於各自的肺腑。歌舞升平的異相實即風雨如晦雞鳴不已。

　　謝謝兩位先生寫的序文。

　　立本、趙剛二文編為附錄，謝謝他倆的督促與呵護。

國家圖書館出版品預行編目 (CIP) 資料

毒蘋果札記 2 / 施善繼作. -- 初版. --
臺北市：人間, 2019.04
　　面；　公分
　　ISBN 978-986-96302-4-5(平裝)

855　　　　　　　　　　　　　108003989

毒蘋果札記2

作者	施善繼
發行人	呂正惠
社長	陳麗娜
總編輯	林一明
封面設計	李佩瑜
校對	施善繼
出版	人間出版社
	台北市長泰街59巷7號
	(02) 2337-0566
郵政劃撥	11746473・人間出版社
電郵	renjianpublic@gmail.com
排版印刷	龍虎電腦排版股份有限公司
總經銷	聯合發行股份有限公司
	新北市新店區寶橋路235巷6弄6號2樓
	(02) 2917-8022
初版一刷	2019年4月
ISBN	978-986-96302-4-5
定價	380元